有匪

Y o u F e i

贰

离恨楼

Priest 作品

CNS
PUBLISHING & MEDIA
中南出版传媒

湖南文艺出版社
HUNAN LITERATURE AND ART PUBLISHING HOUSE

博集天卷
CS-BOOKY

一个人，是不能在自己的战场上临阵脱逃的。

而此物托有生死之诺，重于我身家性命。

这一副性命托付给你，

还有一副，我要拿去螳臂当车。

这安排堪称井井有条。

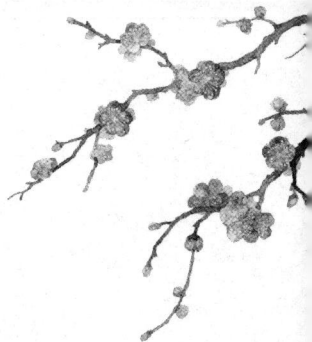

目录

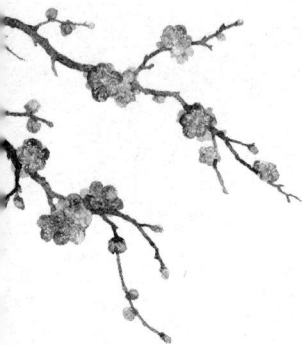

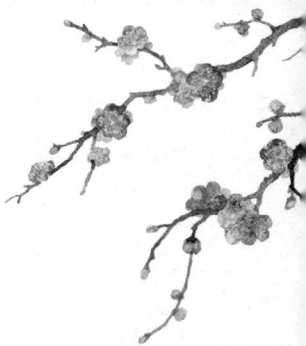

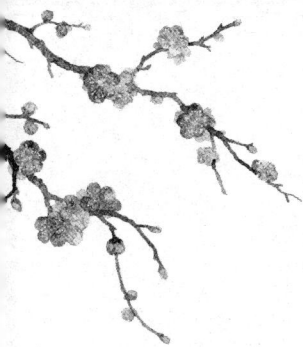

【卷三】 黄尘老尽英雄

第一章 ·
三春客栈

住个店也能连坐，这他娘的招谁惹谁了？

　　小客栈颇有些年头了，木阶走起来"嘎吱嘎吱"直响，一面临街，一面种着一排百十来年的古树。

　　二楼的小木窗一支，就有一大片浓郁的树荫铺天盖地地落下来，每日早上，云雾尚未收入露水中，远山近水氤氲缭绕，长街上人烟稀少，石板披霜，一眼能看见尽头。

　　衡山脚下，方圆好几十里，只有这么一处能让人落脚的客栈，虽说如今世道萧条，但也颇为热闹。据说此地早年间也是个热闹地界，大小店铺纷纷杂杂，后来都倒了，只剩这家名唤"三春"的客栈一枝独秀。

　　南来北往的过路客，都得在这儿歇脚打尖，来的自然是什么人都有，逞凶斗狠的、不讲道理的、特别难伺候的、怪癖一箩筐的……掌柜的全都给答对得顺顺当当，叫客人们平安来平安走，靠的就是一身"见人说人话，见鬼说鬼话"的真功夫。

圆滚滚的掌柜扯了一条抹布，抬手在打哈欠的小伙计后背上拍了一下，骂道："懒骨头，眼睛里没活，还在这儿磨蹭！"

他一边嘴里唠叨着，一边小心翼翼地往二楼临街的窗边瞄了一眼。那里坐着个十六七岁的小姑娘，衣裳穿得很素净，头上却系了一条红绸子，少女自有一番眉目如画，不必穿红挂绿，也不必珠光宝气，有这一点红就够画龙点睛。

她在店里已经住了三天，天刚一亮，她便会起身到窗边坐着，像是在等什么人。

这年月，出门在外的大多灰头土脸，鲜少能见着这样水灵的姑娘，掌柜的总是忍不住多看两眼。他训斥小伙计已经压低了声音，不料那姑娘耳音极灵，还是听见了，偏过头来看了一眼。

掌柜的忙亲自上前，满脸堆笑道："周姑娘今日也早，早点想吃点什么呢？我看昨天那盘小菜您没怎么动，是咸了淡了，还是东西不爱吃啊？"

窗边坐着的正是周翡，衡山这一片是南北交界之处，打起来的时候，是两边都要争，眼下暂时太平了，又成了两边都不管的地方，鱼龙混杂，着实是乱。她跟谢允一路从华容奔南，不敢在北朝境内逗留，一口气跑出了北朝管辖之外，才在这三不管的地方等段九娘。

可是而今，三天期限已过，段九娘却一点音信也没有。

周翡没什么胃口，但是见人家热情，又不好意思拉着脸，便勉强笑了一下，说道："没什么，有点吃不惯，随便上吧。"

掌柜的觑了一眼她的神色，一团和气地笑道："姑娘啊，天塌下来，可也得吃饱了不是？大清早的，别的客人都没起，您容小老儿我多两句嘴，蹉跎到小人我这把年纪，您就知道了。再过不去的事，都有过去那一天，想家的，迟早您能回家，想人的，迟早您能再见着人。别着急，只要多活一天，就指不定能遇上什么奇事呢，天天都有盼头，不挺好吗？"

掌柜的长着一张又白又胖的脸，一笑起来就见牙不见眼，倘若将这人抻开压平了放在纸面上，就是个正楷写就的"恭喜发财"，看着就心宽。周翡见他实在讨人喜欢，便忍不住跟着他笑了一笑。

掌柜的说道："这不就行了吗？姑娘等着啊，小人叫那偷懒的猢狲给您端热的去。肚里有食，心里不慌嘞——"

这胖子说话底气十足，两鬓斑白了，依然很有劲似的，将那抹布往肩头一甩，哼着小曲就下楼去了。周翡听见他刚走了没几步，就声如洪钟似的叫道："哟，谢公子，您一大早出去啦？真早真早！"

周翡侧头看去，只见谢允三步并作两步地跑上来，对她说道："白先生护送着吴小姐一路过去，大概会走些偏路。吴小姐不耐劳顿，路上可能还得多歇几天，肯定比咱们慢一些。我大概算算，这两天大概能有信捎来。"

周翡总算有了点精神，问道："会有信吗？怎么送？"

"白先生以前出身'行脚帮'，手底下有些杂七杂八的门路……"谢允一句话没说完，小二就端了早饭上来，谢允一跃而起，自己跑过去接过摇摇欲坠的水壶，"慢点慢点，我来。老板娘调的酱还有吗，今天给我盛了吗？我看我临走怎么也得顺一罐走，不然以后半年吃饭都没味。"

风尘仆仆赶路的，大多心情不会太好，店小二难得碰见这么会说话的客人，乐出了一口里出外进的龅牙："给您盛了一大碗。"

谢允坐回来，先用热水烫了筷子，把两碗面放好，从周翡的碗里挑走了小半碗面条，又把自己碗里的几片肉拨给她。

周翡忙道："哎，不用……"

"快替我吃了吧，"谢允抬起头来冲她一笑，露出一个不仔细看瞧不出来的酒窝，像煞有介事地说道，"这种好酱滋味太足，不能抹在肉片上，不然又糟蹋酱，又糟蹋肉，跟唐突美人一样罪大恶极。"

周翡这几天连逃命带赶路，大概明白了此人的脾气——谢公子这一身上下，除了腿，也就只剩下一肚子歪理邪说了。他就是想跟你争辩"太阳是打西边升起来的"，也能往那儿一坐，滔滔不绝地白话一天，非得说得众人心悦诚服，发自肺腑地认为太阳就是打西边升起来的。

周翡不跟他多费口舌，只是问道："行脚帮是什么？"

谢允将老板娘酿的黄酱往面里一拌，说道："知道丐帮吗？"

周翡点点头。

谢允道："丐帮网罗天下乞丐，里头有帮主有长老，按着地头划片，各行其是，很讲道义，里面规矩也严，几袋的长老几袋的弟子一看便知，因此他们算是'白道'。行脚帮差不多，也是一帮落魄潦倒跑江湖的，不过有道是'车船店脚牙，无罪也该杀'，他们走的是'黑道'。"

周翡没十分明白，问道："什么……什么牙？"

"快吃饭，一会儿别凉了，听人说话不占你的嘴。"谢允屈指轻轻地敲了敲桌子，见她低头扒了几口面，才不慌不忙地接着道，"'车船店脚牙'说的大致是五种行当，驾车的、撑船的、开店的、行脚的、倒买倒卖的，这些人走南闯北，倒不一定坏，只是里头人多水深规矩大，不懂事的肥羊倘若撞进来，被人杀人越货也只有自认倒霉。"

周翡心里"咯噔"一下，一想到吴楚楚那千金大小姐在一个"杀人越货"的人手里，吃到嘴里的东西就有点咽不下去。

谢允接着说道："这五种人统称'行脚帮'，虽然不归一个老大管，但是互相之间也都知道是怎么回事。一条线路有一条线路的兄弟，做的买卖叫'一手黑一手白'。你要是懂行，是自己人，手里有线，那么放心，行脚帮的规矩大过天，无论你是送东西、送信，还是打听事，都能办得妥妥帖帖，很靠得住，这叫'做白生意'。'黑生意'我就不多说，你也想象得出来——白先生那个人你不用担心，他是我一个堂弟的人，靠得住，手上有七八条行脚帮的线路，跟着他走，只要不兜头遇上北朝鹰犬，去水匪寨子里都有人给你烧鱼吃。"

周翡"哦"了一声，她原先还以为自己就算出身"黑道"，下山一趟才明白，四十八寨扯匪旗完全是为了恶心北朝皇帝的，出来逛一圈，人人都觉得她是名门正派中出身的小白花，还是在世外桃源长大的。

周翡想了想，又问道："那我能请他们帮忙找人送信吗？"

谢允一挑眉："嗯？"

周翡挨个儿数："我得先找王老夫人，不知道她怎么样了。先是我哥不告而别，现在我又找不着了，她回家没法跟我娘交代，这会儿指不定得怎么上火。再有晨飞师兄的事我也得告诉她……那边叛变的暗桩，不知道牵扯了多少人，也得知会长辈一声……"

谢允惊奇地打量着她："你脑袋不大，可还真能装事。"

周翡被他打断思路，半死不活地冲他翻了个白眼，一时间愁眉不展，越发地想回家——在四十八寨的时候，她连跟李晟都懒得较劲，每天除了练功就是偶尔应付应付李妍，心里什么事都不装，哪怕是刚下山那会儿，她也只想老老实实地给王老夫人当一个本分的跟班，连寨中的暗桩在什么地方都不曾留意过。

谁知世事无常，转眼她就孤立无援，一身心事。

谢允想了想，突然从怀中摸出一个小纸包递给她："这个给你。"

周翡莫名其妙地接过，打开一看，发现里面是一包糖块，不知是从哪里买来的，恐怕是农家自制，切得粗枝大叶，一块能噎死个把小孩子。她狐疑地看了看谢允："我以为你一大早出去是有正事，闹了半天是买糖去了？"

谢允摇头晃脑地说道："什么是正事？凡人眉下一双眼，有人看宏图霸业是正事，我看哄小美人高兴才是正事，有什么高下之分？我觉得我更风雅一点。"

周翡皮笑肉不笑地道："谢大哥，我看你那轻功还得练，起码得跟嘴贱差不多勤快，不然容易有血光之灾。"

正说着，楼下突然传来一阵重重的拍门声。

客栈开门迎客，只要不打烊，大门都是敞开，来人却非得敲门彰显自己驾到。

周翡被那动静惊动，探头一看，只见来人身材干瘦，嗑腮尖下巴，一张雷公嘴，贴上毛就能出去耍猴，还穿了一身白衣裳，身后跟着一大帮披麻戴孝的人，活像刚哭完灵。那为首的瘦猴一脚里一脚外地跨在门槛上，将这小小的三春客栈上下打量一番，微微一笑，冲掌柜的抱拳拱手道："大爷，兄弟们'升棺发财'，方才抬着三长两短入阴宅，号了一路，卖了不少力气，您讨个吉利，赏两杯茶水与我们吃吃吧。"

这会儿住店的客人已经纷纷起身了，正要三三两两地出来吃早点，一大清早碰见一帮披麻戴孝的堵门，脸色都不大好看。

掌柜的也真是个人物，碰见这事，居然还能挤出笑容来，团团拜了一圈，口中和和气气地说道："这个没问题，小路子，拿些茶钱过来给'白孔方'的大哥们解渴！"

那跨在门槛上的瘦猴听闻他一语道破自己来历，便抬眼盯了掌柜的片刻，僵尸似的笑了一下，比画了一个大拇指道："掌柜的不愧是生意人，招子亮，有眼力见儿，懂事。"

周翡小声问道："'白孔方'又是什么玩意儿？"

谢允道："就是纸钱——原来有大户人家出殡发丧讲排场，怕家里孝子贤孙不够，请一帮人专门跟着哭灵操办。现在兵荒马乱的，怕是没那么多生意，倒做起吃拿卡要的买卖了。没事，开店迎客的，应付地痞流氓是常事。"

他话音没落，便只见店小二捧着个小钱袋上前，战战兢兢地递给那几个哭丧的。

掌柜的点头哈腰地说道："区区茶钱，不成敬意，诸位兄弟进来歇个脚，垫一垫肚子好不好？"

大约是钱给够了，那瘦猴掂了掂手中的钱袋子，神色也缓和了不少，点头笑道："不必，不早了，不耽误你生意，走——"

他一声令下，一大帮"孝子贤孙"拿起送出殡的唢呐铜锣，一个个唱念做打俱佳地走了，落下一地纸钱。店小二见他们转身，恶狠狠地啐了一口，叫掌柜的一巴掌扇在后脑勺上，骂道：看什么看，还不扫地去！"

骂完自己人，掌柜的很快又堆出一脸笑容，挨个儿给店里的客人赔不是。倘有那好说话的，抱怨一声就算了，也有不好说话的，须得掌柜再三作揖，吉利话说尽，嘴皮磨破一层才行。

　　周翡从楼上往下看，觉得他那胖胖的背影很像集市上卖的"磕头不倒翁"，忍不住恻然，感觉开店这行当，她这辈子是做不了的。她曾经感觉迈过了洗墨江就是天高地阔，没什么能难住她，如今才知道，以她这一点微末的资质，大约也就够给人看门护院的，不要说大事业，"小事业"也是一团乱。

　　周翡捏了一块谢允买的糖，塞进嘴里腮帮子鼓起好大一块，半天才能尝出一点发苦的甜味。她心想：这次回去，不好好闭关练个三五年，我就不随便出来丢人现眼了。

　　就在这时，客栈外面突然传来几声惨叫，唢呐和铜锣的声音戛然而止，整个客栈一静，门口扫地的店小二睁大眼睛。周翡自二楼木窗往外张望，只见两匹快马气势汹汹地跑过长街，马上的人头戴斗笠，看不清脸孔，直接从"白孔方"那帮人中间闯了过去。骑马的人手拿长鞭，两下掀翻了一大帮吹拉弹唱的"孝子贤孙"，只见那鞭子上生着倒刺，沾上血肉就能撕下一层人皮。

　　那两人转眼冲到了三春客栈门前，见那店小二傻乎乎地拎着扫帚不知躲闪，沾着碎肉末的鞭子劈头便向他抽了过去。眼看店小二一颗脑袋要变成个烂西瓜，二楼突然落下两根木筷，一根打偏了鞭梢，一根正戳在那持鞭人手腕上。

　　那骑马的人长鞭登时脱手，险恶的倒刺跟倒霉的店小二擦肩而过，差点头面不保的店小二"扑通"一声坐在地上，哆嗦成一片树叶。

　　骑马的人一把摘下头上斗笠，恶狠狠地瞪向二楼木窗——原来这抬手便打杀人的恶徒竟是个二十出头的年轻人。

　　周翡不躲不闪地回视着那青年的目光，面无表情地把糖块嚼了。

　　马上那青年的面貌可谓是眉清目秀，只是眉目过分修长了些，眉梢收成细细的一线，几乎扫入鬓角，看着十分阴柔。他下巴微尖，薄嘴唇，加上一双好似带了毒的眼，看谁都像是跟人家有杀父夺妻之恨，是典型的"天庭不饱满，地阁不方圆"，仿佛是照着民间相书上"刻薄寡恩"的那一页长的。

那青年人一眼对上周翡的目光，见不过是个小姑娘，也没太将她放在眼里，气焰嚣张地喝骂道："哪里来的狗拿耗子？"

周翡本想回一句"我当是何方妖孽，原来耗子也能成精"，结果话到嘴边，没说出来——谢允那厮不知道买的什么破糖，把她的牙粘住了。

周大侠刚刚路见不平，拔了筷子，实在不便在众目睽睽之下伸手抠牙，只好颇为隐晦地瞪了谢允一眼，高深莫测地端起旁边的茶杯漱口。谢允不明所以，还当她是经历了一番生死劫难后稳重了不少，心里叹道：多少人七老八十了都管不住自己的嘴，她小小年纪，口舌之快都能忍住不逞，着实不容易。

深切地误会了周翡的谢允笑眯眯地冲楼下拱手道："这位兄台气度不凡，一手'四冥鞭'使得出神入化，何必跟他一个眼瞎挡路的小孩子一般见识呢？"

此言一出，客栈中不少人脸色都不对了，顾不上瞧热闹，纷纷悄无声息地往旁边撤。

周翡一头雾水，便见谢允眼睛看着楼下，手指蘸着水，在桌上写了"青龙"二字。她愣了愣——在山谷中，周翡偶遇沈天枢的时候，从对方嘴里听说过，活人死人山上有四个头头，分别以"四象"给自己脸上贴金，木小乔就是"朱雀"。

既然有"朱雀"，想来也应当有"青龙""白虎""玄武"之流。楼下这青年人应该不是"青龙主"，否则不会让她一根筷子打掉长鞭，但瞧他那神气的样子，想必在青龙座下也是个人物。

马上的青年眉头一皱，刚要开口，旁边他的同伴却缓缓伸出一只手，挡住了他。

那人缓缓摘下头上斗笠，露出一张老态龙钟的面孔，混浊的目光在周翡身上打了个转，又落到谢允身上，声音沙哑地说道："我家少爷脾气不好，赶路又急，多有得罪，给诸位赔不是了。"

那杀人的青年听了，似乎颇不满意，拉着脸，觑着老者只是冷笑。

三春客栈的掌柜连忙三步并作两步地从客栈中跑出来，双手将店小二从地上拎了起来，一揖到地道："不敢不敢，挡了尊驾的路，真是对不住。"

一个老随从，一个胖掌柜，各自客气各自的，一个在马上，一个在地上，互相"对不住"了半晌，直到旁边青年人的马不耐烦地打了个响鼻，那青年才冷冷地说道："二位这堂还拜得完吗？"

掌柜的忙拎着自家小伙计让路，说道："您请。"

那青年却看也不看他，翻身下了马，将马缰绳随意一扔，身后的老人双手接住，像个尽忠职守的家仆。青年旁若无人地走进客栈中，先是指着二楼的周翡说道："我对女人向来网开一面，算你运气好，待此间事了，下来给我磕个头，我便不与你计较了。"

周翡一脸惊奇，有点没明白，她好不容易把那块糖漱下去了，忙问谢允道："你看清楚了吗？方才究竟是我打了他，还是他打了我？"

谢允在桌上写下的"青龙"二字水迹未干，剩了寥寥数笔，组成了"月尤"，见她三言两语间，好似执意要打架，只好暗自摇头，心道：我刚还说她沉稳了不少，唉，真不禁夸。

当下他闭口不言，抓紧时间把剩下的面扒进嘴里，准备随时舍命……给君子加油助威。

白脸青年气得柳眉倒竖，颐指气使地对身边的老人说道："给我把那臭丫头捉下来！"

老人迟疑了一下。

白脸青年便跳着脚道："你去不去！"

那老人叹了口气，缓缓地从袖中抽出一把短剑——普通的短剑或轻或灵，乃刺客的爱宠，那老人手上的短剑剑柄却十分厚重，手小的人恐怕都握不满一圈，上面活灵活现地雕着几条蟠龙，尾巴钉在剑柄上，张口欲噬人似的。

谢允目光一扫，忽然说道："九龙叟一双手上功夫天下无双，什么时候倒要对一位后辈言听计从了？"

那老者摇摇头道："主上有命，不可违，这位公子，姑娘，得罪。"

话音没落，佝偻的老头就好像自平地拔起，转眼已经蹿上了二楼，短剑出鞘声如龙吟，直指周翡。这老头子断然不是什么善茬儿，上一句话还说得客客气气，下一刻手里短剑就如毒蛇出洞，根本不给人留反应的余地。倘若周翡几个月以前遇见他，恐怕甫一照面就已经蒙了。

然而周翡已经见识了朱雀主、北斗，甚至枯荣手，她就像是一棵被无数绝代高手握起来的苗，跟四十八寨中那个不知世事的乡下丫头早已不可同日而语。

周翡当下躲也不躲，人依然坐在长板凳上，横刀架住短剑，一伸腿将对面谢允连人带长椅端出了两丈有余，省得他碍事。她随即手腕一翻，长刀噌的一声亮了相，贴着那老者的手肘，自下而上掀了上去。

谢允好整以暇地坐在数丈以外，干脆跷起了二郎腿，嘴里还不肯闲着："留神他剑柄里的乾坤。"

刚说完，只见那九龙叟手腕"嘎啦"一声，拧成了一个颇为吓人的角度，"咻咻"的声音从大张着的龙口中掠过，剑柄上小龙口中突然射出了两支巴掌长的小箭，一支射向周翡，一支射向那姓谢的支嘴驴。

谢允一看，这死老头好霸道，连看热闹的都打，猛地往旁边挪了半尺，险而又险地避开了那支短箭，椅子却失去了平衡，他直接坐在了地上。

谢允也不生气，干脆收起两条无处安放的大长腿，盘膝往地上一坐，神神道道地说道："老人家，凡事太过，缘分必然早尽，您不劝劝自家人，反而听之任之，为虎作伥，实在有失高人风范。"

周翡脚尖一点，上了桌子，那小箭擦着她的鞋底钻进了木桌子里，一支不算，只听"笃笃"几声，短箭接二连三地冒出来。

蜉蝣阵可以延展天地，也可以在方寸间走转腾挪，周翡的身法叫人看得眼花缭乱，整个二楼顷刻间没了人。

这时，突然有人扬声道："住手！"

那九龙叟听了这人出声，脸色骤变，顿时顾不上周翡，连楼梯都来不及下，双脚一跺，使了个破坏性极强的"千斤坠"，直接将二楼的木板踩碎，落到一楼，拦在那小白脸面前。

周翡心道：你叫我住手我就住手，你算哪根葱？

她当即就要追上去，却被不知什么时候爬起来的谢允一把拉住。谢允小声道："英雄，你先歇歇，给人说两句话的工夫。"

说话间，只见一个三十七八岁的汉子缓缓从后厨走了出来，那人瘦高挑，身上挂着围裙，两肘往下套着两个略带油渍的套袖，是个厨子打扮。他露在外面的脸和手都洗得很干净，整个人却依然显得十分落魄，一点精神都没有。

谢允小声叹道："原来那酱不是老板娘酿的。"

周翡将长刀在他嘴前入鞘，示意他闭嘴。

那厨子冲掌柜的弯腰施礼道："掌柜的，对不住，又给您惹麻烦了。"

掌柜的摆了摆又白又胖的手掌，叹了口气。

厨子缓缓地将两臂上的套袖卷下来，放在一边，抬起眼，看了一眼被九龙叟护在身后的小白脸，说道："阿沛，冤有头，债有主，不要连累不相干的人。"

那叫作"阿沛"的小白脸听了，皮笑肉不笑地说道："好哇，这么说你是出来还债的？"

厨子深深地看了他一眼："要怎么样，你说。"

小白脸笑道："这个容易，我不要你的命，你先当着我的面，剁下自己一只右手，再跪在地上给我磕上百八十个头，叫我穿个三刀六洞，咱们以往的恩怨就算了！"

他说到这儿，三春客栈外面突然冒出来一大帮人，袖上一水儿地绣着张嘴欲噬人的恶龙。客栈中其他人见来者不善，纷纷退至墙角，硬是腾出了中间一块空地。

周翡自从见识了木小乔的所作所为，对活人死人山实在没什么好印象。她觉得这小白脸沿街伤人不说，看起来还格外讨厌，连喘气的姿势都特别欠揍。李大当家说过，提刀不敢拔，不如给人家切瓜去。何况那九龙叟方才不由分说就动手，也不算与她毫无瓜葛。

周翡这段时间本就心有郁结，干脆纵身落到楼下，将长刀往地上一戳。

厨子垂下眼，往前走了一步，那小白脸立刻退了一步。见状，那厨子好似笑了笑，停下脚步，轻声说道："那倒也没什么，我同你回去，要杀要剐全看你，不要搅扰了人家。"

掌柜的忽然开口道："慢，慢动手，诸位大爷，劳驾，您看，我这小店里就这么一个厨子，您将他领走了，我上哪儿去再找一个来呢？"

他一边说，一边凑到那小白脸面前作揖。

小白脸冷笑一声，伸手便向他胸口："我管你……"

周翡一根手指卡在刀鞘上，正待出手，却见那面团似的掌柜伸手一带，便将那小白脸的胳膊别了过来。小白脸好像被什么东西吸了上去似的，往前趔趄几步，顷刻受制于人。掌柜的扣住他半个臂膀，不知使了什么手法，那小白脸疼得满头冷汗，而他居然也还算硬气，闷哼一声过后，愣是咬着牙没再吭声。

周翡没料到还有这种变故，一缩手，翘起来的刀鞘"吧嗒"一声落了回去。

谢允慢慢悠悠地在她耳边说道："衡山脚下这三不管的鬼地方，什么牛鬼蛇神都有，你当光是嘴甜就能混下去吗？你瞧见那掌柜的一双手了吗？"

周翡眨眨眼。

谢允见她一双眼睛睁得又圆又大，眼尾一小簇睫毛微微翘起，显得十分可爱，贱人之心便又蠢蠢欲动，故意吊着她的胃口，大尾巴狼似的说道："说句好听的，我告诉你。"

周翡一提刀柄敲在谢允肋下："说不说？"

谢允被她敲得一弯腰，险些咬了自己的舌头，见周翡似笑非笑地瞥了他一眼，忙道："说说说，英雄省点力气——这小店不大，客人又多，平日里都是掌柜的当伙计使、伙计当驴使，你瞧那掌柜的，好几次打烊后，清扫擦桌子之类的粗活都是他自己动手干。干活的人掌心自然茧子摞茧子，你不觉得他那双手皮肉太细了吗？"

周翡还真没留意过，闻言一愣，她仔细看过去，只见掌柜的那双手洁白如羊脂，掐着那小白脸的脖子，手背上连一条青筋也看不见，依然是不温不火地笑道："劳驾，劳驾，诸位堵着门，我这一大早没法做生意，求大爷们体谅体谅小人，给您作揖了。"

他说着，往下弯了弯腰，随着他的动作，那小白脸脸都扭曲了，涨得紫红。厨子面露不忍，上前一步，本想说什么，却又想起掌柜的这是为自己出头，只好憋回去了。

九龙叟目光闪动了片刻，从怀中摸出一面小旗，一抬手插在门口。

谢允喃喃道："大事不好。"

周翡没来得及问，便见那九龙叟突然出手，一把抓起了墙角一个住店的行商。那行商身边跟着好几个走镖的护卫，愣是谁都没来得及反应，眼睁睁地见他拎小鸡似的拿了自家主人，纷纷拿起兵刃，却谁也不敢先动。

厨子脸色一变，沉声道："你们做什么？"

九龙叟一脸无奈，叹道："掌柜的真人不露相，一举捉了我家少主。老朽束手无策，抢不回人，若是讨要，掌柜的想必要提出老朽做不了主的事——要么是看护不力，要么是办事不力，二者择其一，老朽的罪名是必然落下了。依着我家主上的脾气，我这老命也是必然保不住了，那么掌柜也便是老朽的杀身仇人了。我一个老废物，别的事办不成，只好先给自己报个仇。诸位掏钱住店，是跟我的仇人做生意，这样算来，连坐也没什么不妥当。"

他话没说完，双手已经骤然发力，那倒霉的过路行商吱都没吱一声，头一歪，没了气。

九龙叟将尸体一扔："青龙旗立在门口，此地便是只许进不许出，只留死人，不留活人，你们还等什么？"

客栈外面围的一大帮人闻言，立刻冲进了客栈，将这小小客栈连掌柜的带住客一起围住。

周翡："……"

住个店也能连坐，这他娘的招谁惹谁了？

那九龙叟一声令下之后，好似破罐破摔，抽出他那把亮着九个豁牙的短剑，径直冲那小白脸胸口捅去。

掌柜的却仿佛并不想要这小白脸的命，当下便挟持着他往后退去。场中形势骤然逆转，变成了九龙叟要杀自己人，掌柜的玩命护着，还颇为束手束脚。小白脸自带倒霉之气，谁跟他一拨谁吃亏，胖掌柜虽然深藏不露，但是带着这么个大累赘，几回合下来，也是左支右绌，好不狼狈。

活人死人山青龙座下一干教众冲入客栈中，逮谁砍谁。

谢允四下一看，颇有自知之明地说道："这种场合我可不大擅长应对……"

周翡冷声道："知道就别碍事。"

她话没说完，已经纵身冲向九龙叟，长刀裹着风雷之声便呼啸而至。方才在楼上，她虽然和九龙叟动过手，但那时周翡不知对方深浅，也不知道他们大老远跑来找事的来龙去脉，不好不由分说地大打出手，因此出手多有保留，基本只是招架。

可是这会儿她一看，什么青龙朱雀灰泥鳅烟家雀，闹了半天都是一路货色，她无端被"连坐"，冤得一肚子火，顿时将木小乔的仇一起记在了这伙人身上。周翡此时再一动手，仅仅是声势便与方才大有不同。

那九龙叟悚然一惊，低喝一声，短剑荡开周翡的刀，两人电光石火间短兵相接了三四次。

九龙叟凶名已久，内功自然不是一个初出茅庐的少女能比的。周翡的破雪刀虽冠绝天下，但几次三番下来，手腕也不由得发麻。

殊不知九龙叟也在暗自惊骇——周翡的手腕麻不麻他是不知道的，可这女孩子的刀法极凛冽，竟有几分熟悉，而且步步紧逼，丝毫没有少年人与人动手时的犹豫与迟疑。

九龙叟暴喝一声，加了十成力，仗着自己内力深厚，狠狠地压住了周翡的刀背，两人一时间僵持。这时，那厨子却突然在旁边轻轻地说道："姑娘这难道是……破雪刀吗？"

"破雪刀"三字一出，九龙叟神色立刻变了，只见他手中短剑"咔"一声转了个角度，剑柄上一支小箭从一个十分隐蔽的角度飞向谢允，逼迫周翡不得不撤刀回救，她只得错一步追上那支小箭，用刀尖挑了下来，九龙叟却借机运力于掌，一掌拍向她后心。

然而蜉蝣阵千变万化，以万物为遮、万物为挡。周翡去追那飞箭的时候，事先本能地伸脚一踢旁边的长凳子，那长凳子跳了起来，正替她挡了一下。木凳随即四分五裂，周翡只觉一股阴寒的掌力自她肩颈大穴涌入，掌力虽被凳子挡了一下，威力依然不容小觑。她内腑巨震，嗓子里顿时冒出了腥甜气息，然而与此同时，她身上另一股内息突然自行流转。

周翡当时没细想，含怒回手一刀，这一刀是“破雪刀”中“山”一式，中正厚重，她以往使得中规中矩，此时却不知为什么，带出了说不出的肃杀之气，比平时生生快上了三分。

九龙叟本就是欺负她年幼真气浅薄，不料这一掌拍过去，非但没能伤她，反而仿佛逼出了长刀的凶性。他愣是没敢硬扛，仓皇退开两步，手持短剑护在胸前，如临大敌地盯着周翡。

原来周翡虽然从段九娘那里机缘巧合之下收了一股枯荣真气，却没来得及学会如何自由使用。她身上两股真气虽然相安无事了，却并未合而为一，有点各行其是的意思。这种古怪的情况，哪怕段九娘还在，恐怕也教不了她。而这股险些要了她小命的枯荣真气一直沉在她的经脉中，方才却意外被九龙叟一掌激发出来。

周翡筋骨稍显细弱，不止一个人断言她练破雪刀会事倍功半，可枯荣真气却又极暴虐，正好补了她的短。

枯荣真气和破雪刀曾经相争相斗，而后阴阳两隔二十年，不料在她身上通而为一。

周翡一时心情有些复杂。

九龙叟神色闪烁片刻，收了短剑，冲她拱拱手，客客气气地说道：“老朽不知姑娘是南刀后人，方才多有得罪。我等的恩怨既然与姑娘无关，那么便多有打扰了。我们这里大动干戈，这许多人，刀剑无眼，难免误伤。姑娘可以带着你的……嘿嘿，那位朋友先走一步，来日有缘再见，老朽再给你赔罪。”

周翡："……"

九龙曳方才还说住了店的就得连坐，这会儿又变成了恩怨与她无关了。他听见"破雪刀"三个字之后第一反应是杀人灭口，见一时半会儿杀不动，又变成了"不知姑娘是南刀后人"。而"嘿嘿"二字更是猥琐无比，"朋友"两字从他嘴里吐出来，简直是从"月"到"又"都被玷污了一遍，能一直羞辱到仓颉始造字时。

周翡从未听过一个人能在一句话里塞这么多屁，一时间"叹为观止"，简直不知该如何作答。

旁边沉默了半晌的那厨子却开了口，说道："既然九龙曳发了话，小姑娘，你们能走就走吧，你们本就是无端被我牵连，实在抱歉。"

谢允双臂抱在胸前，没吭声，倒先笑了起来。

周翡不留情面地说道："腿长在我身上，我愿意来还是愿意走，用不着蚯蚓来指挥。"

谢允在旁边深以为然地点点头，说道："我妹妹虽然没大没小，时常殴打兄长，但听她说话还是很顺耳的。"

九龙曳脸颊绷了绷，随即皮笑肉不笑地道："好，上天有路你不走，地府无门非闯进来，既然二位给脸不要——今日南北双刀齐聚在此，我青龙一脉的要好好领教，请，请。"

他这一声令下，身后的活人死人山教众立刻训练有素地堵上了客栈的门，飞快地结了阵。

青龙主和那将属下当羊放的朱雀主木小乔不同，不爱自己动手，最擅长群殴。他创了一种人多势众的"翻山倒海"大阵，打仗不见得行，对付落单的高手却是极佳。

周翡却不知厉害，她的心神被"南北双刀"四个字占去了大半，震惊地看了看圆滚滚的掌柜，又看了看一脸憔悴的厨子，不知道这个"北"指的是谁——当年南北双刀并称双绝，南刀李徵在蜀，北刀关锋在关外。

李徵交游极广，后来挑起四十八寨的大旗，更是举世闻名。相比而言，那位关锋关老前辈就不太爱问世事了。他比李徵还要年长十来岁，早年还有些传说，自从旧都叛乱之后，他便再没有入过关，逐渐成了个传说。到如今，想必已经作为一个普通的牧羊老人终老荒原了。

蜀中一年到头连个雪渣都看不见，南刀却是冰冷凛冽，有北风卷雪之势；而塞外除了风沙就是牛羊，北刀的刀法却极柔，人称"断水缠丝"。

谢允正色起来，对那厨子拱手道："敢问前辈可是北刀传人——纪云沉纪大侠？"

那厨子没料到竟然有小青年能一语道破他名姓，便微微一愣，随即苦笑道："惭愧，在下确实姓纪，如今已是废人，不敢污了先师名声，'北刀传人'万万不敢领。"

那被胖掌柜挟持的小白脸却在旁边插嘴冷笑道："可不是没脸领，你且问问他，还敢不敢动刀？"

纪云沉低头道："不错，我发过重誓，自废了武功，终身不再使刀，也不再跟人动武。"

周翡惊呆了，忍不住问道："什么时候都不跟人动武，那倘若别人要杀你呢？"

纪云沉眉梢微微动了一下，脸上带着披块白布就能哭灵号丧的愁苦，轻声细语地对周翡说道："让他杀就是了。"

他话音没落，小白脸已经一脸恶毒地叫出声来："那你怎么还不赶紧去死？这一客栈的人，今日在此丧命，都是受你牵连，你为什么不死？"

纪云沉听了，神色仿佛更黯淡了些，他缓缓弯下腰，从地上捡起被周翡击落的小箭。

谢允总觉得他脸上有种"活够了"的气色，怀疑他下一刻就会把那小箭往自己喉咙里捅，忙道："你就算死了，九龙曳也不会放过我们的，活人死人山何时讲过道理？"

那小白脸听了，"扑哧"一声笑出来："那自然，要论武功，九龙曳未见得排得上，可要论起心狠手辣，他老人家可是罕逢敌手。别说你死一次，就是死一千次、一万次，也不耽误他老人家由着性子杀人！"

周翡一头雾水地听他吠了这许多废话，愣是没听明白这小白脸是想要纪云沉死还是想要他活。她怀疑活人死人山的人脑子都有问题——自己跟自己的主意都不能前后一致，没事老是自己说嘴打脸玩！

九龙叟冷冷地看了那小白脸一眼，口中蓦地发出一声尖锐的号子，他身后人阵骤然动了，扑向客栈中的众人。

要论打架，周翡从来都不看别人的动作，自己想出手就出手，当即抽刀迎了上去。

这一动手，她才发现这些人的棘手之处。这些青龙教众明显训练有素，进退有度，像一张缠人的大网。破阵一般是逐个击破，可是对上这些人，一旦深入一点，那"网"便会顺着力道缩下去。杀一人，立刻有另一人补上，不多不少，有条不紊。客栈外面还等着不少人，随时准备按顺序入阵，他们个个武功庸常，可是凑在一起，便组成了一个"巨人"。每个人都只是巨人身上一根头发，死多少都不伤筋动骨。

这客栈说大不大，说小不小，刚好让这张"人网"给网得水泄不通。

周翡不过稍一迟疑，便有七八把兵刃压在了她的刀上，身后一边两个人立刻补上同伴的位置，分别从四个角度扑向她。

只听谢允大叫道："上面！"

周翡闻声手腕一别，逆转枯荣真气，猛地将长刀往前一送，当场捅死了一个青龙教徒。随后循着破雪刀"风"字一诀，眨眼工夫连出十四刀，将那人网逼退了一瞬。她骤然往上蹿起，脚尖在一个青龙教徒肩上一点，攀上了二楼木阶，挣脱了那纠缠不休的翻山倒海大阵。

周翡低头一看下面人数众多的青龙教众，头皮有些发麻，眉头不由得皱了起来。不料一回头，却见谢允那厮早早找了个"风水宝地"——木阶悬在半空的一个夹缝里，前后有木头柱子挡着，可躲可藏，十分逍遥，当即忍不住翻了个白眼。谢允露出个头来，对她龇牙一笑，说道："破阵不难，你听我说，先把门窗封住，不让他们补人，然后记住'唯快不破'四个字，再密的网也怕火烧，不足为惧。"

此人全然是胡说八道——想要封住门窗，首先得有个人深入阵中，撕开一条长口子，在内外两拨人夹击时强行封门，隔开里外两伙青龙教众，再和客栈里的人里应外合才行。她当即气不打一处来地怒道："什么馊主意，你行你上！"

谢允全无方才附和她要留下时的英雄气概，当即一缩头道："我可不行。"

周翡："……"

姓谢的可真是个能屈能伸的人物。

她低头一看，胖掌柜点了那小白脸的穴道，将他扔给纪云沉看管，全力应对九龙曳。其他人全然是勉强挣扎，根本指望不上。

周翡一咬牙，心道：死马当活马医吧。

她飞身而下，将"风"一式发挥到了极致，生生将青龙教众的大网撕开一条口子。然而几次接近门口，却总是被人海填回来。人网在她身后不住地收缩，周翡心里发急，手上刀已经快成一道残影，却总觉得越反抗越无力。

这时，那纪云沉突然开口说道："姑娘，刀法一个套路是死的，人却是活的，南刀是李前辈的刀，你是你，你太拘泥于前人绝学了。"

周翡正在焦躁，火气本来就大，听了这大而无当的一句话，心道：瞎扯什么淡？

纪云沉说话有一点中气不足，语气却非常平静，好像旁边这些大侠与魔头将人脑袋打成狗脑袋，也动摇不了他这心如死灰的平静。

这位传说中的北刀传人不紧不慢地说道："破雪刀共九式，从前往后，分别是'山''海''风''破''断''斩''无匹''无常''无锋'。我年幼的时候，有幸见过李前辈一面，以为他的刀，精华在'无锋'。而破雪刀到了李大当家手上，我恰好也有幸见过一次，她的刀，精华在'无匹'。小姑娘，你既不是李前辈，也不是李大当家，你的刀落在哪一式呢？"

周翡刚开始觉得这个人一点精气神都没有，连累了这么多人也没什么表示，便看他有点来气，不想听他唠叨。可后来也不知是怎么了，她居然莫名其妙就听进去了，及至听到"无锋""无匹"那一段，周翡便觉得好像有一根楔子凿开了她的脑壳，就算不是"醍醐灌顶"，起码也能算是"芝麻油灌顶"。

她手上不由得顿了一下，险些被包围过来的青龙教众堵在人群中。

周翡心道：对啊，我外公没的时候，我娘比现在的我也大不了多少，她那套破雪刀指不定学成了什么熊样呢。她说破雪刀就是"无坚不摧"，到底是祖传的还是自己编的都不一定，我为什么就奉为圭臬了？

周翡自从下山后，长的不光是心眼和见识。曾经，她将李瑾容当成自己做梦都想超越的目标。那时候，周翡一方面觉得李大当家也没什么了不起的，迟早会有那么一天，她能毫不费力地夺下她娘手里的长鞭。另一方面，她又隐隐地对李瑾容有种说不出的依赖，她潜意识里相信，哪怕天塌下来，只要李大当家还在，四十八寨就不会被埋在里面。因此大当家说的话一定是无可辩驳、无可争议的，大当家教的功夫一定是最权威的，最正确的。

可是此时，好像都反过来了。

周翡亲眼见了人间无数她想都想不到的艰辛，亲身承担过一点跟李瑾容当年比起来微不足道的责任和压力，才知道李大当家其人，确乎是了不起的。而见识了活人死人山的大魔头、北斗贪狼甚至枯荣手这样的绝顶高手，周翡反倒觉得李瑾容的功夫虽然也属于一流，但未必就能一枝独秀。

一瞬间，九式破雪刀原有的框架仿佛突然在周翡心里分崩离析，她想也不想，由着性子横出刀背，压住一个青龙教徒手中的兵刃。那人本能地用力往上顶，周翡顺势就着刀锋滑了过去——像她无数次用一根柳条滑过牵机线一样！

滑到尽头，周翡手中刀锋陡然一立，"破"字诀已经蓄势待发，她面前的人来不及反应，已被那如毒蛇吐芯似的刀捅了个对穿。周翡一脚将那尸体从自己刀尖上踹了下去，随后伸手一操，拎起尸体的领子，狠狠往前一撞，正要上前补阵的人顿时被撞飞了。

天下阵法，虽然千差万别，但有些道理是固定的。周翡虽然从未曾系统地学过，但对打架……特别是打群架一事天分极高，一套"蜉蝣"

就已经足够使她如虎添翼了。

她撞开补阵人，不往前走，反而后退一步，手肘一吊，点在一个青龙教徒的下巴上。那人仰面倒下，旁边的人忙要上前，一剑刺来。周翡用刀背一顶，顺着他的力道侧身掠出去，将密集的阵法豁开一条小口。

有五六个青龙教徒见状，忙上前来截，周翡就像练了缩骨功一样，从他们之间的缝隙中极灵巧地钻了过去。她像一把抓不住的流水，"水"流了一半，她手中刀却又骤然翻脸，回手下劈，那一刀之果决狠辣实在值得记下一笔。一个青龙教徒难当其锐，来不及回撤，后背上已经挨了一刀，他剧痛之下往前一扑，正好扑到几个同伴的兵刃上，当场成了一块被穿了好几根签子的腊肉。

整个翻山倒海阵被周翡这一冲一豁，开出了一个窟窿。

而她转眼已经到了门口。

这时，只听谢允一声大叫道："你的'销骨散'呢？"

他话音没落，周翡已经会意地一扬袖子，堵在门口的一干青龙教众听了这等恐吓，预感到有种见血封喉的邪物，不由得集体往后退了一步。周翡一刀将退得慢的人斩于刀下，随即"哐"一声甩上了客栈的门，回手长刀横扫，逼退想要靠近门的青龙教众，接着又自己将客栈木门拉开。门外方才上了当的一帮傻帽好不容易回过神来，正要往门里撞，一下没刹住，当当正正地撞在了迎面一招"不周风"上，血溅在门口，一下多了好几具尸体，成了天然的门挡。

谢允喝道："都愣着干什么，阵已破，不足为惧，你们怎么还不反击？"

其实翻山倒海阵没破，只是周翡方才一番速度太快，将整个阵给牵制住了，乍一看好多人站错了位，倘若真有人指挥得当，这阵眨眼就能归位。可惜九龙叟正跟胖掌柜斗得难舍难分，无暇他顾。谢允这一句"惑众妖言"当即落地生根，立竿见影地将青龙教的翻山倒海阵给"吓"乱了。

客栈中原来没有招架之力的人一听，立刻有怨报怨，有仇报仇，跟堵在门口的周翡两面夹击，这样一来，那阵法真是不破也不行了。

谢允抽时间冲周翡挤了挤眼，比了个大拇指——你有三尺青锋之利，我有三寸长舌之绝，天衣无缝，合作无间。

周翡心说：呸。

她扭过头去，懒得看这不要脸的东西手脚并用地扒在楼梯夹缝里散德行。

场中情形登时逆转，胖掌柜一声大喝，双手一合，那对又白又嫩的手掌生生将九龙叟的短剑扣在了掌中，竟有些刀枪不入的意思，然后他一脚横踢，正中九龙叟的侧腰。所谓"女怕打胃，男怕打腰"，九龙叟挨了个正着，横着便飞了出去，一头撞在木阶旁边的立柱上。他倘若是个瓷人，此刻恐怕已经被踢碎了半边。

九龙叟抽着气无意中一抬头，正跟吊在半空中、藏在木阶夹缝里的谢允目光撞上。

谢允一缩头："啊哟，大事不好，房子要倒！"

九龙叟一见谢允这小白脸，恨得心肝一起抽起筋来，只恨不能把他碎尸万段、剁馅喂狗，登时一剑朝他刺去。谢允就像一片纸，几乎不着力地从半空中落了下来，脚尖刚一沾上地面便顺势滑开。

密封的客栈中好像无端卷来一阵秋风——谢公子就是那片随风而动的落叶。

"落叶"一边翩翩起舞，一边嘴上不歇气地说道："大伯，柿子不能光找软的捏啊，多损您老人家的一世英名？"

说话间，他已经飞身上了二楼，还有暇回头冲九龙叟龇牙一笑，然后纵身往九龙叟方才踩出来的洞口落去，只将九龙叟气得七窍生烟，想也不想便追了上去。不料那胖掌柜正好在洞口底下等着，当即狞笑道："你下来吧！"

九龙叟再要躲闪已经来不及了，胖掌柜一把抓住他的小腿，直接将他拽下来抢在了地上。

此时，一干青龙教众没有了翻山倒海阵，成了一帮没脑袋的乌合之众，门口被周翡守得滴水不漏，里面的人则已经被愤而反击的住客们杀了个七七八八。

胖掌柜低笑了一声，冲那九龙叟道："老哥，多行不义必自毙啊。"
说完，他大手一拧，便要将九龙叟的脚腕拧断。

可是就在这时，"咔"一声极轻的动静响起，客栈太嘈杂了，连胖掌柜自己都没听见，纪云沉和谢允却同时抬起头，异口同声道："小心！"

那九龙叟的脚踝处竟然还有一处机簧，外力一拉一拧，一根巴掌长的小铁箭便直冲着胖掌柜的面门飞去。胖掌柜再要躲已经来不及了，情急之下，他大喝一声，将九龙叟一条腿生生撅折，然后抬手护在面门前，那小铁箭正戳入他掌心中。

胖掌柜那双刀枪不入的手仿佛一把抓在了烈火上，一阵灼痛瞬间卷上全身，血流出来就是黑的——那铁箭上竟然有毒！

纪云沉的脸色陡然变了，蓦地站了起来，却见那胖掌柜满头冷汗地从旁边捡起一把不知谁掉落的板斧，大喝一声，将自己那只中箭的右手齐腕剁了下去。

纪云沉失声道："花兄！"

从九龙叟暗算，到胖掌柜中箭断腕，统共不过一息的光景，谢允连眼都没来得及眨一下，已经呆了。半晌，他才低声道："花？难道是'芙蓉神掌'花正隆？"

胖掌柜面色青白，人不由自主地哆嗦，两排牙不住地往一起撞，却还是从牙缝中挤出一句话："还有人记得我这老东西，幸……幸甚。"

九龙叟一条腿畸形地垂在一边，差点疼晕过去，死狗似的在地上喘了片刻，混浊的双眼中竟又清明起来，闻听"花正隆"三个字，他目光闪烁，一只手便要探入怀中。就在这时，他面前有雪亮的刀光一闪，九龙叟的瞳孔只来得及一缩，还没缩到位，本人已经成了个"无头叟"，大好头颅叽里咕噜地滚了出去。

不知什么时候赶到的周翡微微一错身，避开溅出老高的血迹，若不是她下刀及时，那老鬼不知又要出什么幺蛾子。她皱着眉扫了谢允和纪云沉一眼，真是不知道这俩嘴炮玩意儿到底有什么用。

而方才被周翡一个人堵在客栈外面的青龙教众终于破开木门，还没来得及往里冲，就跟九龙叟单飞的脑袋打了个照面，跑在最前面的一个不留神，让门槛绊了个大马趴，然后此人以迅雷不及掩耳之势跳了起来，二话不说，转身就跑。

有了这么个带头的，门外的青龙教众顿时作鸟兽散，转眼间跑了个干干净净，徒留一片血迹，自三春客栈门口口绵延到了长街上。

方才被打斗声惊动，纷纷闭门关窗的商贩与人家又重新把窗户支了起来，往来过客没事人似的重新走动。所有人似乎都习惯了这种场面，仿佛地面上那一摊不是人血，而是狗屎——除了小心别踩一脚，再没有别的值得留意之处了。

胖掌柜花正隆踉跄着往旁边一坐，纪云沉连忙上前帮他止血包扎。

那角落里被点了穴的小白脸见众人都十分繁忙，没人搭理他，便自冷笑一声道："芙蓉神掌，南刀……哈哈，真不愧是北刀传人，哪怕成了个废人，也有一帮狗腿子上赶着保你……"

他话没说完，周翡已经一晃身到了他面前，抬手便抽了他一个大嘴巴。

倘若那小白脸的脖子再细一点，非得让她这一巴掌将脑袋抽下来不可。那一边白白净净的脸顿时肿起老高，细条瓜子脸成了一枚倒放的橡子！

周翡不轻不重地说道："再喷粪就割了你的舌头。"

谢允忙道："不错，这位兄台还是赶紧闭嘴吧，她真干得出来！"

那小白脸狠狠地盯着周翡，目光中仿佛要喷出火来。

纪云沉替花掌柜止了血，叹了口气，回头冲周翡一揖到地，又抬头在客栈中环视一圈，冲众人说道："纪某人连累诸位了，实在百死莫赎。"

小白脸冷笑，橡子脸妨碍发挥，笑得嘴有点歪。然而此人真是个天生的贱骨头，拼着受割舌之刑，也要说话讨人嫌，仍不肯消停，他说道："你们扣下我无所谓，我不过是青龙主座下一条会摇尾巴的狗，可你们杀他的九龙叟、破他的翻山倒海阵，公开打了他老人家的脸，此事可就不能善了了。今日在这儿的人，有一个算一个，谁也跑不了！"

　　纪云沉转过头看着他,叹道:"阿沛,你现在这样,要是让你双亲见了,心里不知要怎么难受,别再糟践自己了。"

　　那小白脸听见"双亲"二字,简直要当场犯病,一张脸登时涨得通红,脖颈上的青筋暴起似乎有一寸高,倘若不是穴道被制,大约能跳起来咬人,大声道:"你还有脸提我爹娘!你……"

　　他话没说完,地面突然无端震了起来。

　　满大街支起的门窗就跟排练好了似的,齐刷刷地关了回去,方才还人来人往的街上眨眼就没了人。

第二章·

端王

"旧都叛乱时，东宫被围，后来起了一把大火，本以为一个人都没能跑出来，后来才知道有个老太监冒死将小皇子送出了宫，南边的建元皇上把他接到了身边，册封为'端王'，后来又是怎么……嗯……"

　　周翡掐指一算，感觉只要是有谢允在身边，自己就没遇上过什么好事。她实在忍不住，便又用刀柄捅了谢允一下："你说，你是不是扫把星转世？"

　　谢允连忙蹦跶着躲开："虽然此话确实言之有理——但也不能什么都赖我啊！"

　　客栈中方才死里逃生的一帮人又紧张起来，特别是还听了那小白脸的一番危言耸听的话，当场就有人崩溃道："难道真是青龙主来了？"

　　那齐刷刷的脚步声越来越近，周翡用刀柄钩住谢允的后脖颈，将他往旁边一甩，说道："闪开点。"

　　这一个客栈中，纪云沉是个手无缚鸡之力的厨子，花掌柜又刚刚受了重伤。周翡目光一扫，见众人都是神色惨淡，个个顶着一脸等死的惶恐，全都指望不上。她只好暗叹口气，自己提刀而出。

客栈的木门方才被仓皇逃窜的青龙教众合上了，周翡一脚踹开，抱定了"输人也不能输阵"的打算，一脸睥睨无双地走了出去……然后愣住了。

她前脚出去，谢允后脚也跟了上去，只看了一眼，这方才在九龙曳面前还大放厥词的谢公子整个人都僵住了——只见来的这一众人马队伍整肃，几乎称得上令行禁止、鸦雀无声，断然不可能是活人死人山这种邪门的江湖门派。为首一个中年男子端坐在马上，周翡看了两眼，发现自己居然还记得这个人。

正是当年亲自带人去四十八寨接周以棠的"飞卿将军"闻煜！

闻煜旁边还跟着个戴斗笠的人，到了近前，那人将斗笠往上一抬，冲周翡他们一笑，正是白先生。

周翡见这阵仗，满心纳闷，问谢允道："你不是说，白先生会用行脚帮的暗线来送信？行脚帮现在都改行去当官兵了？"

谢允将声音压得极低，飞快地对周翡道："妹子，咱们青山不改，绿水长流，后会有期。"

说完，他扭头就要跑，不料尚未抬脚，那闻将军转眼间已经到了近前。闻煜翻身下马，将座下高头大马往谢允面前一拉，挡住他去路，然后用一句话就给谢允施了个定身法。

闻煜道："臣参见端王殿下。"

周翡："……"

端……端什么玩意儿？

她心里瞬间好似有一千个扫把星拖着大尾巴划过天际，炸了个青天白日满地坑。周翡猛地扭过头去，瞪向那一脸尿样的谢公子。

闻煜又转过头来冲她一笑道："这是周姑娘吧，一晃也这么大了。我上次见你的时候，还是个小女娃呢。"

是啊，他还隔空打掉了小女娃的刀鞘。

周翡方才为了装腔作势而挂在脸上的绝代高手表情没来得及撤换，

已经先行僵在了那儿，呈现出某种木然的深藏不露，随即冷淡地点了个头。

谢允抬头看了白先生一眼。

白先生一笑一口白牙，说道："属下奉命护送吴小姐先行一步，可是一想起三公子的安危还悬在一线，便不由得坐立难安，岂敢置之不理？唉，可惜我自己又能力有限，只好带着吴小姐快马加鞭赶到最近的闻将军驻地，请飞卿将军帮忙。方才到地方就听说此地居然有活人死人山的大魔头出没，可真是吓死属下了，紧赶慢赶而来，幸亏您平平安安的。"

说到这儿，白先生顿了一顿，觑着谢允锅底一样的脸色，小心翼翼地拱了个手道："三公子，有道是'千金之子，坐不垂堂'，这江湖处处险恶，您孤身一人到处走，也太让人提心吊胆了，还是回家吧。"

谢允苦笑道："我就知道，明琛把白先生留给我，没安什么好心。"

白先生是一位知书达理的流氓，闻言乐呵呵的，一点也不觉得别人是在骂他，冲左邻右舍紧闭的房门拱了拱手，彬彬有礼道："对不住诸位乡亲，多有搅扰。"

一整个客栈预备着要跟青龙主殊死搏斗的江湖人都被这变故惊呆了。接着，闻煜有条不紊地安排亲兵跟着他在客栈中住下，其他人就地安营扎寨，又吩咐了不得扰民，将吴楚楚从随行的一顶小轿中请了下来，风度翩翩地对谢允一伸手，说道："殿下，请。"

谢允好像被"殿下"两字崩了牙，方才还叨叨起来没完，这会儿陡然成了个没嘴的葫芦，一言不发地上了楼。

闻煜先是同周翡说道："令堂托人捎了一封信到周先生那儿，听说你在这儿，周先生就顺便命我带来了。"

他说着，从怀中取出一封信交给周翡，又笑道："一别几年，你爹一直十分挂念，时常提起你。当年闻某奉命打下姑娘一把刀鞘，多有得罪，没记恨我吧？"

周翡其实记恨了好几年，但是没好意思说，只好皮笑肉不笑地冲他点了个头。闻煜很慈祥地看了看她，又十分客气地跟客栈中一干江湖人打了招呼，这才跟到楼上去了，不知要找谢允说些什么。

　　吴楚楚见了周翡，就跟见了亲人一样，也不怕这一客栈横七竖八的臭男人了，黏在她身边不肯走，连声说道："你没事太好了。"

　　周翡低头看了一眼闻煜交给她的信，见那信是拆过的。信是写给她爹的，上面的字迹千真万确是李瑾容的，她还有点没回过神来，便漫不经心地回了吴楚楚一句："我能有什么事？"

　　后面本来还有一句"不就是北斗的几条狗吗"，后来觉得当着这么多人的面太猖狂不好，又颇为稳重地咽下去了。

　　然而过了一会儿，"稳重"的周翡忍不住一探头，压低声音问吴楚楚道："端王是什么王？"

　　吴楚楚听她提起这事，便说道："我也没想到，一开始白先生带我去闻将军驻地的时候，可把我吓了一跳，谁知道他们居然是朝廷的人，还有谢……呃，端王殿下……竟然是当年懿德太子之子，旧都叛乱时，东宫被围，后来起了一把大火，本以为一个人都没能跑出来，后来才知道有个老太监冒死将小皇子送出了宫，南边的建元皇上把他接到了身边，册封为'端王'，后来又是怎么……嗯……"

　　变成这么一个不靠谱的江湖骗子满街乱跑，外人就不知道了。

　　吴楚楚将后面那句话咽回去了，她觉得周翡的脸色有点难看，便又说道："端王放着锦衣玉食的金陵不去，一个人在外面风餐露宿的，必定也是有什么苦衷，未曾言明身份也是自然……阿翡，你是不是生气了？"

　　周翡的心情十分复杂，一言难尽，说不上生气，只是太震惊了。她方才还在紧张地琢磨着万一来的人真是那什么活人死人山的青龙主，怎么把这一帮废物都全须全尾地保下来，这会儿又猝不及防地灌了一耳朵前朝旧事，愣愣地低头看了一眼手上这把新弄来的长刀，说道："那倒也没有……"

　　就是差点把先太子遗孤捅成马蜂窝。

　　她想了一会儿，还是十分消化不良，便干脆撂在一边，抽出李瑾容写给周以棠的信看了起来。李瑾容的信上废话非常少，寒暄都没几句。周翡看了，怀疑他们俩肯定是时常通信，才能这么言简意赅。

李大当家写这封信的时候，还不知道吴家只剩下吴楚楚一个人了。信里对周以棠说，她思量再三，觉得四十八寨毕竟是个穷乡僻壤之地的江湖门派，恐怕会有莽撞人冲撞了夫人小姐，实在不大方便，因此她已经修书一封给王老夫人，倘若迎到吴家人，便往南护送到闻煜将军那里，请周以棠代为照顾安排。

后面又说，周翡、李晟他们也随行其中。另外四十八寨中还有一些周以棠用惯的旧物，虽都不值钱，但不在身边恐怕不方便，因此也托了人给他送去。几个晚辈本就顽劣，这一趟出门恐怕连心也跑得野了，让周以棠严厉一点，不要再像以前一样惯着他们。

周翡一目十行地看完，缓缓地皱起眉。

吴楚楚问道："怎么？"

"没什么，"周翡道，"我娘叫我转道护送你去南边。"

吴楚楚"啊"了一声，一双眼睁着，有些茫然和惶惑。

周翡看了她一眼，承认李瑾容这么安排似乎也有道理——千金小姐就应该住在高门大院里，出门有香车宝马，进门有丫鬟婆子才对。四十八寨里一帮师兄弟整天除了比武就是斗殴，也确实养不好这么娇嫩尊贵的花。

可让她觉得奇怪的是，李大当家早干什么去了？转道往南的事，在他们出门的时候为什么不说？还有让人捎东西给周以棠……周以棠离家多少年了？哪怕断胳膊断腿都应该习惯义肢了，东西现在才想起送？虽说李瑾容确实算不上什么贤妻良母，可也不至于粗枝大叶到这种地步吧？

她抓着刀柄在手上反复转了几次，起了个主意，想道：不行，我得回家看看。

周翡打定了主意，没有声张，百无聊赖地听吴楚楚说了一些路上的见闻。

闻煜那些亲兵很快将客栈打扫干净，乍一看，客栈简直又恢复了之前的宁静——除了原先的住客都纷纷离开了。

这一场大闹，从早上一直乱到了正午，谢允一直也没露面，整个二楼都站满了闻煜的亲兵。言明不必伺候，客栈里没有客人好招呼，小伙计已经退到后堂去了。花掌柜脸色好了一些，纪云沉就像个真正的厨子，去厨房炒了几个小菜，给几个各自心事重重的人端上桌，又重新泡了茶，在围裙上擦了擦手。他转头对那小白脸说道："阿沛，我请花兄解开你双手的穴道，来吃些东西吧。"

花掌柜依言用仅存的手指一弹，解开了小白脸上身的穴道。

小白脸冷笑道："我这碗里的耗子药都放好了？"

纪云沉二话没说，端起他面前的饭菜，自己吃了一口，然后沉默地在他面前放好。

小白脸哼了一声，倒也能屈能伸，低头扒了起来。

周翡不由自主地看了他一眼，心道：这小子方才宁可被割舌头打脸也不肯服软，怎么这会儿给口吃的又老实了？饿疯了，还是又憋了什么坏主意？

随即，她又忍不住叹了口气，因为她发现自己想的事越来越多了，几乎到了有点蛛丝马迹就忍不住琢磨一下的地步，也不知道自己是变得"明察秋毫"了，还是"一惊一乍"了。

兵荒马乱是一天，太太平平也是一天，谁也不比谁短长到哪儿去。夜幕降临的时候，周翡早早地把吴楚楚赶去休息，自己回房转了两圈，又把李瑾容的信拿出来看了一遍，心想：我娘让王老夫人把吴家人托付给闻将军，现在既然闻将军已经在这儿了，那我也算完成嘱托了。

这么一琢磨，她就心安理得了，三下五除二写了一封信，压在茶杯底下，自觉不算不告而别，然后她将自己随身的东西一卷，扛起长刀，便悄无声息地钻了出去。

结果周翡钻出来只看了一眼，就缩回去了——闻煜大半夜不睡觉，正看贼似的坐在她平时爱坐的窗口附近自斟自饮，而客栈里此时灯火通明，上上下下好几个亲兵轮班转。她再一推开窗户，只见往日早早静谧下来的长街格外热闹，挑灯的兵将三五一群地沿街巡视，把小小一家客栈围得里三层外三层，简直有点插翅难飞的意思。

周翡撑着下巴，在夜色中凝神想了想，认为自己没必要自作多情。闻将军防的贼肯定是好不容易捉到的那位行为不端的王爷，自己要走，他不见得会拦，实在不必这么鬼鬼祟祟，大大方方地推门出去就行了。

"倘若他狗拿耗子，连我一起拦……"周翡略微回忆了一下当年闻煜打掉她刀鞘的那一招——她承认，那时候闻煜确实比自己厉害，至于现在嘛……

周翡将长刀在手腕间转了一圈，心道：倒可以来试试。

就在她打算休息一晚上，第二天光明正大地告辞的时候，旁边一间房的窗户突然被人推开了一条小缝。

客栈的木头窗户框年久失修，发出了细细的"吱呀"一声，周翡侧头去看，等了半天没等到下一个动静，还以为是风吹的，正要离开，那窗户缝里突然飞出了一个小东西。

周翡忙侧头躲开，定睛一看，不是暗器，而是隔壁弹进来一块纸团叠成的"菱角"，正落在她的窗边。隔壁住的是谢允，周翡不知道他又作了个什么妖，疑惑地拆开一看，只见里面分别用正楷、行草以及隶书三种字体写了一长串"救命"，白纸黑字间都能听见他嗷嗷惨叫的心声。

周翡白天没回过神来，这会儿夜深人静了，才有机会细想这件事。

"端王"这封号，一听就让人觉得还挺值钱的，此人化名"谢允"，四处招摇撞骗，还离家不归——周翡自动把谢允和李晟归到了一路货色里——让他回家也不是要害他，就谢允这种三脚猫还自以为"够用"的功夫，整天在兵荒马乱的世道中四处乱窜，活蹦乱跳到现在，实在是祖坟上冒青烟。

周翡冷漠地小声道："爱莫能助，滚蛋吧。"

她抬手便要关上窗户，刚关了一半，隔壁就急了，从打开的窗户缝里传出了一声捏着嗓子的猫叫，尾音颤颤巍巍的，足以以假乱真。

周翡："……"

真不要脸啊！

周翡探出头，往四下看了看，见这会儿人不多，便冲隔壁小声道："你干……端王殿下，你在捣什么鬼？"

谢允一唱三叹地"喵"了一声后，将窗户缝推大了一点，露出半双手，以十分正宗的要饭姿势冲周翡作了作揖。

周翡翻了个白眼，果断将窗户甩上了。

突然，长街尽头传来一声突兀的锣声，"铛"一声，传出去老远，在山间来回响，砸得人心头一跳。周翡忙又将窗户推开，往外望去，只见雾气昭昭的长街上，除了闻煜巡夜的亲兵外，多了有七八个人，一开始是几条影子，眨一下眼，那些人便近了不少，她再眨一下眼，这几个人竟然已经闹鬼似的到了客栈下面。这几个人个个包得严严实实，从楼上看，帽顶到衣衫，都是白花花的一片。

走在最前头的人手里拎着一面铜锣，无视周围已经戒备起来的官兵，在客栈门口，振臂一锤，又将那铜锣"当当"敲响了两次。

周翡耳边一炸，一时竟然有点晕。

只听隔壁低声道："三更锣？"

周翡蓦地一偏头，只见谢允衣衫整洁地靠在隔壁窗边。

谢允伸手点了点她："我算认识你了。"

周翡顿了顿，不知道该怎么称呼他合适，便干脆省了，直接问道："三更锣是什么？"

"是……"谢允刚说了一个字，一掀眼皮，扫了周翡一眼，"就不告诉你。"

周翡运了运气，感觉自己的刀柄又在蠢蠢欲动。

这时，客栈中跑出两个亲兵，彬彬有礼地冲外面那伙人一拱手，说道："我家将军问青龙主安好，不知青龙主深夜前来，有何贵干？"

这一帮子夜幽灵闻言，纷纷让开，露出走在最后面的一个人。那人生得人高马大，几乎要比其他人高出一个头来，负手而立，打量了这三春客栈一眼，随后略微一低头，旁边一人立刻会意，屈着膝盖走到他面前。

青龙主轻轻地捏起这手下的下巴，对着他的耳朵说了句什么。

周翡心道：有话不吭声，这是干什么？

随即她一转念，反应过来了——是了，闻煜派亲兵出面，这青龙主也是好大的架子，非得同样让手下回答。

青龙主的手下上前两步，开口说道："我家主人言道，此地南北不沾，不知是哪一位将军过宿？"

亲兵将手中令牌一亮。

那青龙主门下人又道："原来是飞卿将军，深夜不速之客，搅扰将军休息。只是我家主人走丢了一条小狗，那小狗伶俐得很，乃我家主人爱宠，自己顽皮跑了，听人说被人绑了关在这家客栈中，我们也只好陪着来走一趟，请将军见谅。"

他说到这里，顿了顿，做出倾听的模样，想必青龙主是有"传音入密"之类的功夫。过了一会儿，大概是青龙主传完了，那人又学舌道："另外有手下狼狈逃回后，说这客栈中有一伙凶徒，不分青红皂白，不但扣了我家主人的狗，还杀了我们青龙座下的使唤人，踩裂了青龙旗。我等不过是来讨要个说法，飞卿将军也是个讲理的人，想必不会怪罪。"

"凶徒"之一的周翡和谢允对视了一眼。

闻煜缓缓地从木阶上走下来，抬头冲青龙主笑了笑，开口说道："不是闻某不讲理，只是三春客栈中眼下住了贵人，实在不便久留诸位。我们明日清早就走，青龙主不妨多等一宿，明天您有怨报怨，有仇报仇，我们绝不打扰。"

青龙主终于拿完了架子，低低地笑了一声，却摇了头。

那敲锣的见状，又将手中铜锣重重地砸了一遍，随即这七八个人倏地散开，同时出手，立刻便有几声惨叫响起。

他们居然招呼都没打一声，说翻脸就翻脸！

周翡神色一凛——这几个跟在青龙主身边的人，每个的武功都不在九龙叟之下。

这时，那青龙主本尊突然抬起头来，周翡的目光猝不及防地与他对上，瞳孔不由得一缩，只见那青龙主面白无须，一张嘴却大得惊人，整张脸下面好像豁开了口，裂开好大一条缝，阴恻恻地冲他们一笑，然后凭空拔地而起。

周翡面前的木窗都在震颤，仿佛要被他一掌给吸过去。

这人无论是长相还是武功都太过可怖，周翡却未惧反迎，手中刀鞘破窗而出，不由分说地扑向青龙主的掌心，被青龙主轻飘飘地一把抓在手中，然后铁打的刀鞘从尖端竟开始塌陷，一寸一寸地被他揉成了一团。转眼青龙主已经上了二楼，手掌在墙上一印，留下了半寸深的痕迹。谢允再顾不上开玩笑，喝道："阿翡，躲开！"

周翡没理他，仗着窗外的青龙主无处着力，她将破雪刀的"破"字诀流星似的泼了出去。

她的刀，被贪狼、九龙叟乃至青龙教的翻山倒海阵先后磨炼过，越发快得发亮，青龙主似乎有些惊奇，"咦"了一声，擦着周翡的刀光在空中一旋身，随后一扬手，要去抓周翡的刀背。

周翡飞身蹿上窗口，陡然变招，她的刀好像分成了三道锋，将青龙主整个人笼在了其中。

青龙主连避三下，随后"砰"一声抓住了她的刀背。周翡当时就觉得一股无法抵御的大力顺着刀身传了过来。

她干脆飞身而出，伸脚一踩谢允推开的窗户，轻轻一蹬，先是将谢允连窗户带人都给拍回了房中，随后借着这一脚之力，将身上的枯荣真气运转到极致，双手陡然下压，硬是将青龙主从半空中压了下去。

闻煜提剑上前，一剑向着青龙主身后挑来。

青龙主拽着周翡的长刀，回身轻拍了一掌，歪了的刀锋立刻撞在闻将军的剑上。闻煜轻轻一侧身，腾出一只手扶了周翡一把，笑道："真是后生可畏，周先生见了，一定很欣慰。"

周翡一提肘撞开他的手，执刀立在一侧，轻轻活动了一下发麻的手腕。

闻煜却不给她再战的机会，吹了一声长哨，几个亲兵立刻上前，将青龙主团团围住。

周翡皱皱眉，正要上前，突然觉得身后有风声袭来，她本能地伸手一格一拧。只听"嗷"一声惨叫，周翡愕然发现谢允那厮不知什么时候站在了她身后，连忙放开。

谢允龇牙咧嘴地甩着手："快别逞英雄了，赶紧跟我趁机溜，快点！"

第三章·

山川剑

"虽说是江山代有才人出，可以后几十年，必定
是不好过的年头，你们这些后生，往后有的是刀
山火海要闯，怎能无端折在我手里？"

谢允话没说完，突然一缩头。

周翡吃他的霉运已经吃撑了，一看他的动作，当下头也没回，横刀
就砍——原来是方才那活鬼似的敲锣人不知怎么往这边飘了过来。

刀刃撞上铜锣，周翡的刀太快，看似挥了一刀，那锣却响成了一片，
堪比敲锣打鼓喜迎新媳妇。敲锣人一撒手，铜锣四周立刻长出了一圈利齿，
那锣盾牌似的扣在他手臂上，活像扛了个刀枪不入的乌龟壳。此人轻功
极高，再加上一身白衣，越发诡异可怖如同活鬼。偏偏周翡的蜉蝣阵越
走越熟，两人转眼间在原地转了有七八圈，简直让旁观者眼花缭乱。

周翡刀法为一绝，跟蜉蝣阵搭起来更是绝配，可这敲锣人抱着个可
攻可守的铜锣盾牌，像个蜷在壳里的王八，教人无从下手。而且无论蜉

蟒阵怎么千变万化，他好像总能先一步察觉。

锐利者常不能持久，何况周翡年轻，积累不深，这么长久地磨下去不是办法。谢允看得直皱眉，四下寻摸了一番，突然扭头冲进客栈，不知从哪儿找了个铜盆出来，朗声道："阿翡，法宝来了，速战速决！"

周翡："什……"

她没问完，就听身后"嗡"一声。周翡吃了一惊，脚不沾地地闪开，只见一个硕大的铜盆破空而来，当当正正地撞在锣上，撞出一声石破天惊的巨响。

铜盆被那豁牙的锣撞了个口，叽里咕噜地弹了出去。周翡忙一伸手，将这破洞的"法宝"接在手里，看清了此物是何方神圣，差点回头给端王跪下磕头。

这打得正热闹呢，一个破铜盆赶来捣什么乱？

可惜人家不给她五体投地的机会，那敲锣人先是被砸过来的铜盆吓了一跳，往后退了一步，随即很快反应过来，又卷土重来。周翡手里举着个碍手碍脚的铜盆，扔也没地方扔，左支右绌地用铜盆当盾牌挡了几下，乱响震得她自己耳朵都发麻，简直好像化身雷公电母。

然而很快，她又发现了这铜盆的妙处——那敲锣人原来眼神有点问题，半夜三更里需要靠锣声的动静定位，此时加上一个"咚咚乱叫"的盆，他顿时被吵成了个没头的蝙蝠，方才鬼魅似的身法乱了！

周翡一边暗喜，一边疑惑——这谢允怎么什么都知道？他这么多年到处闲逛，是不是仗着跑得快满世界听墙根了？

那吊死鬼似的敲锣人很快露出破绽，周翡抬手将铜盆丢到一边，"咣当"一声，敲锣人下意识地跟着响动偏了一下头，这一刻分神已经致命——周翡长袖一带拉回长刀，半点不拖泥带水地抹了他的脖子。

她再一回头，发现谢允那厮已经不见了。周翡四下扫了一圈没找着人，突然面前落了一颗小石子，她抬头一看，见谢允不知什么时候上了房顶，正冲她招手。

周翡趁乱纵身跃上一棵大树，脚尖在树梢上一点，倏地上了房顶。

谢允一拽她的袖子，嘴里还美颠颠地胡说八道："拐个小美人私奔喽！"

说完，他预感自己得挨揍，未卜先知地抬手抱住头，谁知等了半天，周翡却没动手。谢允诧异地一回头，见周翡摩挲着沾了血迹的刀柄，问道："打王爷犯法吗？"

谢允道："打谁也不对，殴打庶民与殴打王子同罪……"

他本意是劝说土匪向善，不料土匪一听到"同罪"二字，就放了一百二十个心，当即抬起一脚，将谢允从房顶上踹了下去。谢允像只九命猫，虽然是滚下去的，但滚得十分舒展，落地时已经调整好了姿势，悄无声息地飘落在马厩旁边。他一手扶着马厩的木头柱子，惊魂未定似的抚胸道："分寸呢？男人闪了腰是闹着玩的吗！"

周翡蹲在房顶上，睁着一双大眼睛问他："哎，你真是端王爷吗？会不会……"

她本想问"会不会是他们认错人了"，但是转念一想，闻煜虽然同她萍水相逢，但看起来是个靠谱的人，应该不会这么瞎，于是话音一转，问道："……是你投错胎了？"

谢允的嘴张了又闭上，愣是没想出应该怎么接这句话。他哑然片刻，忍不住扶着腰笑出了声，拊掌道："不错，生我者父母，知我者阿翡——这都能让你看出来？我真是越来越喜欢你了！"

他嘴上十分忙碌，不耽误手上偷鸡摸狗。谢允三下五除二从马厩中拖了两匹马出来，将一根缰绳丢给从房顶上跳下来的周翡："放心，闻将军是你爹手下第一打手，青龙主从他手里讨不了什么好处……咦？吴小姐？"

周翡回头一看，只见吴楚楚不知什么时候也出来了，双手还抱着个小小的包裹，气喘吁吁的。

周翡皱眉道："这里刀剑无眼的，你出来做什么？快回去！"

吴楚楚犹豫了一下，期期艾艾地说道："你……你们这就要走吗？东西都带齐了吗？"

谢允笑嘻嘻地回道："跟着我抬腿就能走，什么都不用带，没钱了……"

周翡面无表情地接道："去要饭。"

谢允惊诧道："你怎么知道我还干过这一行？是不是见我年轻貌美，偷偷跟踪过我？"

周翡："……"

周翡其实看得出来，吴楚楚不想独自跟闻将军他们走。在南朝无亲无故，她孤苦伶仃一个女孩子，去投奔一个不认识的人，投奔的人只闻其盛名，人品好不好、脾气好不好，一概不知道，确实令人惶然恐惧。可是周翡自己风里来雨里去，随时能跟人拔刀动手，也实在不方便带着她，只好有意危言耸听，想让吴楚楚自己回去。

周翡心想：怪只怪我本事不够大吧。

要是她能像她外公一样就好了，跺一跺脚，整个武林跟着震三震，想去哪儿就去哪儿，哪里用顾忌那么多？

以吴楚楚的家教，断然不会开口强人所难，一时间，"可不可以带上我"这句话她怎么都说不出来，眼泪都快下来了。

就在她进退两难的时候，一只手突然从她身后伸过来，一把扣住她的脖子。吴楚楚惊呼一声，随即被迫仰起头——那分明已经被花掌柜封住穴道的小白脸居然不知怎么自己站了起来，他半张脸都隐藏在暗处，鼻梁高而细窄，下巴尖削，嘴角含着一点笑意，越发像个传说中杀人吮血的妖物。

他越过吴楚楚的头顶看向周翡，轻声道："别动，我虽然本领稀松，比不得南北刀这种了不起的大人物，可掐死个小丫头还是不难的。"

周翡一看见此小白脸就戾气上涌，森然道："你大可以试试，她少一根头发，我活片了你。"

小白脸似笑非笑地看着她，侧头在吴楚楚头发上轻轻嗅了一下，答非所问地品评道："我觉得这个姑娘比你好看一点，女孩子，细细软软的才好，整天打打杀杀的，小心长一脸皱纹……哦，也对，我忘了，通常你们都活不到能长一脸皱纹的年纪。"

周翡动了杀心，心神自然落在手中刀柄上，短暂地关闭了她的伶牙俐齿，一言不发地盯着那小白脸。

小白脸冲她眨眨眼睛，又笑道："再说，我看起来难道像个怕死的人？"

忽然，旁边的谢允开口叫道："阿沛。"

那小白脸听见自己的名字，目光一动。

"唐突了，我听纪大侠这样称呼阁下。"谢允彬彬有礼地冲他笑了笑，接着，张嘴说了一句石破天惊的话，"想必阁下大名便是这个了，那么敢问尊姓，是不是'殷'呢？"

周翡没听明白，心说：姓"阴"还是姓"阳"有什么区别？

那小白脸的脸色却倏地变了，整个人好似被疯狗咬过，嘶声吼道："你说什么！你知道什么！"

他的手不由自主地用力，掐得吴楚楚真快断气了，哆嗦得像一片秋后的枯叶。

这一瞬间，花掌柜不知什么时候潜到他身后，那小白脸暴怒之下心神失守，竟没能察觉，被剩了一只手的花掌柜一掌打了个正着，他踉跄一下，不由自主地往前扑去。周翡毫不迟疑地一步迈上去，探手扭住那小白脸的小臂，一拉一拽中带了些分筋错骨的手法，"嘎啦"一声便将他的小臂关节卸了下来，同时接住吴楚楚，往身后一甩丢给谢允，提刀便要宰了那小白脸。

两个声音几乎同时落下——

"住手！"

"慢着！"

周翡的刀刃离倒在地上的小白脸只有一线，油皮都擦破了，硬生生地停了下来，那森冷的刀光倏地闪入血槽中，映得刀下之人脸色一片铁青。

出声的一个是谢允，一个是纪云沉。

纪云沉先低声下气地说道："我没料到他竟然学了青龙主的移穴之法，一时失察，实在抱歉。"

这名叫作"殷沛"的小白脸人在刀下，依然在"孜孜不倦"地找死，闻言大笑道："难不成你以为我入青龙教是个幌子？"

怪不得这小白脸给什么吃什么，闹了半天是积聚体力，等着夜深人静没人防备的时候再杀人逃跑。

纪云沉没搭理他，诚恳地对周翡道："可否请姑娘饶他一命，看在……"

周翡冷冷地瞥着他，预备着只要这厨子敢说一句"看在我的面子上"，她当场就在这小白脸脖子上开个洞。这纪云沉婆婆妈妈、磨磨叽叽，天天顶着一张活腻了的晚娘脸，也不知道给谁看。要不是被他连累，花掌柜也不至于自断一腕，他不说替朋友出气，反而给这小白脸求情。虽然花掌柜本人没说什么，周翡一个外人也不好做些强行替别人打抱不平的事，但这不妨碍她看纪云沉不顺眼。

幸亏纪云沉的脸没那么大，只听他口中说道："看在李老寨主的面子上。"

周翡："……"

她好悬才把准备在嘴边的"算哪根葱"给咽回去，噎得好不胃疼。

谢允在她身后低声道："阿翡，要是我没猜错，此人是殷闻岚之后。"

周翡愕然道："……山川剑？"

"山川剑"就是"双刀一剑"中的那一剑。剑乃君子，自古十个练武的，起码得有六七个使剑，但凡能靠剑闯出名头的，大抵都不是一般人。山川剑殷闻岚与枯荣手他们那些少年成名的不同，他是正经八百出身名门，一辈子稳扎稳打，最后大器晚成，中年之后方才自成一代宗师。

殷氏曾经兴盛一时，举世无出其右者。他武功奇高，为人又大方，德高望重。

江湖中已有数百年没出过号令群雄的盟主，而山川剑在世的时候，却真能一呼百应，虽无名号，却隐隐是群龙之首。

可惜，殷氏地处中原，不像四十八寨那样偏安一隅，有山川做屏障。南北对峙时，殷氏首当其冲，自然不能独善其身——当年北斗七星齐聚殷家庄里，逼迫殷闻岚投向北朝。堂堂山川剑，连正统大昭赵氏都没有依附过，怎么肯晚节不保投靠伪朝？殷闻岚自然不肯，只是他当时年纪大了，倒也没什么闹事的心，一时生出归隐的念想。

可惜，树大必招风，殷闻岚一再避让，终究没能躲开险恶的世风。

殷闻岚怎么死的，至今仍然众说纷纭。到了周翡他们这一代人，只大概知道殷闻岚暴毙而亡，此后殷家庄分崩离析，像无数湮没在尘埃中的门派一样，断了传承。

周翡的目光缓缓落在她刀下的小白脸身上："他，是山川剑的后人？"

她的神色实在太惊诧，不知怎么刺激了殷沛，那小白脸蓦地一咬牙，竟向她刀刃上撞去。周翡忙缩手撤刀，用脚尖将殷沛踩了回去，暴躁道："你都长成这样了，还怕别人说？真这么要脸早干吗去了？"

不知是她下脚太重，还是殷沛气性太大，听了这句话，殷沛当场怔了片刻，之后竟脸面如金纸，活活呕出一口血来。

纪云沉神色微微一动，面露不忍，叹道："其实他……"

谢允见他又有一山高的苦衷要诉，忙打断他道："纪大侠，别其实了，此地不宜久留，我们还是先……"

他还没说完，客栈楼上突然有人说道："三公子，您在这儿啊？吓死属下了，以为您又丢了。"

那白先生找来了！

谢允脚底下好似抹了十八层纯猪油，"噌"一下钻到周翡身后，连声道："英雄救命，快快帮我拦住他。"

周翡："……"

谢允比她高了半头，跟她对视了半晌之后，突然想起了什么，塌肩缩脖弯下腿，施展出缩头大法，硬是把自己塞进周翡一点也不伟岸的背影里。他眼珠一转，嘴里还嘀咕道："你恐怕打不过这老流氓，得智取……嘶，跟他说几句话，拖一会儿，容我想想。"

周翡彻底拜服在端王爷这张刀枪不入的脸皮下，她先是一抬脚，将殷沛踢到了花掌柜那边，口中却叫道："白先生小心。"

白先生一愣，没明白周翡让他小心什么，听她出口示警，还以为身后有敌人，连忙四下查看。这一分神可不要紧，只听"呼"一声风响，待他回过头来，正见一床被子劈头盖脸地冲他扑过来。

客栈后院中晒了几床换下来的被褥床幔，周翡眼明手快地挑了个最厚的，一把掀起来，自下而上蒙向白先生的脸。白先生也看不清被子后面有什么，忙提剑便劈。谁知周翡就在被子后面，那被子带着她的劲力，白先生刚一动刀，她就猛一掌将其推了出去，两厢力道撞在一起，棉被顷刻间粉身碎骨，大团的棉絮炸了个"千树万树梨花开"，飞得漫天都是。白先生当即被迷了眼，就这么一刹那间，棉絮中伸出一把刀，闪电似的绞开白先生的掌中剑，猝不及防地架在他脖子上。

白先生多少年没吃过这种闷亏了，一时大意，居然被一个小丫头暗算了——还是个他一直以为忠厚直爽没心眼的小丫头！

周翡低声道："对不住。"

白先生被她一刀架在脖子上，浑身僵直，胃里往上泛酸水，然而还不等他施展三寸不烂之舌，周翡便三下五除二地封住了他的穴道，随后似乎十分羞愧地冲他一抱拳，说道："我都说让您小心了。"

白先生："……"

整天跟他们家三爷混在一起的，怎么可能近墨者不黑！

谢允大笑道："好，有我年轻时候的风采！"

纪云沉这次终于长了一回眼力见儿，挥手道："青龙主未必是自己来的，你们骑马出行太危险，请先跟我来。"

周翡犹豫了一下，谢允却冲她招招手："跟他走吧。"

周翡一扬眉，还没说话，谢允却仿佛知道她要问什么，低声说道："我再教你一个道理，有些人可能看起来不对你的脾气，讨人嫌得很，但一代名侠，任凭自己混成这副半人不鬼的模样，至少说明他人品还不错。"

周翡虽然不相信纪云沉，却比较相信谢允，当下提步跟了上去，并且举一反三地刺了他一句："这么说，端王殿下任凭自己混成这副江湖骗子的德行，也是因为你人品还不错？"

谢允好像一点也没听出她的嘲讽，脸不变色心不跳地承了这句"夸"，赞叹道："聪明，慧眼如炬！"

周翡一时无言以对。

这样一来，花掌柜、吴楚楚，还有那重新被制住的小白脸殷沛，都莫名其妙地跟着一起来了。

纪云沉将他们领到了后院的酒窖下面，掀开一口大缸，下面竟然有个通道，看起来黑洞洞的，也不知道有多深。纪云沉随意摸出一个火折子，率先潜了下去。

殷沛人在花掌柜手里，无暇闹妖，嘴却还不肯闲着，见状笑道："堂堂北刀，在一家名不见经传的客栈里给人做厨子，做厨子都惶惶不可终日，硬是要给自己挖一条地道。好好的不肯做人，竟愿意做耗子，奇怪。"

花掌柜不紧不慢地开口道："你呢，好好的不肯做人，竟愿意去做狗，奇不奇怪？"

殷沛气息一滞。

那花掌柜却在神色缓和了片刻后，缓缓地开口解释道："这密道是我留下的，不关纪老弟的事。"

周翡和谢允都没问，只有吴楚楚不太懂这些规矩，奇道："您留下这一条密道做什么？"

花掌柜也没跟她计较，一笑起来又是一团和气，说道："姑娘，我们这些人，有朝一日隐姓埋名，多半都是躲避江湖仇杀，没别的缘由啦。"

这时，走在前面的纪云沉忽然将密道两侧的小油灯点了起来，黑黢黢的密道里瞬间有了光亮，将人影拖得长长的，在细弱的光里摇摇晃晃。吴楚楚吓了一跳，隐约闻到了一股潮湿腐败的味道，似乎是地下久无人来的密道里生出了不请自来的苔藓。

纪云沉的后背有一点佝偻，每天迎来送往、切肉炒菜，久而久之，弯下去的腰就凝固在那儿，不怎么能直回来了。

周翡听着花掌柜和吴楚楚说话，心里却另有想法。她见识了花掌柜断腕的果断狠辣与能屈能伸，不太相信他会是那种为了躲避仇杀委屈自已钻地道的人，还是觉得他在给纪云沉扯遮羞布，她问道："这条路是通往哪儿的？"

花掌柜回道："一直通往衡山脚下。"

周翡"啊"了一声，过了一会儿，问道："直接挖到衡山脚下，衡山派没意见吗？"

早年间各大门派都是依山傍水而立，因此名山中多修行客。有道是"泰山掌，华山剑，衡山路缥缈，峨眉美人刺"，这样算来，衡山应该也是个很有名的大门派。周翡本是随口问的，谁知她一句话出口，周遭静了静。

周翡十分敏感地道："怎么？"

谢允低声回道："你可能不知道，上次南北在这一片交战……大概是六七年前吧，打得天昏地暗，衡山派一直颇受老百姓敬重，好多弟子都是山下人家的，不可能无动于衷，可是一旦插手，就免不了引火烧身。"

花掌柜接道："不错，那一战从掌门到几个辈分高的老人都折在了里头，零星剩下几个小辈，哪里撑得起这么一个烂摊子？有家的弟子各自回家了，剩下走不了的，跟着新掌门离开了。听说那新掌门是老掌门的关门小弟子，走的时候也不知有没有十六七……唉，人不知去哪儿了。"

周翡一愣，不由自主地回头看了一眼，目光从花掌柜那张被肥肉挤得变形的脸上扫过，又落到殷沛身上，心里一时有点茫然。

二十年前，最顶尖的高手们，而今都已经音尘难寻——南刀身死，北刀归隐关外，留下个武功全废的传人，在小客栈里当厨子；山川剑殷氏血脉断绝，满院萧条，就剩下一个歪瓜裂枣传承血脉；枯荣手一个疯了，另一个也销声匿迹了十年之久；至于蓬莱东海的"散仙"，此人好似从未曾入过世，究竟有没有这么个人，至今都不好说。

而那些好像能翻云覆雨的名门大派，也都先后分崩离析，活人死人山今朝有酒今朝醉地四处兴风作浪，霍家堡如今已经树倒猢狲散，四大道观各自龟缩，自扫门前雪，少林远避世外，有念不完的阿弥陀，五岳人丁凋零，连个叫得出名号的掌门都没有……当年，哪个拿出来不是风风光光？就这么不知不觉地走了、散了，老死异乡。

中原武林的天上似乎笼了一层说不出的荫翳，所有星辰微弱暗淡，死气沉沉，在乱世中同人一起自危自怜。反而剩下几个北斗，威风得很，令人闻风丧胆。

而浩瀚千年的传承，刀枪剑戟斧钺钩叉，十八般兵器，千万般手段，到了这一代人，好像都断了篇。

乃至于时无英雄，竟使竖子成名。

周翡想得太入神，没料到前面的人突然停住脚步，她一头撞在谢允的后背上。

谢允赶紧扶了她一把，又调笑道："你从前面撞多好——磕着鼻子了吗？"

周翡一巴掌拍掉他的手，只见前方突然开阔了些，借着石壁上的油灯，周翡看见前面居然有一处简陋的小屋子，里面有长凳桌椅可供休息，墙角还储存了不少食物。

纪云沉回过头来说道："诸位请先在这里休息一晚，等明日官兵和青龙狗都走得差不多了，我再送你们出去，脱身也容易。"

殷沛冷冷地说道："脱身？别做梦了，青龙主是什么人？得罪了他，必要被追杀到天涯海角，一条粗制滥造的密道就想避过他？"

周翡道："还指望你主子来救？少做梦了，他要是真追来，我就先宰了你，像你这样丢人现眼的后人不如没有，拖来陪葬，到了下边也未必有人怪我。"

殷沛本该勃然大怒，听了这话，却很奇怪地笑了一下，说道："救我？青龙主倘若追上来，要杀的第一个人就是我。"

吴楚楚见没人理他，无端觉得这小白脸有点可怜，便问道："你们……不是一伙的吗？为什么要杀你？"

殷沛用眼白鄙夷地扫了她一下："你知道什么。"

"我听说，别人都是收徒弟，"谢允忽然说道，"青龙主收了十八个义子义女，方才九龙叟称你为'少主'……"

花掌柜哼了一声："认贼作父。"

"不敢当，只是自甘下贱而已，"殷沛说道，"你们没听见有些乡下人管自家养的狗叫'儿子'吗？我们见了他，要四肢着地，跪在地上走，主人说站起来才能站起来；他吃饭的时候，我们要跪在他膝头，高高兴兴地等着他用手捏着食物喂，吃完没死，主人才知道饭菜里没毒，将我们打发走。偶尔心情好了，还能从他那儿讨到一块额外的肉吃。"

殷沛说这话的时候，目光直直地盯着纪云沉的背影，那男人本就佝偻的背影好像又塌了一点，说不出地憔悴可怜。

"至于我，我最聪明，最讨人喜欢，最顺从，时常被青龙主带在身边，那九龙叟本领稀松，跪下都舔不着主人的脚指头，只好捏着鼻子来拍我的马屁。本想着跟我出门解决一个废人，也浪费不了他老人家多大的精神，运气好还能名正言顺地抢点东西，岂不便宜？只是没想到北刀身边实在是人才济济，连南朝鹰犬都不惜千里迢迢地赶来护卫搅局，还将那不知天高地厚的九龙叟折在了里头。"殷沛笑道，"我私下里狗仗人势，这没什么，回去顶多挨一顿鞭子，但出门闯祸，不但将他的干将折损其中，还断送了一个翻山倒海大阵，这就不是一顿鞭子能善了的了。"

纪云沉充耳不闻，自顾自地摆着桌椅板凳，又将小壶架在火上，热了一罐米酒，只是不知怎么的，没能拿住酒坛子，脱手掉了，谢允反应极快，一伸手接住："留神。"

纪云沉愣愣地站了一会儿，摆摆手道："多谢——阿沛，是我对不起你。"

花掌柜怒道："你就算对不起他，这些年的债也算还清了。他去给人做狗，难道不是自愿的？难道不活该？"

殷沛恶毒地看着他笑。

纪云沉不语，从怀中摸出一块干净的绢布，将一摞旧碗换个儿拿过来擦干净，倒上热气腾腾的米酒，递给众人。那米酒劲不大，不醉人，口感很糙，有点甜，小半碗下去，身上就暖和了起来，萦绕在周遭的潮气仿佛也淡了不少。

纪云沉盯着石桌，低声道："我年少时，刀法初成，不知天高地厚，拜别老师，执意要入关。老师劝过我，但我觉得是他老了，胆子小，不肯听。我的老师劝不住我，临别耳提面命，令我凡事三思而后行。他说：'你手中之刀，譬如农人手中的锄头、账房手里的算盘，锄头与算盘，都是做事用的，不是做人用的，不要本末倒置。'"

纪云沉说到这儿，目光不由自主地扫过周翡，不知是不是从她身上看见了二十年前的自己。周翡抿了一口米酒，没有搭腔，心里将北刀关锋的几句话过了一遍，没太明白。

"我当然听不进去，"纪云沉说道，"刀乃利器，刀法中若有魂灵，'断水缠丝'就是我一手一脚一魂一魄，怎能被比作锄头算盘之类的蠢物？后来我入关中，果然能凭着这把刀纵横天下，很快闯出了一点虚名，结识了一帮好朋友，好不得意。我有心想在中原开宗立派，让'北刀'重现人间，便在半年之内连下七封战帖，先后打败一干成名高手，不料……听见了一个谣言。"

周翡听得有点堵心——李瑾容十七岁就敢入北都刺杀皇帝，段九娘二十出头的时候，已经靠一双枯荣手横行天下了。就连眼前这个她一直看不顺眼的纪云沉，也是初出茅庐，便一刀惊世，心里开始惦记着要开宗立派。可是她呢，连家传的刀法也是稀松平常，一天到晚被人追杀，像个没准备好就被一脚踹出窝的雏鸟，也就只能在谢允这种人面前找点成就感了。

周翡头一次对自己失望起来，看看别人，再看看自己，觉得自己恐怕不能有什么大成就了，既然资质这样稀松平常，那她手里的刀和锄头算盘也确实没什么区别。

她胡思乱想的时候，吴楚楚好奇地问道："是什么谣言？"

"有人说，北刀关锋当年之所以龟缩关外，几十年不踏足中原一步，是因为败给了山川剑殷闻岚，可见'断水缠丝'不过二流，竟也好意思同破雪刀并称南北。"纪云沉道，"离殷家庄越近，这谣言就越盛，我盛怒之下，向殷闻岚下了战书，想要辟谣雪耻——却被拒绝了。

"我虽然颇为不甘心，但殷前辈为人谦恭，言谈举止令人如沐春风，倒也平息了我的怒火。临走时，碰见殷家庄偷偷跑出来一个小孩，机灵得很，也不认生……"

殷沛冷哼了一声，众人立刻明白过来，那小孩恐怕就是殷沛。

"我料想这是殷家的孩子，背着大人偷跑出来玩，当即要把他送回去，他却哭闹不休。我哄了半天没用，想着自己左右也没别的事，干脆带他去附近的集市上转一圈。小孩子嘛，用不了多久就玩腻了，到时候再将他送回家去就行了。不料在酒楼中歇脚时，听那说书卖唱的伶人竟然编出了山川剑是如何大败北刀的段子。

"我听完大怒，殷家是什么势力？若不是他们默许，怎么有人敢在殷家庄附近说这些？"纪云沉说到这儿，深吸了一口气，脸色越发惨白起来，"一时冲动……"

"一时冲动，扣下了我，逼我爹接下你的战书。"殷沛冷笑道，"纪大侠，真是名侠风范。"

众人静了片刻，一时都不知该说什么。

周翡忍不住想起方才纪云沉看她的那个眼神，便扪心自问道：如果是我，我会干出这么冲动的事吗？

想了想就觉得不可能——反正她也打不过，下战书也是丢人现眼。

周翡这么一琢磨，心里不由得有点凄凉，只好又自我安慰道：反正南刀的传人又不是我，是我娘，我娘总比他混得好多了。

李瑾容要是知道她有这么个想法，估计能请她吃一顿皮鞭炒肋条。

纪云沉不吭声了，殷沛却来了劲，大言不惭道："可笑，就算我爹带伤应战，照样能打得你满地爬！"

此言一出，众人都是一脸的一言难尽，连吴楚楚都快听不下去了——站起来足有房梁高的一个大小伙子，张嘴就是"我爹这我爹那"，将自己的出息兜了个底掉，还阴阳怪气不知道寒碜。

唯有周翡，悚然发现方才自己心中所想居然和这小白脸异曲同工，忙以人为鉴，默不作声地低头反省去了。

纪云沉也没生气，坦然道："不错，我不是殷前辈的对手……我岂止在武功上不是他的对手！"

谢允端着热过的米酒碗在掌中转着圈焐手，缓缓地说道："纪大侠，言语好似飞沫，有忠言如良药的，也有见血封喉、勾魂乱魄的，出得人口，入了你耳。一旦你往心里去了，便是让人无形中摆布了你。人心险恶处，譬如九幽深谷，别人心机千重，算你一片赤诚，你那时年纪又轻，一时冲动上当，本不必太自责。"

纪云沉沉默地冲他拱拱手以示谢意。

殷沛却跳起来大骂道："你知道什么？你知道满门被灭是什么滋味吗？"

周翡忽然想起吴楚楚跟她说过的"端王"的来历，立刻下意识地看了谢允一眼。

却见谢允脸上依然是一片好脾气的宁静，连眼神也不曾波动一点，甚至还带着一点迁就似的笑容，仍是十分心平气和地对殷沛道："殷少侠，冤有头，债有主，你讨债讨错人，别人纵然看你可怜，不怪罪你什么，你就能当自己赢了吗？那始作俑者岂不是要笑你傻？"

殷沛脸色红一阵白一阵的，居然被他堵得说不出话来。

"多谢公子替我开脱，"纪云沉说道，他没听见闻煜在客栈外面对谢允口称"端王"，只听见白先生嚷嚷什么"三公子"，便也跟着口称"公子"，接着又说道，"但纪某确实犯了错，欠了债，没什么好抵赖的。"

周翡这会儿才知道，谢允方才那句"他人品还不错"是什么意思。

一个人倘若还知道羞耻，还能坦然认罪，那不管他看起来多不痛快、多优柔寡断，当不成英雄，也不至于是狗熊了。

"后来我才知道，我无端挑衅之前，殷前辈刚刚打发过北狗，当年身上本就带了伤，又遭我逼迫，不得已带伤而来。可即使这样，我仍然不及，比武时，他本可以杀我，却宁可震碎自己的剑，让自己伤上加伤，也没把我怎么样。我记得他当时说过一句话……"

周翡问道："什么？"

"他说：'虽说是江山代有才人出，可以后几十年，必定是不好过的年头，你们这些后生，往后有的是刀山火海要闯，怎能无端折在我手里？'"

周翡端着酒碗放在鼻端，一时居然忘了喝。

纪云沉目光沉沉地盯着手中的米酒。

他年轻的时候，想必也曾经容易得意、容易冲动，或许心气有些浮躁，却又热血讲义气。年轻人，一句投机，就能和别人一起喝个四脚朝天，两句不合，便又能抽刀拔剑大打出手。

不过二十年的风霜，足够将石头磨成沙砾，也足够让一个人面目全非了。

"我虽然败在殷前辈手下，却心服口服，自然要将人家的孩子送回去。"纪云沉说道，"不料我带着阿沛返回殷家庄的时候……"

殷沛的脸色突然变得非常可怕。

周翡想了想，问道："所以当时有人利用你消耗山川剑，在你走之后，又立刻偷袭殷家庄——那会是谁？"

方才纪云沉说殷闻岚和他比武之前，曾经跟北斗的人动过手。山川剑是绝代高手，说不定武功还在李徵之上。殷闻岚既然受了伤，那么跟他动过手的人自然也好不到哪儿去，北斗不太可能一边设局，一边赔本打前站。

纪云沉灌了自己一口米酒，却没答话。

花掌柜忽然大声道："兄弟，到了这地步，你还护着这小子！有什么不能说的？不错，有道是'木秀于林，风必摧之'，当年害殷大侠的人不少。这些年我们兄弟隐姓埋名，就是在追查当年的真相，催逼殷家庄投效伪朝的北狗算一个，当中又有不少跟着他们浑水摸鱼的无名小卒，那便不提了。除此以外，还有一方也是主谋之一——殷沛，你可听好了，就是你认的那好干爹！"

周翡以为殷沛又得跟让人踩了尾巴的土狗似的，跳起来狂吠一通，谁知殷沛却紧紧地闭了嘴，除了阴恻恻地看了花掌柜一眼，什么都没说。看他的神色，竟然好像不怎么意外。

花掌柜冷笑着用仅剩的手掌拍了拍纪云沉的肩头，说道："瞧见没有，现在你看明白自己养大的是个什么东西了吗？"

纪云沉两口把一碗米酒灌进了嘴里，不知是不是因为喝得太快，他从眼眶一路红到了额头，额角的筋张牙舞爪地露出形迹来，几欲破皮而出。

花掌柜恨声道："这傻子满心愧疚，二十余年来没睡过一宿好觉，发誓再也不跟人动武，除非手刃仇人——还要星星不敢给月亮地养大了这个白眼狼。"

殷沛冷笑道："怪就怪世上没有不透风的墙吧——敢问花大侠，你要是知道养父就是害死你一家的人，你还能继续装孝子贤孙吗？"

花掌柜不待见他恐怕不是一天两天了，慈祥的胖脸上硬是绷出了些许怒目金刚的意味："我哪儿有这能耐？我看你这一套倒是做得十分熟练，真是英雄出少年。"

纪云沉喝道："行了！"

花掌柜陡然将手中酒碗一摔，指着纪云沉对殷沛道："你当年突然不告而别，可知他是怎么找你的？他就差将三山六水每个石头缝都翻个底朝天了！后来你去而复返，我见你神色阴鸷，眼神不对，几次三番提醒他要小心，这小子偏不听，怎么样？中山狼咬一口疼吗？被迫自断经脉好受吗？"

这边本来好好地回忆着峥嵘岁月，突然吵起来了。

周翡、谢允、吴楚楚三个人完全接不上茬儿，只能大概从这吵吵嚷嚷中拼凑出一点真相——殷沛无意中得知殷家庄覆灭和纪云沉有关系，因此愤而出走，在外面不知遇到了什么，总之被青龙主捡去了，每天学习怎么做一代魔头。功夫不负有心人，他在"心术不正"这方面果然是天赋异禀，初出茅庐，就成功暗算了纪云沉，害他自断经脉。

纪云沉腾一下站了起来："都休息够了，我送你们出去。"

花掌柜城府很深，即便失态，也是略一闭眼就恢复了正常。他抬手制住殷沛，捏住那小子的喉咙，强迫他闭嘴，然后捏在手里，跟着众人往外走。

再见天日的时候，居然已经临近正午了。

刚从地底下爬上来，阳光还显得有些刺眼。周翡探头一看，绵延的高山果然近在眼前了，仰头能隐约看见那藏在云雾中的顶峰，山脊上披着一层浓墨重彩的碧色，风来不动，远眺时，还能望见四下成片的潇湘竹林，是好端庄的一方俊秀河山。只可惜，河山虽俊，却远近无人。看得出附近本该有一些村子，依稀还有些个破屋烂瓦剩下，不过都已经成了遗迹，活物早就跑光了。空山野鸟，人迹渺茫，越发萧条。

众人都是风里来雨里去惯了的，走一宿倒也不怎么觉得疲惫。只有周翡留心看了一眼吴楚楚的脸色，提议道："先休息一会儿吧，天色还早，下午赶路也不迟。"

吴楚楚虽然强忍着没吭声，听了这话却也如蒙大赦，一屁股坐在了地上，真想就这么躺下。

谢允冲纪云沉拱拱手道："多谢纪大侠带路。"

纪云沉摇摇头，问道："公子要往何处去？"

谢允笑道："我一个闲人，何处不可去？倒是二位，闹了这么一场，三春客栈怕是不能回了，打算往哪里走呢？"

周翡听到这儿，心思一动，忙见缝插针地替他们家大当家拉拢人脉道："要是有意，倒可以跟我回蜀中。"

就是那小白脸殷沛有点问题，带着是麻烦，杀了也不好，难不成就地放生吗？似乎对环境不太好。

花掌柜笑了笑，正要搭话，突然，静谧的山间突兀地响了一声锣，惊得群鸟都叽喳乱叫地上了天。周翡汗毛一乍，对谢允道："你不是说闻煜靠谱吗？怎么那敲锣打鼓的戏班子这么快就追来了？"

谢允心道：废话，闻将军打一半发现丢了人，哪儿还有心情对付这帮邪魔外道？肯定就匆匆散了。

不过这话说出来肯定又得挨揍，谢允急忙堆出满脸忧郁，冲周翡道："唉，我也不知道，可能是人生不如意十之八九吧？"

周翡看了他一眼，面无表情地踩了他一脚。

谢允："……"

周翡道："不知道为什么，看你挤眉弄眼就来气。"

她说完，拎起长刀四下戒备，那锣声传得满山谷都是，一时分不清是从哪儿来的。花掌柜捏着殷沛的喉咙，说道："跟我走！"

一帮人在锣鼓喧天声中撒丫子狂奔。

花掌柜不愧在此地迎来送往好多年，俨然成了个地头蛇，在浓密的山林中东钻西钻。周翡一开始还能记路，转了两圈以后便"云深不知处"了，只好闷头跟着。锣声渐渐被甩下，花掌柜带着他们来到半山腰处——此地路非常窄，后面还有个天然的山洞可以休息，躲进去十分隐蔽，居高临下还正好易守难攻。

周翡四下打量一眼，还没来得及松口气，就听见吴楚楚小小地尖叫了一声，只见一帮白影不知什么时候飘然而来，几个呼吸间便来到了上山的小路尽头。为首一个开路的在路边插了一面青龙旗，然后分开两边。那面如鲶鱼的青龙主越众而出，好整以暇地仰头望着周翡他们这帮老弱病残，随即向空中一伸手，一只大灰耗子似的动物突然从殷沛身边的树上跳了下来，几下就蹦到了青龙主手里。

青龙主十分爱怜地抱起那耗子，用手指顺了顺毛，也不嫌脏，上嘴亲了一口，笑道："项圈都没摘的狗，别人抱不走的。"

殷沛一直被花掌柜掐着脖子，好悬没断气，好不容易花掌柜手一松，他总算是逮着了说话的机会："我们每日服食一种丹药，身上有味，人闻不到，只有他手里那只寻香鼠能闻见，跑到天涯海角都能被找到，谁让你们非得挟持我的？"

此人有屁不早放，非得这时候才说，简直可恶至极。周翡感觉山川剑的面子已经不够使了，她得动手宰了这小白脸才能消心头之恨。

那青龙主一松手，灰耗子就训练有素地顺着他的胳膊爬上他的肩膀，端端正正地坐好，一双小眼珠滴溜溜乱转。青龙主说道："不错，快把我家的小狗还回来，本座赏你们一个全尸。"

周翡正要开口呛回去，谢允却一抬手拦住了她。

他略微上前一步，不知从哪儿摸出了一把扇子，倒提着转来转去，一改之前恨不能抱着周翡大腿喊救命的熊样，举手投足间，居然带出几分不徐不疾的贵气来。谢允一抬手，从袖中抛出了什么东西，只听"咻"一声，一截烟花拖着扫把星似的尾巴炸上了天，哪怕是青天白日里也十分耀眼。

青龙主的脸色倏地难看起来，忙往周围望去，此地山风凛冽，吹着树枝来回摆动，倒仿佛埋伏了人。

谢允看着他，似笑非笑道："是吗？本王活了这么大年纪，还是头一次听见有人说要给我留一个全尸。啧，曹仲昆就不肯，青龙主比他厚道多了。"

周翡震惊地看着谢允一抹脸，顷刻间就从一个油腔滑调的江湖骗子化身"端王爷"，一时间有些消化不良。谢允随即侧过身，背对青龙主，高深莫测的表情忽地又一变，冲她做了个龇牙咧嘴的鬼脸。

周翡："……"

然后谢允缓缓走到殷沛面前，迎着殷沛和花掌柜如出一辙的惊骇目光，用扇子挑起殷沛的下巴，端详片刻，又轻轻在他脸上拍了几下，说道："本王刚开始还有点不信，不过看青龙主这不打自招的阵仗，看来那件事是真的？"

哪件事？

周围一帮人都不知道他在说什么，只好集体绷着脸，尽量不露出茫然的傻样来拆台。

谢允旁若无人地缓缓对殷沛说道："把山川剑交出来，本王保你一命。"

第四章·

亡命

人的血是不能凝滞不动的，
凝滞在哪儿，就会凉在哪儿，
变成蛇的血、蝎的血。

纪云沉和花掌柜对视了一眼，全都是一脸震惊。

只有周翡感觉自己将脖子以上落在了三春客栈，还在纳闷地想："山
川剑不是死了吗？怎么交？"

殷沛被花掌柜掐着喉咙，眼珠瞪得都快要从眼眶里离家出走，目光
化成锥子，仇恨地钉向谢允。谢允笑了笑，说道："你先是说，那九龙
叟不过二流，连你都要巴结，他带来的一帮手下更是喽啰，又说你骗出
九龙叟，一不小心弄死了他，所以青龙主要追杀你——少年，你自己听听，
这前后的说法哪一句对得上？劳驾编瞎话也费点心，都不过脑子。"

听瞎话也没过脑子的周翡飞快地眨了一下眼。她方才就觉得有点不
对劲，只是没细想，这会儿听谢允说出来，才明白不对劲在何处。周翡

心道：哦，闹了半天追杀他是因为他偷了青龙主的东西，还糊弄九龙曳那大傻子给他保驾护航。

殷沛一瞬间有些慌乱。

谢允又说道："要不是猜出那把山川剑可能在你手上，你真以为几句花言巧语，就能让本王捞你一回？你觉得我是傻呢，还是断袖呢？"

殷沛气得脸红脖子粗，很想呸他一脸，然而一时想不出词——他不可能在青龙主面前自曝出身，哪怕骂起大街来都要字斟句酌，谨防说漏嘴，好生不爽快。

青龙主慎重地问道："我说南朝大将为什么会无端出现在此地，不知阁下是哪一位贵人？"

谢允笑了一下，没吭声。一般这种情况，他仙气缥缈地一笑完，就应该有个有眼色的手下人站出来，替他宣布"我家王爷是谁谁"。可是谢允笑完，再放眼四周——发现身边没有配备这个角色。

纪云沉和花掌柜全都不明所以。

谢允只好隐晦地给周翡使了个眼色，周翡莫名其妙地看了回去，跟他大眼瞪小眼，全然没有接收到端王殿下的排场——谢允好不胸闷，敌人来得突然，友方阵营里没有一个能接住他的戏的！

就在他头皮发麻地琢磨着怎么把形象圆回来的时候，终于有人出面救场了。只见吴楚楚一拢云鬓，走上前去，冲那青龙主盈盈一个万福，轻声细语道："我家王爷封号为'端'。"

谢允"啪"一下将扇子打开，表面上可有可无地点了下头，其实在风度翩翩地扇自己身上往外冒的冷汗。

吴楚楚大家出身，举手投足间的气质同一干江湖泥腿子天差地别，一开口就好像有清风飘过，恰如乱葬岗中长出了一朵娇贵的名品兰花，因为太过赏心悦目，反而格格不入地让人有些恐惧……尤其是青龙主这种多疑的人。

吴楚楚说完，低头抿嘴一笑，便又回转到谢允身后。心跳得快从嗓子眼滚出去了，要不是之前跟着周翡，一路从两个北斗包围的华容城中闯出来，也算见过了风浪，方才她腿哆嗦得能不能站稳都不一定。

青龙主大概做梦也不会想到，他这恶贯满盈的四大魔头之首，有朝一日能让个两手抱不动半桶水的小丫头给糊弄了。正在这时，也不知怎么那么巧，山间又来了一阵风，簌簌的风吹过林间，好似有人窃窃私语。青龙主心里有鬼，便觉得哪里都有鬼，颇有些风声鹤唳、草木皆兵。

谢允接着道："这东西是不是你的，你心知肚明。世上只有苦主讨还自己东西的道理，其他人都名不正言不顺。如今，那苦主骨头渣子都烂没了，咱俩争抢山川剑，都只能算贼，青龙主这样的前辈，想必不会干出'贼喊捉贼'的龌龊事吧？"

青龙主的脸色不太好看。

谢允说完，看也不看青龙主和他那一大帮神神道道的狗腿子，转身就要往山上走。此时，他整个人的气势简直难以形容，单是这一个跩得二五八万的背影，周翡感觉他拿出去逼宫造反都够用了。

青龙主在闻煜手下吃了大亏，幸好飞卿将军中途不知有什么事，走得很匆忙。越往南，南朝后昭的势力越大，闻煜他们这些个"朝廷鹰犬"自然也就越猖狂。青龙主回头看了一眼自己匆忙带出来的几个人，一时底气不足，迟疑着愣是没敢往上追。

青龙主不是没怀疑过那自称"端王"的小白脸是故弄玄虚玩空城计，可闻煜其人，他亲眼见了，还亲自吃了一次亏。那飞卿将军当时就言明，三春客栈中住了"贵人"，这么看来，应该就是端王。按照当时的情景，是闻煜放了他一马，而不是他把朝廷大军击退了，那闻煜有什么理由不跟在他家主人身边？

谢允装得实在太像，再加上前因后果，青龙主不由自主先信了三分。

谢允让吴楚楚走在最前面，中间是紧绷的纪云沉和掐着殷沛不让他乱说话的花掌柜。周翡作为除了"身有残疾者"与"还不如残疾人"的唯一打手，别无选择，只好提刀断后。

谢允其实方才一扫青龙主的站姿，就知道他受了伤。闻煜本人不见得斗得过这臭名昭著的大魔头，但架不住他手下兵多，而且个个令行禁止——倘若不是青龙主有伤在身，哪怕他今天唱的不是空城计，是真有后援，也不见得唬得住人家。

如今这山间乍看平静一片，他越是表现得有恃无恐，青龙主就越是得好好掂量。

谢允不相信那大鲶鱼会不贪生怕死——真正的狂徒，几十年如一日地专门干坏事，实在很难经久不败。

他们一步一步往前走，青龙主神色莫测地站在原地，目光有如实质，连周翡都觉得如芒在背，此时，他们这些人的小命全然在青龙主的一念之间。她拼命竖着耳朵留神背后的动静，走出老远去仍然不敢放松，隐约听见背后传来窸窸窣窣的声音。

周翡的手在刀柄上按了两下，不敢回头，只好静静地数着自己的心跳，想道：走了吗？

青龙主阴沉地盯着殷沛逐渐走远的背影，终于决定，今日人手不足，暂时放弃。他一甩袖子，身边的白衣教众训练有素地准备回撤。

就在这时，寻香鼠突然从他肩头溜了下去。

这小畜生领会不到人们之间的暗潮汹涌与相互猜忌，见那需要追踪的味道逐渐飘远，以为自己的事还没完，灵巧地在原地蹦跶了几下，撒开四肢便顺着小路追了上去。

青龙主身边一个随从见了，忙要伸手去抓，被青龙主一抬手挡住了。

寻香鼠晃荡着细长的尾巴，步履十分轻快，连跑带颠地循着山路往上蹿。

青龙主若有所思地看了大灰耗子片刻，忽然咧开那张装得下一个天圆地方的大嘴，说道："好哇，居然差点被一帮小崽子骗过去了。"

寻香鼠虽然颇有特长，但本质依然是鼠类，生性敏感，遇到人多的地方必会东躲西藏。然而它眼下这么放心大胆地顺着山路往上跑，只能说明这条山路上根本没有人！

周翡手心突然无端一阵发凉，就在这时，方才被他们甩开的青龙主突然发出一声长啸，一整片青山都被他惊动了。走兽惊惶，群鸟乱飞，而草木依然是草木，后面并没有露出埋伏的大队人马来。

穿帮了！

周翡想也不想道："跑！"

话音没落，谢允已经两步赶上去，一拎吴楚楚的后脊，整个人像离弦之箭一样，率先飞了出去。

纪云沉和花掌柜继方才那声"本王"之后，再一次震惊于他这神鬼莫测的轻功。不过震惊归震惊，老江湖们靠谱，喜怒哀乐再盛，也不耽误正经事。花掌柜一掌将殷沛拍晕，像扛麻袋一样把人往胳肢窝底下一夹，然后用那只剩下一条缺了手的光杆残臂钩住了纪云沉的衣带，也跟着健步如飞而去。

周翡落后一步，回头看了一眼，见一干青龙喽啰追来得好快，还有一条灰色的小影子一闪而过。

对了，差点忘了那该死的耗子！

周翡停下脚步，眼看寻香鼠先追了上来，她长刀一卷，便听"叽"一声，将那大灰耗子一刀两断。随后，她以一只脚为轴，猛地旋身斩向一侧的山岩。

这一下用了十成的力道，之前还有些运转不灵的枯荣真气将她的经脉撑到了极致。不过二尺长的刀锋不管不顾地挥向南岳大山，刀刃与巨石接触的一瞬间，周翡竟隐约摸到了"山"一式的内核——以极薄撬动极坚，以极幽微斩向极厚重！

灌注了枯荣真气的刀尖一下滑入石缝之间，周翡猛地再提一口气，用手腕一带，手腕被震得发麻，一块巨大的山石就这么生生被她撬了下来，当空摇晃了几下，轰然往下滚去。

此时，为首的几个青龙喽啰已经追得很近了，不料遇上个从天而降的"石将军"，跑得最快的最倒霉，那人情急之下，居然伸手去拽自己的同伴，险些把别人也带下去，白衣人们短暂地混乱了片刻。

青龙主大骂道："废物！臭丫头！"

他一抬手拽开一个碍事的货，当空拍向那滚落的山石，只听一声巨响，大石竟然在他手下四分五裂，溅得到处都是。

此时情形可谓极其危急，周翡却在这个节骨眼上对自家破雪刀的领悟又深了一层。

这"四十八寨第一胆"心里那点微不足道的畏惧立刻就被欢欣冲淡了，并且突发奇想，周翡寻思道：破雪刀九式平时都是排好队的，有没有可能两招合在一起用？

简单来说，使单刀的时候，往左砍就没法同时往右劈，因此"两招并作一招"基本不能实现，非得是融会贯通的大家才能改良招式。周翡的想法却更加异想天开一点，她发现枯荣真气又霸道又微妙，一方面好似能拔山撼海、唯我独尊；另一方面，每次辅以不同的刀法，它都会发生微妙的变化，似乎在提点她刀中之意。

周翡顺着山路飞快地往最浓密的林中跑去，将方才领悟到的"山"一式中的枯荣真气强行用在了"不周风"的招数上，本来就快如烟云的刀法一下变得暴虐起来，成了呼啸而来的旋风。

一息之内，周翡连出了七刀，乍一看光与影都不分，竟悍然直取青龙主面门。

青龙主和她交过手，当时只走了几招就被闻煜拦下了，并没有感觉到这小丫头有多大能耐，此时猝不及防地直面二十年前名震江湖的破雪刀，陡然大吃一惊，胸口内伤被刀锋所逼，竟在这时发作起来。

青龙主蓦地后退，他手下一干人等上行下效，都十分贪生怕死，眼看老大都退了下来，自然别无二话，一起如临大敌地定住脚步。

"大敌"周翡这会儿却不大好过，她的丹田气海都被那七刀给抽空了，这会儿要是有人扑过来给她一下，她大概连刀都举不起来。虽然不太明白那油皮都没蹭破的青龙主为什么退，但好歹算是给了她片刻的喘息余地。

周翡学着谢允那装腔作势的模样，将钢刀倒提，轻轻一歪头，大言不惭道："活人死人山？不过如此啊，我看你还不如木小乔呢。"

青龙主听她提起木小乔的名号，当即更慎重了几分，沉声问道："你到底是什么人？"

周翡来不及临时给自己编个名号，又做不到像谢允那样厚颜无耻地开口自称"本什么"，于是她浓密的眼睫毛忽闪了一下，要笑不笑地道："你猜。"

青龙主："……"

就在这时，山上突然传来一声长哨，谢允徒手下洗墨江的轻功真不是闹着玩的，周翡都没料到这片刻的工夫，他竟能爬这么高。接着，一根不知从哪儿摸来的极长的藤条垂了下来，周翡一把捞起来缠在手腕上，整个人腾空而起。与此同时，她这一悠一荡间，用方才说话间攒的一点力气横刀斩向青龙主。

破雪刀"斩"字诀，据说有横断天河之威。

青龙主自然知道厉害，然而刀在上，他人在下，山路细窄，旁边还有一帮碍手碍脚的，青龙主别无他法，只好大喝一声，出手硬接。

一时间，他双掌泛起金属的光泽，上下一合，竟牢牢地将周翡的刀锋夹住了。

周翡早就力竭了，别说"天河"，小溪她也斩不动。这一刀声势浩大，其实压根儿就是虚的，见对方出手，她干脆大大方方地一撒手，将长刀送给了青龙主，同时借着他这一掌之力，猛地荡开数丈之高，上面人再一拽，转瞬她便不见了踪影。

周翡借着青龙主和藤条之力，飞快地遁入茂密的林间。她目光一扫，还没来得及找到落脚的地方，就被一只手拎了上去。

谢允方才搭架子用的"王爷门面"早成了一块抹布，他一把拽住周翡的胳膊，脸色罕见地难看，好像随时准备破口大骂。不过可惜谢允嘴里只会扯淡，不会骂人，憋了半晌，愣是没能说出什么来，好一会儿才对周翡道："你单挑青龙主？你怎么不上天呢？"

周翡心说：要没有他老人家那一掌，就你那点力气，顶多能拉上一篮柿子，还想把我拽上来？

但她这会儿心情正好，便难得没跟谢允一般见识，只是十分无辜地冲他眨眨眼。

武学一道，是一条非常漫长的路，大杀四方的经历都是在传说里，须得独自经历一个枯燥的积累过程，再加上机缘巧合，才能得到一点小小的勘破。每每往前走上半步，都好像又翻过了一重山。

破雪刀对周翡来说，原本不过是依样画葫芦，每天做梦都在反复回忆李瑾容那堪称敷衍的教导，却总觉得差着点什么，好像隔着一层朦胧的窗户纸。方才被青龙主逼到绝境时，那层窗户纸却突然破了个小口，透过来一大片阳光，照得她相当灿烂。

周翡在木小乔的山谷中摸到了"风"的门槛，在北斗包围中偶然间得到了"破"字一点真章，而第一式的"山"，她虽然早就学会了，却是直到被愤怒的大鲶鱼撵在后面追杀，方才算是真真正正地领悟。

不知道别人学武练功是为了什么，有些人可能是奔着"开宗立派"去的，还有些人终身都在矢志不渝地追逐着"天下第一"。到了周翡这里呢，她也争强，也好胜，但为了自己争强好胜的心并不十分执着，要说起来，倒有些像传说中的"五柳先生"，"每有会意，便欣然忘食"。

谢允这会儿头皮还是麻的，跑的时候，他只道周翡虽然年纪不大，但遇事非常靠得住，也分得清轻重缓急，便没有太过操心管她，谁知跑到一半，一回头发现丢了个人！

谢允忙将其他人留下，掉头回去找，竟然见她真的一本正经去"断后"了。他当时三魂差点吓没了七魄——真跟青龙主对上，他是决计帮不上什么忙的，可把周翡一个人撂下，谢允也万万做不到，实在不行，大概也只好下去陪她一起折在这儿。

此时，谢允见她丝毫不知反省，笑起来居然还有几分得意的意思，简直气得牙根痒痒。

这感觉新鲜，因为从来都是他把别人气得牙根痒痒。

谢允对着女孩子骂不出来，打也打不过，忍无可忍，只好曲起手指，在周翡脑门上弹了一下："笑什么！"

周翡："……"

这货是要造反吗?

谢允动完手,不待她多话,便一手拽起周翡的手腕,迈开得天独厚的大长腿,飞快地从山林中穿梭而过。他速度全开时,周翡跟得竟有些吃力,须得他稍微带一带才行。

周翡忽然觉得有点奇怪,练武功不比别的,不是说一个人学会了写字,想要弹琴,就得放下一切从头学起。字写得好不好与琴弹得好不好没什么关系——轻功高到一定境界的人,硬功或许不算擅长,也不大可能完全不会。一个人倘若没有跟人动武的经验,对别人怎样出手没有预判,光靠四处乱窜躲闪逃命,哪怕跑得跟风一样快,也很难像谢允一样游刃有余。

可奇怪的是,谢允又确实是只会跑。

谢允身上有很多古怪的地方,恐怕就算当面问他,他也不会说,但尽管他有一山的秘密缠身,周翡却依然无端信任他……不知是不是占了脸的便宜。

谢允将她拉到了一个十分隐蔽的地方,周翡正在走神,却见山岩间突然凭空冒出一个头来,冲他们喊道:"这边!"

周翡吓了一跳,这是何方妖孽?

她定睛一看,发现脑袋竟然是吴楚楚的。原来那山石间有一处十分隐蔽的小隧道,也不知是天然形成,还是人工挖掘,旁边荒草丛生,要不是事先知道此处的玄机,绝对会直接错过去。隧道十分狭窄,周翡一眼扫过去,先替花掌柜捏了一把汗,感觉他非得使劲吸气收腹才能把自己塞进去。

谢允将周翡往里一推,自己谨慎地往外看了一眼,这才跟进去,又用石头将开口仔细地堵上。

周翡道:"不用紧张,那耗子已经被我宰了。"

谢允白了她一眼,没好气地说道:"好汉真牛——等等,你的刀呢?"

周翡无言以对。

谢允哑然片刻,简直难以想象,她到底是怎么在手无寸铁的情况下不慌不忙地跟青龙主纠缠那么久的。他重重地叹了口气，在腰间摸了摸，摸出一把佩剑——公子哥们出门在外，一把扇子一把剑是标准装束，像有钱人家的女孩子戴珠花手镯似的，都是比较流行的装饰。

谢允说道："虽然不是刀，但我暂时也没别的了，你先凑合拿着用。"

周翡抓在手里掂了两下，非但不领情，还反问道："你还随身带着这玩意儿，壮胆啊？"

谢允："……"

这位一到关键时刻就总想用"动手"解决一切，私下里挤对自己人倒是机灵得很。

"你这话刚才要是也来这么快多好？"谢允揉了揉眉心，伸手比画了一下，又对周翡道，"我回去啊，肯定给你打一个特制的背匣，七八个插口排一圈，等你下回再出门，插满七八把大砍刀，往身后一背，走在路上准得跟开屏似的，又好看又方便，省得你不够用。"

吴楚楚听这话里带了挑衅，生怕他们俩在这么窄小的地方掐起来，连忙挽住周翡的胳膊，说道："别吵了，快先进去，里面宽敞些，纪大侠他们在那儿等着了。"

从前在四十八寨的时候，是没有人会挽周翡的胳膊的——李妍要是敢这么黏糊，早被扒拉到一边去了。周翡一条胳膊被吴楚楚搂着，另一只手简直不知道该怎么摆动了，化身成一根人形大棒，同手同脚地被吴楚楚拖了进去，一时间倒忘了跟谢允算账。

再往里走一点，就能看出此地的人工手笔了。

两侧的砖土渐渐平整起来，仔细看，还能看出些许刀削斧凿的痕迹。能找到这么隐蔽的地方，想必不是误打误撞。

周翡四下扫了一眼，问道："衡山派？"

"嗯，据说当时有官兵围山，那帮小孩就是从这条道跑出去的。"谢允解释道，"当时附近有些江湖朋友闻信，曾经赶来接应，芙蓉神掌也在其中。如今整个衡山派人去楼空，咱们也不算不速之客，可以先在里面避一避。我看那青龙主多半伤得不轻，应该不会逗留太久。"

说话间，周翡已经看见了火光，低矮狭窄的小路走了一段后，视野陡然开阔起来，山壁有回声，将人的脚步声衬得十分清晰。她隔着一段九曲回肠的小路，都能听见纪云沉和花掌柜正在争论什么。

花掌柜道："先前我没见过这人的时候，还当他只不过是年少冲动，容易被人挑唆，或许也情有可原，现在可算见识了——这样的人，你还护着？"

纪云沉低声道："花兄，毕竟是……"

"别嫌老哥说话不好听，"花掌柜打断他，"殷大侠要是还在人世，非得亲自清理门户不可。"

纪云沉没有回答，他大概是听见了脚步声，举着一个火把迎了出来："周姑娘，吴姑娘，还有端……"

纪云沉停顿了一下，不知怎么称呼。谢允一摆手，面不改色地说道："端什么？都是蒙他们的，纪大侠叫我'小谢'就是。"

纪云沉这种关外来的汉子，从小除了练功就是吃沙子，心眼先天就缺一块，所以当年刚到中原，就被人利用得团团转。他脑子里再装十八根弦，也跟不上谢允这种"九假一真"的追风男子。

纪云沉沉吟片刻，问道："那么请问谢公子，你方才同那青龙主说的'山川剑'又是怎么回事？"

周翡趁机将自己僵掉的胳膊从吴楚楚怀里抽了出来，漫不经心地想道：八成也是谢允这玩意儿编的。

果然，便听谢允道："抱歉，那也是我编的。"

纪云沉："……"

"谢大忽悠"迈步往前走去，边走边说道："我早年听说过一些事，不知真假。据说当年南刀被北斗暗算，一路且战且退的时候，几度以为自己脱不了身，他当时做了一件很奇怪的事——把自己的刀毁掉了。这传闻我百思不得其解，倘若你被人追杀，会不想着怎样脱身，反而毁掉自己的兵刃吗？"

周翡眉梢一动。

谢允又道："后来民间有好事者，编派出了一些捕风捉影的传说，说是有一种邪功，只要能拿到传说中武林名宿随身的兵刃，便能获得他生前的成名绝技……纪大侠不用看我，我也是听说，为了研究这件事，还特意去学了打铁铸剑。"

周翡轻轻吐出一口气，扭过脸去，心想：又开始胡说八道了。

纪云沉是个老实人，听谢允像煞有介事地一番胡扯，居然当真了，还非常一本正经地回道："怎么会有这样的事？这分明是无稽之谈。谢公子难道要告诉我，当年青龙主算计殷家庄，就是因为听信了这种鬼话？"

谢允笑道："这你就得问问殷公子了，青龙主到底因为什么不依不饶地要追他回去？"

殷沛还没醒，花掌柜伸出大巴掌，在他脸上"啪啪"两下，硬生生地把他一双眼抽开了。他略有些迷茫地睁眼一扫周遭，看见谢允，脸色一变："你……"

谢允笑眯眯地双手抱在胸前："殷公子，现在能说青龙主为什么一定要抓你了吗？"

殷沛反射性地紧紧闭上了嘴。

谢允说道："花掌柜说你多年前得知殷家庄覆灭的真相，曾经一怒之下与你养父反目，这个我信。但我不信你在青龙座下忍辱负重这许多年后，会做出大老远跑来杀一个早已经废了武功的人这种不知所谓的事。"

殷沛听到这儿，也不吭声，只是冷笑着盯着他。

先前，这个小白脸看起来又废物又不是东西，浑身上下泛着一股讨人嫌的浮躁。此时再看，他依然不是东西，那种流于表面的浮躁和恶毒却已经退下去了，变成了某种说不出的阴郁，甚至带了一点偏执的疯狂。

周翡问道："所以他表面上气势汹汹地带着九龙叟来找麻烦，其实是为了借刀杀人——杀九龙叟？"

细想起来，殷沛一路跑来尽是在招人恨，先不问青红皂白地跟白孔方的人动了手——当然，白孔方比较怂，见人家气势汹汹，自己就缩头了，没能留下来打一架——在周翡用一根筷子崩开他的四冥鞭之后，不说躲着她，进了三春客栈，反而第一件事就是向她挑衅，乃至后来他亲自动手推搡花掌柜，顺理成章地被人捉住，还不嫌事大，不断地出言不逊，直到激化矛盾，叫花掌柜出手宰了九龙叟。

他会移穴之法，却偏偏不跑，青龙主找上门，又意外和闻煜冲突上，他才趁乱出来，还打算劫持吴楚楚。这样一来，又能借上闻煜之势……虽然没成功，但机缘巧合之下也跟着他们跑出来了。

反正有纪云沉在，他小命无虞，到现在，虽然形容狼狈，殷沛却成功摆脱了青龙主，他们一大帮人还不知道该拿他怎么办！周翡一想，发现自己还冒险替他杀了那只穷追不舍的寻香鼠，也算让人利用了一回，顿时目露凶光地瞪向殷沛那小白脸。

殷沛不承认也不否认，脸上带着让人看了就不舒服的笑容，说道："端王爷聪明绝顶，不是什么都知道吗，何必问我？"

谢允叹道："跟殷公子算无遗策比起来，在下可就是个蠢人了。"

周翡一只手被方才飞溅的山石划伤了，她这一路又是亢奋又是逃命，自己都没发现，直到这会儿，才觉得细长的小伤口有点痒。她低头舔了一下，就着那一点略带铁锈味的腥甜气，问道："纪前辈既然已经不再拿刀，你就没想过，万一客栈里的人杀不了九龙叟会怎么样吗？"

殷沛沉沉的目光微微一转，落到周翡身上，有那么一会儿，他的表情似乎有些不满，好像在疑惑这不知哪里来的野丫头为什么有那么好的运气——家学深厚，刀锋锐利，并且被惯出了一股不知死活的愚蠢。

"怎么样？"殷沛低声反问道，"还能怎么样？"

周翡一顿，随即她很快反应过来——不错，怎样也不怎样，最多是纪云沉和一个客栈的倒霉蛋死在九龙叟手上罢了。

殷沛只需要随便编一个理由，声称自己和纪云沉有仇。作为邪魔外道，和北刀传人有仇天经地义，九龙叟不会怀疑，倘若纪云沉就此折了，九龙叟只会沾沾自喜。因为那老头恐怕直到死，也不知道殷沛姓"殷"，更不知道此人溜出来根本就没打算回去。

殷沛漫不经心地低头看着自己的手指，漠然道："北刀隐姓埋名这么多年，依然活蹦乱跳，我相信他不管用什么手段，总归没那么容易死——
是不是，纪大侠？"

纪云沉死了也没事，他还备着别的后招，反正九龙叟蠢。

纪云沉说不出话来，只是撑着一只手，死命拦着怒不可遏的花掌柜，
清瘦粗糙的手上布满了青筋。那一点也不像名侠的手，手背上爬满了细
小的伤疤和皱纹，指甲修剪得还算干净，但指尖微微有裂痕，还有零星
冻疮和烫伤的痕迹——已经成了一双不折不扣的厨子的手。

谢允摇摇头，说道："背信弃义的事，我见得不算少了，如今见了
殷公子，才知道狼眼也不算很白。"

殷沛毫无反应。他能在杀父仇人面前跪地做狗，大概也不怎么在乎
别人不痛不痒的几句评价。

"端王爷方才有句话说得好，"殷沛道，"那老魔头，当年不择手
段偷了东西，所以他是个贼。山川剑也好，其他的什么也好，都姓'殷'，
如今我拿回来，是不是理所应当？既然理所应当，为什么要说给你们这
些不相干的人知道？再招几个贼吗？"

这话一出口，连谢允这种旷世绝代好脾气的人听了，脸色都有点不
好看了。

殷沛话音没落，那花掌柜便一把推开纪云沉："我蒙纪兄救命大恩，
他既然执意要护着你，我也不好当着他的面动手把你怎么样。殷公子既
然这么厉害，想必出去自有一番天地，也不会再用谁保驾护航，今日从
这里走出去，你走你的，我走我的，下次倘让我再见着你……"

他说到这里，森然一笑，又回头看了一眼纪云沉，说道："这些年，
你的恩我报过了，我与这小子有断掌之仇，必不能善了，你有没有意见？"

纪云沉哑声道："是我对不起你。"

花掌柜似乎想笑一下，终于还是没能笑成，自顾自地走到一边，挨
着周翡他们坐下，眼不见为净。

谢允冲殷沛拱拱手，客气又冷淡地说道："殷公子好自为之。"

小小一间耳室中，六个人分成了三拨坐。殷沛嘴角噙着一点冷笑，

自顾自地占了个角落闭目养神，纪云沉坐在另一个角落，也是一言不发。周翡看了看这个，又看了看那个，见气氛这么僵持下来，实在没什么好说的，干脆靠在土墙一角，闭目沉浸到破雪刀的世界中。她很快将什么青龙朱雀都丢在一边，心无旁骛下来，在心中拆解起无数次做梦都在反复练习的破雪刀。不知是不是因为方才突然摸到了一点刀中真意，整个九式的刀法在她心里忽然就变得不一样了。

渐渐地，她身上的枯荣真气开始随着她凝神之时缓缓流转，仿佛在一点一点渗透到每一式中。

不知不觉中，一整天都过去了。

周翡是被饿得回过神来的。她倏地将枯荣真气重新收归气海之内，鼻尖萦绕着一点肉汤的味道，一睁眼，只见谢允他们不知从哪里弄来一个小锅，架在小火堆上慢慢地熬汤。她一抬眼，对上了花掌柜若有所思打量的视线，周翡目光中无匹的刀锋未散，花掌柜的瞳孔居然缩了一下，刹那间竟不敢当其锐，忍不住微微别开了视线。

吴楚楚一回头，见周翡睁眼，便笑道："阿翡，你饿不饿？多亏了花掌柜，捉住了一只兔子，还从密道里找出他们以前用的锅碗来，我给你盛一碗！"

周翡"嗯"了一声，接过一碗熬得烂烂的肉汤，没油没盐，肉也腥得要命，味道实在不敢恭维，她闻了一下，顿时觉得有点饱了。

谢允看了看她颇有些勉强的神色，也端起一碗，伸长胳膊在周翡的碗边上一碰，说道："有道是'宁可居无竹，不可食无肉'，咱们落到了这步田地，还有兔兄主动献身，幸甚！来，一口干了！"

刚从锅里盛出来的肉汤滚烫，周翡被他豪爽地一"碰杯"，汤差点洒出来，她糊着一脸热腾腾的水汽，扫了谢允一眼："你干，我随意。"

谢允："……"

吴楚楚在旁边笑了起来，周翡看了她一眼，她便一捂嘴，小声道："你跟端……谢公子关系真的很好。"

周翡抬起头，正好对上谢允的目光，然而谢允不知是做贼心虚还是怎样，一触即走，立刻又将目光移开了，嘴里嘀咕道："天寿啊，谁跟她好？你快让我多活几年吧。"

这小贱人说完，立刻端着碗原地平移了两尺，料事如神地躲开了周翡一记无影脚。

这时，花掌柜忽然开口和周翡搭话道："我听说破雪刀不比其他，常常大器晚成，姑娘这刀法已经很有火候，是从小就开始学吗？练了多少年了？"

周翡正艰难地咽下难喝的肉汤，闻言差点脱口一句"临出门之前我娘刚教的"，话到嘴边，又被难喝的肉汤堵回去了。她斟酌了片刻，感觉出门在外，不好随便泄自己的底，便含糊道："有一阵了……不是从小，呃，有两三年？"

花掌柜吃了一惊："两三年？"

这是嫌太长了？

周翡便又心虚地改口道："要么就是一两年？反正差不多。"

她其实不知道，除非走捷径、练魔功，否则但凡是天下绝学，非得有数年之功来填不可。周翡觉得自己跟段九娘、纪云沉这些人比起来有辱家学的时候，其实忘了，她学破雪刀的时日，至今满打满算也没有半年。

只是她迷这个，平时就容易沉浸其中，一路上又几经生死，被各路高手锤炼了一个遍，还误打误撞地收了段九娘一缕枯荣真气，进境已经堪称神速了。

花掌柜没再问什么，只是摇头感慨了几句"后生可畏"，便摩挲着碗边，不知出什么神去了。

突然，狭长阴暗的密道中炸起一声铜锣响，堪比石破天惊、小鬼叫魂，真是能将人心肝都给吓裂了。周翡眼明手快，一把捂住吴楚楚的嘴，将她一声惊叫生生给按了下去。同时一伸脚，将吴楚楚失手掉下去的一把搅肉汤的铁勺子挑了起来，挑到半空中，被谢允一伸手接住。

谢允跟花掌柜谁都没吭声，飞快地将火灭了，肉汤扣在地上，用旁边乱七八糟的沙土茅草盖住。

花掌柜面色平静，冲众人摆摆手，声音几不可闻地说道："衡山派当年出逃的时候，密道口没封，那是故意留着拖延追兵的，他们一时半会儿追不到这里，敲锣只是为了让我们自乱阵脚，不要慌。"

原来这密道下面四通八达，像个大迷宫一样，有无数开口——要不然那倒霉的兔子也进不来。

不少通道中甚至藏匿了重重机关，人在地下本就容易分不清东南西北，没有地图，很快就会被密道和机关困住。

方才花掌柜却是带着他们从隐蔽的出口进入的，并未深入，随时能逃。青龙主大概是带人搜遍了整个衡山，没找着人，在衡山派旧址无意中发现了密道入口。

花掌柜用耳语大小的声音说道："不用担心，那老东西进来容易出去难，今天指不定谁死在这里，否则他们偷偷摸进来突袭我们便是，敲什么锣？"

谢允回头看了一眼同样警醒起来的殷沛："青龙主看来不找到殷公子是不罢休了？"

二十年前，青龙主为了殷闻岚手上的某一样东西，不知算计了多少人，可想而知，现在那东西被自己养的狗偷走是什么心情——哪怕谢允身边真有南朝大军，他想必也只是暂时撤退，必定要阴魂不散地一直跟着的。

正在这时，一个声音从密道中传出来，经过无数重封闭的窄路与耳室，听着有些失真，但字字句句都十分清楚。

那青龙主见一声铜锣没能打草惊蛇，便亲自开了口，说道："我待你不薄，金银珠宝、绫罗绸缎，何曾吝惜过？你贪财也好，好色也好，想要什么，我何时不给过？叼个空剑鞘走做什么？山川剑都碎成八段了，不值钱的，你现在乖乖地还回来，我绝不追究，好不好？"

殷沛神色不动。

那青龙主等了片刻，见没动静，便似乎是叹了口气，又道："莫非你这狗东西还跟殷家有什么关系不成？"

殷沛嘴角轻轻牵动了一下，露出一个阴狠的冷笑。

下一刻，青龙主的声音远远地飘过来，竟还带了一点隐约的笑意："那就更不用躲了，当年殷家女人们的滋味，我手下这帮兄弟现在都还念念不忘。你这年纪，不定是哪位的儿孙呢，一家人何必闹成这样，叫别人笑话！"

殷沛的眼睛红了，然而红得不透，不是普通人受到侮辱时那种从眼珠到眼眶的红法。他薄薄的一层眼皮好像铜铁铸就，再汹涌的七情六欲也能被挡在后面，将他冲目欲出的血色牢牢地锁在眼球里。

人的血是不能凝滞不动的，凝滞在哪儿，就会凉在哪儿，变成蛇的血、蝎的血。

花掌柜嘴上说了不管他，却还是在时刻留神殷沛，预备着他一有异样，就直接打晕。

然而他发现自己居然多虑了。

青龙主的声音越来越尖锐，当中含着劲力，尖刀似的直往人耳朵里捅。无人回应，他反而越说越有趣味，嘴里说出来的不全是污言秽语，还夹杂着不少自以为妙趣横生的描述，不管别人怎么样，吴楚楚却是先受不了了。

一方面是那大鲶鱼的话实在不堪入耳，一方面是此情此景叫她不由自主地想起了华容的事。

那时候她也是只能躲在一个小小的角落里，听着仇天玑在外面践踏她亲人的尸首，编派她的父母，让他们死后也不得安息。而那大鲶鱼还不是完全的喋喋不休，随着他的话音，那不祥的铜锣声再次响了起来。

"咣"一声，身体弱些的纪云沉和吴楚楚当即都是一晃，连周翡都被那声音震得有些恶心。

铜锣声比方才更近了！

谢允低声道："不妙，花掌柜，我听人说，青龙主座下有一批'敲锣人'，能在黑灯瞎火中靠三更锣的回音判断前面有什么，要是这样，那些死胡同、有机关的地方，他们不用亲自进去试探就能及时退出来，这密道恐怕困不住他们多久。"

花掌柜显然也料到了，面色顿时不太好看。

谢允飞快地问道："照这样下去，他们多长时间会找到我们？"

花掌柜没回答，但是表情已经说明了一切——只是时间问题。

谢允皱着眉想了想，转身便要只身往外走去。

周翡立刻便要跟上："干什么去？"

"我出去探一探，要是外面暂时安全，咱们就先从这密道里撤出去。"谢允抬手按住她的肩膀，低声道，"放心，四十八寨我都探得，衡山也不在话下。你在这儿等着，万一那群活人死人山的杂碎找过来，花掌柜一个人容易顾此失彼。"

说完，他便飞快地往外走去，人影闪了几下，立刻便不见了——眼神不好的大概还以为他是土遁了！

周翡一伸手没拉住他，转眼一看这一圈老弱病残，又不敢随便走开。她原地想了想，便转向花掌柜，问道："前辈，既然是铜锣探路，我有个主意，我看进来的时候那一段路又窄弯又多，此地也还有些石头，您觉得这样成不成？不管外面安全不安全，咱们先从耳室里退出去，躲进窄路里，将窄路用石头封上几层，假装是个死胡同。"

花掌柜也不知道三更锣究竟是个什么道理，能不能分辨出真正的死胡同和临时抱佛脚堆的假胡同，可惜别无他法，只好死马当成活马医，点头道："可以试试。"

花掌柜是个利索人，先抓过殷沛，三下五除二将他绑了个结结实实，扔在一边，随后自己去那细窄的小通道里查看。周翡正要跟上，一直在旁边装死的纪云沉突然伸出手，轻轻地压住了周翡手上那把中看不中用的佩剑，声音几不可闻地问道："姑娘可不可以帮我一个忙？"

周翡眉尖一挑，因为看他那黏黏糊糊劲儿很费劲，所以不是十分有耐心地道："有话就说。"

纪云沉静静地盯着自己的脚背片刻，漫长而四通八达的地下密道中，青龙主大概是说腻了，将这喋喋不休的重任交给了某个手下，字字句句都从他身边滑过，把整个衡山都泡在了一泊无耻里。

纪云沉闭了一下眼，对周翡说道："此人当杀。"

周翡难得跟他英雄所见略同一回。

纪云沉略抬起眼，看着眼前的少女——大眼睛，尖下巴，模样长得很齐整。看她的面貌，眼下还不能说是完全长开，再过上个三五年，大概真能长成个不折不扣的美人。她身形修长而有些单薄，手掌也不厚实。这样一个女孩要是换成别人来教，说不定会将她送上峨眉，选尖刺、长鞭之类省力机巧的兵刃，或是干脆练一手出神入化的暗器功夫，只要轻功过得去，也能防身。

不知道家里长辈怎么想的，偏偏给她使刀，还偏偏传了破雪刀给她。

纪云沉突然叹道："有没有人说过……你这样出身和模样的女孩，即便是骄纵无能，也足够顺遂地过一生了，本不必在刀尖上舐血，四处颠沛流离？"

周翡还以为他要感慨些什么，突然听他来了这么一句，当即怒道："前辈，都什么时候了，你怎么还扯淡？"

纪云沉失笑。

一个女孩子，倘若打心眼里知道自己漂亮，无论如何举止中都会带出一些，譬如她会无意中展示或者遮掩自己的美丽。可是周翡偏偏没有一点知觉，这恐怕并不是因为她年纪轻轻就能超凡脱俗、看破皮相，也不大可能是因为这么大丫头了还不知道美丑……很可能是从小到大，从未有人夸过她、偏宠过她的缘故。

绝代的才华与倾城的容貌，都是稀世罕见之宝，但一旦对它生出依仗，它也很容易变成一个人难以摆脱的魔障。纪云沉忍不住想，当年倘若不是自己太过恃才傲物，太把自己当回事，那些破事……还会发生吗？

纪云沉的脸色突然一沉，点头道："好，那么你记着，将来无论是谁同你说这样的话，都是害你，你一个字也不要信。我下面说的话，你也要听好了——当年并称的南北双刀，南刀极烈，北刀极险。又有种说法，说'断水缠丝'是杀人之刀，而'破雪'，是宗师之刀。据说修破雪刀者，如风雪夜独行，须得心志极坚、毅力极大者，或能一窥门路。尤其'无匹''无常'‘无锋’之后三式，招式乍一看平平无奇，有些人却终身难以参透。过不了这一关，刀法再精、内力再深，也是无魂之刀，你很有可能修炼多年后也一事无成。”

他这论断说得毫无迂回，要是李瑾容用这个语气，周翡不会生气。周以棠说了，周翡也不见得往心里去。可一个萍水相逢的外人，这样高高在上地不留情面，就很不合适了，特别是他还是个肩不能挑手不能提的废人。

周翡有点跟不上纪云沉这东拉西扯不着边际的节奏，只听懂了此人咒她“一事无成”。

就在这时，谢允匆忙狼狈地重新从密道里钻了进来，一入耳室，就急促地说道：“青龙主在附近留了人巡山，但他带的人不多，眼下主要人马又都下了密道。现在天也快黑了，出去比留下安全，要走咱们现在马上走，将这洞口堵住，让这密道再拖一会儿……哎，你们怎么了？”

纪云沉丝毫没理会谢允，盯着周翡道：“我说这么多，就是想问你，你是要跟他们逃，还是与我冒一次险，留下来帮我杀青龙主？如果你肯，我就传你‘断水缠丝’。你悟性如何我不知道，但是以你的根骨资质而言，在破雪刀上走下去不是个好选择，不如改修我北派刀——你放心，我不是让你送死，只要你能帮我拖住他一阵子，其他的，我自有办法解决。”

周翡还没来得及答话，谢允的眉头已经皱成了一个疙瘩，接口道：“不行！”

纪云沉抿了抿嘴，没吭声。

“你让一个小姑娘替你生扛活人死人山的四大魔头之一？你简直……”谢允温润如玉的脸一沉，直接从白玉变成了青玉，咬了一下舌头，才把“厚颜无耻”四个字咽了回去，又说道，“除非有太上老君的仙丹给她吃一颗。纪大侠，不是晚辈无礼，有道是‘青山不改绿水长流’，是非宠辱都是过眼云烟，忍一时能怎么样？二十年前你就非要钻牛角尖，现在还钻，你……”

周翡一抬手打断他。

谢允沉声道："阿翡！"

周翡思量了片刻，转向谢允道："花前辈大概不用你管，那个小白脸爱死不死，你也不用管，只要先替我照顾吴姑娘一会儿就好——你先走吧。"

说完，她不看气急败坏的谢允，转向纪云沉道："既然你说你自有办法，我可以留下来帮你一回。但是我说的话你也听好了，我留下来，是为了杀那大鲶鱼，至于别的什么，你不必教，我也不会转投他派。纪云沉，南北双刀并称，看在我外祖的分儿上，我本不该不敬，但是见识了纪前辈你这种人，少不得也要说一句'断水缠丝算什么东西'了。"

第五章 ·

斩龙

周翡一直以为"杀气"便是要"腾腾",直到此时，
她才算见识到真正的杀气——那是极幽微、极平淡
的，不显山不露水，却又无所不在。

纪云沉听她出言不逊，却也没有生气，只是愣了愣，随即黯然道："我
的断水缠丝，确实也不算什么东西——不管怎么样，多谢你。"

谢允脸色很不好看，靠在一边的石壁上不出声。

吴楚楚率先开口道："阿翡不走，我也不走。"

不知什么时候走过来的花掌柜看向纪云沉，问道："你是疯了吗？"

纪云沉摇摇头。

这时，那铜锣响如催命追魂，"当"一声，余音冰凉，在密道中反
复回荡，一声响尽，花掌柜才略低了一下头，面带无奈道："那我便不
得不……"

他话没说完，已经一抬手扣住了纪云沉的肩膀，打算把他强行带走。

纪云沉没有挣扎，被花掌柜白玉蒲扇似的大手带得一个趔趄，神色却不动——通常只有不会武功的人才会下意识地反抗挣扎，像纪云沉这样的人，自然明白那些力气是白费的。

他只是压低声音，一字一顿地对花掌柜说道："躲躲闪闪的日子，我已经过够了，你知道刚才我在想什么？"

花掌柜的两颊绷了起来。

纪云沉低声道："我在想，我查了那么多年才查到了一点蛛丝马迹，知道了仇人姓甚名谁，如今他既然找上门来了，我为什么不留在客栈里呢？我为什么要跑？为什么要漫山遍野地躲着他们？因为我打不过。遇到危险，掉头就跑，乃人之常情，花兄，我变得贪生怕死了。我做梦都想手刃青龙主，而今人来了，我却在躲着他，你想想这事情可笑不可笑？"

纪云沉说着，在花掌柜的手上拍了拍，又道："花兄，要不是为了这么一天，我这样的废人，何必苟延残喘至今？为了了结这些事而苟延残喘，也算有用。总有一天，我连这一点勇气都没有了，那就只剩下苟延残喘了，这道理你明不明白？"

花掌柜怔了片刻，缓缓地松了手。

纪云沉道："快走吧。"

花掌柜看着他摇摇头："我今日走了，何时能再回来给你收尸？"

他这话出口，纪云沉死气沉沉的眉目终于非常轻地动了一下，好像从谁那里传染到了一丝活气。

他一生到死，就剩下这一点情与义了。

花掌柜问道："你需要多久？"

纪云沉回道："六个时辰。"

花掌柜点点头，说道："这密道我不算很熟悉，好歹也算走过一两遭。我替你引开他们一阵子，六个时辰恐怕办不到，剩下的你要自己想办法。"

花掌柜说完，扭头就走。

他们两人的对话听得人云里雾里，"收尸""六个时辰"之类的，跟打哑谜差不多，叫人听来一头雾水。因此花掌柜突然掉头就走，除了纪云沉，其他人都没反应过来。而纪云沉手上大概也就剩下颠锅的力气了，哪里抓得住他？

那芙蓉神掌只是轻描淡写地一拂袖，轻易就将他的手从自己身上"摘"了下来，闪身而出。纪云沉这回脸色真变了，三步并作两步地追了出去，只见出了耳室，还有一道弯，前面登时多了四五条岔路，花掌柜敦实的身形早化入了黑黢黢的岔路中，踪迹难觅。

纪云沉的眼眶突然红了。

这时，被绑在墙角的殷沛忽然冷冷地哼了一声："我看你也不必太感动，你道那胖子这些年为你鞍前马后、任劳任怨，难道没有缘由吗？"

纪云沉蓦地扭过头去。

殷沛吃力地抬起头望着他，笑道："你们俩真有意思，物以类聚，人以群分，都是做了亏心事，不敢当着人面承认，做些多余的事来，还自以为弥补，暗地里被自己的侠肝义胆感动得一塌糊涂。"

纪云沉双拳紧握，不去理会他。

殷沛好整以暇地打量了一下他的脸色，说道："那我就发发好心，告诉你吧。芙蓉神掌花正隆老是将你对他有救命之恩挂在嘴上，听说他年少轻狂的时候，既不胖，也不丑，也算是个能看的男人。他路上英雄救美，不料蠢得把自己搭上了，受了重伤，命悬一线，当时是你出手救了他，大概有这事吧？"

纪云沉充耳不闻，权当他自己吠叫，只对周翡道："可否先帮我将耳室前面的通道封上，多少能拖他们一会儿？"

周翡其实还蛮好奇的，但她刚刚还对纪云沉不假辞色，此时实在不好探头瞎打听，只好拉着一张冷脸，挽起袖子开始往耳室门口细窄的通道里堆石头。谢允反正不会自己跑，闲着也是闲着，便也走过来，一边动手帮她，一边企图用严峻的面部表情向周翡叫嚣自己的愤怒。

殷沛被众人集体晾在一边，遭到了冷遇，却也没妨碍他的三寸不烂之舌发挥，依然自顾自地说道："他救的女人，有个挺厉害的仇家，震伤了他的心脉，奄奄一息。那女人以前从花正隆嘴里听说你二人有交情，便跑来找你，想跟你讨一颗'九还丹'救命。九还丹你还有一颗，但刚开始没给她，只是每日用内力给昏迷不醒的花正隆续命。那女人乖巧得很，讨不到药，还是十分感激你，她看起来又单纯又善良，对不对？你可知那单纯又善良的小美人是谁？"

纪云沉在离他稍远的地方坐下，从怀中摸出一个小包，最外层是防水的油纸，里头又裹了好几层质地不同的布，层层打开后，布包中裹的是一把细密的银针。

见他不听也不回应，殷沛便自问自答道："早年间天下最负盛名的刺客团名叫'鸣风楼'，那女人就是鸣风楼主的关门弟子。"

竖着耳朵偷听的周翡手一滑，差点将手里的石头掉地上砸了自己的脚，还好旁边谢允眼明手快地接住了。

"鸣风楼？还是刺客！"周翡心里惊疑不定，"不会和我们寨中的'鸣风派'有什么关系吧？"

这一次，纪云沉终于有了点反应，淡淡地说道："那又怎样？"

那毕竟只是个萍水相逢的女人，后来花掌柜也没有同她在一起。她是好姑娘也好，是个刺客装的好姑娘也罢，都与他并不相干。纪云沉没放在心上，拈起一根细细的银针，拿在手里仔细端详了片刻，缓缓地从自己头顶刺了下去。

他动作极慢，眉目微垂，动作非常郑重，几乎有点神神道道的意思，好像下一刻就有大仙上身似的。他下针比寻常针灸深上几分，中间停顿了三四次，额角很快冒出一层冷汗，显得非常痛苦。

这一根针下完，纪云沉极沉极重地叹了口气，有气无力地对周翡道："姑娘，你既然看不上北刀，可否容我以'断水缠丝'讨教一二？"

周翡一方面被殷沛三言两语搅得疑窦丛生，一方面又大气也不敢出地盯着纪云沉手中诡异的银针，正在全神贯注地一心二用，对方突然说话，她都没反应过来："……啊？"

"恕我不能奉陪武斗。"纪云沉一抬手，指着自己对面道，"请坐，你知道什么叫'文斗'吗？"

"武斗"是交手，"文斗"是过招，文斗中的人或者只是互相说解招式，或者在互相不接触的情况下大概比画几下，谁也不伤谁，非常和平。

周翡犹豫了一下，不知纪云沉又闹什么妖，旁边的殷沛却又不甘寂寞地开了口。

"鸣风楼的刺客，只要接了单、收了钱，自己的亲娘老子都能宰，你觉得她单纯善良——纪云沉，你是不是瞎？"殷沛满怀恶意地笑道，"你后来把仅剩的一颗九还丹给了她，算是救了花正隆一命——纪大侠，你为什么刚开始不肯给，后来又给了呢？"

周翡好不容易集中的注意力便又涣散了，心道：对啊，这是为什么？

纪云沉好像气力不继似的，缓缓说道："我入关时，家师相赠两颗九还丹，据说只要还有一口气在，它就能生死肉骨。普通人吃了，有拓经脉、疗旧伤之奇效。两颗九还丹中的一颗，早年间为了救一个朋友，已经用了，只剩下一颗，是我给你留的。你自幼胎里带病，经脉先天不通，难以习武就算了，还身体虚弱，我想等你长大些，叫你吃下去，或能伐经洗髓。"

殷沛冷笑道："可是你没想到突然东窗事发，让我知道了殷家那件事的缘由，突然出走。你想不想问，我究竟是怎么知道的？"

纪云沉道："是我酒后失言……"

"你酒后失言，我刚好听见？"殷沛笑了起来，因为怕把青龙主招来，他的笑声压得轻而急促，像个漏孔的风箱，不一会儿便上气不接下气起来，"纪云沉，你是真缺心眼啊。是谁灌醉了你，谁引诱你说出来的？谁特意安排我听见的？我既然听见了，为何连与你对质一番都不肯，当场不告而别？你发现我不见了以后，是不是那女人还假惺惺地帮你一起找过？"

有些事，自己身在其中的时候，就云里雾里，若干年后被人简简单单提起，好多内情却简直是显而易见的。

连外人如周翡也听明白了，当年那个女刺客为了救花掌柜，设计了一个圈套，叫殷沛撞破养父的秘密，让他们两人反目成仇。殷沛或许是自己离开，或许是被她使了什么手段逼走……除了当事人，也便不得而知了。九还丹自然顺顺利利地落到了花掌柜的肚子里，平平安安地保下花掌柜一命——那么花掌柜后来知不知道这件事呢？

如今看来，想必是知情的。

身边最感激的人，居然是造成自己如今下场的源头之一，好比纪云沉之于殷沛，又好比花掌柜之于纪云沉。殷沛觑着纪云沉的脸色，忍不住无声地大笑起来。

密道中又一道铜锣声响起，可是方才明明逼近的声音却又远了，那些游荡在地下的恶鬼与他们擦肩而过，岔到了另一条路上。此时听在耳朵里，这锣声倒像是一句冷嘲热讽的回答。

昏暗的耳室中，其他三个人听得目瞪口呆，不知对这些破事做何评价。

纪云沉却倏地闭了眼，再不去看殷沛。接着，他伸手一拢，将五六根牛毛似的小针拢入手心里，自头顶"风府"逆行督脉直入气海之间。他苍白泛黄的脸色陡然红了起来，却是一种病态的嫣红。他的气息骤然加重，汗如雨下，哆嗦了半晌，蓦地睁眼，将挟着兵戈之气的目光射向周翡，伸出两指，自下而上地轻轻往上一送，那角度分外诡异。

周翡下意识地站直了，外行人看的是热闹，内行人却远非如此。南北双刀都是顶级的刀术，在她眼里，那端坐不动的纪云沉粗糙的手指好像突然化成一把诡谲的长刀，从一个她想都想不到的角度斜斜一挂，泛着寒光的刀尖自下而上地抵住了她的下巴。

咽喉乃要害。周翡再也顾不上去琢磨方才听见的秘闻，忙后退一步，抬起胳膊一挡。她手臂这么一抬，立刻便发现不对——这姿势太别扭了，她吃不住力。

纪云沉一摇头，随后手势倏地一变，陡然做下劈状。

周翡的手一松，差点把谢允给她的那把佩剑掉在地上，瞳孔微缩。

吴楚楚在旁边看得莫名其妙，她只看见纪云沉对周翡随便做了几个奇怪的手势，周翡的脸色就变了。殊不知在周翡眼里，她方才已经被断水缠丝"一刀两断"了一次。

谢允缓缓地直起腰。

纪云沉缓缓地说道："我需要六个时辰，花兄拖不了他们那么久，外面的遮挡也只能骗过他们一时，最后恐怕还是要劳驾姑娘你出手相助。此地细窄，他们人再多也难以一拥而上，这是我们的优势。那青龙主最擅以强欺弱，见你一个年轻女孩，必然会亲自动手。他内功积累远在你之上，你所能依仗的，便只有绝代刀术。我让你见一见无出其右的杀术，你用这一宿的时间，若能在此刀下走二十招——青龙主一时半会儿奈何不了你。"

周翡没说什么，却将手中华而不实的佩剑换了手。

她略侧了身，脸上或不耐烦或心不在焉的神色通通收敛了起来，无端露出某种能在千度浮华、万般泥沼中岿然不动的稳重来。

随即她以剑为刀，双手搭住剑柄，只一拉一压，动作并不快，也不夸张，外人甚至看不出力度来。

那却是丝毫不掺假的破雪开山第一刀。

周翡手中的剑未出鞘，平平地从空中扫过，却带着与少女格格不入的厚重森严感，只一刀，便将纪云沉那千奇百怪的起手式全部压住。

纪云沉却侧过脸，手指斜斜地在空中一划。

电光石火间，周翡仿佛听见刀锋相抵时尖锐的摩擦声。

纪云沉的脸色像个虚脱的重病患者，神色却近乎漠然，似乎根本没有正眼看周翡劈下来的一刀。他虽然与周翡隔着五六步之远，那抬起的手臂却仿如与周翡的兵刃严丝合缝地粘在了一起。

周翡开山的一刀仿佛陷进了水里，无论如何也摆脱不了对方轻松写意的手指。她皱皱眉，当即手腕一转，将手中剑一横，切到了"不周风"。

纪云沉却又摇摇头，收回了自己的手。

周翡莫名其妙。

谢允忽然在旁边说道："除非与你对阵的人功力远逊于你，否则你这一招变不过来，不是兵刃脱手，就是自己受伤。"

周翡："……"

怎么连他都看得出来？

"纪大侠，你口中的'一时半会儿'到底要多久？"谢允不客气地越过周翡，冲纪云沉道，"一炷香，一盏茶，还是一个时辰？要真是一个时辰，我现在出去给大家买几口棺材，大概还能便宜一点。"

此事听天由命，纪云沉也说不出个所以然来。

谢允又转向周翡，感觉自己再劝下去，有喋喋不休之嫌。周翡这小丫头片子，耐心约莫就两张纸那么厚，这会儿说不定心里已经将他团成一团，一脚踹飞出二里地了。

软语讲道理必然行不通，态度强硬更不必说——那恐怕就不是在她心里飞二里地了。

谢允一眨眼的工夫就想好了说辞，他十分忧虑地看了周翡一眼，说道："还有吴小姐，万万不能留在这儿，我要想办法把她送走，她现在不肯，你来跟她说。"

周翡本来预备好让他闭嘴一边待着去，谁知谢允根本没给她发挥的余地。她一时被噎得有些词穷，看了看谢允，又看了看吴楚楚。

吴楚楚何其聪明，尤其善于"闻弦音而知雅意"，一听就明白谢允想干什么。见周翡看过来，她便往墙角一缩，靠着密道中的土墙抱着膝盖蹲了下来，闭了嘴，眼神却十分清楚明白——我就跟着你，别人信不过。

谢允放柔了声音，说道："吴小姐，木小乔什么样，你是亲眼见过的。青龙主纵然不比木小乔强，也绝不会弱到哪里去。而此人力压一众坏坏，位列四大魔头之首，说明他除了武功之外，还有无数你想都想不到的手段。一旦他顺着密道找过来，这里没有人拦得住他。落到青龙主手里是个什么下场，我不吓唬你，你自己想。"

周翡开始还跟着点头，后来越听越不对劲，怀疑谢允在指桑骂槐。

谢允又道："我以为一个人最难的，未必是有经天纬地之才，他首先得知道轻重缓急。什么时候应当一往无前、什么时候应当视死如归，什么时候该谨小慎微、什么时候又要暂避锋芒，心里都得有数。当勇时优柔，当退时发疯，不知是哪家君子不合时宜的道理？"

周翡："……"

姓谢的就是在指桑骂槐！

可是谢允的话她已经听进去了，再要从耳朵里挖出去是来不及了。

周翡承认他说得对，她是亲自领教过青龙主功力的。每每落到这种境遇里，周翡虽然不至于退缩，却也时而生出"要是让我回家好好再练几年，你们都不在话下"的妄想来。她和青龙主的高下之分，与她和吴楚楚的差距差不多大，可是……

纪云沉面不改色地将一根牛毛似的银针往自己檀中大穴按去，有些气力不继似的开口道："谢公子眼光老到，看得出精通不少兵刃，可曾专攻过刀法？"

"惭愧，"谢允半酸不辣地说道，"晚辈专精的只有一门，就是如何逃之天天。"

纪云沉没跟他计较，极深地吸了口气，眉心都在微微颤动，不知过了多久，才将那一口气吐出来，气若游丝地说道："谢公子，单刃为刀，双刃为剑，刀……乃'百兵之胆'，因为有刃的一侧永远在前。"

"不错，"谢允冷冷地说道，"只要不是自己抹脖子。"

纪云沉没理会，说道："没了这一点精气神，管你是破雪还是断水缠丝，都成了凡铁蠢物，我就是前车之鉴。破雪刀有劈山撼海、横切天河之势。如今当斩之人近在咫尺，她杀心已起，此时你逼她退避，她这一辈子都会记得此时的无能为力与怯懦，那她纵然能活到七老八十，于刀法上的成就，恐怕也就止步于此了。"

周翡蓦地将佩剑提在手里，略一思量便做了决定，打断谢允道："不用说了，你放心，我不会让你死。"

谢允听了这话，一点也不欣慰，反而定定地看了她一眼，说道："我要只是怕死，早就离你远远的了。"

他不笑的时候，脸色略显憔悴，说话依然是平和克制，听不出有多大火气，只是眼睛里的光亮好像被一阵遮天蔽日的失望吞了，缓缓黯淡了下去。周翡一对上他的目光就觉得自己说错话了，张了张嘴，不知从哪里哄起。

谢允略低了头，牵动了一下嘴角，露出一个有点苦的微笑，说道："我当你是平生知己，你当我怕死。"

说完，他便不看周翡，径自走到一角坐下，神色寡淡地说道："纪大侠的'搜魂针'凶险，我给你把关护法。"

谢允像个天生没脾气的面人，又好说话又好欺负，这会儿突然冷淡下来，周翡便有些无措。她从小没学会过认错，踟蹰半晌，不知从何说起。就在她犹豫间，原本好半天响一下的敲锣声突然密集了起来。

纪云沉一震，手中牛毛小针险些下歪，被早有准备的谢允一把捉住手腕。

那铜锣声比方才好像又远了，余音一散，兵戈之声就隐隐地传了过来——要么是青龙主触动了密道机关，要么是花掌柜跟他们遭遇上了！

封闭的耳室中，所有人的心都提了起来。突然，一声大笑传遍了衡山脚下四通八达的密道，那人声气中灌注了内力，虽然远，逐字逐句传来，却叫人听得真真的。

"郑罗生，你信不信报应？"

说话的人正是花掌柜，"郑罗生"应该就是青龙主的大名。

锣声与人声嘈杂成一片，每个人都凝神拼命地听。响了不知多久，那铜锣突然被人一记重击，好像一脚踩在了人心上，带着颤音的巨响来回往复，什么动静都没有了。

这断然不是个好兆头，花掌柜方才遭遇青龙主，第一时间开口，以声示警。倘若青龙主真的被困住，他应该会再出一声才对。周翡一口气吊在喉咙里，恨不能将耳朵贴在密道的土墙上，不甘心地听了又听，四下却只有一片黑暗和寂静。

殷沛冷笑道："那胖子竟然没有自己跑，还真的去引开青龙主了。喷，运气不行，看来是已经折了。"

周翡捏紧了剑柄。

纪云沉却哑声道："再来，不要分心。"

事已至此，周翡已经别无选择，连谢允都闭了嘴。

周翡强行定了定神，重新回到纪云沉对面，深吸一口气："好，再来。"

但不知是不是被方才的那阵锣声影响了，周翡觉得自己格外不在状态。她的破雪刀仿佛遇到了某种屏障，自己都觉得破绽百出。纪云沉很多时候甚至不用出第二招，她便已经落败。

其实如果纪云沉的武功没有废，周翡反而不至于在他手下没有还手之力。她的功夫杂而不精——以她的年纪，实在也很难精什么。但周翡向来颇有急智，与人动手时，常常能出其不意，前一招还是沛然中正，如黄钟大吕，下一手指不定一个就地十八滚，使出刺客的近身小巧功夫，尤其从老道士那儿学了蜉蝣阵后，她这千变万化的风格更是如虎添翼，即便真是对上青龙主，周旋几圈也是不成问题的。

可关键就是，此时她跟纪云沉并不是真刀真枪地动手。

"文斗"，在外人看来，可谓是又平和又无聊，基本看不懂他们在比画什么，对刀法与剑招的要求却更高。因为武斗时，灵敏、力量、内外功夫，甚至心态都会有影响。但眼下纪云沉坐在地上，周翡不可能围着他上蹿下跳，蜉蝣阵法首先使不出来，而对上断水缠丝刀，那些个乱七八糟的小招数再拿出来，也未免贻笑大方。周翡不会丢人现眼地抖这种机灵，只能用破雪刀一招一式地与他你来我往。

纪云沉是北刀的集大成者，虽然武功已废，但一点一动，俱是步步惊心，轻易便能将人带入他那看不见的刀锋中。周翡本以为就算自己破雪刀功夫不到家，凭她近日来对山、风与破字诀的领悟，在他手下走个十来二十招总是没问题的，却不料此时束手束脚，差距瞬间就出来了。她一直觉得自己好歹已经迈进门槛的破雪刀，在纪云沉那里几乎不堪一击！

周翡从未有过这么大的挫败感，这让她越来越焦躁。方才喷出去的大话全都飞转回来，沉甸甸地坠在她身上。越焦躁，她就越是觉得自己手中这把破剑不听使唤——特别是那忽远忽近的锣声重新有规律地响起来之后。

花掌柜是不是已经死了？

青龙主他们还有多久能找到这儿来？

她还有多长时间？

在此之前，周翡从未怀疑过自己手中的刀，而突然间，一个念头在她心里破土，她想道：我是不是真的不太适合破雪刀？

这念头甫一冒出，便如春风扫过的杂草一样，不过转瞬，便铺天盖地地郁郁葱葱起来，瞬间占领了她心神的空地。

纪云沉立刻便感觉到了她的异常，问道："姑娘，你怎么了？"

他话音没落，青龙主探路的铜锣声正好响了一下，声音比方才又近了不少，仿佛距此地已经不到数丈。

周翡激灵一下。

吴楚楚依然环抱着膝盖坐在墙角，谢允垂着眼盯着纪云沉小布包里剩下的一排银针，不知在想什么。

是了，周翡想道，他们俩是因为我一句吹牛才留下的。我就算再没用，也得拼命试试，否则连累了他们，下辈子都还不清。

周翡的茫然只存活了片刻，就被她当成破罐子给摔了。她心道：不行就不行，练了多少就是多少，反正要命一条。

她将心里方才生出的恐慌和焦躁一并踩在了脚底下，将面前的纪云沉与身后催命的锣声都忽略了，原地挂着剑，闭目思量片刻。方才所有的过招都化成实实在在的交锋，从周翡脑子里呼啸而去，随后招数渐渐淡去，她心里只剩下两条雪亮的刀刃——周翡蓦地睁眼，以剑为刀，虚虚地提起，指向纪云沉。

纪云沉目光一闪，这一次，他竟然抢在周翡这小辈前面率先动了手，险恶重重的杀招以他苍白皲裂的手指为托，化成逼人的戾气扑向周翡。周翡依然以"风"字诀相对——这样的试探本来已经用过一次，"风"一式以快和诡谲著称，和北刀有微妙的相似。但她在纪云沉面前，经验实在太有限，转眼便被纪云沉找出了破绽。

纪云沉微微一皱眉，直觉周翡不是这样的资质，见她"黔驴技穷"，自己却并未故技重施。他手腕一压，举重若轻地用"刀尖"一挑，指向周翡另一处破绽，逼她招数不老便撤回，自乱阵脚。

那一瞬间，周翡肩头突然一沉，提刀好似只是徒劳地挡了一下，整个人却微妙地调整了姿势，下一刻，她手腕陡然一立——破雪刀第二式，分海！

纪云沉吃了一惊，看不见的刀锋仿佛已经被周翡打散。

而此时，铜锣声音越来越大，几乎震耳欲聋起来。那些人好像已经找到了这耳室入口的窄道！

吴楚楚下意识地用后背靠紧了墙壁，她倘若有毛，应该已经参起来了。敲锣人似乎有些不确定，锣声的节奏微微变了，一下之后又连着敲了数声试探前路，像是在确定被谢允他们用石头堵上的窄道是否通畅。

纪云沉和周翡却好似全然不受影响，你来我往间刹那便走了七八招。周翡凝滞的刀幕地行云流水起来，她好像找到了节奏，将九式的破雪刀串联起来。

而密道外面的铜锣响了一阵，又往远处去了，好像是那假的死胡同骗过了敲锣人。

吴楚楚大大地松了口气，一颗心几乎跳碎了，将手心的冷汗抹在自己的腿上。

然而就在她一口气还没落地时，耳室背后的密道中突然传来一声巨响。谢允虚虚地堆在那里的石头瞬间倒塌，吴楚楚再也压抑不住，惊叫了出来。

要是这会儿能有人出去看一眼，就会知道，天光已经大亮了。可密道中众人或紧张，或焦躁，或沉浸，心神紧绷得像拉紧的弓，居然谁都没有察觉到飞快奔涌过去的光阴。

假石墙破碎的一刹那，周翡没有从方才那种近乎玄妙的状态里出来。对她来说，周遭所有声音、变动，都层次分明起来。她手中的刀，面前的纪云沉，以及身后炸开的铜锣声之间似乎有一根看不见的细线穿起来。周翡根本不必太费心思量，剑尖顺着那条线走就无比舒服。

不待最上面的石块落地，她已经从崩开的碎石中旋身而上。

谢允的佩剑可能是从赵明琛那儿蹭来的。作为这穷酸身上唯一值钱的货，那用来装饰的佩剑并不只有剑鞘珠光宝气，出鞘时一声短促的尖啸，两侧血槽中有晦暗的流光闪过，几乎能吹毛断发。

耳室门口的通道只容得一人通过，走在先头推开石堆的人是个垫背，一声没吭，便被周翡一剑穿心，立毙当场。宝剑切入骨肉中，好似薄刃入蜡，没有一点凝滞。周翡回手一带，将那尸体拉到身前，刚好卡住窄小的过道，也成了她的一面人形盾牌。

狭窄的密道中火把倏地一晃，幢幢的人影跟着抖动起来。

周翡借着敌人的光往前望去，剑尖轻轻地在古旧的墙面上擦了两下，出声道："等你们一宿了。"

白衣的敲锣人与她隔尸相望，一时弄不清是自己比较鬼气森森，还是面前这突如其来的少女更可怖些，不知该进该退，僵在了那里。

这时，他身后有人沉声道："退下。"

敲锣人低眉顺目地说道："是。"

说完，他小心戒备地盯着周翡，弓着腰，将铜锣挡在身前，倒着退出窄小的过道，在拐角处冲外面的什么人深施一礼。片刻后，顶着一张鱼脸的青龙主背负双手，缓缓走入窄道。他本来就长得不那么尽如人意，又身在幽暗的密室中，火光忽明忽灭，映得他一张"独树一帜"的面孔光影纷呈，越发骇人了。

青龙主人影一闪，几个转瞬便到了周翡近前。他混到如今这地步，多少靠真才实学，多少靠卑鄙无耻，这不好说，但必属天下一流高手无疑。

他身材高大，丑得"天赋异禀"，从窄道中这么"呼啦"一下飘过来，带来的压迫感难以言喻，于青天白日下严重不少。倘若周翡还有路可退，这会儿必然已经胆怯了。可她刚被北刀不留情面地折磨了一宿，反复自我怀疑后到了破罐破摔的地步，这会儿反而豁出去了——别说来了个青龙主，就算来了个索命阎王，她也将这条路拦定了。

"有些胆色。"青龙主没有急着动手，反而若有所思地盯着她一笑。

火光下看丑人，能丑得人撕心裂肺，看美人，却是别有风华。

青龙主端详着周翡，说道："我看你的刀法像蜀中一路，实在笨重得很，不适合美貌的小娘子——你是哪里人？"

周翡从看见他开始就在火冒三丈，听此人一开口，更是恨不能挖了这人的狗眼。

同时，她也明白了纪云沉的意思——耳室前小小的窄道只能过一人，如果此时挡在这里的是芙蓉神掌花掌柜，像青龙主这等好色又怕死的货，绝不会亲自上前。他手下那群敲锣人不见得有多厉害，却必定有不少阴损的招数——花掌柜很可能就是这么着的道儿。

唯有周翡这么一个少女孤零零地挡在这里，能让青龙主掉以轻心。

和坏人比武功，或许能拖上一阵子，比谁不要脸，他们就毫无胜算了。

周翡的手指在剑柄上摩挲了片刻，将怒火强行压下去，神色紧绷地问道："花前辈呢？"

"谁？"青龙主眨眨眼，下一刻，他往后一仰，惺惺作态地笑道，"你说那皮薄馅大的胖子？哈哈，明知故问。"

周翡一不小心将剑柄上一颗镶得不结实的宝石抠了下来。

青龙主自我感觉良好地说道："我方才琢磨了一下，还是觉得杀了你很可惜。这样吧，你要是愿意跟着我走，以前干了什么，在我这儿都一笔勾销。到我那里，吃香的喝辣的，出来进去，有人像狗一样伺候着你。你喜欢什么有什么，金玉珊瑚随便戴，不比现在这寒酸样强？"

周翡的目光落到她堵在过道里的尸体身上："这也能一笔勾销？"

青龙主神色漠然，十分大方地一摆手："这算什么，不值钱，要多少有多少，随便杀。"

周翡沉默了片刻，余光往耳室里扫了一眼，纪云沉似乎已经扎完了全部的针。不知谢允嘴里的"搜魂针"是个什么东西，总之眼下的北刀像个快要涅槃的刺猬，脸上时青时红，显然是到了紧要关头，不知能变成个什么。

谢允在纪云沉身边，冲她摇了摇头。

倘若能换一个年纪大一些、经验丰富一些的女人在这儿，大概能有一千种花言巧语拖住青龙主。可是脸嫩的少女是做不到的——脸不那么嫩的周翡更做不到，她不是那路人。

周翡必须得分出一多半的心神，才能小心翼翼地克制住自己快要从头顶往外冒的杀气，一时间便有些词穷。青龙主却以为她这沉默是羞怯，越发蹬鼻子上脸地猥琐起来，往前一探手道："这还有什么好想的，过来，告诉我你叫什么。"

谢允的脸色骤然难看起来。

青龙主动动嘴也就算了，这一动手，周翡脑子里那根岌岌可危的弦便一下绷断了。她一把揪起地上的尸体，往自己面前一挡，让青龙主摸了一手血，随后拔剑自下而上，一剑仿佛自无端处突出，毒蛇似的扑向青龙主的咽喉。

青龙主"啧"了一声，浑似不着力，往后平移半尺，竟用手去捉周翡的剑尖，还笑道："我就喜欢脾气暴的。"

他看似轻松不在意，其实用了暗劲，一掌挟着七八成的内力压下，想出其不意地一下制住周翡。然而就在他手掌碰到那剑尖的时候，周翡手里的佩剑却十分狡黠地顺着他的力道而下，竟在分毫间滑了出去。

青龙主不由得有些惊诧，这女孩是将剑当成了长刀使，而刀法竟然还在他预料之上！

"断水缠丝……一日不见，那个自身难保的废物还临时教了你两招？"青龙主喃喃道。原来周翡方才一刺一躲，正合了断水缠丝的缠绵泥泞之意，只可惜并不纯熟。明眼人一看便知道她这两招是仓促间才学来的，即便她聪明绝顶，有过目不忘之能，使出来也到底生硬了。

青龙主笑道："可惜。"

他话音未落，紧接着便运力于手臂，抬手架住周翡的剑，相接处"当啷"一声。周翡觉得自己砍中的是一根铁棒，而非血肉之躯，硬得要命，生生将她手中宝剑崩出了两寸。周翡好似猝不及防地跟跄了半步，青龙主趁机一手探出，抓向她领口。

周翡却顺势一转身，当当正正地将手中尸体塞进了青龙主怀里。

那尸体也是人高马大，一脸是血地往他的前主子身上一扑，亲亲热热地在青龙主脸上亲了一口。青龙主平白无故被一具尸体占了便宜，惊诧之余怒不可遏，一掌将那尸体拍进了窄道的土墙里，四下里活似地震一般，尘土扑簌簌地下落。周翡手中长剑行云流水似的转过了半圈，方才黏黏糊糊的剑式陡然一变，冲着青龙主当头砸下。

她方才两招竟然都是虚晃！

这一剑如苍龙入海，呼啸落下，随即，周翡只觉得一股大力顺着剑尖反弹了回来。端王爷这把宝剑指定比人金贵，这样硬撞，竟然也没碎，只是"嗡"一声尖鸣，剑尖震颤不休。而与此同时，一缕头发从晦暗的密道中飘落——青龙主那跳大神的兜帽居然被她扯下来了，剑风还割断了他的头发！

周翡无数次在纪云沉手中一刀落败的时候，并非只是沉浸在自己的招数中。她虽然没有去学北刀，却在潜移默化中从纪云沉连绵不断的杀招里悟到了"连绵"二字。

周翡在山间小路上第一次与青龙主狭路相逢时，便隐隐发现九式破雪刀中相通相连之处。一宿专注于刀法，她突然领悟了原本隐约看见轮廓的东西——每一式刀法中都包含着好几招，每一刀里又有无数变化，只要稍做变通调整，立刻就能贴合成一个整体。这一点千变万化的变通之道，却恰好就是破雪刀"无常"一式。

一次出手惊艳四座，恐怕是运气，连续两招步步紧逼，那可能是状态好，但周翡接二连三出人意料，及至这断发一刀，便足以叫青龙主不得不正视她了。青龙主上一次与她交手的时候，周翡还是个只会连蒙带骗、虚晃一招逃跑的生手，此时却已经有了令人刮目相看之处。

他目光阴沉地在狭窄的过道中注视着周翡，低声道："我改主意了，小丫头，你这样的人，任谁见了都要毁掉，绝不能容你再练上十年八年的功夫。"

他叨叨到现在，只有这一句叫人听着最顺耳，周翡冷冷地笑道："杀你，还用不着我十年八年。"

"猖狂太过！"青龙主暴喝一声，一双袖子突然鼓了起来，排山倒海似的一掌向周翡拍了过来。

周翡毫不犹豫地便提剑而上。

如果说刚开始的时候，周翡是心里惦记着谢允他们，强令自己绝不能输、绝不能退，那么眼下在窄道与重压之下，青龙主便是逼出了她遇强则强的本性。

谢允在她身后说道："留神，他身上恐怕穿着贴身的护甲。"

周翡眼角瞥见青龙主鼓起的袖中银光一闪，心道：怪不得砍不动，还以为他刀枪不入呢。

青龙主冷笑一声，一掌已经送到周翡面前，周翡将剑鞘往前一送，"咔"地卡在青龙主手掌心，随后她面色一变——这声音不对！

青龙主的手指突然暴长了数寸，十指间居然伸出好几把长刀，一下越过周翡手中剑柄，钩住了她的小臂！周翡反应够快，然而撒手时到底来不及了，小臂上顿时多了几道深可见骨的血道子。

谢允好像自己被大鲶鱼挠了一把似的，眼角难以抑制地抽动了一下。

青龙主朗声大笑，追击而至，利刃划过耳边的声音简直让人战栗，而且时长时短，防不胜防。窄道中躲闪受限，周翡身上眨眼间便多了数道伤口，她好似已经无从招架，不住后退，转眼已经退至耳室门口，碍于身后还有人，只好负隅顽抗。

谢允猛地扭头去看纪云沉。

纪云沉好像已经对外界失去了知觉，连气息都微弱得叫人听不见，脸上青红二色退却，竟浮起行将就木似的死灰来。

青龙主好像玩出了乐趣，避开了周翡身上要害，猫逗耗子似的欣赏她左支右绌的挣扎，时不时在她身上添几道伤口，继而一把抓向她胸口。周翡往后一缩，好似已经走投无路，仓皇中将剑鞘往青龙主掌心一塞。青龙主一只爪子百无禁忌，张手一扣便抓住了挡路的剑鞘，随即他指缝间的利刃又伸长数寸，他狞笑着将剑鞘往前推去，眼看要抓住周翡。

谢允终于忍无可忍地冲了上来。

周翡却忽然笑了一下。

此时，她已经退回到耳室门口，背后是空荡荡的一片，地方大得足以让她上蹿下跳，而对手却正好在密道拐弯处最窄的地方。

青龙主发现不对的时候，伸出去的爪子再要往回缩，却是不行了。原来他这么一扣一伸，那镶金配玉的剑鞘支棱八叉地卡在了他手心里，一时抠不下来。

周翡那因为"毫无还手之力"而有些发飘的剑却骤然凌厉起来，转瞬间杀气凛凛地递出三剑，走转间近乎无中生有，却又招招致命。无论是刚开始调戏她，还是后来对她起了杀心，青龙主归根到底还是轻视她的，完全没料到这种情景。他手中可以伸长收缩的几条利刃被周翡折断了两根，掌心处竟然多了一条醒目的伤口。

青龙主侧身连退几步，自肩头至手腕处豁开了一条裂口，露出下面贴身的软甲来。

周翡稍稍有些遗憾——要不是那隐隐闪着银光的护身甲，她方才的出其不意能将这老东西一条胳膊绞下来。

她虽然不会花言巧语，却无师自通了一点食肉猛兽捕猎时的技巧，会利用退让甚至一点血来试探敌人古怪的兵刃，同时不断降低对方的戒备之心，然后找准时机，一击必杀！

周翡轻轻一抖手腕，甩了一下剑上的血珠，余光往旁边斜了一眼，先扫了一眼依然一动不动的纪云沉，又发现了冲上来的谢允——谢允脸上挂着一点茫然。

周翡十分纳闷，飞快地小声问道："你干什么？"

谢允："……帮你。"

周翡奇道："帮我什么？"

谢允道："……挡刀。"

周翡本不想笑，可惜憋了半天，终于还是没忍住。她方才得罪过谢允，这一笑更是火上浇油。谢允面无表情地转动目光，假装此地没她这么个活物，不肯再跟她交流。

他双臂抱在胸前，一板一眼地在昏暗的耳室中摆出他的矜持架势，冲青龙主说道："当年东海蓬莱有一巧匠，据说双手可以点石成金，锻造出无数神兵利器……除此以外，还有一件'暮云纱'，据说此物通体皎洁，不沾烟火，放在暗处的时候，好似一片涌动的月色，入手极轻，穿在身上便能刀枪不入。"

一直没吭声的殷沛握紧了拳。

谢允似有意似无意地扫了他一眼，接着说道："据我所知，这件暮云纱乃山川剑殷闻岚专门为其夫人定做的。阁下穿在身上，不觉得有点紧吗？"

谢允神神道道的，说话半清不楚、似假还真，青龙主到现在都没摸清他的路数。

那大鲶鱼低头舔了一下手心里的血迹，险恶的小眼睛微微动了动，落到谢允身上："你想说什么？"

周翡见谢允又拉开长篇大忽悠的架势，有意替她分散青龙主的注意力，忙略松了口气，微微活动了一下手腕。她身上大大小小的伤口这才彰显出存在感，变本加厉地叫她遭起皮肉之苦来，倘若此地没有外人，她大概要开始龇牙咧嘴了。

谢允不慌不忙地笑道："只是有一点我觉得很奇怪，殷家的东西既然都在你手里，为什么你没有变成第二个山川剑？"

他一边说着，一边有意无意地往前走，快要走到耳室门口的时候，被周翡一横剑，又给挡了回去。

青龙主闻听此言，神色大变，一扫方才猥琐调笑的怪模怪样，脸颊紧绷，乃至不由自主地压低了声音，问道："你还知道什么？"

"我无所不知。"谢允停在周翡长剑阻挡的范围内。

周翡虽然明知道他又在胡说八道，却依然忍不住有点想听他说下去，更不用说不知他深浅的青龙主。只见那谢允微微往前探了探身，轻轻地吐出四个字："海天一色。"

周翡一脸莫名其妙，不知道他好好地说着话，怎么还咏起风物来了。

青龙主的眼角却神经质般地抽动了两下，随后他竟然毫无预兆地无视了周翡，一探手抓向谢允。周翡原来指望谢允凭借三寸不烂之舌能拖一段时间，不料此人不是出来帮忙的，是探头作死的，非但毫无益处，还在雪上加了一把细霜！

周翡不能任凭他真的作没了小命，只好硬着头皮提剑挡在两人之间。

青龙主却仿佛已经不想同她周旋了，一掌使了十成力，迎面打来。周翡莫名有了秀山堂中被李瑾容一掌从木柱上拍下来的感觉——所谓"一力降十会"，在深厚的功力面前，悟性与机变有时候真的不值一提。

周翡胸口发闷，可她别无选择，只能承着千钧的重压杠上青龙主。她剑势不减，胸口却传来尖锐的疼痛，应该是已经受了内伤。不过周翡从小被李瑾容一根鞭子抽到大，虽然未能长成一个滴溜乱转的陀螺，却远比常人耐揍。她不但对痛苦的忍耐力非同一般，还十分豁得出去，不躲不闪地一剑压上。

剑尖弹在暮云纱上，像是一道划过夜空的旱天霹雳打碎了层层月色。

破雪——"破"字诀。

青龙主单手扛住她的剑，接连拍出十三掌，正是他的成名绝技之一。周翡的蜉蝣阵纵然虚实相生，且战且走，却依然是险象环生，最后被他掌风扫了个边，一侧的肩膀登时脱开，软软地垂下来。

她只觉自己的经脉已经胀到了极致，隐隐泛起快要绷断似的酸疼来。周翡踉跄了一下，险些没站稳，仓皇之间扭头看去，纪云沉依然没动静！

周翡崩溃地想道：六个时辰还没到吗？他的"自有办法"究竟是什么办法？在旁边作法诅咒大鲶鱼赶紧升天？

青龙主倒没顾上对她赶尽杀绝，反而急切地要去抓谢允。

谢允迈开长腿，一步就蹦到了周翡身后："有话好说，不要激动，'海天一色'这四个字哪个是你仇人？改天告诉我一声，在下保证不提了。"

此人连招带撩拨，弄得那青龙主看着他的眼神就像饥肠辘辘之人碰上了肉包子，幽幽地要冒出绿光来，偏偏夹着个周翡捣蛋，一柄长剑不遗余力地从中作梗。

青龙主怒道："臭丫头！"

周翡以为她又要迎来一串连环掌，强提一口气，还没来得及出招，余光便见那青龙主一扬手，手中亮光一闪。

他有这么高的武功，打架居然还要出阴招！太不要脸了！

周翡一时躲闪不及。就在这时，有人突然从她身后带了一把，随后周翡眼前一黑，方才还在她身后碍手碍脚的人一遇到危险，顷刻间便蹿到了她面前，以自己的后背为挡，一把抱住周翡。

周翡的视线完全被谢允挡住，足有数息回不过神来。她心口重重地一跳，好像从万丈高处一脚踩空，手指差点钩不住佩剑。

谢允居然说到做到，真的给她挡刀！

这念头一过，周翡陡然反应过来发生了什么事，脑子里"嗡"的一声，炸成了一片白烟，一时像是被人施了定身法。

原来那青龙主袖子里别有乾坤——九龙叟果然"物似主人形"，在喜好暗箭伤人这一点上，青龙座下可谓是一脉相承——青龙主借着自己深厚的掌力，从袖中甩出两把小钩子。那钩子虽然只有指甲大，尖钩上却闪着鬼火似的光，像是淬过毒。

谁知道这索命钩没钩住周翡，谢允这碍手碍脚的东西居然突然冲上来。

周翡睁大了眼睛："谢……"

谢允在她耳边笑嘻嘻地说道："我就知道他舍不得杀我，嘿嘿。"

周翡："……"

眼看索命钩要挂上谢允，青龙主还没从他嘴里听见"海天一色"的详情，想到人弄死了就活不过来，忙一振长袖，亲自打落了自己的暗器，居然有点手忙脚乱。

他这边狼狈，周翡却不给他喘息的机会，借着谢允的遮挡，一剑穿过谢允腋下，刁钻无比地直指青龙主咽喉。

青龙主既可以一掌拍过去碾压周翡，又可以随便弄点鸡零狗碎的小手段干掉她，可偏偏中间隔着一个谢允……不，一句语焉不详的"海天一色"，青龙主百般投鼠忌器，居然沦落到要跟周翡拼剑招的地步。

如果说周翡乍一动手时还有几分生涩刻意，这会儿一口气不停地与青龙主斗了上百回合，不断修修补补，硬是在生死一线间将她的刀法遛熟了，这会儿居然多出几分狡黠和游刃有余来。

他们两人联手，居然在"无耻"二字上胜过大魔头一筹，亘古未有，堪称奇迹。

青龙主以算计别人为生，多少年没打过这么憋屈的架了，被一个乳臭未干的小丫头逼到这份儿上，胸中怒火简直能把整个衡山下锅煮了！

双方你来我往，青龙主用暮云纱撞开周翡的剑，一侧身，正好能看见耳室中的场景。吴楚楚原本心惊胆战地在旁边观战，猝不及防对上那大鲶鱼扫过来的眼神，被那眼神里的恶意惊得结结实实地打了个激灵。青龙主蓦地目露凶光，他假装去抓谢允后颈，在周翡拎着谢允后撤躲闪的一瞬，将手指间夹的一样东西弹了出去，直冲着吴楚楚胸口！

无论是周翡还是谢允，再要施援手都来不及了。

然而就在这时，一只布满伤痕的手探出，像打蚊子一般轻松随意，将那飞过去的东西接在手中——那是一枚尖锐的骨钉。

纪云沉咳嗽了两声，身上的银针不知是拔了还是怎样，这会儿居然一根都看不见了。他低着头，将手中的小钉翻来覆去地看了看，气血两虚似的咳嗽了几声，对吴楚楚说道："姑娘，请你往里边去一点，不要误伤。"

他依然落魄得连后背都挺不直，发梢干枯，头上却微微有些油光，既不英俊，也不潇洒，连眼神都透露出一种不知从何说起的忧郁。

可是当他"忧郁"地抬头望向青龙主的时候，周翡却见那大魔头脸色变了，背在身后的手微微一招，他身边狗腿纷纷赶来，拥堵在耳室门口——青龙主看似无所畏惧地迈进了耳室，其实是将一干狗腿招至眼前，将他本人团团围在中间。

纪云沉扫了一眼，说道："郑罗生，你这些年来毫无长进，也不是没有缘故的。"

青龙主端详着纪云沉，森然道：“我听过一些流言蜚语……”

“说北刀已经废了，”纪云沉接道，“否则你这些年来又怎么敢高枕无忧？”

周翡目光扫过地上依然摊开的小布包，发现纪云沉方才用过的牛毛小针既没有放回去，也没有被他扔在一边，只是凭空不见了，便小声问道：“怎么……”

谢允“嘘”了一声：“回头我再……”

他本想说“回头我再告诉你”，说了一半，想起周翡干的那些让他牙根痒的事，他便将自己的外衣扯下来，扔给满身血道的周翡，同时睨了她一眼，话音一转道：“就不告诉你。”

周翡：“……”

青龙主撑着颜面冷笑道：“关外北刀果然有两把刷子，废人都能重新站起来——好，正好，我正愁无缘见识‘双刀一剑’到底有多厉害，今天我倒要看看，我没有长进，你这北刀能有多大长进。”

他嘴里吹着牛皮，却丝毫没打算亲自上阵，一挥手，身边的敲锣人便训练有素地各自站位，像是摆了一个人数更少、更精的“翻山倒海”阵，准备仗着人多势众，一拥而上。纪云沉轻轻一弹指，殷沛身上的绳子便不知怎么绷开了，那小白脸三下五除二地扯下自己身上的绳子，神色复杂地望着他养父的背影。

纪云沉道：“快走吧，好自为之。”

然后他轻轻笑了一下，突然动了。最外围的敲锣人根本来不及反应，首当其冲落到了纪云沉手中。那敲锣人兵刃尚未举起，整个人就好像个牵线木偶，自己撞在自己刀尖上抹了脖子。

纪云沉将死人一推，提着夺过的长刀，漠然地望向青龙主。

他站起来、接骨钉、杀人夺刀一气呵成，眼神越来越平淡，好像一个与他错失了二十年的幽魂正缓缓地在他身上苏醒。周翡下意识地捏紧了手中的佩剑——有那么一瞬间，她觉得这把沾了血的佩剑微微地战栗了起来。

山中晴雨莫测，忽然一阵风起，吹灭了天光，顺着谢允第二次进来时没有掩严实的密道出口钻了进来，卷来一股湿漉漉的潮气。耳室中的火把剧烈地跳了一下，数条人影泛起紧绷的涟漪。

青龙主暴喝道："还愣着干什么？都是死的吗？"

北刀固然是传奇，但是在敲锣人心里，青龙主这个能叫人求生不得求死不能的"暴君"还是更可怕。他一声令下，几个敲锣人毫不迟疑，向纪云沉一拥而上。

纪云沉将手中长刀轻轻一摆，脸色似乎有些疲惫，又不知对谁重复道："快走吧。"

可是周围几个人谁也不舍得走，周翡几乎目不转睛地盯着传说中的"断水缠丝"。"双刀一剑枯荣手"对她，乃至对整个中原武林来说，都像是淤泥中几枝枯黄的残荷根茎——确乎有，确乎繁盛过一夏，但事到如今，那时的风采却已经是人云亦云的旧景了。

化身厨子的北刀、只剩下一把剑鞘的山川剑，都叫人瞧着心生尴尬。

谁能想到，"断水缠丝"有一日竟能死而复生？

周翡本以为北刀险象环生的诡谲会像传说中的"紫电青霜"一样，可是纪云沉手中的刀远非她想象的那样炫目。她甚至觉得纪云沉手中一板一眼的刀法比他以指代刀比画出的那几招还不起眼。

那好似一种古老而朴素的杀术，北刀传人举手投足间带着某种强烈的韵律感，旁人围追堵截也好，步步紧逼也好，都没有什么能破坏他固有的步调。那暗淡的刀光叫周翡无端想起洗墨江里细细的"牵机"，宽宽的刀背与修长的刀身似乎都是表象，他刀术中或有魂灵，而那魂灵只有狭窄的一线，流动的时候像千重的蛛网，停下来也只有非常不显眼的一点血迹……和一条性命。

纪云沉并不像周翡那样喜欢四处乱窜，他的脚步几乎不离三尺之内，周遭好像有一个看不见的圆圈，他似乎懒洋洋的，不肯踏出那圈子半步，所有胆敢靠近的人都会被他一刀割喉。

这才是真正的杀人刀。

周翡一直以为"杀气"便是要"腾腾"，直到此时，她才算见识到真正的杀气——那是极幽微、极平淡的，不显山不露水，却又无所不在。当那憔悴落魄的厨子略微佝偻地站在那里时，整个耳室都笼罩在他的刀锋下，居然叫人升起某种无法言说的战栗感。

曾经把周翡困得苦不堪言的阵法到了纪云沉面前，好像成了一群可笑的牵线人偶。翻山倒海阵自称遇强则强，任你是何方高手，一旦陷入其中，都如落泥沼。可眼下，这张大网却被纪云沉勾得团团转，全然不见那天在客栈中抖威风时的游刃有余，敲锣人根本不像包围，倒像是排队送菜！

周翡看得目不转睛，谢允却轻轻地叹了口气。

周翡问："怎么？"

谢允轻声道："小心了。"

他话音没落，场中便生了变化——被一帮人护在中间的青龙主郑罗生是个不折不扣的小人，眼见不过眨眼间，他自己带来的人便被纪云沉一把刀杀了个七七八八，郑罗生当即便决定祭出"好汉不吃眼前亏"的大招。

他猛地上前一步，声势浩大的一掌拍向纪云沉头顶，做出打算拼命的架势。

而后两人转眼间过了十来招，就在周翡以为此人也有决一死战的勇气时，郑罗生突然毫无预兆地伸手抓起自己一个手下，强买强卖似的塞给了纪云沉，那动作和周翡往他手中塞剑鞘的动作一模一样！

周翡有生以来，一直都在偷别人的师，不料风水轮流转，竟然也被别人学去一招——还是这么不长脸的一招，一时目瞪口呆，不知做何评价。

郑罗生趁机人影一闪，便扑到了耳室那一头的出口处，打算将自己一干敲锣人手下都当成累赘扔在这里，强行突围！

几个人心里同时叫了一声"不好"。

因为活人死人山这帮搅屎棍，一天到晚没正事，除了害人就是瞎搅和，要是让此人出去，往后必然得阴魂不散，纠缠个没完没了了。周翡想也不想就要追上去。

谢允虽然知道让郑罗生跑了会很麻烦，但更知道"穷寇莫追"的道理。狗急了都跳墙，何况是青龙主？他情急之下手也快得很，缺德带冒烟地一把抓住了周翡垂在身后的长辫子。

周翡扯过段九娘的头发，不料如今也体会了一把自己被人揪辫子的滋味，头皮剧痛，当场就要跳脚。谢允无辜地缩回作怪的狗爪，往身后一背，理直气壮地回瞪过去。

周翡："……"

看在这王八蛋方才挡刀的情分上，这一顿揍先欠着了。

这一耽搁，青龙主眼看要跑，又一阵山风呼啸着钻进密道，流转进九曲回廊似的密道中，被无数逼仄的窄道变了调子，发出山鬼夜哭似的呜咽声。这时，殷沛突然脚下一动，挡在了门口。

他在旁边装死倒还罢了，这一现身，立刻提醒了青龙主——郑罗生这番大动干戈地搜山追人，还几番犯险，可不就是为了这个小白脸？本以为中间杀出个断水缠丝，他要功败垂成，谁知这小子居然不自量力地自己撞上来了！

这是得来全不费工夫。郑罗生哪里会跟他客气？一把便抓住了殷沛的领口，好似猛鹰扑兔似的将他拎在手中。

纪云沉已经解决了方才那倒霉的敲锣人，眼见殷沛落在青龙主手上，顿时愤怒地咆哮了一声，提刀转身斩向青龙主的后背，青龙主骤然加速，并不十分在意——因为纪云沉尚在两步之外，他身上的暮云纱足以应付。

殷沛却古怪地笑了起来，他趁郑罗生注意力全在身后，蓦地出手如电，在郑罗生肩头某处连拍了好几下。殷沛武功造诣实在有限，本来也不该有这样的身手，可是这动作竟然像是他千锤百炼过一样，快得惊人，熟练得惊人。

郑罗生逃命途中竟然没能躲开，他随即悚然一惊——殷沛方才轻轻巧巧地这么一拍，虽然不痛不痒，却将他身上本就不太合身的暮云纱解开了！

那紧紧裹在他身上的软甲骤然松懈滑落，郑罗生后背顿失屏障，刀好像已经扎入了他后背里，他发了狠，一掌将殷沛摔了出去。那小白脸当即喷出一口血来，活像一碗打碎的红汤，摔在地上不知是死是活了。

毕竟是亲手养大的，虽然是个白眼狼，但纪云沉心里还是狠狠地颤动了一下："阿沛！"

郑罗生一把将身上的暮云纱扯了下来，抬手摔在纪云沉脸上。

纪云沉正在忧心殷沛，见山川剑旧物飞来，本能地伸手接住。谁知刚一碰到，他掌心便是一片刺痛——那暮云纱尾巴上竟有一串蝎尾似的小钩子，将他扎了个正着，立刻见了血。流出来的血见风变黑，黑气毒蛇似的，很快顺着他粗糙的手掌攀了上去。

钩上居然有毒，而且比花掌柜被九龙曳所伤时中的毒只烈不弱！

仓皇逃窜的郑罗生脚步一顿，转头冲纪云沉冷笑道："黄蜂尾后针，也叫'美人恩'，从来最难消受。纪大侠，滋味怎样？"

纪云沉漠然地看了一眼自己的手，周翡的心一瞬间提到了嗓子眼，以为他要像花掌柜一样断腕求生。

谁知纪云沉却忽然笑了。

他平生未曾开怀，经年日久，剩下满面愁苦，即使笑起来，褶皱的眉宇间也好像欲说还休、心事重重，是说不出的郁愤与孤苦。

"美人恩……"纪云沉低低地重复了一遍，突然一步上前。

窄道中怕是连周翡这样纤细的小姑娘行动都要受限，却偏偏不是"断水缠丝"的障碍，谁也没料到，纪云沉竟然拼着毒发也要杀青龙主。

郑罗生早有防备，见他出手，立刻往后掠去。纪云沉的刀紧追不舍，他手上的黑气转眼攀上了脖颈，继而又弥漫到了脸上，北刀那张本就憔悴的脸显得像个死人。郑罗生惜命得像抱金而死的守财奴，见这疯子不顾中毒，找死似的越发来劲，觉得纪云沉简直不可理喻，当即恼羞成怒道："好，既然你不怕死，我就成全……"

他说到这里，话音陡然一顿。

郑罗生觉得自己脚下好像踩了什么东西。

他难以置信地回过头去，见那被他一掌打飞的殷沛居然没死。

面容阴郁的青年像条狗一样蜷缩在墙角，拨开满头满脸的血迹，咧开嘴冲他露出一个满是恶意的微笑，殷沛无声地动了动嘴唇："你上路吧。"

密道外面响起一声平地炸雷，冷冷的电光甚至透入狭长的密道里。

与此同时，郑罗生脚下也是一声巨响，与隆隆的雷声合为一体，整个密道都好似摇摇欲坠地晃动起来。

殷沛趁他分神，往青龙主脚下扔了一颗雷火弹！

青龙主这次终于避无可避，失声惨叫起来。纪云沉再不迟疑，一刀捅进他胸口，手腕陡然一转，在他胸口豁开了一个血肉不相连的破洞。郑罗生杀猪似的号叫戛然而止，他太怕死了，简直不敢相信这个事实，一时瞪大了眼睛，几乎露出些困惑相来。

外面紧接着又是一道闪电落下，漏进来的光照亮了纪云沉的脸，密道中石头沙砾扑簌簌地下落，剧烈的震动回荡在整个密道中。

郑罗生眼睛里垂死挣扎的光终于还是暗下去了。纪云沉眼皮也不眨地盯着他瞳仁散开，然后没有抽刀，松开了握刀的手。他踉跄着往后退了几步，好像想稳住身形似的，胡乱伸手在渐渐开裂的密道土墙上抓了几把，到底还是狼狈地一屁股坐在了地上。

纪云沉的嘴角牵动了一下，似乎是想大笑一通，可惜笑容中途夭折。他靠在墙壁上，与郑罗生的尸体大眼瞪小眼片刻，然后疲倦极了似的，微微闭上了眼睛。

谢允侧耳听了片刻，只觉得密道里的杂音越来越大，便用力一推周翡道："这没轻没重的东西，我怕这密道要塌，先离开这里！"

周翡这会儿也顾不上跟他报揪辫子之仇，上前一步要扶起纪云沉，飞快地说道："前辈，那大鲶鱼一身除了毒就是暗器，身上肯定有解药，你等我来搜……"

纪云沉轻轻扣住了她的手腕，不由分说地把她推到一边，笑了一下，低声道："怎么，姑娘，你不知道何为搜魂针吗？"

周翡十分茫然。

谢允一边催着吴楚楚快走，一边冲周翡低声道："'搜孤魂上身，成野鬼而去'，搜魂针原名叫作'大还针'，是一种关外的秘法，能叫人一日千里，'死灰复燃'。无论多重的病，多要命的伤，都能盖过，让你觉得……似乎是丢了的旧时光上了身。"

纪云沉接道："然后回光返照，三刻而止……"

密道外面"哗啦"一声，暴涨的天河像被什么刺破，咆哮着倾倒入人间，大雨骤降。

泥土中泛起陈旧的腥味，纪云沉眼睫低垂，神色涣散，竟然在这个节骨眼上出起了神，然后目光微微动了动，落在殷沛身上。

殷沛听见"回光返照"四个字，整个人一僵，神色复杂地看向纪云沉。纪云沉想了想，似乎有千言万语要说，然而临到头来，剩语寥寥，又觉得没什么好废话的。纪云沉便一笑，第三次低声道："走吧。"

周翡："等……"

她"等"字没说完，密道这边的出口陡然塌了，窄道本已经老旧，殷沛那一颗雷火弹更是成了最后一根稻草。

沙石倾盆似的落下，纪云沉猛地将周翡往外一推。

周翡踉跄几步，被谢允一把扶住。方才她站的位置数息间便已经被落下的沙石堵上，将北刀拦在了那一头，而通道仍在不断地动荡。

纪云沉双腿一阵剧痛，被巨石压了个正着，他却没躲，只是闷哼一声，觉得全身虚脱了似的，一点力气都提不起来。

搜魂针的回光返照本不该这么短，可是眼下郑罗生已死，撑着他的那一点精气神也没了。密道的震颤与雷声混合在一起，须得极仔细，才能听见其中的风雨声。而渐渐地，风雨声微弱了下去，纪云沉知道，这并非雨过天晴，只是他的五官六感在衰弱。

他无端想起当年初入关中时，偶然在一酒楼上见到一幅画。

　　店家附庸风雅，不知是从哪个粗制滥造的民间艺人手里买的画，画工不值得细看，唯有角上挂了一首古人词，纪云沉没读过几天书，已经记不全了，仿佛是什么"少年听雨歌楼上，红烛昏罗帐……而今听雨僧庐下……"

　　鬓已星星也。

第六章·

回家

"金陵不是我家，我家在旧都。"

　　谢允拖着周翡往外跑去，沙石尘土迷得人睁不开眼，他们一帮灰头土脸的人破开密道出口，一露头就被倾盆大雨盖了个正着，雨水与尘土交加，全和成了"酱香浓郁"的泥汤。

　　殷沛竟也命大，没人管他，他居然挣扎着跑了出来。他有些站不直，可能是肺腑受了重创，抑或是骨头断了，血迹斑斑的手扶着一侧的山石喘着粗气，眼睛望着已经崩塌大半的密道入口，有那么一时半刻，没有人知道他在想些什么。

　　杀了郑罗生，又搭上了纪云沉，可谓买一个还搭个添头，他大仇得报了，快意吗？

　　那么十余年的养育之恩又怎么算呢？

周翡想起殷沛在三春客栈里装蒜时说的那些话，有些是意味深长的挑拨离间，有些却又隐隐带了点不想让纪云沉死的意思。而倘若他那张嘴放屁的样子是装出来的，那么当中有几分深意、几分真意呢？

周翡已经见识了"一样米养百样人"，知道"以己度人"乃大谬，这些念头在她心里一闪，便沉沉地落了下去，不再揣度了。反正人都死光了，天大的恩怨也只好尘归尘，土归土，那一点幽微的心思，便不值一提了。

谢允想起山上还有青龙主的余孽，便上前和殷沛说话，问道："殷公子，你要往何处去？"

殷沛置若罔闻，将有几分漠然的目光从密道口上移开，抬手整理了一下自己散乱的发丝和外衣，一脸倨傲地抬脚与谢允擦肩而过。

谢允忽然又问道："你也在找'海天一色'吗？"

殷沛终于斜眼瞄了他一下，嘴角牵动，面露讥诮，好像不知道他扯的哪门子淡，然后他不置一词地缓缓走入雨幕中。

谢允皱了皱眉，盯着他的背影若有所思了片刻，却没有追上去。

周翡他们三人从衡山离开，途中还真没遇上青龙主的那帮狗腿子，看来这年月，做恶人的也得有点机灵气才行，否则恐怕等不到坏出境界，便"出师未捷"了。

过了衡山再往南，便是南朝的地界了。

此地依然地处边境，连年打仗，这大昭正统所辖的地界也没显出比北边太平到哪儿去，基本也是"村郭萧条，城对着夕阳道"。

破败的官道上一处小酒肆里，吴楚楚坐在瘸腿的长凳上，小心翼翼地咬下了一口杂面饼，她跟挑鱼刺似的仔细抿了抿，确定里头没有牙碜的小石子，这才放心出动牙齿，咀嚼起来。

杂面饼里什么都掺，喂马喂猪的东西一应俱全，就是没有"面"。这饼吃起来又干又硬，卡在嗓子眼里，无论如何也咽不下去。吴楚楚怕别人嫌她娇气，也没声张，吃一口便拿凉水往下冲一冲。她胃口本来就不大，这么一来，半块饼就能灌个水饱，显得十分省钱好养活。

谢允重新置办了车马，跟她们俩凑在一起上了路，他倒是门路颇广，而且很能凑合，一点也看不出有个王爷出身。

谢允用歪歪斜斜的筷子戳了戳盘子里看不出真身的腌菜，说道："这里还是靠近前线，地也不好种，是穷了点，要是往东边去，可没有这么寒酸，金陵的繁华和旧都比也不差什么——真不想去瞧瞧吗？"

吴楚楚默默地摇摇头，偏头去看周翡。

周翡原本没吭声，见她看过来，才一摇头道："我回蜀中。"

吴楚楚有些不自在地对谢允说道："阿翡说她回蜀中，那我跟着她走。"

谢允一点头，没表态。

周翡问道："你呢？"

谢允仿佛没听见，慢吞吞地夹起一片腌菜——他手里那双筷子俨然已经弯成罗圈腿了，夹菜竟还稳稳当当的，可见此人至少在吃这方面很有些功力。

周翡翻了个白眼，用胳膊肘碰了吴楚楚一下："问他。"

吴楚楚尴尬得快把身下的长凳坐穿了，蚊子似的"嗡嗡"道："阿翡问……谢公子，你呢？"

谢允笑容如春风，彬彬有礼地说道："我自然奉陪到底，总得有人赶车对不对？"

他们三个分明挤在一张不到三尺见方的小桌上，谁也没耳背。谢允和周翡却谁也不搭理谁，咳嗽一声都得让吴楚楚传话——亏得吴小姐脾气好。

因为周翡在密道耳室中一时冲动，出言得罪了端王殿下，之后又一不小心笑了一下，可谓仇上加仇。于是脱险之后，谢允就变成了这副德行，还是死皮赖脸地跟着她们，但就是不跟她说话。

周翡咬牙切齿地跟那噎人的杂面饼较劲半响，终于被这玩意儿降服了，放弃努力，一扬脖干吞了下去，嚼不碎的饼混成一坨，一路从她嗓子眼噎到了胃里，好半响才"咣当"落下。周翡伸手按了一下胸口，心里苦中作乐地想道：比吞金省钱，效果还差不多，真是赚了。

她想休息一会儿再战，同时心里有好多的疑问，垂目琢磨了一会儿，她终于还是忍不住开口问了出来："'海天一色'到底是什么，为什么那个郑……郑什么'萝卜'听完以后那么在意？"

吴楚楚见她直眉瞪眼地问自己，登时一愣："我不知道呀。"

说完，她才反应过来这句不是问自己，耳根都红了，转向谢允把周翡的话重复了一遍。

谢允抿了一口凉水，脸上找揍的神色收敛了一点，沉声道："我也不清楚，那是很多年前的事了。有人说是一伙神通广大之人的联盟，有人说是一笔财产，也有人说是一个武库，还有人说是一队私兵或是一帮神出鬼没的刺客——刺客这个最不靠谱，毕竟，相传'海天一色'的上一任主人是殷闻岚。他们说当年殷闻岚之所以不是武林盟主，胜似武林盟主，就是因为手上的这个秘密……不过这个说法我个人是不太相信的。"

这回不等周翡发问，吴楚楚便自发地开口问道："为什么？"

谢允笑道："江湖莽撞人，怪胎甚众，爹娘都不见得管得住，世上哪儿有什么能号令这帮乌合之众的东西？倘若真有那么个秘密，那也不外乎'为人处世'与'豪爽仗义'两个秘诀罢了，这都有现成的词，不必另外起个不知所谓的名叫什么'海天一色'。"

吴楚楚跟周翡对视了一眼，问道："那殷沛知道吗？"

"他装作不知道，"谢允说道，"但我猜他肯定知道。没听郑罗生说吗？他盗走了山川剑的剑鞘。整个殷家庄都落在了青龙主手上，像暮云纱这样的宝贝绝不在少数，他别的东西都视若无睹，为什么偏偏要一把残剑的剑鞘？

"关于这个，我原先也有些猜测。据说殷闻岚曾经说过，他一生只有两样东西得意，一个是山川剑，一个就是'海天一色'。"谢允灌了一口凉水，接着说道，"所以如果海天一色有什么秘密——诸如信物、钥匙，他会放在哪里呢？"

周翡听到这里，已经明白了。

吴楚楚却莫名其妙地追问道："哪里？"

周翡解释道："当然是山川剑上。天下第一剑是怎么想的我不太清楚，但是如果周围的人都还不如你靠谱，你最信任的也就剩下手里的刀剑了。"

吴楚楚先是恍然大悟，随即又看了她一眼，怀疑周翡在指桑骂槐，找碴儿气谢允。

谢允依然在装蒜，好似全然没听见，站起来结了账，又催两个姑娘把剩下的杂面饼打包带走："走吧，这穷乡僻壤的鬼地方实在不好投宿，咱们天黑之前怎么也得赶到衡阳。"

说完，他便径自起身去拉马车。

周翡瞪着他的背影磨了磨牙，吴楚楚偷偷拉了她一把。

周翡小声对她说道："他是不是还来劲了？"

吴楚楚六岁以后就没见过这样活泼的怄气方式，十分想笑，又觉得不太好，只能憋住，跟周翡咬耳朵道："在衡山的时候，谢公子也是担心你。"

回想起来，周翡也承认，就以她的本领来说，一口答应纪云沉拖住郑罗生确实是不自量力而且欠妥。她自知理亏，便只好往下压了压火气，木着脸没吱声。吴楚楚想了想，又问道："你当时那么相信纪大侠吗？"

周翡略一愣，摇摇头。

她当时其实不知道纪云沉在搞什么名堂，也从没听说过"搜魂针"。

吴楚楚奇道："那为什么？"

究竟为什么，周翡自己也说不清楚。她没什么计划，甚至刚开始，她也是耍了诈才从青龙主眼皮底下溜走的。她明明知道自己打不过，明明千方百计地不想跟那大魔头起正面冲突。

要说起来，她大概是在密道中听见郑罗生满口污言秽语的时候，方才起了杀心。

作恶，这没什么，"活人死人山"的大名，周翡一路上也算听过了，什么时候那帮人能干点好事才新鲜。可是凭什么他们能恶得这么理直气壮、扬扬得意呢？

凭什么大声喧哗的，永远都是那些卑鄙的、无耻的人，凭什么他们这些恶棍能堂而皇之地将二十年沉冤贴在脑门上招摇过市，而白骨已枯的好人反而成了他们标榜的旌旗？

这岂不是无数个敢怒不敢言惯出来的吗？

乱世里本就没有王法，如果道义也黯然失声，那么苟且偷生其中的人，还有什么可期盼的呢？

周翡并不是怜悯纪云沉，事到如今，她依然认为纪云沉是可怜之人必有可恨之处。她只是觉得，当时如果不答应帮这个忙，她一定会对自己十分失望。

就连吴楚楚这个手无缚鸡之力的大小姐不也一样吗？她看不出把周翡和花掌柜绑在一起，也斗不过一个郑罗生吗？可那纤纤弱质的小姑娘尚且为了朋友不肯独自离开，何况是拿刀的人？

周翡本来在琢磨着跟吴楚楚从何说起，结果一抬头，正好发现谢允套好了马车站在不远处，好像也在等她的答案。见她目光扫过来，谢允立刻别开眼看天看地，摆出一副"不听不听我就不听"的欠抽样。

周翡匡扶道义的女侠之心被暴起的幼稚推了个屁股蹲，以迅雷不及掩耳之势败退了。她瞬间没好气地将自己满腹情怀总结成了三个字："我乐意！"

吴楚楚："……"

这场混账官司到蜀中之前还能不能打完了？！

衡阳有地方官，附近还有一部分驻军，看着像样多了，起码没有当街砍人的。

傍晚时分，车夫端王稳稳当当地将两个姑娘带到了衡阳城里。谢允一看就是惯常在外面行走的，赶车很有两把刷子，走得不慌不忙，不颠不簸，几乎没怎么拐冤枉路，十分舒心。此地刚下过一场大雨，路显得不太平整，沿街叫卖的小贩和铺子像是山间石峰里的草木，有点缝就能活，客栈中兼有酒楼，为了招揽客人，还请了民间艺人。

民间艺人是一对连说带唱的中年夫妻，丈夫是瞎子，妻子声音甜美，唱的正好是"千岁忧"谢某某的《离恨楼》。唱完一圈，那妻子就端起一个托盘，在客人中间走一圈，她也不苦苦哀求讨人嫌，倘若有人给钱，就轻轻盈盈地冲人敛衽一礼。

谢允放了一把铜钱在她的托盘上。周翡看清那女人正脸之后一愣，只见她遮着半张脸，面纱粗制滥造，有点透，能看出下面坑坑洼洼的疤痕。为免失礼，周翡只一瞥就移开了视线，心里止不住地可惜——那妻子身材窈窕，轮廓秀气，本该是个能称得上漂亮的女人。

等那女人转身走了，吴楚楚才小声问道："她……"

"烫的，"谢允好像见惯了似的，平平淡淡地回道，"没什么——多半是自己烫的，在外谋生不易，女人尤其是。她们总得有点自保的办法，要脸没什么用。快吃吧，吃完早点休息，这一阵子颠沛流离，也实在没睡过几宿好觉。"

那对夫妻一直在客栈里唱到很晚，周翡等人都已经回客房休息了，还能听见一楼传来细细的"咿呀"声，但看起来没什么收获。《离恨楼》红得太久，众人天天听，已经有些听腻了，大多数人耳朵没在他们身上，也对女人的托盘视若无睹。

周翡洗涮干净，本应十分疲惫，却怎么都睡不着。她干脆盘膝而坐，像个武痴似的在冥想中锤炼她的破雪刀。就在她将九式破雪刀从头到尾连起来一遍，又有些进益的时候，突然听见隔壁"吱呀"一声，谢允又出来了。

周翡不管是有多大的怒气和火气，一旦沉浸到她自己的世界里，都会缓缓平息下来。只要不是深仇大恨，她一般来得快去得也快。

破雪刀不愧是"宗师之刀"，月亮还没升起来，已经把她从未满六岁的黄毛丫头教育成了懂事的大人。

"懂事的大人"站起来在屋里溜达了两步，自我反省片刻，觉得谢允闹起脾气来固然十分好笑，而自己居然会以牙还牙地跟他较真，也是那杂面饼吃饱了撑的。

周翡探头一看，见楼下还有稀稀拉拉的几个客人，店小二却已经哈欠连天，给谢允端了一小壶混浊的米酒，便在一边懒洋洋地擦起桌子。唱曲说书的那对夫妻寂寞地坐在场中，女人的嗓子已经哑了，瞎男人拨弄着有些受潮的琴弦，琴声回荡在空荡荡的大堂中，倒有些靡靡之音的凄艳意味。

谢允不知从哪儿要来一盏小油灯，放在手边，照着桌上铺满的旧纸笔。他写一会儿，就会出一会儿神，偶尔端起酒碗来将浊酒抿上一口，青衫萧萧，显得有些落魄。

周翡轻手轻脚地走过去，见他正就着卖唱夫妇断断续续的琴声写一段新唱词，她便坐在旁边，撑着下巴看。前面的部分被镇纸压住了，周翡只看见一句："……且见它桥畔旧石霜累累，离人远行胡不归。"

谢允笔尖一顿，看了她一眼，继而又漠然地垂下眼。

周翡自己翻过一个空碗，不问自取地从谢允的酒壶里倒了一小碗米酒，几口喝完，咂吧了一下嘴，觉得这酒淡得简直尝不出什么滋味来。然后她伸出两根手指，夹住了谢允的笔杆。

上了年纪的旧笔杆停在空中，笔尖上的墨蘸得有些浓，倏地落下一滴。但周翡的手更快，瞬间将手中空酒碗往上一递，当当正正地接住了那滴浑圆的墨点，一气呵成。

谢允："……"

周翡知道自己这张嘴多说多错，于是讨好地冲他一笑。她脸上大部分时间都挂着属于独行侠的爱搭不理，然而仗着自己是个年轻貌美的小姑娘，偶尔卖一次乖巧，居然也不显得生硬，叫人看一眼就发不出脾气来。

周翡问道："你在写什么？"

谢允一边郁闷于自己的没出息，一边抽回笔杆，没好气地搭理了她一下："怕死令。"

周翡见他开口，忙顺坡下驴，说道："谢大哥，我错了。"

谢允瞄了她一眼。

周翡暗暗运了运气——想那李晟小时候，跟她比武输了，从来都是回去自己哭一场，第二天又没事人一样，哪儿还用人哄？她心里这么想，脸上就带出来一点"你好麻烦"的埋怨来，搜肠刮肚半晌，才结结巴巴地说道："那……那个在衡山的时候，我说错话了，其实不是那么想的。"

可是事绝对没办错。

谢允将笔杆放在旁边，叹道："我用鼻子都能看出你没诚意来。"

他还想怎样？

周翡被破雪刀教育下去的那点火气顷刻就有死灰复燃的趋势。

好在谢允没有得寸进尺，瞪了她一会儿，他便绷着脸道："姑娘，你是名门之后，不能总逮着我这种温厚老实又柔弱的书生欺负。"

周翡听谢允又开始不要脸地胡诌，就知道他已经消气了，顿时松了口气，眼角一弯，往自己脸上轻轻拍了一下："可不是吗，我真没出息，替你打一下——你在写什么？"

"一出新戏。"谢允说着，旁边油灯的小火苗闪烁了一下，他的眼睛上看起来有一层淡淡的流光，"讲一个逃兵的故事。"

周翡不太能明白听戏的乐趣在哪儿，念白她还偶尔能听懂几段，至于那些唱腔就完全不明白了。戏词写得再好，到了那些唱曲的人嘴里，统一是又细又长的"嗷哇咿呀"，根本也不知道在叫唤什么。

说说英雄也就算了，还讲"逃兵"，周翡一脸无聊地用鞋底磨着木桌的一角，问道："逃兵有什么好讲的？"

谢允头也不抬地飞快写了几行字，漫不经心地回道："英雄又有什么好讲的？一个人倘若变成了举世闻名的大英雄，他身上一定已经有一部分不再是人了。人人都蒙着眼，一知半解地称颂，却谁也不了解他，不孤独吗？再者说，称颂大家都会，用的词自古以来就那么几句，早都被车轱辘千百遍了，写来没意思，茶余饭后，不如聊聊贪生怕死的故事。"

周翡道："……你是还在讽刺我吗？"

谢允闷声笑了起来，周翡在桌子底下踹了他一脚。

"哎哎，踢我可以，别掀桌。"谢允小心翼翼地护住他那堆乱七八糟的手稿。

周翡拽过一张纸，看了两眼，磕磕巴巴地念道："燕雀归来……"

谢允说："哎，是来归，你那眼神会自己蹦字是不是？"

"哦——来归帝子乡，千钧百廊小……小窈娘，自言胸怀万古刃……呃，不对，万古刀，谁顾巴里旧……章台？"

周翡念了两行之后，被谢允一把抢回去。谢允将那张纸团成一团，往空杯子里一扔："姑奶奶，饶了我吧，你一念我就觉得得重写。"

周翡本来就没有什么吟风弄月的天分，也不在意，问道："你是说这个贪生怕死的逃兵胸怀万古刀吗？"

"他没逃的时候，觉得自己是个顶天立地的英雄，必能衣锦还乡，风风光光地娶到自己心爱的女孩。结果后来发现朝廷不用他顶天，也不用他立地，根本没把他当人。他只是个诱敌深入的活诱饵，死在那儿任务就完成了，于是他逃了。可惜一路险阻重重，逃回家乡，也没能见到他的女孩。"

周翡问道："为什么？"

谢允眼珠一转，注视了她一会儿，似笑非笑道："因为那女孩是个水草精，已经乘着鲤鱼游走了。"

他一句话说完，微微有些后悔，因为似乎有些唐突。可惜，周翡没听出来，她脸上露出一份单纯和惊诧，真诚地评价道："什么乱七八糟的！"

谢允说不好是失落还是庆幸，他无声地叹了口气，收回目光，懒洋洋地说道："那你别管了，反正能卖钱。咱们要去蜀中，还得沿着南朝的地界走，从衡阳绕路过去，好几千里，不是一时半会儿能走完的——你知道贵寨的暗桩都怎么联系吗？"

周翡毫无概念。

谢允一挑眉，说道："看吧，咱们连个能打秋风的地方都没有。我好歹得一边走一边想辙攒盘缠，这不是白纸黑字，是银子。告诉你吧，哥会的都是赚钱的买卖，学着点，人生在世，穿衣吃饭才是头等大事，光会舞刀弄枪有什么用？"

周翡不当家不知柴米贵，听了这番"过日子经"，很是吃了一惊："你还操心这个？你不是王爷吗，没有俸禄吗？"

谢允笑道："你还知道什么叫俸禄？"

周翡又横出一脚，谢允好像早料到有这一出，飞快地缩脚躲开，摇头晃脑地说道："食君之禄，忠君之事。吃了我小叔的饭，我还得供他差遣，乖乖回金陵去当吉祥物。"

周翡问道："你为什么不肯回家去？"

她说的不是"回去"，不是"去金陵"，而是"回家去"，这是一个温暖又微妙的用词。因为在周翡脑子里，世上始终有那么个地方，可能没有多舒服、多繁华，却是一切羁旅的结束。

谢允愣了片刻，轻轻地笑了一下："回家？金陵不是我家，我家在旧都。"

迟钝如周翡，都感觉到他那一笑里包含了不少别的东西，可是不等她细想，谢允便有些生硬地将话题转开，问道："你又为什么想回……家？"

周翡一提起这事，就稍稍有些羞愧，不过事实就是事实，她实话实说道："我功夫不到家，得回去好好练练。"

谢允的表情顿时变得非常奇怪。

周翡问："怎么？"

谢允蘸了一点酒水，在桌上画了一座小山，在靠近山顶的地方画了一道线，说道："如果说高手也分九流，那你将郑罗生堵在一个小窄道里，杀了他的人，划破了他的手掌，还能全身而退……虽说是占了点对方轻敌的便宜吧，但你手上连个称手的兵刃都没有，能做到这一步，证明你如今的功力，足以跻身二流。只不过你这个'二流'运气格外不好，满世界的喽啰你没碰上过，碰上的都是让人闻风丧胆的大人物，显得有点狼狈。"

周翡听了这一番吹捧，没当回事，有些不以为然地想：你一个写小曲的书生，会唱就行了呗，怎么还扭起来了。

　　谢允又将他的毛笔倒过来，用略微有些开裂的笔杆在酒渍上又一画，说道："但是也不必扬扬自得，武道如攀山，一重过后还有一重，世上还有不少一流高手，譬如一些名门前辈……举例来说，大约就是齐门的道长、霍家堡的堡主之类。一流之上的，是顶尖高手，凤毛麟角，不管名声怎么样，但是只要说出来，南北武林必然如雷贯耳。"

　　周翡听到这里来了点精神，因为这不属于武术技术评价，属于奇闻逸事，在这方面，她所认识的人里没有能出谢允之右者，便追问道："顶尖高手是像北斗、四象那样的人吗？"

　　谢允"嗯"了一声，眉心一扬道："不——木小乔算，郑罗生不算，沈天枢算，仇天玑那样的恐怕就够不上。郑罗生位列四象之首，是因为他有一帮能打能杀的狗腿子，而且心机深沉，小花招层出不穷。这种人十分危险，一不留神就能要你的命，但你要说他是顶尖高手，恐怕不用说别人，四象中其他三个人就要嗤之以鼻。"

　　周翡不知不觉听进去了。

　　谢允又道："顶尖高手之上，是宗师级的人物，你知道这二者的区别是什么吗？"

　　周翡追问道："什么？"

　　谢允见她微微前倾，心里的贱格便又不由得蠢蠢欲动起来，故意不慌不忙地给自己倒了碗酒，直到周翡的手开始发痒，他才拖拖拉拉地说道："这二者的区别就是，顶尖高手每一代都有，宗师级的人物却不一定。

　　"枯荣手那对师兄妹剑走偏锋，亦正亦邪，而且两人分一部绝学，稍稍差了一层。北刀关锋早早归隐，留个徒弟尚未成名，已经陨灭，也稍差了一层。但山川剑是武林无冕之尊，南刀开宗立派、补全绝学，这两人却实打实地堪称一代宗师。二十年前，中原武林人才辈出，正是极盛之时，多少绝学重现人间，多少逸事到如今仍叫人津津乐道……"

　　周翡被他三言两语说出了一身战栗的鸡皮疙瘩，谢允手中的笔杆却突然在桌上一画，那半干的小山被他涂成了一团，他话音倏地一转："可是这个群星璀璨的时代太短命了，一阵风的工夫就过去了。山川剑与南刀先后亡故，枯荣手失踪，北刀封刃，纵然有令堂这样的后人，却也为风雨飘摇的四十八寨繁杂的庶务所累，这些年都没什么进益，日后再向前走一步，恐怕也不容易了。沈天枢穷凶极恶地袭击霍家堡，想吞下天下奇功之心昭然若揭，也是因为他想再上一层楼——只可惜，能想出这种馊主意和脏手段，我看他还是拉倒吧。"

他手一松，任凭裂缝的旧笔杆摔在桌上，"啪"一声。

周翡心里跟着一跳。

谢允接着低声道："大盗移国，金陵瓦解。山岳崩颓，既履危亡之运；春秋迭代，必有去故之悲①……你说是天意还是人为？"

这时，瞎子的琴音正好停了片刻，谢允的话音也就跟着停住了。他目光一转，好像顷刻间就从方才盘点的古今中走了出来，从怀里取出一点零钱，递给周翡道："我看那两位也要收摊了，替我送他们一程吧。"

周翡好不容易回过神来，纳闷道："你自己不是还贫困潦倒写小曲呢吗？怎么走哪儿在哪儿仗义疏财？"

谢允摆手道："身外之物、权宜之计，不能没有，但也没那么重要，不如红尘相逢的缘分珍贵，拿去吧。"

周翡当即被这酸唧唧的腔调糊了一脸，意识到谢公子确乎是个称职的小曲话本作者，抓过零钱，又倒了杯茶水，给那唱哑了嗓子的歌女端了过去，说道："姐姐，你歇一会儿吧。"

歌女忙起身道谢，颇为拘谨地收了她递过去的钱，小声道："姑娘既然给了赏，便点一曲吧。"

周翡没料到给了钱还不算完，顿时好生发愁。

别说曲子，连山歌她也没听过几首。那毁容的歌女面带愁苦，唱什么都凄凄惨惨的，实在不是什么半夜三更的好消遣。她正琢磨怎么说才不让人察觉出自己不爱听来，谢允便收了笔墨走过来，插嘴道："小孩子家听不出什么好赖来，夫人也不必跟她白费嗓子，说个热闹点的故事

---

① 出自庾信《哀江南赋》。

哄她早点去睡觉算了。"

周翡："……"

她意识到自己好像不知什么时候又得罪了谢允一次，因为这句听着还是像讽刺。

那歌女见他们这样客气，有些受宠若惊，想了想，便轻轻地压着嗓子说道："既如此，我与二位说一段时事吧，道听途说，不见得是真的，博诸君一笑——近日来，听闻南北交界之处，着实出了几件大事，还有一个不得了的人物。"

周翡他们就是从南北交界处走过来的，听着这个开头，便觉得十分有代入感，立刻就来了兴趣，她抱起一碗米酒，准备慢慢地喝、仔细地听。

"据说此人是一位女侠，隐居深山，习得神功在世，一露面，就是十分了不得。"

周翡一边听，一边想道：女侠、了不得，还在南北交界附近……说的不会是段九娘吧？

那歌女声音虽轻，却十分引人入胜，只听她继续道："……她一出关，便遭遇了北斗七狗攻打霍家堡、包围华容城。当时城中百姓人心惶惶，便是那位女侠凭一己之力，力克北斗，杀了禄存星，冲出一条血路，毫发未伤便飘然而去。而后千里独行奔衡山，在客栈打抱不平，设巧计引出青龙主大魔头，截杀于衡山脚下，人人称快——你道她是何人之后？"

周翡一口米酒呛进了气管，咳了个死去活来。

歌女还以为周翡是听故事听得太入神，便笑道："据说这位女侠是南刀之后，二十年了，破雪刀又重现江湖了。"

第七章·

挑战

周翡一时间觉得无比荒谬——二十年前纪云沉挟持殷沛挑战山川剑的事竟然原原本本地重演在了她身上！

"假如你说话靠谱……"

马车辘辘地往前滚着，拉车的马屁颠颠颠地迈着四方步。周翡把谢允独霸的车夫宝座抢走了一半，手里无意识地玩着一根马鞭，全然无心欣赏沿途灵山秀水，面色有些凝重。

谢允抗议道："我说话本来就靠谱，你见过几个人能像我一样，满天下的大事小情都如数家珍的？"

耳朵长嘴碎有什么好骄傲的？周翡没心情跟他打嘴皮子官司，摆摆手，简单粗暴地说道："按照你那个'层次'的说法，我顶多是个二流货色。"

谢允哼了一声，接道："状态好的时候勉强能算。"

周翡翻了个白眼："你听见那说书的把我说成什么了？"

谢允摇头晃脑道："连跳两级，技压顶尖高手，直接奔着一代宗师去了——别的宗师不值一提，个个胡子一把孩子一帮，在青春貌美这点上就远不及你，听得我都快给你跪下了。大侠，小的以后不干别的了，专门给你赶车行吗？你打算什么时候上天把玉帝那老儿捅下来？"

吴楚楚莫名其妙地掀开车帘，探出头来问道："你们在说什么？呃……不对，你们俩又开始说话了？"

谢允头也不回地说道："我们在说一代名侠'周断刀'的故事。"

周翡道："……信不信我把你踹下去？"

"不信，"谢允有恃无恐道，"把我踹下去，周大侠能把马车赶到南疆去。"

周翡："……"

谢允仍不肯见好就收，没完没了地道："就你这种四体不勤五谷不分的'大侠'啊，到时候弄不好真得去要饭。对了，大侠，你会唱'数来宝'吗？要不然我临时教你几句？"

周翡忍无可忍，一脚扫了出去，谢允就好像一片灵巧的树叶，轻轻地"飘"了出去，在半空中打了个惊险又好看的把式，风度翩翩地掠上了车顶，好整以暇地往下一坐。

吴楚楚下意识地伸手盖住自己的脑袋——怕他老人家将车顶坐塌了。

周翡重重地在马身上抽了一鞭，也不知她是赶得不得法，还是拉车的驽马屁股上有三尺厚老茧，怎么也不肯再加速，那马死猪不怕开水烫地扭了扭，依然是不紧不慢地往前溜达。

周翡怒道："这其实是头踩了高跷的驴吧。"

她听了歌女那段耸人听闻的"武林逸事"，足有好几个晚上没睡好，一会儿梦见北斗、四象凑了一圈太极八卦来围攻她，一会儿梦见她娘拿腰粗的鞭子把她当陀螺抽，抽得她足足踮着脚转了好几百圈，第二天睁眼醒了还在头晕眼花。

可是这么没影的谣言究竟是怎么传出来的？

周翡忽然皱皱眉，想出了一种可能性，问车顶的谢允道："你说会不会是沈天枢在背后阴我？"

"怎么阴？"谢允的声音从车顶上传来，"昭告天下，说自己败在了一个黄毛丫头手上？"

周翡："……"

也对，沈天枢他们那帮成名已久的大坏蛋，干不出这么丢人现眼的事——再说大动干戈地对付她一个无名小卒，也实在没什么必要。

谢允又慢吞吞地说道："你不经常在江湖上跑，可能不太清楚。大家伙儿对北斗积怨很久啦，每隔十天半个月，就有一条贪狼星被个什么野孩子打得满地爬的谣言。连沈天枢自己都计较不过来了，一般不会有人当真。"

周翡奇怪道："谁闲得没事编这种谣言，有意思吗？"

"有啊，"谢允十分逍遥地晃荡着两条长腿，"所有人都在泥沼里愤世嫉俗的时候，总是希望能有个英雄横空出世。不过呢……你的情况特殊一点，巧就巧在青龙主真死了。"

三春客栈旁边鱼龙混杂，谁也不知道窗户缝后面有多少个抻着脖子看热闹的脑袋，周翡在三春客栈跟九龙叟大打出手确实闹了好大动静。后来在衡山，除了他们三个和殷沛，其他人都死在密道里了——殷沛连自己姓殷都不想承认，想来也不会在大庭广众之下造谣或者澄清什么。

反正破雪刀真的在三春客栈出没过，没多久青龙主就不明不白地死了。

从局外人的角度一想，还真有点像真的。

华容的事想必大抵是道听途说，三春客栈的事却能以讹传讹。

一个初出茅庐的少年人，真敢单挑青龙主，赢了人头后飘然而去……那她挫败沈天枢的事听起来顿时显得真了不少。

周翡干巴巴地说道："我娘肯定会打死我的。"

谢允从车顶上探出头来："你还有心思想你娘？唉，真是不谙世事。阿翡，我劝你啊，从现在开始夹起尾巴做人，能不动手尽量别跟人动手，在回蜀中之前也尽量装死，让他们传去。只要你不露面，不再闯祸，他们过一阵子就忘了。"

周翡想得比较简单，她倒不是怕别的，主要是连李瑾容都一直说自己没得到破雪刀的真传，她不过学了一点皮毛，就整天让人"传人传人"地叫，感觉是在给祖宗抹黑，因此当时哼了一声，算是同意了谢允的话。

可能是前一段时间过得太惊心动魄，接下来的一段日子简直堪称太平。

谢允写完了他那出荒谬的新戏，周翡则终于把马车赶顺溜了，吴楚楚也越来越没有大家小姐的矜持。不知是不是突然有了来自外界的压力，周翡好像是个临时抱佛脚的学童，每天胆战心惊地担心别人揪住她"考试"，抓紧一切时间，不分昼夜地练起她的破雪刀来。

连吃饭的时候她都不闲着，周翡时常吃着吃着眼睛就直了，一眨不眨地盯着筷子尖。

谢允将筷子伸过去，十分手欠地在她眼前晃了晃："哎……"

周翡想也不想，手腕一翻，便以木筷为刀，一招"分海"敲了过去，谢允的筷子应声而折。

谢允："……"

吴楚楚只好忍无可忍地出面调停："食不言寝不语，打架也不行！"

当然，周翡也没有太过躲躲藏藏，毕竟，没人猜得到所谓的"南刀传人"是个普通的小姑娘——在一路上越发千奇百怪的江湖谣言中，周翡的形象已经从一位"五大三粗扛大刀的女侠"，变成了"青面獠牙一掌拍死熊的大妖怪"。

他们一路平平安安地到了邵阳，谢允的《寒鸦声》正式完稿，三人也安顿下来。

傍晚时分，谢允动手给自己改头换面一番，贴了两撇小胡子，又涂涂抹抹几下，在脸上弄了几道皱纹，一转身，他就从一个风度翩翩的公子哥打扮成了一个满口"呜呼哀哉"的中年书生，惟妙惟肖，几乎是大变活人。

谢允酸唧唧地整了整自己的领子："现在老朽就是'千岁忧'了，

怎么样？"

周翡如实评价道："你要是往小碟子里一躺，吃饺子的时候可以直接蘸。"

谢允拿扇子在她头顶一拍："丫头无礼，怎么跟老爷说话呢？"

周翡伸手拨开他的狗爪。

她也不是头一回给人装丫头，在王老夫人身边的时候还能蹭马车坐。可是老夫人身边带个小丫头正常，一个浑身上下写满了"大爷文章天下第一"的酸爷们儿身边也带个小丫头……那不是老不正经吗？

谢允知道她的顾虑，十分震惊地问道："你居然以为千岁忧是个正经人，你怎么想的？天下久试不第的书生没有一万也有八千，我要是不写淫词艳曲，怎么从中脱颖而出？"

周翡："……"

谢允挤眉弄眼地冲她招招手，说道："我卖戏去，吴小姐是大家闺秀，我带在身边觉得多有不便。你呢？怎么样，敢不敢跟我长长见识？"

周翡觉得不太好，即使她手中刀上已经沾过不少血，依然觉得跟一个写淫词艳曲的男人混在一起不是什么长脸的事。

谢允道："去不去？不去我可自己走了。"

周翡只矜持了片刻，二话没说就跟上了。

谢允似乎对邵阳十分熟悉——他好像到哪儿都能"宾至如归"似的，沿途指点风物，侃侃而谈，周翡都怀疑他是编的。见他又驾轻就熟地钻进一条让人眼花缭乱的小巷子，周翡终于忍不住问道："你怎么这么熟？"

谢允一本正经地回道："我在这儿要过饭。"

周翡："你……啥？"

"我小时候，我老师嫌我太娇气，功夫也不肯好好教我，让我身无分文地出去要了三年饭，还答应只要我三年以后没饿死，他就教我一套保命的功夫。我呢，在丐帮混过，混得不太好，丐帮虽然自称白道，但是这帮花子里有好多不是东西的滚刀肉，大乞丐欺负小乞丐蔚然成风，很不友爱，我只好愤然叛出，剃了头去当了和尚。和尚有真有假，人品普遍比花子好一点,有些秃头还真能念几句经,会念经的要饭就轻松多了,特别是我还十分英俊潇洒……"

周翡当他放屁,木着脸,压低声音问道:"令师没被诛九族啊?"

谢允顶着中年书生那张老脸,得意扬扬地哈哈一笑,将折扇打开扇了几下,叹道:"你自己非要问,说了又不信……唉,女人。"

"女人怎么了?"小巷子一头,突然打开一扇窗户,一个女人冒出头来,她探出上半身来,托着下巴,居高临下地睨了谢允一眼。

这女人长得说不上多端正,然而眉目修长,半睁不睁的眼角好像挂着一条小小的钩子,神情倦怠,说不出地风情万种。她素白的鹅蛋脸上突然露出一个若有若无的笑容:"千岁忧先生,几年不见了,风流依旧。"

谢允冲她一拱手:"老板娘,几年不见了,被你颠过去的众生怕是站不起来啦。"

"老板娘"听了这番油腔滑调,非但没生气,反而有点得意,冲他一勾手指道:"带好东西了吗?带了就上来,没带就滚,老娘不招待你这种穷酸。"

谢允哈哈一笑,回头冲周翡招招手,小声道:"这是金主,卖了钱给你买把好刀,一会儿好好说话,别捅娄子。"

除了四十八寨的长辈,周翡见过岳阳外的粗野村妇,见过吴家的夫人和千金,见过疯疯癫癫的段九娘……可是这个"老板娘"跟她们每个人都不一样——她的骨头看起来轻飘飘的,柔软得好像怎么折都可以。

周翡这没见过世面的乡下丫头,还不知什么叫作"风尘气"。

小巷尽头有一扇很窄的门,一看就不是正门。楼上的老板娘亲自下来给他们开了门:"进来……咦?"

她忽然看见了谢允身后的周翡,睁着一双桃花眼有些惊奇地打量了周翡片刻,掩口笑道:"哪儿拐来的小美人?"

谢允面不改色地瞎掰道:"我闺女,叫谢红玉。"

周翡:"……"

有个人是不是活腻了!

老板娘眯起眼，意味深长地笑了一下，明显不信，但也没多问。她懒洋洋地迈开步子，将两人带了进去。后院不算大，但四下开满了花，墙边堆满了花架子，乍一看姹紫嫣红的，中间还有个秋千，旁边的小桌上放着琴，一股幽香无处不在，也不知是从哪儿传出来的。周翡应接不暇地悄悄四处打量，只觉得其中说不出地别致。

老板娘伸出涂满蔻丹的手，冲谢允一摊："拿来吧。"

谢允从怀中摸出他那卷装订好了的《寒鸦声》递过去，还不误回手在周翡面前打了个指响，以防她东张西望一脚踏进人家鱼池里。

老板娘捧了他的本子，施施然走到秋千前坐下，指着石桌石凳对谢允他们说道："二位坐。"

说话间，好几个穿红戴绿的美貌少女不知从什么地方冒出来，端茶倒水之余还不忘跟谢允"先生长先生短"地贫上几句——有一个还伸手捏了周翡的脸。

周翡："……"

这些姑娘看起来和谢允颇为熟稔，不知为什么，对他却并不放肆，反而有些拘谨的恭敬。

老板娘没多久就翻完了，随即她思忖片刻，抬头看了看谢允。

谢允一扬眉："怎么？"

"你确定要给我这本？"老板娘问道，"总觉着你是拿了别人的血泪出来卖笑。"

"是卖唱，啧，我卖艺不卖身，说那么难听。"谢允轻描淡写地纠正道，"血泪这东西，自己吃也是恶心，讲给别人听也是不合时宜，我借来换点路费，岂不是物尽其用？"

老板娘目光一转，"扑哧"一笑，说道："行吧，我收了，老规矩。"

她话音刚落，就有个少女端着个托盘过来，递上一个锦囊。

谢允接过来掂了掂，连看都没看，便收入怀中："就知道老板娘痛快……其实这回还有另一件事相求。"

老板娘竖起一根手指。

谢允从善如流地从那锦囊里拈了一片金叶子送还回去。

周翡看明白了，她觉得谢允卖戏根本不是为了路费，而是为了买消息。

老板娘大大地翻了个白眼，一把夺过来，冷笑道："拿老娘的钱打发老娘，真有你的，有话说，有屁放！"

谢允道："我想问老板娘一个旧消息，当年十二重臣护送当今南下时，几个文官舍命也不够，因此路上必有高人护送，当时除了殷闻岚，随行之人中是否还有齐门，是否还有那么一两个……不在正道上的朋友？"

老板娘一愣，将金叶子缓缓推还给谢允，说道："我不知道，就算知道，这消息也不是一片金叶子买得下来的。"

谢允目光一闪："我可以交换……"

他话没说完，一个脚步有些慌张的少女快步走进后院，趴在老板娘耳边低声说话。

周翡五感灵敏，听见那少女说的是："夫人，一帮'行脚帮'的'五子'不知干什么，来了不少人，前后门都有。"

老板娘有些怀疑的目光首先落到谢允身上。

谢允一张脸皮本来就"深不可测"，做过手脚后，越发沉稳如山、纹丝不动，茫然道："来的是你的债主，还是我的债主？"

老板娘注视了他片刻，随即长眉一挑，站了起来。

"谁的债主都一样，"老板娘冷冷地一笑，"讨债讨到我这里来了。"

老板娘说完，转身就走，身上宽松的锦缎飘在身后，彩云追月似的同她如影随形，她看起来好像个霓裳羽衣中凭虚御风的仙子，美丽得近乎繁盛。

谢允沉思了片刻，冲周翡一招手："咱们也去看看。"

周翡悄声问道："是不是白先生要抓你回去？"

"抓我？"谢允眉尖轻轻地一挑，他被假皱纹糊住的眼角波动了一下，脸上显出几分前所未有的讥诮与冷峻，"我又没犯王法，他凭什么抓我？就算当今在此，也不敢跟我说'抓'这个字。"

走过后花园，是一座小楼，前面还有个院子。前院没那么多乱七八糟的花，地方显得宽敞多了，一帮年轻女孩子在院子里，有吊嗓子的，有拉筋的，还有扳腿的，千奇百怪，却并不让人觉得不雅观，反而比姹紫嫣红的后院显得还要花团锦簇。

女孩们见老板娘带着两个陌生人走出来，都停了下来，好奇地望着他们。

前院气派的大门"吱呀"一声分向两边打开，周翡便瞧见了门口围着的人。

放眼一望，来人个个都是灰扑扑的短打扮，脸上一致地带着寒酸的风霜之色，不少人微弓着肩，是一副被力气活压弯了腰的模样。虽然高矮胖瘦各有不同，却别是一番千人一面，不仔细看，都分不清谁是谁。

门里的女孩子们有多么姹紫嫣红，门外的汉子们就有多么灰头土脸，两厢对望，别提多古怪了。

见老板娘亲自出门来，有个中年汉子越众而出，似乎是其中领头人。他十分恭敬地一抱拳，低声下气地说道："霓裳夫人，多有打扰。"

霓裳夫人将鬓角的一缕长发轻轻地拨到耳后，轻轻地靠住门框，笑道："奴家一个只会弹琴唱曲的弱质女流，不知什么地方得罪了诸位大哥，叫你们这样气势汹汹地来堵门？这院里可都是花骨朵一样的姑娘，个个胆子小得很，经不起人家放肆，吓着了可怎么了得？"

她一句话没说完，旁边的女孩子们立刻嘻嘻哈哈地小声笑了起来，好像一阵小风吹来，满院的花枝都开始乱颤。敏锐如周翡，却察觉到这莺歌燕语中藏着一股细细的杀机，尽管不是冲她，她的后背却不由自主地略微紧绷了起来。

行脚帮的领头人上前一步，神色越发恭谨有礼，几近卑躬屈膝了，他说道："小的们不请自来，本来无意打扰夫人，实在是受人之托——夫人今日接待的贵客行踪缥缈，过了这村没这店，小的们也是没有办法。"

霓裳夫人眉头微敛，跟周翡一起转头望向谢允。

谢允有些意外——他知道行脚帮背后肯定有白先生的耳目，白先生身负使命，也必然不甘心让他这么跑了。那个老流氓耳目灵敏，知道他

"千岁忧"的这层皮不意外。"千岁忧"的名号就是霓裳夫人的"羽衣班"唱红的，羽衣班恰好就在邵阳。倘若从衡山奔蜀中而去，沿着南朝边界，此地是必经之路。谢允要在此落脚，几乎是十有八九会来拜会霓裳夫人。白先生料到他会来，在这里守株待兔似乎也说得过去……为防这一关节，谢允还特地乔装打扮了一番，看起来是没瞒过去。

他想不通这些行脚帮的人是怎么认出他的，而且白先生是何等的八面玲珑？就算用了什么方法认出了他，也大可以等他回客栈后再派人去堵，何必直接找上羽衣班，平白得罪一个霓裳夫人？

这没有道理。

这帮行脚帮的穷酸上来就要人，霓裳夫人也算有头有脸的一号人物，哪儿能让他们拔这个份儿？

她当即一翻眼皮，笑容风情万种，话却很不客气："我这里只有写小曲的和苦命姑娘，贵客是没有，贱人一大帮，你要谁？"

那领头人假装没听懂她的夹枪带棒，唯唯诺诺地说道："不敢，不敢，劳烦夫人，小的找一位手持破雪刀的姑娘。"

此言一出，在场人齐齐一愣。反应过来后，一同将目光投到了周翡身上。

周翡还不大能接受自己这一场意外蹿红，未能习惯众人围观的目光，惊吓不小，不由自主地往腰间一摸——什么都没有，她的刀还在谢允承诺的未来里，尚未横空出世。

霓裳夫人眯了眯眼，先是狠狠地剜了谢允一眼，随即喃喃地低声道："破雪刀？"

行脚帮的领头人低下头作了个揖，循着众人的目光锁定了周翡，对她说道："小的们受人之托，寻找姑娘的踪迹，找了不知多少门路，总算摸到了一点端倪，烦请姑娘可怜可怜小的们，跟我们走一趟。"

周翡这么长时间自诩老老实实，半点祸都没闯，一时有点蒙，不知道这群人是怎么找上自己的。谢允心头一转念，却是想明白了——肯定是白先生叫行脚帮的人盯着自己，得知有人暗中找周翡，顺势卖了人情。

周翡正待上前一步，却被霓裳夫人伸手挡住了。

霓裳夫人仔细看了看周翡，只觉得这个丫头就是个普通的丫头，除了不那么活泼以外，与满院的姑娘相比毫无异常，既看不出凌厉，也看不出高深。霓裳夫人将她从头打量到脚，愣是没看出"破雪刀"三个字写在哪儿了。她心里浮现出荒谬的将信将疑，想道：难道真有人天纵奇才，小小年纪就能达到这种返璞归真的程度？

霓裳夫人目光微微闪烁，人也站直了些，问周翡道："郑罗生真是你杀的？沈天枢真是你撅回去的？"

周翡十分惭愧，忙道："不，那都是……"

"哈！果然是贵客！"霓裳夫人用一声大笑打断了她，在周翡惊诧的目光中，她眉目间矫揉造作的媚气倏地一散，连连大笑数声，"好，好，痛快！"

周翡："……"

冤枉，真不是她干的！

霓裳夫人性子居然有点火暴，根本不听她解释，一步迈出门口。门口围着的行脚帮中人除了领头的，集体往后退了一步，竟好似有些畏惧她。

霓裳夫人朗声道："破雪刀既然是我的客人，你们哪儿来的狗胆要人要到老娘头上？滚！都是下九流，谁怕谁？"

此人前一刻还巧笑嫣然、风情万种，下一刻却又冷漠凶狠，活像准备噬人的女妖。院子里方才笑嘻嘻的女孩子们顷刻就安静了下来，围在班主霓裳夫人身边，飘逸宽大的舞袖中隐约有兵刃的冷光闪过。周翡目瞪口呆，无端打了个寒战。

气氛登时剑拔弩张起来。

行脚帮的领头人一伸手，压下身后蠢蠢欲动的手下，口中道："好说好说，少安毋躁。"

说着，他从袖子中摸出一个手镯，对周翡道："雇主让我把这个带给姑娘，说你应该认识，只要看见它，肯定会来。"

周翡不仅认识，还相当熟悉。她的脸色一瞬间就冷了下来——那手镯材质看不出，外面一圈被彩绸缠满了，还挂了一串五颜六色的小铃铛，挂身上走到哪儿响到哪儿，别提多麻烦了——那是李妍的。

李妍在家一天到晚没什么正事，哥哥姐姐都懒得搭理她。因她长得漂亮嘴又甜，寨中的师兄弟和长辈们都待她宽容得很，逐渐养出一身活泼俏皮的好吃懒做来。她的功夫出名地烂，吃喝玩乐倒是很有一手。周翡曾经一听见她身上乱响的铃铛就脑仁疼，印象格外深刻。

可是李妍为什么会离开四十八寨？

谁带她出来的？什么人敢扣住她？

李妍尚未出师，不可能是自己出来的，她身边必有长辈随行。依照李瑾容给周以棠信里说的，他们的目的地应该是金陵，没必要，也不可能走北边的地界，不可能遇上北斗的人。

除此以外，谁还敢扣住她？

难道不知道她是李家的人？

难道就不怕得罪李瑾容？

周翡就像在华容城中带着吴楚楚躲避北斗时一样，一瞬间，她的心智就从没见过世面的野丫头脱胎换骨，初步有了江湖人的沉静与谨慎。她心里兜兜转转地起了好几个念头，将那镯子塞回袖子里，冷下脸道："你雇主是谁？知不知道这手镯的主人是谁？是不是找死？"

她话音中杀意越来越盛，那行脚帮的领头人脸上隐隐露出戒备的神色。

周翡隐晦地和谢允对视了一眼，谢允不着痕迹地冲她一点头。

平时不想惹麻烦，可是现在李妍落在别人手里，这时候"谦虚诚实"可就不合时宜了。

周翡知道，她越是装腔作势，对方就越得掂量，当下干脆不解释，将高手的架势足足地端了起来——不可一世的眼神来自段九娘，冷静倨傲的态度来自重新拿起刀的纪云沉——没办法，这么短短几个月，想将两大高手的本事都学来是不可能的，好在腔调还能模仿一二。

谢允适时在旁边搭腔道："我与贵帮打交道不是一年两年了，没听说过两单生意混在一起的道理。老白就是这么让人做事的？真长见识。"

他俩一唱一和，颇像那么回事。

那领头人却也没那么好糊弄，他眼珠一转，赔笑道："这位先生的话小的有些听不懂，小人不过是个替人跑腿送信的，诸位都是侠士，何必与我们下等人一般见识？干咱们这行，跑腿传话，就仗着朋友多、人路广，不多嘴乃第一等要事。就算是被破雪刀架在脖子上，咱们也不能代雇主胡说八道，对不对？"

此人嘴上是在赔不是，其实也未尝不是在隐秘地示威——你武功再高，再无懈可击，吃饭睡觉如厕的时候也能严加戒备吗？有千日做贼的，没有千日防贼的。哪怕李徵在世，也未必敢得罪他们这一群阴沟里的耗子。

"不过呢，雇主的大名，那边倒是没说不让报，"那领头人递出个软钉子，紧跟着又退了一步，既让人掂量，又显得十分有诚意，"不知姑娘是否听说过'擎云沟'？"

江湖中大小门派没有一万也有八千，几个游手好闲的恶少就能组织个"无敌神教"，大多籍籍无名。

"擎云沟"听起来不比"无敌神教"高级到哪儿去。周翡想也不想便道："那是什么玩意儿？没听说过。不知你们那不长眼睛的雇主听没听说过'四十八寨'？我家的妹子得罪了你们哪里，是讨债还是讨公道，你们自可以去蜀中找李大当家。"

谢允忙在旁边轻轻咳嗽了一声，暗示周翡狂过头了。

周翡一愣，心道：怎么，这个擎云沟不是什么穷乡僻壤的野鸡门派？

就在这时，街角处传来一声冷哼。行脚帮的人"呼啦"一下散开，只见一个青年人缓缓从那一头走进来。这人身量颀长，面色不善，模样倒也堪称英俊，就是有点黑。他衣服黑，脸也黑，手中还拎着一把通体漆黑的雁翅刀，整个人顺了色，老远一看，是好一条人间"黑炭"！

擎云沟"擎"的居然是朵乌云！

然而他一步一步走过来的时候，忽然就让人不再注意他的面相——这人脚步沉稳，行走间双肩纹丝不动，器宇轩昂，显然是个内外兼修的高手。

那青年男子一步一步地走到周翡面前，上下打量她一番："你就是南刀？"

周翡只觉得一顶蜀山一样大的帽子当空砸在了脑门上，还得强行梗着脖子顶着。

那青年稍微带着点口音，他说话十分用力，每个字都重重地咬一下，他一双眼盯着周翡，又道："你刚才说，擎云沟是什么'玩意儿'？"

周翡一挑眉："你是他们的雇主？"

那青年不答，冲她伸出一只手："我是擎云沟主人杨瑾，听闻南刀是天下第一刀，特来讨教。"

周翡："……"

这人没病吧？

自称杨瑾的人脸上带着青年男子特有的瘦削，好似稍稍一咬牙，额角的青筋就能破皮而出。他抿起嘴，用那种奇特的语气说道："你既然是南刀传人，与那些四十八寨的人想必关系匪浅，放心，我绝不伤害无辜。我手中刀名叫'断雁'，磨炼了二十年，自忖略有小成，特来见识'天下第一刀'……"

那行脚帮的领头人出言打断他："阿瑾，在霓裳夫人门口说这话不合适。"

杨瑾分出一线目光，扫了霓裳夫人一眼，随即毫无兴趣地收回目光，依然只盯着周翡一人："我托徐叔四处打听你的踪迹已经数月，只要让我见一见你的刀，成败不论，我保证你们寨中人必定安然无恙。"

周翡一时间觉得无比荒谬——二十年前纪云沉挟持殷沛挑战山川剑的事竟然原原本本地重演在了她身上！

唯一的问题是，山川剑是真高手，她是个被人吹出来的高手！

杨瑾将手中的长刀往前一横："我的刀在这里，你的呢？"

周翡："……"

没钱买呢！

第八章·

断雁刀

"若我没猜错，你小时候跟令堂习武时，所学必不止于刀术，各门功课都曾经有所涉猎，对不对？但杨瑾就不是这样，他练刀数年，只解决一件事——就是如何让自己的刀更快。"

周翡尚未成为一个英雄，已经先体会到了穷困潦倒的"末路"之悲。不过她这当事人都还没来得及表态，那位变脸如翻书的霓裳夫人却忽然暴怒道："放肆，你当我羽衣班可以随便欺负吗？"

行脚帮的领头人同时喝住那"黑炭"："阿瑾，说的什么话！"

那杨瑾虽然明面上是"雇主"，但见他与行脚帮领头人说话的样子，似乎更像个十分相熟的后辈。他皱着眉，先用"关你鸟事"的眼神扫了霓裳夫人一眼，没开口反驳，看起来居然还有点委屈。

行脚帮的领头人顿了顿，冲霓裳夫人道："少年人冲动，夫人勿怪。咱们岂敢在羽衣班造次？我想这位姑娘既然手持南刀，必然不凡，一诺未必千金，也肯定不会做出随便爽约之事。咱们大可以另约时间，另约

139

地方，您看……三天之后如何？”

　　他说话十分狡猾，言语间仿佛周翡已经答应了跟杨瑾比武。谢允担心她被行脚帮的流氓绕进去，正待插话，周翡却先开了口。

　　周翡自从见过了仇天玑和青龙主，是不惮以恶意揣度一切陌生人的，她才没有山川剑那么宽广如海的好心胸。她心里快速地权衡片刻，直接对比武的事避而不答，只说道：“四十八寨收留无数走投无路之人，为此，李家父子两代人搭了性命进去，留下一个无父无母的小小遗孤——就是被你们扣下的人。你们一群自诩……”

　　她说到这里，微微一顿，抬起下巴，目光在杨瑾和那一群行脚帮的人脸上扫过——周翡本意是抬出四十八寨狐假虎威，谁知说了两句，自己却不由得先真情实感了起来。十多年前，那个在她记忆里留下最初一抹血色的背影倏忽间在她眼前闪过，周翡心里那一点因名不副实和被迫装腔作势而产生的荒谬感，就这样被突如其来的悲愤冲开了。

　　“你们一群自诩身怀绝技、门路遍天下的英雄豪杰，居然为了这一点无冤无仇的名分之争，就出手扣下个孤苦无依的女孩子。”周翡接着说道，“好，人不要脸天下无敌，今天的事我记住了。”

　　谢允暗自一哂，知道自己是多虑了。和周翡相处时间长了，他总是忘了她在华容城中只身行走于两大北斗之间的丰功伟绩，总觉得她天真，也忘了天真未必是傻。

　　所谓“天真”，大概只不过是在狭窄背光的地下暗牢里，明明四面楚歌，明明听懂了“此地危险”，还是执意将一袋乱七八糟的药粉顺着墙上的小窟窿塞过来吧？

　　谢允适时地点点头，在旁边替周翡找补了一句，说道：“可不是，有羽衣班和老朽在，这故事还能连说带唱。今天这事她记住了，明天全天下都会知道——老板娘，你的姑娘们敢不敢开口，怕不怕‘朋友遍天下’的行脚帮杀人灭口啊？”

　　霓裳夫人闻言大笑道：“听得懂我曲子的男人们二十年前就死绝了，剩下的不过是些多长了一条腿的龌龊浊物，多说句话都嫌脏了舌头。老娘早就活腻了，有本事就拿着我的人头上北边去，伪帝脚下狗食盆子还空着俩呢！"

杨瑾好像不太会说话，一时有些无措。连行脚帮的人也十分意外——南刀是何许人也？少年人初初成名，生来是名门之后，手上刀法又厉，先前只是想着这位传说中的"南刀后人"可能跟杨瑾差不多是"一路货色"，有人约战，再稍微加把小火，必定得愤然应邀。至于那李家的小姑娘，留她好吃好喝地住几天，再送走就是了。

不料对方全然没有一点应战的意思，还三言两语间让场面落到这么个地步。杨瑾和行脚帮的领头人一时间都有些骑虎难下——行脚帮一向消息灵通不输丐帮，大概怎么都想象不到，他们数月以来听得神乎其神的这位后起之秀全然是个"误会"。

周翡的情绪本来有些失控，不料猝不及防听了霓裳夫人一句绯色飘飘的话，她的悲愤顿时又烟消云散，心大地开起了小差。

什么？她诧异地想道，二十年前就死绝了……霓裳夫人有那么大年纪吗？完全看不出来啊！

好在旁边还有个靠谱的谢允，谢允丢下杨瑾不理，只问那行脚帮的领头人道："阁下贵姓？"

领头人颇有些灰头土脸："不敢，小人免贵姓徐。"

"徐舵主，"谢允点点头，"好，既然你说三天之内，那我们三天之内必须见到李姑娘好好的站在这儿，要不然……徐舵主是聪明人，应该知道怎么看着办。"

杨瑾急了，冲周翡道："你不敢应战吗？"

周翡飞快地把溜号儿的神志拖回来，超常发挥了一句："就凭你办出来的事，人人得而诛之，应战？你配？"

霓裳夫人一甩袖子："说得好，送客！"

说完，她伸手拉住周翡，手下几个女孩子上前，不由分说便将徐舵主等人关在了门外。

被关在外面的人怎样就不知道了，反正经过这一场混乱，周翡他们从蹲在后院卖戏的穷酸变成了上座的客人。

霓裳夫人好像有千重面孔，刚开始一身风尘气，楚楚动人。随后面向外敌，她能说翻脸就翻脸。翻完脸，关门打量着周翡，她的桃花眼不四处乱飘了，纤纤玉指也不没完没了地搔首弄姿了，甚至勉力从一身上下找了几根尚且能撑住门面的骨头，人都站直了几分——她好像个喜怒不定的女妖下凡，这会儿摇身一变，成了个贤惠靠谱的长辈。

霓裳夫人用一种近乎慈祥、和颜悦色的语气对周翡说道："你是李家后人？弟子？"

周翡一点头，含糊地说道："算是。"

"跟李大哥不太像，"霓裳夫人也没追问，看了看她，"我以为李大当家会选一个男孩……至少看起来壮实一点的传人。"

周翡想了想，低声道："要都以'天生'的资质为准，看着不行就觉得真不行，那世上的人大概都只能止步于学语学步了，毕竟刚生出来的小孩看起来都挺笨的——另外我也不是什么南刀传人，那都是以讹传讹的，我只不过才刚学了一点皮毛……"

她还没解释完，霓裳夫人忽然捂着嘴笑了起来。周翡愕然地眨了眨眼睛，不知道自己说的话哪里可笑。

"我刚还说一点都不像，谁知这会儿就说嘴打脸，你这神态真是跟他一模一样，"霓裳夫人笑道，"我刚认识李大哥的时候，也就和你现在差不多大吧，还年轻得很呢。我们一大帮人机缘巧合结伴而行，问他是什么师承，他也不太提，就轻描淡写地跟人家说'没什么师承，祖上传下来一套刀法，还没大练熟'。我还道这是哪儿来的乡巴佬，自家刀法没练熟就出来现世，谁知……哈哈，他头一回出手的时候，我们都快被吓死了。"

周翡干笑了一声。

李徵脾气温厚，虚怀若谷，他说"没练熟"，那必然是谦虚……别人居然当真了。到了她这儿，破雪刀却是真的没练熟，这分明是没有一点水分的大实话，可愣是没人信！

天理何在？

谢允冲她挤挤眼，周翡无奈地翻了个白眼。谢允见周翡一脸说不出口的郁闷，便很仗义地替她打断了霓裳夫人对锦瑟年华的追忆，问道："看来霓裳夫人和当年几大高手交情甚笃的事是真的了？"

此言一出，霓裳夫人就跟被按了什么开关似的，立刻就住了嘴。

她弯起来的嘴角还盛着笑意，眼神却已经暗含了警惕，冲谢允温声道："我说了，一片金叶子不够，你那一袋都不够。千岁忧先生，没有筹码，你就别再刺探了，咱俩也算是旧相识，你该知道，世上没人能撬开我的嘴。"

谢允丝毫不以为忤，笑眯眯地端起茶杯喝了一口，不吭声了。

霓裳夫人被他搅扰得谈兴全消，她神色冷淡地伸手拢了拢头发："这几日你们就住在我这儿吧，省得那群耗子再去找麻烦。"

周翡忙道："夫人，我们客栈里还有一位朋友。"

"无妨，找几个人去接来。"霓裳夫人厌倦地摆摆手，她的步履分明不徐不疾，说"无"的时候，才刚站起来，说到"来"字的时候，人已经出了前厅，衣摆一闪，便不见了踪影。

"春风拂槛。"谢允面带赞叹地说道，"据说脱胎于舞步，这或许不是世上最快的身法，却肯定是最好看的，缥缥纱纱，时远时近，让人……"

他没说完，一转头，见周翡正有些疑惑地皱着眉，便笑道："怎么？"

周翡其实也不知道怎么回事，相比对徐舵主等人明显的排斥和愤怒，霓裳夫人对谢允称得上十分礼遇了，可是方才那三言两语之间，她却莫名从霓裳夫人轻轻柔柔的话音里嗅到了一股……比被行脚帮包围时还要浓重且深邃的杀机。

周翡迟疑道："她好像生气了？"

"没有。"谢允笑道，"只是我问了不该问的事，她想杀我而已。"

周翡："……"

"怎么，你以为就你感觉得到吗？"谢允又端起茶来细品，没事人似的抿了两口，他满足地叹了口气，"刚才在后院喝的都是陈茶，这会儿才舍得给上点雨后新茶，这女人太小气了……我不是告诉你了吗？千岁忧这名字就是羽衣班唱红的，我认识她不是一两天了，倘若只是嫌我给钱少，她早就拍桌子破口大骂了，哪儿有这么心平气和的态度？"

周翡眨眨眼，一时没听懂这句话。

谢允便给她细细地解释道："假如有人来问你一件你死都不能说的事，你会怎样？勃然大怒，警告别人少打听吗？你不会的，你虽然最开始想这样，但你很快会尽最大可能平静下来，绝不刺激对方的好奇心。要是你城府够深，你甚至连一点震惊都不会表露出来，你会不断地用看似拙劣的手段吊人胃口，让别人以为你只是骗好处，自己放弃，对不对？"

周翡："那……"

"没什么，"谢允压低声音，"我问她，也只是试探她的态度而已。妹子啊，千万不要被那些'事无不可对人言'的前辈给惯坏了。你要知道，这江湖中的好多故事，不是你问了别人就会说的，你得学着从他们的喜怒哀乐……甚至隐瞒与算计的节奏里找出你想要的东西——好，这些废话就不说了，我知道你现在最想打听擎云沟的事。"

周翡迟疑了一下，心事重重地点点头。她虽然刚刚放了一番厥词，心里却没什么底。这会儿坐下来，她忍不住想，话逼到这份儿上，那些人会不会干脆破罐破摔，对李妍不利？

"行脚帮不敢。"谢允一眼就看出她心里的忧虑，不慌不忙地说道，"白先生既然跟了那一位，你就知道行脚帮虽属于黑道，但也是属于南边的黑道。他们这些人无孔不入，很不择手段，但大是大非上不会站错地方，这是规矩，跟人品什么的都没关系。倘若犯了这一条，往后他们仰仗的人路就走不通了，那个姓徐的又不傻，不会为这点小事自寻死路——何况擎云沟也不算什么邪魔外道。"

周翡问道："擎云沟到底是什么？"

"是个三流门派，"谢允道，"你看杨瑾的面相和口音也大概猜得出，他不是中原人。擎云沟地处南疆，瘴气横行，草木丰沛。他们不以武功见长，神医倒是出了不少，人又称'小药谷'……"

周翡奇道："难道还有大药谷？"

"有过，"谢允简短地说道，"现在没了，灭门了——这个不重要，别打岔——一代一代的人，总会出怪胎。比如每隔几辈人就会出一个不爱治病救人，专门喜欢下毒杀人的，不过医毒不分家，这倒也不算太出圈。但是到了这一辈，擎云沟却有了一个出圈的大怪胎，我估计这个杨瑾也就是勉强分得清人参跟萝卜的水平，唯独醉心刀术，还颇有些天纵奇才的意思。他能混上家主，很可能是事先把同辈挨个儿揍了个遍。"

周翡没料到黑炭的身世这样曲折离奇，一时有点震惊。

"这个人早就开始四处挑战了，算是近几年群星暗淡的中原武林里难得的后起之秀。"谢允道，"我猜他是奔着南朝武林第一刀去的，突然让你横空出世截了和，肯定不服气。他眼里只有刀，别的没什么恶名，至今没干过什么滥杀无辜的事。"

周翡黑着脸道："我又不是故意'出世'的。"

谢允叹道："唉，谁不是呢？哪个娘生娃的时候也没跟肚子商量过——总之你把心放下吧，你们寨里的人肯定没事，反正你又不想跟他一较高下，他要名，你认个输就没事了。"

周翡没吭声。

谢允等了一会儿，突然抬头道："慢着，你不会真想应了他的约战吧？"

周翡目光闪烁了一下，有些犹豫："你觉得我不该应？"

谢允谨慎地看了她一眼，道："你保证不打我，我就说实话。"

周翡："……"

她已经知道答案了。

"杨瑾的'断雁十三刀'不说打遍天下无敌手吧，至少已经位列一流高手了。我听说前年崆峒掌门都输了他一招，你至少回去再练几年，才能跟现在这个杨瑾有一战之力。"谢允坦白道，"你还是听我的吧，要说在衡山冒险跟青龙主周旋是为了道义，那也便罢了。但这算什么？虚名如蜗角，连个屁也顶不起来，时间长了还得为其所累，争这个有什么必要？”

周翡底气颇为不足地点点头，这事她确实不占理——无谓的逞勇斗狠，还是在打不过人家的情况下，真是挺傻的。

十七八岁的女孩子几乎是大姑娘了，她脾气再暴，性情再冲动，也不大容易像"睡凉炕的傻小子"一样火力旺，即便没有道理地热血上头，只要把道理给她讲明白，也很快能消下去，不会太难劝。

谢允察言观色，却觉得她虽然听进去了，但不知为什么，还是有点意难平，便问道："到底怎么了？"

周翡微微露出一点难色，倘若事关她自己的名声，她倒不大在意。少年人是最丢得起面子的，反正不管外面吹得多厉害也是谣传，能有个机会戳破也挺好，还她一个"不入流"的本来面貌。

可是方才，她敏感地察觉到，徐舵主也好，杨瑾也好，甚至是霓裳夫人，他们对她的称呼，都是统一的"南刀"，甚至没人弄得清她姓周不姓李。她不再是个出门找不着北的无名小卒，她被赶鸭子上架地当成了一个符号、一块名牌，头上顶着的名字不再是"周翡"，而是"李徵"。

"嗯……没什么，我在想，一会儿得给楚楚写一张字条，不然陌生人去找她，她不见得会跟着来。"

她一个两手空空，连把刀都没有的人，说出"想为了南刀应战"，恐怕得让人笑掉大牙吧？

李妍虽然被软禁了，但日子过得一点也不像周翡担心的那么水深火热。她跷着二郎腿坐在一把椅子上。椅子四条腿，被她吊儿郎当地翘起了半边，始终保持着只有两脚着地的摇晃状态，旁边小桌上放了茶水和花生、瓜子、炒栗子——这败家玩意儿把栗子挨个儿捏开，咬一口，甜的就吃了，不甜的就让它们龇牙咧嘴地一边凉快去。

她这么一边吃一边往外挑，十分优哉，看不出是被人抓来的，还是自己跑来给人当姥姥的。

关她的人怕她闷得慌，还给她准备了一本志趣不怎么高雅的民间话本。这可是个新鲜玩意儿，在四十八寨时万万无缘得见，虽然水准比较低级，但李妍还是看得津津有味、如痴如醉。话本中间有起承转合，只有一段结束，又恰好要翻页的时候，李妍才能偶尔想起自己的俘虏身份。

每当这时，她便心血来潮地吼上两嗓子"放我出去，你们有没有王法，我家里人知道了不会放过你们的"之类的废话，然后见没人理她，李妍便不再做无用功，又一头扎进话本里的爱恨情仇中，被关押得乐不思蜀。

到了晚间，她嗑瓜子把舌头嗑出了一个泡，牙齿发涩，微微一抿，她感觉自己两颗门牙好似比往常疏远了不少。又用舌头勾了一下上牙床，血泡便破了皮，李妍疼得龇牙咧嘴，由此迁怒起把她扣在这儿的罪魁祸首来。

李妍跳起来活动了一下手脚，深吸一口气，准备了一通胡搅蛮缠的大骂。就在她的话将出未出时，紧闭的房门"吱呀"一声开了。拎着漆黑雁翅刀的青年杨瑾与李妍对视了片刻。

杨瑾冷冷地问道："你要干什么？"

李妍被他一身利刃出鞘的冰冷气质震慑，涌到舌尖的大骂又"叽里咕噜"地滚回了肚子。她因为自己这份不争气十分愤慨，于是怒气冲冲地冲门口的人吼道："你们关得我都上火了，我要吃桃！"

杨瑾一脸"你不可理喻"的表情，瞪着李妍。

李妍缓过一口气来，怒道："你知道我姑姑是谁吗？你知道我姑父是谁吗？你们这些无法无天的浑蛋，居然敢……"

杨瑾忽然打断她道："你真是南刀李徽的孙女？"

李妍愣了愣，反应了好一会儿"李徽"是哪根葱——毕竟，平时在家不会有人把老寨主的尊姓大名挂在嘴边。好半天，她才想起自己那位尸骨已寒的爷爷，趾高气扬地一翻白眼道："是啊，怎么样？怕了吧，吓死你！"

杨瑾的脸色好似自己受到了侮辱一样，说道："南刀怎么会有你这样的后人？"

李妍被他噎了一口，当即出离愤怒了，拿出她在家里跟师兄弟们撒泼打滚的刁蛮，伸手将腰一叉，摆出个细柄茶壶的姿势，指着杨瑾道："没有我这样的孙女，难道有你这样的孙子？孙子！奶奶还不要你呢，我们家有钱，用不着烧你这种劣质炭！"

杨瑾忍无可忍，额角的青筋隐隐浮现，突然往前迈了一步。

李妍先是紧张兮兮地一扎马步，双手一分，摆了个预备大打出手的姿势，随后只用了一眨眼的工夫，她便判断自己打不过，于是又大呼小叫地操起她方才坐过的椅子横在胸前，绕到桌子后面。

椅子一条腿上挂着个圆润的栗子壳，李妍挥舞着她的"凶器"，一边后退一边咋咋呼呼地说："你敢过来，我就让你知道姑奶奶的厉害。我告诉你，小白……不对，小黑脸，姑奶奶从小十八般兵器样样精通，短剑使得出神入化，长刀一出，能把你穿成糖葫芦，别……别……别逼我对你不客气！"

杨瑾冷笑道："哦？那我倒要先领教……"

"阿瑾，"好在这时徐舵主来了，皱着眉看了李妍一眼，他低声道，"你老大一个人，跟个小女娃娃一般见识做什么？"

李妍一见徐舵主，顿时新仇旧恨一起涌上心头。原来周翡他们走了之后，过了几个月，李瑾容不知因为什么，也突然决定离开四十八寨出去办什么事——究竟是什么事，她自然也不会告诉李妍。

这可是十分新鲜，因为李妍有生以来，大当家就一直是四十八寨的定海神针，从没离开过。

周翡和李晟都被王老夫人带走了，李妍本来就颇感无聊，听闻姑姑也要走，顿时不乐意了。她干了一件哥哥姐姐谁都不敢干的事，跑到李大当家面前撒泼打滚地撒了一通娇。李瑾容被她烦得一个头变成两个大——骂吧，李妍脸皮厚，骂一大篇她也不在乎，动手打呢，李大当家也不大敢。李妍那稀松的功夫不比周翡，一不小心真能打出个好歹来，只好顺势答应派人将她送到金陵周以棠那儿住一阵子。

自从离开了李瑾容的视线，李妍就像脱了缰的野马，比起周翡刚下山那会儿虽然好奇但是克制的表现，她简直要尥起蹶子来。刚离开蜀中，李妍就在酒楼里听说了周翡的丰功伟绩，听得心花怒放，根本不顾旁边长辈们的脸色——别人不知道，四十八寨自己的人是知道周翡水平的。除了不知所谓的李妍，一群长辈听了都很忧心，早早离席，回去商量怎么报给李瑾容。李妍自然也被强行拉走了，可她还没听够，晚上趁人不注意，又一个人偷偷摸摸地跑出来，想再听一遍书。

自从周翡惹了人眼，徐舵主就一只眼盯着蜀中，一只眼四处打探，早盯上李妍他们这帮人了，只是平时有几个高手看得严，他没什么机会。眼见李妍居然落了单，徐舵主感觉这是个机会，不管有用没用，当然先捉了再说。

行脚帮坑蒙拐骗无所不精，拐一个没见过世面的李妍如探囊取物，等李妍明白过来的时候，她已经被人拿麻袋运到了邵阳。

李妍将椅子往下一砸，瞪着徐舵主，怒道："老骗子！"

徐舵主转向她，脸上立刻跟变戏法似的堆满了笑容，冲她作揖道："小的有眼不识泰山，要早知道姑娘是李家的小姐，无论如何也不敢对您无礼，李姑娘，您大人有大量，原谅我这睁眼的瞎子一回，成不成啊？"

李妍愣了一下，她不知道行脚帮的人面软心黑，惯是没皮没脸的。只觉得这个徐舵主已经很老了，两鬓白了大半，比平时遇到的伯伯还要年长一些，马上要奔着爷爷去了。李妍虽然娇蛮，但心肠不坏，一见这么个大年纪的老男人畏畏缩缩地赔笑，便先心软了，不管信不信他的说辞，也不好再继续发作。她讪讪地放下椅子，皱着眉道："就算我不是李家的人，你们也不能随便抓啊，犯法的。"

徐舵主笑容一僵，没料到天下第一匪帮里还有这么守法的良民。不过他很快就调整过来，真心实意地笑道："正是，李姑娘有所不知，小人奉雇主之命，本来在替人追查一个仇家，因那人年纪形貌与姑娘相仿，小人一时大意，这才不慎抓错了人。唉，都是我这老眼昏花。"

杨瑾听他满嘴跑马，也不好拆台，只好在旁边当个面色冷峻的黑炭。

徐舵主这话要是骗鬼，鬼都不信——可惜李妍信。她听了这番解释，又环顾了一下满地的瓜子皮，感觉人家虽然抓错了人，但对她也算礼遇了，便将徐舵主原谅了大半，只说道："我家里人肯定急疯了，那你得把我送回去。"

徐舵主笑道："一定一定，贵寨中有一位高人眼下正在邵阳，我们联系到她，立刻送您过去。"

"高人？"李妍纳闷道，"谁啊？"

徐舵主道："就是那位破雪刀传人，据说她先前对我行脚帮误会颇深，恐怕……唉，到时候还得请姑娘多多美言几句啊。"

徐舵主三言两语，就把白的说成了黑的，李妍的眼睛却猛一下亮了："我家阿翡！真是周翡吗？我姐姐怎么在这儿？"

李妍这傻狍子三言两语就透露了广大江湖八卦中想打探而无门路的名字。杨瑾和徐舵主十分隐晦地对视了一眼。

"周翡。"杨瑾低低地念了一声。

"干吗？"李妍冲他翻了个白眼，"瞎叫什么，'周翡'是你叫的？我姐随便拿一把破……破……那个什么刀，就能把你打得满地找牙！让你得意！"

杨瑾："……"

他还是不想相信这女的是李家人。

李妍冲他一扬下巴，杨瑾阴恻恻地咬着牙一笑道："好啊，我拭目以待，看她怎么打得我满地找牙。"

"破……那个什么刀"的周翡不知道李妍给她分派了这么一个艰巨的任务，她心事重重地安顿了吴楚楚，又神思不属地随便吃了两口东西，便勉强自己去休息了。

谁知强扭的瓜不甜，周翡好不容易睡着，眼前乱梦却一团一团的。

她梦见了一个男人，只是个高大的背影，看不见脸。她自己则似乎变成了一个小女孩，被那男人牵在手里，抬眼只能看见他腰间别的窄背刀——就和她第一次在洗墨江中碎了的那把一样。

男人松开她的手，用一只非常温暖的大手摸了摸她的头顶，开口说道："你看好了，我只教一遍。"

周翡心里奇道：这人是谁，怎么跟我娘说的话一模一样？

不过话虽然一样，语气却大有不同。这男人要比李大当家温和得多，说"只教一遍"的时候，好似带着一股说不出的遗憾。

他说完，便上前几步，在周翡面前站定，"锵"一声，雪亮的刀光横空而出，几乎要迷了周翡的眼。她心里重重地一跳，那男人蓦地动了，山、海、风、破、断、斩……那人在刀风中，一招一式好似带了她以前未能察觉到的联系，叫人隐隐又别有一番体悟。

九式的破雪刀在周翡面前完完整整地走了一遍，周翡一口卡在喉咙里的气息这才出了口，恍惚间有种自己已经踏遍天下、行至万里的错觉。

这个人的破雪刀简直就像李瑾容……不，他比李瑾容的刀更内敛、更厚重、更浑然天成！

刀锋倏地一收，寒光遍隐。

周翡一瞬间意识到了这看不清面孔的男人是谁，同时，她耳畔响起纪云沉的声音："李前辈的刀，精华在'无锋'……"

周翡瞳孔倏地一缩，见眼前人拄刀而立，而四下不知什么时候下起了大雪。

漫天的雪花四下飞舞，男人一身白衣，几乎与天地融为一体。他面孔模糊，与周翡之间似乎隔了一层迷雾。他的目光透过迷雾与二十年的光阴，落到未曾谋面的女孩身上，非常轻柔地叹了口气，叫了她的名字："阿翡。"

周翡猛地从床上坐了起来。

她愣愣地盯了被子片刻，随即诈尸似的一跃而起，三下五除二套上衣服，随便找了根绳把头发一扎，没头没脑地便跑了出去。

谢允是半夜三更被周翡砸门砸起来的，他倒也好脾气，居然没急。他拉开门，也不请周翡进去，反而有点暧昧有点贱地打量着周翡："小美人，你知道半夜三更砸一个男人的门是什么意思吗？"

周翡脱口道："我要应杨瑾的战！"

谢允好悬没被她噎死："……就为这个？"

周翡还没从自己的梦里回过神来，思绪乱如麻，只剩下"我自己可以无赖，但不能堕了'南刀'的名头"这么一个念头。她深吸一口夜色，用力点头。

"看那里。"谢允面无表情地伸手一指周翡身后，在她实诚地顺着手指转头的一瞬间，他回手关上了自己的房门。

不过周翡"南刀传人"的名号虽然是个谣言，反应速度却也不是白给的。千钧一发间，她一伸脚卡住了谢允的房门："谢大哥，帮帮忙！"

谢允宁死不屈地继续关门道："我只帮风、花、雪、月四位神仙的忙，其他免谈……干什么！非礼啊！"

周翡不由分说地隔着一道房门把负隅顽抗的谢允推了进去。

谢允一把拢住松松垮垮的外袍，瞪着周翡道："我卖艺不卖身！"

"闭嘴，谁买你这赔钱货？"周翡翻了个白眼，"你听我说，我要赢杨瑾……"

谢允"啧"了一声，懒洋洋地活动了一下肩膀，他双臂抱胸，往窗口一靠："我还要当玉皇大帝呢。"

周翡有求于人，忽略了谢允的一切冷嘲热讽，直奔主题道："连齐门道长的蜉蝣阵你都能一眼看出端倪来，那什么断雁十三刀你也肯定了解的对不对？不然你怎么知道崆峒掌门输了一招？"

谢允油盐不进地"哼"了一声："蒙的，在路边听说书的说的。"

周翡睁着眼睛盯着谢允。她眼神清澈，太清澈了，乃至在灯下甚至微微泛着一点浅蓝。她不冷嘲热讽，也不拔刀打架的时候，看起来非常柔软可爱。谢允默默地移开目光，不肯跟她对视。

周翡说："求求你了。"

谢允"哼"了一声："求我有什么用？我又不能让你一夜间武功暴长——我要有那本事，还写什么淫词艳曲？早就卖大力丸去了！"

周翡见他语气松动，立刻眉开眼笑道："我有办法，只要你给我仔细说说断雁十三刀。"

"断雁十三刀没什么底蕴，要从这一点来说，确实没什么可怕的。"

片刻后，谢允将松松垮垮的外袍系好，水壶空了，他便不知从哪儿摸出一个小酒壶来，照例是淡得开瓶半天都闻不到酒味的水货。

周翡接过来，直接当水喝了，完事咂吧了一下嘴，她不满地晃了晃空杯子："这种酒喝来有什么用，要是就为了水里有点味，你撒一把盐不就得了？"

"暖身的。"谢允缓缓地搓了搓手，此时月份上虽然已经临近深秋，邵阳却还拖拖拉拉地不肯去暑。推开窗户，小院里的花草郁郁葱葱，没有迟暮的意思，可谢允的手却苍白中微微有些发青，好像他是真觉得冷。

谢允抱怨道："我一个文弱书生，没有你们大侠寒暑不侵的本事，特别是夜深露重被人从被子里挖出来的时候——你哪儿来那么多事，到底听不听了？"

周翡连忙闭了嘴，大眼睛四下一瞟，她难得灵机一动，长了一点眼力见儿，溜须拍马痕迹颇重地端过酒壶，给谢允满上了一杯。

平时动辄殴打，这会儿有事相求了，倒会临时抱佛脚了，早干什么去了？谢允颇为郁闷地扫了她一眼，平平淡淡地接着说道："断雁十三刀和你们这些名门之后所练刀术有很大的区别，你练过剑对吧？"

谢允第一次在洗墨江边见到周翡的时候，她手里拿的是一把非常窄而狭长的刀，有点苗刀的意思。但不知是不是因为她那时年纪尚小、身量不足的缘故，那刀的刀身和刀柄都比寻常的苗刀短且秀气不少，老远一看，它更像是一把单刃的长剑。

"南刀破雪，北刀缠丝，虽然一个中正、一个诡谲，但有个共同的特点，"谢允道，"就是这种成了一代绝响的刀术不是纯粹的刀术。关老也好，李寨主也好，当年都是一代大家，他们流传下来的传世武功，集众家之所长在外，又有自己的精魄在内——打个比方，破雪刀中的'破'字诀，就有长枪的影子，而'风'字诀，肯定从剑术中借鉴了不少，'山'字诀更妙，隐隐有跟当年的山川剑相互印证的意味在里头，我说得对不对？"

这些话，周翡此前闻所未闻，被谢允三言两语点出来，她居然觉得真是那么回事。同时，隐约的疑惑又在她心头飘浮起来。一个不会武功的人，真的能一针见血地说出她自己都尚在摸索的武功体系吗？就算此人真的天纵奇才，能通过这一路上她磕磕绊绊的招数窥得破雪刀神韵……难道他还真见过山川剑吗？殷家庄覆灭的时候，端王殿下开始换牙了吗？

"李氏是刀法大家，所以你肯定知道，学刀的门槛比学剑要矮上一点，所以有'三年练刀，十年磨剑'的说法，但贵派的'破雪'除外。"谢允端着酒杯，缓缓地说道，"这就是'破雪'被称为宗师之刀的缘由。你要是没有足够的底蕴，可能连模仿都模仿不像。若我没猜错，你小时候跟令堂习武时，所学必不止于刀术，各门功课都曾经有所涉猎，对不对？但杨瑾就不是这样，他练刀数年，只解决一件事——就是如何让自己的刀更快。"

周翡没有插话，若有所思地回忆起杨瑾提在手中的断雁刀。那把大刀宽背，长柄，刀背上有金环如雁翎，非常适合劈砍。

"你们名门之后，见识多，视野宽，倘若悟性足够，能走到老寨主那个路数上，那十年后，别说是'断雁刀'，就算是断魂刀，也绝不是你的对手。但是相对的，前二十年里，你们没有他专心，没有他基本功扎实，也没有他的刀快。现在的南刀在你手里，更像是一个漂亮的花架子，刚搭起来，里面填的东西太少，虽然看着辉煌，实际一戳就破。"谢允伸出两根手指敲了敲桌子，"你告诉我，你打算怎么以巧破力？"

周翡闯进来的时候像个热血上头的二百五，此时听了谢允堪称不客气的一套分析，却丝毫没有激动的意思，反而冷静地问道："'快'是多快？'力'又有多大？"

"倒也不至于快到让你反应不过来的地步。他要是真能到那种程度，早就是新一代的'南刀'了。"谢允想了想，伸出手，做了一个斜斜下劈的动作，他的动作并不快，手指依然冰冷苍白，乃至带着几分羸弱。他也并不是纪云沉那种哪怕经脉废尽，依然带着凛凛杀意的名刀，但他的动作非常精准，一分不多一分不少地递到了周翡面前，落点正是一个让她进退都不舒服的位置。

"这一刀真正落下的时候，会比我的手快上成百上千倍，庸手见人来袭，很可能会仓皇格挡，"谢允随手拿起他放在旁边的扇子，在自己的手掌下轻轻一碰，"杨瑾的刀你看见了，非常重，倘若他顺势一压，以你的功力，不见得还拿得住兵刃。当然，你不是庸手，否则早就死在青龙主掌下了。你可能会顺势上前一步，侧身避开，然后……"

"斩。"周翡也伸出一只手，先是与谢允凝滞在半空中的手掌擦边而过，随即陡然一横。

"这就是'功夫'叫'功夫'，而不叫'招数'的原因。你没有杨瑾那么扎实的基本功，所以你的身法绝不会比他的刀更快。你这一'斩'没有酝酿好，就会被他中途打断。"谢允摇摇头，回手在周翡手背上轻轻拍了一下，又道，"当然，依我看，最大的可能是你左支右绌地跟他对上几招，每一回合，他都可以逼退你一步，步步紧逼，叠加在一起，直到你避无可避，到时候可就好看了。"

周翡沉吟不语。

"我知道你想维护谁的名声，"谢允淡淡地说道，"所以你更要避而不战，好不容易占了理，应不应战的主动权都在你。就算你怎么都不肯应战，此事传出去，也只是杨瑾手段下作，不配而已，不比你输得一塌糊涂好看？"

约定的三日很快就过去了，周翡三天没出屋，送饭的羽衣班小姑娘什么时候进去，都能看见她落地生根似的靠着窗口一动不动地坐着，不知练的是哪门子奇功。

第三天一早，徐舵主和杨瑾等人就来了，还送了一份大礼——徐舵主找了两个弟子抬了个滑竿。李大小姐连路都不用走，还如愿以偿地吃上了桃，也不知神通广大的徐舵主是从哪儿弄来的。

周翡没看见李妍的时候，十分担惊受怕，可是这会儿一见她，却又青筋暴跳，特别是此人纵身从滑竿上跳下来，一手黏糊糊的桃汁就要往她身上扑的时候。

李妍："阿——翡——"

周翡："你给我站那儿！"

李妍才不听她那套，吱哇乱叫着奔跑过来，桃核一丢，活像受了天大的委屈："阿翡，你都不知道我这一路上遇到多少艰难险阻，差点就见不着你了……"

徐舵主备好的一肚子话都被这"生离死别"的场面堵回去了。

吴楚楚和不少羽衣班的姑娘纷纷好奇地探出头来打量她，李妍见到这一院子"姹紫嫣红"，终于想起要脸了，她脚步顿了一下，转了话题："怎么这么多人——对了，我哥呢？"

周翡的目光越过李妍，落在杨瑾身上，冷冷地说道："被人拐走当姑爷去了，躲开，我一会儿再找你算账。"

杨瑾站在十步之外，整个人就像一把锋利的长刀，战意十足地盯着她。

李妍顺着她的目光转过头去，见了杨瑾，新仇旧恨一起涌上心头，对周翡道："就是那个黑炭，最可恶了——黑炭头我告诉你，现在求饶道歉还来得及……"

杨瑾刀背上的几个环轻轻地一动，"哗啦"一声轻响，雁鸣似的。

李妍倏地闭了嘴，不由自主地往后退了一步，她总算后知后觉地察觉到了周翡和杨瑾之间的不妥之处。

谢允脸上挂着两个黑眼圈，疲惫地捏了一下鼻梁，对李妍叹道："姑娘啊，你就别添乱了。"

周翡回头冲霓裳夫人道："晚辈想跟夫人借把刀。"

此言一出，杨瑾的脸色越发黑了。江湖上但凡有头有脸的人，手中兵刃未见得比人名气小。他绝不相信周翡连把像样的刀都没有，这绝对是当面的侮辱。霓裳夫人也是一愣，没料到周翡这个背地里"虚怀若谷"的"好孩子"居然这么扫擎云沟的面子。她想了想，吩咐旁边一个女孩道："去将我那把'望春山'拿来。"

那女孩十分伶俐，应了一声，一路小跑打了个来回，捧出一把长刀来。

霓裳夫人接过来，轻抚刀身，尖尖的手指一推，"锵"一声轻响，这尘封的利器发出一声叹息，露出真容来。长长的刀刃上流光一纵而逝，仿佛只亮了个相，便消失在刀身里，刀身处有一铭字，是个"山"。

"那会儿南北还没分开，有一年特别冷，"霓裳夫人道，"几十年不刮北风的地方居然下起雪来，衡山脚下的路被大雪封上，走不得了。山阴处，有一家落脚的小客栈，我记得名叫三春客栈，这么多年，大概已经不在了。我，李徵，还有几个朋友，一起被困在了那里，运气实在不算好……谁知在那家倒霉的客栈里偶遇了传说中的山川剑。

"殷大侠和李大哥一见如故，在三春客栈里喝了三天的酒，等大雪初晴，便一道约在了衡山的一处空地，酣畅淋漓地比试了一场，结果刀剑齐断。他们两人大笑，好像遇上了什么高兴事。我当时却还小，不懂什么叫作'棋逢对手'，只觉得可惜，放下大话，说要替他们寻最好的材料，再打一副神兵利剑出来。"霓裳夫人浓密纤长的眼睫毛微微闪了一下，抿嘴一笑道，"后来我果然找到人打了一刀一剑，刀铭为'山'，剑铭为'雪'……只可惜这一对刀剑一直没找到机会送出去，乱世便至，谁也顾不上谁了。"

她说完，将这把"望春山"递到周翡面前，口中道："你来了也好，用完带走吧，不必还来，就当我是践了故人约。"

周翡道声谢，接过来的时候，却觉得霓裳夫人的手指紧了紧，仿佛不舍得给出去似的。然而片刻后，她终于还是留恋地松了手，神色有些萧条，女妖一般好似颜色永驻的脸上陡然染上了些许风霜之色。

谢允在旁边低声道："阿翡。"

周翡瞥了他一眼，看见他隐隐的阻拦之色，便飞快地移开视线，上前两步走到杨瑾面前，倒提长刀，对他做了个"请"的手势。

谢允无声地叹了口气，想起那天晚上的话。

"躲过了这一场，然后我继续顶着南刀的名头招摇撞骗，等着张瑾、王瑾、赵瑾挨个儿找我比试吗？"周翡摇摇头，"没这个道理，就算我投机取巧也赢不了，那也是堂堂正正技不如人，比藏头露尾强。"

杨瑾大喝一声，率先出手。

他这是将自己放在了"挑战者"的位置上，态度可谓十分谨慎，手中断雁刀背上的金环响成了一片，不知是不是被周翡"连自己的刀都不拿出来"的态度刺激了，他出手竟比谢允描述的还要快！

周翡却并没有用破雪刀。

她提步便踏上了蜉蝣阵，将手中"望春山"当成了她在洗墨江上拿的柳条，几乎不施力地黏着杨瑾的刀锋滑了出去。

霓裳夫人陡然站直了："齐门？怎么会是齐门？"

仅仅是一瞬间，霓裳夫人就意识到了自己的失态，她本能地想去看谢允一眼。不过霓裳夫人毕竟是个老江湖，飞快地权衡过后，她生生将自己僵硬的脖子凝固在了原地，憋回了自己一切不自然的表情，心里却不免有些七上八下，不知道这个来历成谜的"千岁忧"是不是从她方才一声脱口而出的惊呼里听出了什么——即便对羽衣班来说，"千岁忧"这个人也是隐藏在重重迷雾后面的。

一个简简单单的文弱书生，能在当今这个云谲波诡、四处暗藏危机的江湖中有惊无险地蹚出一条悠闲自得的路来？霓裳夫人虽然看过无数话本，唱过无数传奇，却早已经过了相信这些鬼话的年纪了。

谢允却好似全然没有在意她的异样，全神贯注地注视着杨瑾和周翡的你来我往。

周翡显然再一次超出了他的预期，毕竟，不是所有人都疯到能在洗墨江里一泡三年的。

从杨瑾的第一刀开始，周翡就没还过手——谢允给出的分析相当准确，他们两人的功夫有再高深的刀法也无法弥补的差距。一旦周翡还手，这种差距立刻就会显示出来，比较弱的一方就会完全丧失自己的节奏，一直被人压着打。

因此她并不还手，只是闪避，偶尔非常巧妙地从对手那里借一点力，不走远、不靠近，始终保持着一点仿佛在刀尖上行走的惬意从容。不知她这样躲来躲去有多吃力，反正外人看来，她显得十分游刃有余。

杨瑾不是郑罗生、花掌柜那种内家高手，在他不可能一掌掀翻周翡的情况下，他的刀再快，快不过洗墨江的细刃，力气再大，大不过能牵动千斤巨石的牵机……更何况周翡现在还有越来越得心应手的蜉蝣阵助阵。

要不是谢允不是第一天认识周翡，几乎也要怀疑起这姑娘是不是真的深藏不露了。

乍一看，眼下这种情况根本不是周翡无计可施，倒像是她比杨瑾高明了不知多少，只为了看一看所谓"断雁十三刀"的深浅而刻意拖延而已。

可是……

旁人或许还在惊叹这女孩身法从容，谢允作为众人里唯一知道轻重深浅的一个，心不由自主地提了起来。穿花绕树的蝴蝶都得落在花间，周翡又不是陀螺，她不可能永远不知疲惫地团团转下去。

除非……谢允的目光渐渐落到杨瑾身上——除非他自己露出破绽。

不错，杨瑾性情暴躁冲动，又是个武痴，从某个方面来看，他跟纪云沉有点像，确实很可能一时激愤失了水准。莫非周翡一开始打的就是这个主意？

那这小丫头下山一趟可真没少长心眼。

不过在谢允看来，即使杨瑾被她遛得怒发冲冠，真的自己露出破绽，周翡能抓住机会一举制敌的可能性也不是很大。他相信她那双阅遍江湖名宿的眼睛能一眼洞穿对手的弱点，可她的身手不见得跟得上这份眼力。

果然如谢允所料，三十招之内，杨瑾还在有条不紊地步步紧逼，之后他的刀越来越快，几乎成了一片残影，刀背上的金环聒噪地响成了一片。

周翡转了个大跨步，一手将望春山往身后一背，轻轻挡了一下杨瑾卷过来的刀锋，而后整个人仿佛随风而卷的海浪，头也不回地又上前一步，一晃绕过了羽衣班门口的一块下马石。杨瑾的刀紧接着追至，失之毫厘地与周翡擦肩而过，"喤"一下落在了那石头上，一刹那，石头上仿佛有火星溅起来，与他眼睛里越烧越烈的怒火很有相映生辉的意思。杨瑾果然被周翡这种"轻慢"的态度遛出了真火。

偏巧这时周翡回过头来，微微提了一下嘴角，露出了一个似是而非的笑容。这无疑是火上浇油，杨瑾猛地上前一步，转瞬间递出三刀——劈、带、截，一气呵成，毫不拖泥带水。

徐舵主微微扣了一下手指肚，险些要叫一声"好刀"。

可是这"好刀"没能截住泥鳅一样的周翡。每次断雁刀都像是擦着她的衣角滑过，每次都惊心动魄地差那么一点。

杨瑾此时已经有些急躁了，如果是寻常比武，他未必会这么沉不住气。可是面对这个被传得神乎其神的"南刀传人"，他却是有些先入为主。周翡越是迟迟不出招，他心里对她的想象就越妖魔化，乃至他无意中用了一个重复的招数，左侧腰处竟露出了空门。

周翡等的是这个吗？

谢允不由得屏住了呼吸——想必哪怕是别人拿刀追着他砍，他都不会提心吊胆得这样全神贯注。

她一旦出手，恐怕再没有回转的余地。

然而出乎所有人意料，周翡居然没有趁机动手。

她依然是若即若离地甩开了杨瑾的刀锋，同时，将左手一直拿着的刀鞘递了过去，轻描淡写地在杨瑾那处空门虚虚一点，笑了一声，又飘然转开。

杨瑾额头上顷刻间见了冷汗。

她看出来了，却不出手，为什么？

在杨瑾看来，这场比武对周翡来说，好似玩闹一样。她之所以继续，是因为还没有看到他技穷。他的怒气登了顶，乃至心里竟然生出一股隐约的屈辱……还有恐惧。

杨瑾亲眼见到周翡的时候，理智上固然将她当成了平生大敌，可心里始终存着几分疑惑——这看起来几乎还带着几分稚气的女孩怎么会是破雪刀的传人？她真能在短短几个月的时间内声名鹊起？真能挑了众人都谈之色变的北斗，甚至手刃了四象之首？她究竟有什么能耐？她的功夫是从投胎那天就开始练的吗？

可是方才周翡的刀鞘点过来的一刹那，这怀疑便不攻自破了。如果说杨瑾直到拔刀的那一刻，心里还想的是"我要赢"，那么到此时，他心里隐隐升起了一个不祥的念头："我可能会输。"

高手过招，有时候差的就是那么几分精气神。

杨瑾原本如行云流水似的雁翅刀顿时多了几分不甚明显的凝滞，很快，他居然第二次失手。周翡却再一次放过了他，这一次她连刀鞘都没动，只用目光瞟了一眼，似乎还颇为遗憾地微微摇了摇头。

霓裳夫人忍不住奇道："她想做什么？"

谢允一直紧锁的眉头却忽然打开了，缓缓地露出了一个微笑。

霓裳夫人问："你笑什么？"

谢允从刀光剑影中移开了视线，背过双手，低头沉吟片刻，突然毫无预兆地发问道："夫人大概还不知道，前一阵子，齐门内突然生变，至今下落不明，我的一些朋友认为这是旧都那边觊觎他们的奇门遁甲之术，派了北斗前去追杀……"

霓裳夫人的表情一瞬间变得非常可怕。

"我想这传闻可信，"谢允嘴唇几乎不动，声音几不可闻地压成了一线，"夫人或许也不知道，忠武将军死后，他的家眷南渡遭人劫杀，这似乎也没什么稀奇，只是追杀他们的人正是北斗禄存。这实在令人百思不得其解，一群孤儿寡母而已，何必出动这么大的一条鹰犬来追捕？"

霓裳夫人微微缩了一下手掌，拇指上一个通体漆黑的扳指上流光一闪，她压低声音道："你到底想说什么？"

谢允终于转过头来，他的眼角被假皱纹粘住了，眼皮只能睁开平时一半的大小，眼睛无端小了一圈，却并没有挡住他透亮的眼神，平静而悠远，甚至带了些许悲悯之意。

霓裳夫人对上他的目光，无端一愣，蜷起来的手指不由自主地松开了。

"没什么，"谢允一字一顿地说道，"我与夫人多少年的交情了，是敌是友您看得出来，只是有些事已经泄露，我特地来提醒夫人，多加小心。"

霓裳夫人心思急转："你是谁的人？梁绍……不，周存的人？"

谢允看了她一眼，似乎露出了一点笑意，他轻轻地说道："我只是个大昭的故人。"

霓裳夫人正待追问，忽然听见李妍惊呼一声。她的注意力不由自主地被杨瑾手里的雁翅刀吸引了过去。杨瑾第一次露出破绽是因为激愤，第二次则是因为慌乱，在周翡一再刺激下，他很快有了第三次——而这一次是致命的，他迟疑了。

快刀是不能迟疑的。

一个人信不过他手中刀剑的时候，意味着这些翻脸无情的冷铁也会背叛主人。

周翡手中的望春山在这一刻，陡然从洗墨江上一根细软的柳条变成了锐利无匹的破雪刀，一瞬间，正神归位，她恢复了真身法相——她身上蠢蠢欲动已久的枯荣真气陡然提到了极致，刀尖转了一个极其圆滑的弧度，而后，刀斩衡山的"山"字诀劈头盖脸地砸向杨瑾。

杨瑾心神巨震之下，仓皇举刀去扛，方才片刻的迟疑终于要了快刀的"命"。

望春山以山崩之势砸在了那正在自己画地为牢的断雁刀身上，而杨瑾的手腕甚至尚未来得及发力，刀背上的金环陡然发出一声悲鸣，刀柄被这暴虐之力倏地撬了起来，断雁刀竟然脱手了！

周翡一招得手，毫不紧逼，顷刻间抽刀撤力，"咔嚓"一声，将望春山还入鞘中，站在几步远的地方，面无表情地看着她的对手。

她竟然真的胜了这一场本应实力悬殊的比试！

杨瑾好似已经呆住了，难以置信地低头看了看自己的刀，继而目光又缓缓落在周翡身上。

"我的刀你看见了。"周翡不高不低地说道。

她近乎倨傲地冲他一点头，转身走回谢允身边，然后在谢允难以形容的复杂目光下，周翡悄悄地将他那飘逸得过分的衣摆拽了过来，把手心的冷汗擦干净。

谢允："……"

杨瑾好似依然没回过神来，好像不认识了似的盯着横陈地面的断雁刀。

徐舵主摇摇头，心道：要不是擎云沟于我有恩……

他上前一步，捡起落在地上的雁翅刀，伸手将刀柄上的尘土擦干净，无言地拍了拍杨瑾的肩膀。杨瑾好像方才回过神来，他合上自己的刀，让过徐舵主，大步走到周翡面前。

李妍一边的眉毛高高挑起："干吗？你输都输了，还想干吗？"

杨瑾脸色忽红忽白，嘴唇颤动几次，终于一句话都没说，转头就走了。

徐舵主叹了口气，走到周翡等人面前，抱拳道："多谢周姑娘指点，这回老朽思虑不周，多有得罪之处……"

他顿了顿，从怀中摸出一个拇指大的玛瑙小印，通体柿子红，显得格外晶莹剔透，上面刻了个活灵活现的"五蝠"。徐舵主十分乖觉地没凑到周翡跟前，而是转身递给了李妍，说道："拿个小玩意儿给姑娘回去耍，此物叫作'五蝠令'，往后出门在外，您只要是带着这个，甭管是住店还是雇车，一干差遣，必没人敢耍滑头，保证尽心竭力。"

李妍到现在都是一脑门糨糊，还不知道什么叫"行脚帮"，她莫名其妙地接过来，奇道："啊？怎么着，能给便宜点啊？"

周翡伸脚踹了她一下。

徐舵主赔了个假笑，又看了看周翡，叹道："长江后浪推前浪，周姑娘，你声名已起，往后怕是要是非缠身，必然步步惊心，多加小心。"

周翡没怎么当回事地一点头，心说：反正我马上就回家了，有本事你们上四十八寨找我去。

徐舵主当然看得出她的不以为意，便也不再交浅言深——偌大的三山六水，多少少年人初出茅庐，踌躇满志，五年、十年……又有多少能挨过那些污浊纷繁的世道人心呢？

徐舵主再拜一次，挥挥手，来无影去无踪地带着他的人走了。

第九章·

望山饮雪

如今衡山已经人走山空，徒留布满尘灰的地下暗道。而他们这些无意中
闯入其中的后辈在里头目睹了二十年恩怨的了结。周翡有那么一瞬间，
突然触碰到了那种强烈的悲伤，来自她往常所不能理解的"物是人非"。

　　行脚帮的搅屎棍们转眼走了个干净，这一场舞刀弄枪的热闹也便结
束了。霓裳夫人紧了紧身上的大红披肩，招呼众人进屋。她笑盈盈地对
周翡说了一句："李大哥要是泉下有知，知道有你这样的传人，也能有
所欣慰了。"

　　周翡闻言，心里不喜反惊，将"泉下有知"在心里过了一遍，心虚
地想道：他老人家今天晚上不会托梦揍我吧？

　　羽衣班都是小姑娘，李妍又是绝顶的自来熟，很快地跟人家打成一片，
不知跑哪儿去了。周翡找了一圈没找着，只好情绪不高地回屋坐了一会儿。
她这一场架打得看似轻松写意，实际简直堪称机关算尽。

　　三天了，周翡基本没合眼，将那天晚上谢允给她讲的断雁十三刀翻

来覆去地琢磨——第一天，她在思考断雁刀可能会有的破绽。第二天，她又满心焦虑地推翻了自己头一天的所有想法，不甘不愿地承认了谢允说得对，她实在没必要冒这个险，于是大气一松，决定放弃。存了放弃的念头后，周翡心无旁骛地练了一天自己的刀。

可不知是不是日有所思，夜有所梦的缘故，周翡装了一脑子破雪刀入睡的结果，就是半夜三更又梦见了那个看不清脸的男人。他在那片大雪里一遍又一遍地给她演练破雪刀——"只教一遍"敢情是句酝酿气氛的台词！

白衣白雪，他一招一式拖得极长、极慢，手中的长刀像是一篇漫长的禅，冥冥之中，很多不必言明的话在刀尖中喁喁细语，畅通无阻地钻进她双耳、肺腑乃至魂魄之中。

"我辈中人，无拘无束，不礼不法，流芳百代不必，遗臭万年无妨，但求无愧于天，无愧于地，无愧于己——"

于是第三天没等天亮，周翡就果断地出尔反尔，并且不知从哪儿来了一股灵感，掐断了自己闭门造车地揣度断雁刀的弱点的想法，而是从"如果我是杨瑾，我会怎样出招"开始考虑。

她这一场应对堪称"剑走偏锋"，一旦失手，之前的表演大概都会成为笑话，反而徒增尴尬。好在周翡自觉不大怕尴尬，爱行不行，大不了丢人现眼。武装了几层脸皮，她就放心大胆地上了。

直到断雁刀落在地上的前一瞬，周翡其实都不太敢相信这样也能行。她心里"高兴"的念头刚冒了个头，就被潮水似的不安与愧疚冲垮了，无数次在心里嘱咐自己：回去一定要把功夫练好。

"阿翡，阿翡！"偏偏有人不会看脸色，方才不知跑到哪儿去的李妍自己凑上来往她火气上撞，门都不敲就直接闯进来，手里拎着那方刺眼的红玛瑙小印，"这个真好看，那老头到底是进贡给谁的，也没说清楚，你要不要？你不要我可就自己留着了！"

周翡听见她熟悉的聒噪，额角的青筋争先恐后地跳出来，一腔憋屈顿时有了倾泻之地，冷着脸进入了说好的"跟李妍算账环节"，冲她吼道：

"谁让你乱跑的？你活得不耐烦了是不是？谁让你随便下山的！"

李妍十分委屈地撇撇嘴，小心翼翼地看了周翡一眼，讷讷道："大当家准的……"

周翡想也不想道："大当家脑子是不是进水了？"

李妍："……"

她震惊地望着半年不见的周翡，并被周翡这长势喜人的胆子深深震撼了，一时目瞪口呆，半晌，才结结巴巴道："你你你……你说大……大当家……"

周翡十分没耐心地一摆手："哪个长辈带你出来的？你在哪儿跟他们失散的？"

周翡在王老夫人面前的时候，是十分乖巧且不多嘴的，让干什么干什么，别人都安排好了，她正好偷懒，很能胜任一个跟班的角色。在师兄们面前，她会相对放松一些，偶尔也仗着他们不会跟她生气，开几句刻薄的玩笑。而在谢允面前，她就比较随便，谢允是那种可以每天混在一起玩的朋友，即使知道他是端王爷，也没能改变这种随意的态度。

吴楚楚则算是她一个难得的同龄朋友，她们俩共患过难，有种不必言明的亲近感。不过因为吴楚楚是大家闺秀出身，虽然柔弱，又自有一番风骨，这使得周翡虽然将她当朋友，但又得十分郑重其事，有些略带了几分欣赏的君子之交的意味，跟她倒不大会像和谢允一样打闹贫嘴。

这会儿面对李妍，周翡却不得不摇身一变，成了个愤怒的"家长"，训斥完，她又开始不熟练地操起心来。

一想起李妍这不靠谱的东西办出来的事，周翡就脑仁疼。她三言两语说完，皱着眉想了想，决断道："找不着你他们得急疯了，这样吧，咱们尽量别耽搁，我这就去找霓裳夫人辞行，尽快去找他们会合。"

李妍小声道："阿翡，不用啊。"

周翡不由分说道："闭嘴，我说了算……等等，这是什么？"

李妍从怀中摸出一个小小的香囊，冲她解释道："这个里头有几味特殊的香料，是马叔——就是秀山堂的马叔——让我随身带着，说这样万一跟大家走散了，他们能用训练过的狗循着香味找到我，咱们寨中的晚辈出门都带着这个的——"

周翡脸上露出了一个没经掩饰的诧异表情。

"嗯，你没有吗？"李妍先是有点稀奇，随后又不以为意地点点头，说道，"唉，可能是他们都觉得你比较靠谱，不会乱跑吧。"

周翡无言以对——要不是她知道李妍从小缺心眼，简直以为她在讽刺自己。

这时，门口传来一声低笑，周翡一抬头，只见谢允正站在被李妍推开的门口，见她看过来，谢允便装模作样地抬手在门框上敲了两下："霓裳夫人请你过去一叙。"

周翡不知道霓裳夫人找她做什么，自从她知道羽衣班的班主不像看起来那么年轻之后，周翡心里就隐约有点替她外祖父自作多情，担心这又是一位开口要她叫"姥姥"的前辈。

好在霓裳夫人精明得很，暂时没有要疯的意思。

周翡被领路的女孩带着，进了小楼上羽衣班主的绣房中。

一进屋，一股沁骨的暗香就扑面而来，不是浮在香炉中的熏香，那更像是一种沉淀了多年的花香、脂粉香、香膏与多种熏香混杂在一起，在长年累月里混得不分彼此的气息。香气已经有了历史，渗到了这屋里的每一块砖瓦、每一根木头当中。

墙上斜斜挂着一把重剑，上面一格空着，看来是望春山的"故居"。

周翡好奇地看了一眼那剑，便听有一人轻声道："此剑名为'饮沉雪'，是照着殷闻岚的旧剑打的，只是当年还没来得及送出去，就听说蓬莱某位财大气粗的朋友送了他一甲一剑。我一想，人家的旷世神兵比我这把野路子不知强到哪儿去了，便没再送出去丢人现眼。谁知分别不过两年……"

周翡愣了愣，恍然明白了为什么杨瑾不分青红皂白的挑衅会激怒霓裳夫人，甚至让她不惜和难缠的行脚帮翻脸。周翡试探着问道："夫人知道当年北刀挑战殷大侠的事吗？"

"北刀早就老死在关外了，"霓裳夫人掀开一重纱幔现了身，神色淡淡的，"除了关老，其他人不配自称'断水缠丝'——过来吧，孩子，听他们说你姓周，莫非是周存和李瑾容的那个小孩？"

"周存"这个名字，周翡也只从谢允嘴里听到过一次，就跟李妍对"李徵"不熟悉一样，她也卡了一下壳方才想起来，忙"嗯"了一声。

"小辈人的娃都这么大了。"霓裳夫人感叹了一声，忽然抬起手摸了摸自己的脸，微微出了会儿神，"你们四十八寨可还好吗？"

"挺好的。"周翡想了想，又问道，"夫人跟我……外祖父是朋友吗？"

霓裳夫人听了"外祖父"这个称呼，情不自禁地笑了起来，随即又对一头雾水的周翡解释道："没什么，我一闭上眼，就觉得李徵还是那个永远不温不火的样子。穿一身洗得发白的旧衣裳，见了女孩子，永远站在三步之外，毕恭毕敬地和你说话……我实在想象不出有个大姑娘叫他'外祖父'会是个什么场面。"

周翡有些尴尬地低头瞥着自己的鞋尖，不知道怎么接话。

好在霓裳夫人十分健谈，大部分时间周翡只需要带着耳朵。

而当这位风华绝代的羽衣班主开始回顾过往的时候，她终于不免带出了几分苍老的意味。她说起自己是怎么跟李徵偶遇，怎么和一大帮聒噪的朋友结伴而行，从北往南，那真是没完没了的故事。

先在山西府杀关中五毒，又在杏子林里大破活人死人山的阎王镇，路遇过山匪猖獗，便劫匪济贫，还碰上过末路镖局的东家强行托孤。他们一帮莽撞人轮流看管一个几个月大的小婴儿，手忙脚乱地千里护送到孩子母家，以及后来遇上山川剑，衡山比武、大醉不归……

"当时他们俩动静太大，不小心惊动了衡山的地头蛇，正好几大门派都在衡山做客，被大雪憋在山上好几天，好不容易雪停下山，谁知撞上我们。你不知道，殷大侠堂堂山川剑，见了那帮人顿时落荒而逃，敢情是这群老头子异想天开，非要重拾什么'武林盟'的计划，逼着他当盟主。我们几个人跟着他在衡山乱窜，结果不管躲在哪儿都能被人逮住，你猜为什么？"

周翡轻声道："衡山下面有密道。"

霓裳夫人乍听她接话，倏地一愣，好像整个人从少女的回忆中被强行拉了出来，转眼，她又成了个尴尬的年长者。

霓裳夫人顿了顿，近乎端庄地拢了拢鬓角长发，挤出一个温和又含蓄的笑容问周翡道："是你娘告诉你的吗？"

是如今衡山已经人走山空，徒留布满尘灰的地下暗道。而他们这些无意中闯入其中的后辈在里头目睹了二十年恩怨的了结。周翡有那么一瞬间，突然触碰到了那种强烈的悲伤，来自她往常所不能理解的"物是人非"。

没有送出去的"饮沉雪"还挂在遁世的羽衣班幽香阵阵的墙上，当年的一甲一剑都已经破败在阴谋和争夺里。

还有易主不易名的"三春客栈"，老板和唯一的厨子先后失踪，生意怕是做不下去了，机灵又命大的小二该到哪里去讨生活呢？店面又由谁来接手呢……但无论如何，恐怕不会再叫"三春客栈"了吧？

"人老嘴先碎，"霓裳夫人颇为自嘲地笑了笑，似有意似无意地问道，"你在哪里学的蜉蝣阵？"

周翡心里飞快地将事情原委过了过，感觉没什么不可说的，便将自己误闯木小乔山谷，沿石牢救人的那段挑挑拣拣简要说了一遍。同时，她也一直暗中观察霓裳夫人的神色。周翡发现，自己提起"木小乔"三个字的时候，霓裳夫人纤秀的眉心明显地一皱。这使得周翡不由自主地联想起那天谢允在后院问的问题——护送当今南下时……是否还有那么一两个……不在正道上的朋友？

谢允在木小乔山谷里的时候，曾经用过一个类似的词，当时他说的是"不大体面的江湖朋友"。周翡当时以为他是讽刺，可是后来她发现，谢允对于黑道还是白道的态度却并没有多大不同，只要人还有那么些许亮点，他的门户之见比一般人还要轻一些。

那么谢允两次指代，他的重点会不会根本不是"不在正道"和"不大体面"，而在"朋友"二字上？

霓裳夫人又问道："那看来是李大当家命你护送吴将军遗孤回四十八寨了？就你一个人？"

跟吴楚楚有关的事，周翡全给隐去了——包括从木小乔山谷里放出张师兄他们一行的事。当时仇天玑疯狗似的在华容城里搜捕他们的经历，让周翡再粗枝大叶也不免多几分心眼。她心思急转，随即露出些许不好意思来，装出几分莽撞道："我因为……咳，一些事，跟家里人走散了……"她一边说，目光一边四处游移，好像羞于启齿似的。

霓裳夫人定定地打量着她，不知看出了什么端倪。

刻意误导是刻意误导，但亲自将谎话说出口，却又是另一码事了——特别是周翡对霓裳夫人还非常有好感。人家不但收留她住了几天，刚刚还送了她一把十分趁手的好刀。

不过好感归好感，愧疚归愧疚，如果吴楚楚身上有什么东西，是仇天玑都要觊觎的，那周翡就算是割了自己的舌头，也不可能实话实说。这点轻重缓急她心里还有数。周翡故意支吾了两声，本指望霓裳夫人能凭借"心照不宣"的想象力，自己误会出一个前因后果，不再追问。

可惜，霓裳夫人一脸兴致勃勃，没有打算"恍然大悟"的意思。

"小姑娘啊，太任性了。"这位美丽得近乎灼目的女人雍容华贵地坐在木椅上盯着周翡，垂下的睫毛像是两片厚重而华丽的蝶翼。霓裳夫人一手托着下巴，不依不饶地刨根问底道："那是因为什么呢？"

周翡："……"

见实在糊弄不过去，周翡便将心一横，把自己追到木小乔山谷的缘由改编了一下："这次出门，是我跟家兄一起随行。在路上，家里长辈偏心太过，我一时不忿就跑出来了，不巧被吴姑娘撞见，她是出来追我的……嗯，谁知在路上遇到了马贼抢劫路人，我一时热血上头，追上去管了闲事，这才一追追到了朱雀主的黑牢里。"

周翡说这话的时候，不怎么理直气壮，但也说不上违和。因为争宠怄气这种事离家出走，确实不便高声宣扬。如果霓裳夫人不是听说了南刀传人在华容的"丰功伟绩"，又被谢允事先透露出仇天玑在华容劫杀吴氏遗孤的重要信息，她觉得自己说不定就真的信了这个小丫头。

霓裳夫人觉得颇为有趣，因为周翡这个姑娘，看起来并不属于那种非常聪明伶俐的女孩子。霓裳夫人自己像她这个年纪的时候，可比她会说话得多。周翡面对陌生人，有种旧时那种醉心刀剑的出世之人特有的沉默寡言，有几分可靠，但是好像没什么心计，非常容易被人算计。她要是开口说话，别人会担心她冲动、担心她不知人心险恶……但是大概不会担心她隐瞒什么。

所以她真的隐瞒起什么的时候，就显得分外不露痕迹。

咬人的狗不叫。霓裳夫人心道，真是长江后浪推前浪。

她端起细瓷的茶杯，浅浅地啜了一口，顺着周翡的话音笑道："这可不常见，一般长辈不是会更宠女孩子吗？"

周翡只好尴尬地笑了笑。

"我像你这么大的时候，简直不知道什么叫作'委屈'。"霓裳夫人放过了她，不咸不淡地讲起自己来，"那时候不论是谁跟我说话，声气都先低上三分。我想要什么，只要说上几句好听的，自然会有人争先恐后地帮我弄来……有一次我在小楼上弹琴，楼下有人聒噪得很，我有点不高兴，便将琴上的穗子揪下来扔了出去，好多人为了争抢那把穗子，打了个头破血流。"

周翡的手指轻轻掠过望春山刀鞘上细细的纹路，暗地里松了口气。循着霓裳夫人的话音，想象那昏君为褒姒烽火戏诸侯似的一幕。她微微一哂，然而随即又正色道："那大概也要十分繁华才行。"

据周翡观察，现在这年月，倘若是像衡山脚下那种南北交界的地方，别说大姑娘在楼上弹琴，就是在楼上表演上吊都不会引起围观。

霓裳夫人轻声道："那时的江湖啊，真是花团锦簇。你骑着马走在路上，仿佛走到哪儿都是艳阳天。十个落脚的客栈中，八个有是非。那些负箧曳屣的流浪说书人高兴得很，故事一段接一段，张口就来。少侠行遍天下，红装名动四方，你要是名气够大，隔三岔五就能接到一封十分雷同的英雄帖。有挑战的，有找你去观战的，好多初出茅庐的年轻人想要出头，便先准备一打帖子，将前辈们挨个儿挑衅一遍……当然，这么浮躁的，大部分都被打回老家去了。"

周翡想：是不是像纪云沉一样？

但她看着霓裳夫人脸上的一点怀念，又把这话咽了回去，没开口扫兴。

"跟你们现在是不同了，我像你一样大的时候，傻精傻精的，觉得天下都在我的股掌上，没有你那么重的防人之心。"

周翡心里一跳，总觉得她这句是话里有话。

"你知道那种感觉吗？就好像一夜之间，山水还是那个山水，人却都散了。"霓裳夫人叹了口气，半晌没吭声，直到周翡开始有些坐立不安的时候，她才又道，"姑娘，你回去替我转告千岁忧一声，叫他下次不要来邵阳找我了，羽衣班要搬走了。"

周翡："……什么？"

霓裳夫人没回答，将头转向窗外，好一会儿没吱声。然后气若游丝地哼唱道："且见它桥畔旧石霜累累，离人远行胡不归……"

那一句周翡正好看过，是谢允新戏词里的一句。

霓裳夫人声音并不像寻常女伶一般清亮，反而有些低回的暗哑。她吐字不十分清晰，钻入人耳，像是一块小小的砂纸，轻柔地磨蹭着人的头皮。

周翡忍不住追问道："夫人要往哪里去？"

"哪里能去呢？哪里又不能去呢？我啊，花了大半辈子时间守着一个秘密，每天都恨不能摆脱它，不料现在居然有蠢人上赶着来讨要，我还能怎么办呢？自然是找个地方将它埋了，再有恩报恩，有仇报仇。"霓裳夫人短促地笑了一声，随即笑容一收，她转向周翡，问道，"郑罗生真是你杀的？"

周翡实话实说道："不是，我只是帮着拖延了一段时间，是北……是纪前辈用搜魂针强续经脉，最后手刃郑罗生的。"

霓裳夫人听了，若有所思地点了点头，她似乎说得太多，也太疲惫了，便摆摆手，示意周翡自行离去。

周翡心里其实有很多疑问，但霓裳夫人已经言明了是"秘密"，贸然追问未免显得不识趣——何况她自己也没有实话实说。

她心里转着各种念头，同时满脑子都是霓裳夫人描述的那个十里艳阳天的江湖，心不在焉地回到了自己暂住的屋里，一推门就看见李妍坐在她床边，不知从哪儿弄来一打五颜六色的丝带，正在那儿给那方赤色的五蝠印打络子。

周翡翻了个白眼："你怎么还在？"

李妍见她推门进来，"呸"一下吐出嘴里的丝带："有件挺重要的事，我忘了跟你说了。"

周翡不知道李妍是怎么厚颜无耻地将"重要"两字跟自己扯上关系的。她回手将房门一关，将双臂抱在胸前，摆出一张"有本早奏，无本退朝"的脸，无声地催促李妍有屁快放。

李妍飞快地说道："你跟那个大黑炭比武的时候，我听见那个男的跟跟班主姐姐说了几句话。"

"那个男的"只能是谢允，因为霓裳夫人的小院里，他是万里红花一点绿。周翡没顾上纠正"班主姐姐"这个耸人听闻的称呼，缓缓把手放了下来。李妍人送绰号——主要是她那倒霉大哥给起的——李大状，因为她从小就是个告状的高手，不单嘴快，耳朵也灵。如果说别人耳聪目明都是因为功力深厚，李妍这方面则仿佛完全是天赋异禀。她对人说话的声音尤其敏感，别人数丈之外的耳语，她都能摸到个只言片语，在"偷听"这一行当里，同辈无人能出其右。

周翡踟蹰了一下，问道："说了什么？"

李妍难得在她面前显摆一下自己的用场，嘴皮子飞快，一字不差地把谢允和霓裳夫人的对话复述了一遍。

她还没说完，就发现周翡脸色不对了。李妍话音一顿，奇道："阿翡，你怎么了？"

周翡："……"

完蛋，穿帮了！

再一想方才霓裳夫人似笑非笑的表情，周翡尴尬得宛如刚刚在大街上裸奔了一圈，脸上红了又白，白了又青，走马灯似的变了一圈颜色。

胡乱打发走李妍，周翡一只手盖住脸，仰面往床上一躺，心里七上八下地犹豫着该怎么跟霓裳夫人解释这件事。实话实说，把自己扯破的谎揪回来咽下去，还是厚着脸皮假装什么都没发生？

周翡这几天实在太劳心费力，还没想出个所以然来，就已经迷迷糊糊地睡了过去。

直到破晓，第一缕晨光刺到了她眼睛上，院子里隐约传来细细的笛声，周翡才蓦地从梦中惊醒。她猛一下从床上坐了起来，表情痛苦地把有些落枕的脖子用力扭了几下，飞快地把自己收拾干净，深吸一口气，推开房门。

然后她怔住了。

只见院中桌椅板凳依旧，花藤草木如昨，唯有那些每天天不亮就起床练功吊嗓子的女孩子一个都不见了。而石桌上的瑶琴、树杈上的羽衣也都跟着不翼而飞，孤零零的秋千架上只剩下一个懒洋洋的谢允。

他将脸上可笑的易容抹去了，伸长了腿搭在旁边的小桌上，手里拿着一根粗制滥造的笛子，正在吹一首小曲。

除此以外，昨天还莺歌燕舞的小院中寂静一片，好像霓裳夫人、唱曲的姑娘们，都是一群来去无形迹的鬼魅与精魄，带给她一场光怪陆离的黄粱大梦，便乘着夜风化雾而去，杳然无踪。

谢允中断了笛声，抬头冲她一摆手："早啊。"

周翡没心情管他，一路小跑着去了霓裳夫人的绣房，这间她流连过的屋子门窗大开，里面的屏风、香炉一样没动，小桌上摆出来的两个茶杯还没收起来。好像屋子的主人只是短暂地出去浇个花……唯有墙上那把名叫"饮沉雪"的重剑没了。

"别看了，都走了。"谢允不知什么时候走了上来，没骨头似的靠在一边，伸了个懒腰，"这都是羽衣班的老把戏。"

周翡上前摸了摸桌上的茶杯，不知是不是她的错觉，她总觉得上面还保留着一点余温，道："霓裳夫人昨天跟我说，她一直守着一个很多人都想打探的秘密，和山川剑有关吗？还是和你说的那个海天……"

谢允轻而坚定地打断了她："嘘——"

周翡抬头对上他的眼睛，谢允视线低垂，脸上有点缺少血色。他轻轻地眨了一下眼，神色中带了几分讳莫如深的孤独，低声道："不要随便提起那个词，据我所知，和它有关系的人都死得差不多了。"

周翡面无表情地戳了一下他的肚子："我看你再跟我装神弄鬼。"

谢允"嗷"一嗓子，龇牙咧嘴地弯下腰："你谋杀亲……那个……哥！"

周翡说："你是谁亲哥？"

"你是我亲哥。"嘴上没门的端王爷忙往后退了两步，接着又一脸无赖地道，"江湖上的秘密可太多了，没什么稀奇的。每隔百八十年都有个什么宝藏秘籍的故事横空出世，你没听过吗？你尽可以往不可思议里想嘛。"

周翡听过，不过大多是陈词滥调了，听着都不像真的。

"海天一色"到底是什么呢？

根据青龙主郑罗生的反应，似乎他当年害死殷闻岚就是为了这个。

然而偌大江湖，人人所求都不一样，有求财的，有求权的，有求情的……还有一小撮顶尖高手，求的是以武正道，青史留名。什么样的宝藏或者秘籍能满足这么多种念想，让众人都疯狂争抢，乃至当年宗师级的人物都会陨灭？

周翡撇撇嘴，忽然说道："你说会不会这秘密追究到最后，大家终于你死我活追究出了结果，然后挖坟掘墓、历经艰险，最后找到一个包得里三层外三层的小箱子，打开一看，里面就俩字？"

谢允疑惑道："什么字？"

周翡道："做——梦。"

谢允先是一呆，然后骤然退后一步，扶着栏杆大笑起来。

他的笑声被一阵狗叫打断了。

羽衣班的门口传来一阵拍门的声音，有个中年男子沉声道："请问主人家，我家那不懂事的大小姐可在贵邸做客？"

周翡先是一愣，眼睛陡然亮了——她听出了这声音，这是当年秀山堂考校弟子的马总管！

离家这么久，周翡几乎都要忘了家里人是什么样了，一路的惊慌与委屈，不见踪影的李晟，惨死的晨飞师兄，孤苦伶仃的吴家小姐，至今联系不到的王老夫人，华容城里疯疯癫癫的枯荣手，大当家写给周以棠那封令人挂心的信，还有她这飞来横祸一般莫名其妙的虚名……这些平时都被她深深地压在心底，哪怕是意外遭遇李妍，也没有一丝半毫吐露的意思——因为告诉她实在没什么用。

直到这一刻，所有的焦虑和压力通通爆发了出来，周翡二话没说就冲了出去。擦肩而过的时候，谢允看见她眼圈居然有点红。

吴楚楚和睡眼惺忪的李妍也被这声音惊动，赶忙跟着跑了出来。

周翡深吸一口气，一把拉开大门，门外以马吉利为首的一干四十八寨弟子在大门松动的时候微微露出一点戒备来，然后下一刻集体震惊了。

马吉利敲门的手还停在半空，愕然良久："阿翡？"

【卷四】 孤光自照，肝胆皆冰雪

第十章·

调虎离山

风雨飘摇的夹缝里，一隅的桃源，真能长久吗？
那未免也太天真了。

"大当家，都准备好了，您再看看吗？"

"不了，"李瑾容永远都是行色匆匆的模样，她低头一摆手，又问道，"周先生和王老夫人还是都没回信？"

替她打杂的女弟子口齿伶俐地回道："尚未收到，这回北狗想必是动了真格的，咱们在北边的人都跟寨里断了联系，王老夫人一时半会儿想必也没办法。不过咱们王老夫人是谁？她老人家就算正面碰上北斗，也该北狗让路，您就放心吧。"

李瑾容没理会这句宽慰，在她看来，"宽慰"也是废话的一种，她依然是皱着眉问道："马吉利他们上次来信说到哪儿了？"

女弟子察言观色，忙咽下多余的言语，说道："上回写信来报，似乎是刚出蜀，李师妹头一次出门，顽皮了些……"

"给他们回封信，让李妍老实点，外面不比家里，不用纵着她，该打就打，该骂就骂。"李瑾容揉了揉眉心，一边在心里盘算自己还有没有什么遗漏，一边心不在焉地道，"你先去忙吧，明天咱们一早就出发，用了晚膳叫各寨长老到我这儿来一趟。"

女弟子不敢多做打扰，应了一声便退出去了。

李瑾容长长地吐出一口气，她想起自己十七岁的时候，带上一把刀、几个人，就敢只身北上，说走就走，回来的时候险些没了路费。匆匆数年，她身上负累越来越多，出一趟门简直就跟移一座山差不多了。家里的事、外面的事，全都要交代清楚，光是带在身边的车马人手，便足足犹豫了好几天。李瑾容何等爽利的一个人，活生生地被偌大家业拖成了无可奈何的慢性子。

李瑾容走进她的小书房，谨慎地反扣上房门。

书房里大多是周以棠留下的东西，文房用品与书本都还在原处，没有动过，墙角有一大排书架，上面摆满了四书五经与各家典籍。倘若把这一架子书看完吃透，考个功名大概是足够的。不过自从周以棠离开以后，这些书就无人问津了，至今已经落了一层灰。

李瑾容随手拉出一本《大学》，抖落了上面的尘土，翻开后，见上面熟悉的字迹写的批注比正文还多，一股书呆气顺着潮气扑面而来。她便忍不住一哂，轻轻放在一边，将书架中间一层的几个书匣挨个儿取下，伸手在木架上摸了摸，继而一抠一掰，"吧嗒"一下，取下了一块木板。

木板后面靠墙的地方居然有一个暗格，里面收着个普普通通的小木盒。

不知多少年没拿出来过了，那小盒简直快要在墙里生根发芽了。李瑾容也不嫌脏，随便挽了挽袖子，便伸手将木盒取了出来，里外检查了一番，她还挺满意——这足以让鱼老跳着脚号叫的烂盒子只是边角处有些发霉，还没长出蘑菇，以李瑾容的标准来看，已经堪称保存完好了。

木盒的铁轴已经锈完了，刚一开盖，就随着一股霉味"嘎吱"一声寿终正寝。可是出乎意料的是，这被李大当家大费周章收藏起来的，却并不是什么珍宝与秘籍，而是一堆杂物。

最上面是一件褪色的碎花布夹袄，肩膀微窄，尺寸也不大，大概只有十三四岁的小姑娘才穿得进去。李瑾容伸手抚过上面层层叠叠的褶子，这衣服放了太久，摸起来有种受了潮的黏腻感，褶子已经成了衣服的一部分，像针脚一样不可去除。

李瑾容歪头打量了它片刻，尘封了很多年的记忆涌上心头——

"破雪刀我有个地方不……"少女莽莽撞撞地闯进门来，而后脚步一顿，"爹，你干什么呢？"

传说中的南刀头也不抬地屈指一弹，针尾上的线头立刻干净利落地断开，他将自己的"杰作"拎起来端详了片刻，好像十分满意，抬手往那少女身上扔去："接着。"

少女时代的李瑾容不敢大意，即使是她爹扔过来的一块布，她也谨慎地退后了两步，调整好姿势才伸手接住。李徵扔过来的是一件十分活泼的碎花夹袄，剪裁熟练，针脚也十分整齐，手艺虽说不上多精良，也算很过得去了。无论是颜色、样式，还是尺寸，都看得出是给她穿的。

李瑾容愣了愣，随即脸腾一下红了，她自觉是个大姑娘了，总觉得让爹给缝衣服有点丢人，便气急败坏道："你怎么又……我要穿新衣服，自己不会做吗？"

"你那袖子都快短到胳膊肘上了，也没见你张罗做一件。"李徵白了她一眼，絮絮叨叨地数落道，"小姑娘家的，就你这个粗枝大叶劲儿，真不知道像谁，将来嫁给谁日子过得下去？唉，衣服回去试试，不合适拿来我再给你改。瑾容啊，爹跟你说……"

后面就是没边的长篇大论了，李瑾容把旧衣服放下，嘴角不由自主露出一点堪称温和的笑容。

不管外面流传了南刀哪个版本的传说，反正在李瑾容的记忆里，李徵永远是不紧不慢、唠叨起来没完没了的"奇男子"——通常都是唠叨她，因为弟弟比她脾气好。李瑾容总是怀疑，李徵有时候跟她没事找事、喋喋不休都是故意的。每次说得她暴跳如雷，他老人家就好像完成了什么大事似的，高高兴兴地飘然而去。偏偏她年轻时还总是如他的意。

在这一点上，李瑾容觉得周翡其实就不太像她。周翡虽然大部分时间是个有点不爱搭理人的野丫头，但心思比她年轻时重。周翡看见什么，心里是怎么想的，都不太肯声张出来，除了"温良有礼"这一点没学到之外，她那性子倒是更像周以棠一些。

李瑾容虽然很少对晚辈给出什么当面肯定，但要说心里话，她觉得无论是李晟的圆滑，还是周翡的锐利，都比当年被李徵娇生惯养的自己好得多——尽管他们俩在习武这方面的天赋好像都不姓李。

不过纵然武无第二，一个人能走多远，有时候还是武功之外的东西决定的。

李瑾容不由得走了一下神——也不知道周翡跟李晟现在跑哪儿去了，一路在外面疯玩没人管，好不容易塞进他俩脑子里的那点功夫可别就饭吃了。

她摇摇头，把旧物和纷乱的思绪都放在一边，从那盒子底下摸出一个金镯子。

那是个十分简洁的开口镯，没有多余的花纹，半大孩子戴的尺寸。李瑾容神色严肃起来，在镯子内圈摸索了一遍，最后在接近开口处摸到了一处凹凸的痕迹，她对着光仔细观察了片刻，只见那里刻着个水波纹图。

李瑾容眯起眼，从身上摸出一封信，匆匆翻到落款处——那里也有一个印，和她镯子上的水波纹如出一辙。这封信非常潦草，好像匆匆写就，只写清了一个地名，后面交代了一句"老寨主当年遭遇的意外或许另有隐情"，便再没有别的了。

这一次，李瑾容最后决定离开蜀中，除了近期四十八寨在北方数个暗桩接连无端断线，逼得她不得不去处理之外，其他的原因便落在这封信上。

李徵从小到大只送过她这么一只镯子，后来见她不喜欢，便也没再买过第二个。这本是个普通的金镯子，虽值些钱，但也不算十分珍贵，丝毫没有什么特异之处，如果不是李徵的遗言……

他最后一句让她听清楚的话，就是："爹给你的镯子要留好了。"

后面含混地有一句"不要打探……"，但不要打探什么，他再没机会说清楚了。

写这封信的人，恰恰是一位李瑾容曾经非常信任的长辈，而此人在暂时找不到联系四十八寨的途径时，托付了周以棠转交。

四十八寨是个独立于世外的桃源，也是个奇迹。这奇迹成就于它内部彻底打破的门派之见，以及对外的极端封闭，两条缺一不可。李瑾容执掌四十八寨多年，太清楚这一点，多年来她一直在勉力维持这个平衡，疲于奔命地粉饰着蜀中一隅的太平，对外基本做到了"无亲无故"四个字，但依然有一些人是不能置之不理的——无论是老寨主的过命之交，还是她女儿的父亲。

李瑾容接到这封神秘的来信后，紧接着又接到了四十八寨北方暗桩接连出事的消息，她心里忽然有种不祥的预感。她在决定亲自走一趟时，给王老夫人和周以棠先后捎了信，让王老夫人尽快绕道南边，保险起见，可以先将那群累赘的年轻人暂时托付给周以棠，又写了信给周以棠，并以只有他们两人明白的暗语表示自己"不日将离开蜀中，办完一些事可能会去见他"。

李瑾容是不能像周翡一样收拾两件换洗衣服就走的。四十八寨大大小小的事，她得从上到下交代安排一遍，这样一来，从决定走到开始准备，中间便拖了几个月。

让她心里更加不安的是，这两个月里，无论是周以棠还是王老夫人，都没有给她回信。

北边通信受阻，王老夫人的信件来往慢些很正常，可周以棠那里又是怎么回事？如果他真出了什么事，不可能会瞒着不说。那么唯一的可能就是送信的渠道受阻。

难道继北边暗桩出事之后，南边还有内鬼？

建元二十一年的深秋，南北局势在平稳了一段时间后，在北斗频频南下的动作下开始变得晦暗不明。南半江山循着建元皇帝的铁腕，在前后两代人的积淀下，兵、吏、税、田、商等方面，完成了当年间接要了先皇性命的、刮骨疗毒似的革旧翻新……不过江湖中人大多不事生产，这些事没什么人关心。

他们关心的是，霍家堡一朝倾覆；北斗在积怨二十年之后，依然不将日渐式微的中原武林放在眼里，而且越来越放肆；霍连涛南逃之后开始四处拉拢各方势力，打着"家国"与"大义"的名号，大有再纠集一次英雄大会的意思；衡山下，南刀传人横空出世，杀了四象之首，除了叛出四象的朱雀主木小乔之外，其他两个山头的活人死人山众纷纷表示要报此仇；最近声名鹊起的擎云沟主人本来声称要刀挑中原，不料居然也在那位新的"南刀"手下惜败，蛮荒之地的愣头青也不嫌丢人现眼，公然宣布了这个结果，弄得如今南朝的黑白两道都在找这位神乎其神的后辈……以及四十八寨的大当家李瑾容悄然离开寨中，搅进了这风云里。

而李瑾容没想到的是，就在她刚刚离开四十八寨的时候，她送走的人却在往回赶——马吉利虽然身负将李妍这个麻烦精运送到金陵的重任，但听完了周翡和吴楚楚原原本本地叙述沿途始末，不得不做主改道掉头回蜀中……尤其是那个添乱能手杨黑炭不嫌丢人地把自己的败绩宣扬出去以后，周翡更是站在了风口浪尖。

李妍虽然头一次出门就被中途打断，但她一点也没反对。听了岳阳华容一带的事，长辈们个个面色沉重，李妍则没什么顾忌地大哭了一场，对这江湖一丝跃跃欲试的期盼也都在晨飞师兄的死讯里荡然无存。

马吉利命人给李瑾容送了封信，便迅速备齐车马，乔装一番低调地往蜀中而去。

有了自家人领路，剩下一段路就顺多了，随处可以和四十八寨在各地的暗桩接上头。周翡也侧面了解了一下自己惹了多大一摊乱子，难得老实了起来。他们转眼便已经逼近蜀中，那股游离于乱世的热闹渐渐扑面而来。马吉利让他们休整一宿，隔日便要传信，带人正式进入四十八寨。

周翡第一次来到四十八寨周边的小镇时，完全是个恨不能长一身眼睛的乡巴佬。但是一回生二回熟，时隔这么久再回来，她俨然已经将自己当成了半个东道主，一路给吴楚楚和谢允指点蜀中风物——大部分是上回离家时邓甄和王老夫人他们告诉过她的。周翡现学现卖，还有一些记不清的，周翡就会在微弱的印象上自己再编上几句，胡说得严肃正经，像煞有介事。

要不是谢允当年为了潜入四十八寨在此地潜伏了大半年之久，弄不好真要信了她。

谢允坏得冒油，就想看看她都能编出什么玩意儿，心里笑得肠子打结，却不揭穿她，还摆出一副虔诚聆听的样子，勾她多说几句，感觉自己以后两年赖以生存的笑话算是一回攒足了。

傍晚住进客栈，谢允还明知故问："我看也不远了，咱们怎么还不直接上山去，非要在这儿耽搁一天？"

没见着亲人的时候，叫她顶天立地都不在话下，但一回到熟悉的人身边，周翡那没来得及消退的孩子气就又占了上风。自从遇上马吉利他们，她就变回了"啥事不往心里搁"的小跟班。马吉利说走，她就跟着走，马吉利说歇着，她就毫无异议地歇着，在哪儿落脚，走哪条线路，她一概没意见。

听谢允这么一问，周翡心说：我哪儿知道？

然而不便在大庭广众之下露怯，她想了想，十分有理有据地回道："这个嘛，天黑以后山路不好走，林间有雾气，特别容易迷路……"

马吉利实在听不下去了，吩咐旁边弟子道："人数、名单和令牌都核对好，就送到进山第一道岗哨那里。"

周翡恍然大悟，这才想起还有岗哨的事，又面不改色地找补道："对，再者我们寨中进出比较严，都得仔细核对身份，得经过……"

马吉利为了防止她再胡乱杜撰，忙接道："普通弟子进出经两道审核无误就可以，生人头一回进山要麻烦些，至少得报请一位长老才行，大概要等个两三天。这会儿大当家不在家，恐怕比平常还要慢一点。"

周翡点点头，假装自己其实知道。

吴楚楚第一个忍不住笑了出来，谢允端起茶杯挡住脸。

周翡觉得莫名其妙。

马吉利干咳一声，说道："这位谢公子当年孤身渡过洗墨江，差不多是二十年来第一人了，想必山下岗哨和规矩都摸得很熟。"

周翡："……"

谢允在她一脚踩下来之前已经端着茶杯飞身闪开了，楼下弹唱说书的老头被他吓了一跳，拨破了一串乱音。

楼下笑声四起，说书老头也不生气，只是无奈地冲着突然飞出来的谢允翻了个白眼，将琴一扔，拿起惊堂木轻轻叩了叩，说道："弦有点受潮，不弹了，老朽今日与诸位说个老段子。"

谢允翻身坐在了木架横梁上，端起茶碗浅啜了一口——方才他那么上蹿下跳，茶杯里的水居然没洒出一滴。

只听楼上有人道："老的好，新段子尽是胡编——还是说咱们老寨主吗？"

又有好事者接茬儿道："一刀从龙王嘴里挖了个龙珠出来的故事可不要说了！"

楼上楼下的闲汉们又是一阵哄笑。

蜀中小镇颇为闲适，说书的老汉素日里与众人磕牙打屁惯了，也不缺钱，颇有几分爱搭不理的风骨，只见他白胡子一颤，便娓娓道来："要说起咱们这儿出的大英雄啊，老寨主李徵，非得是头一号……"

离家的时候，王老夫人他们赶路赶得匆忙，并未在小镇上逗留。周翡头一次听见本地这种特色，也不跟谢允闹了，扒着栏杆仔仔细细地听。说书人从李徵初出茅庐如何一战成名、练就破雪刀横扫一方说起，有起有落、有详有略，虽然有杜撰夸张之嫌，但十分引人入胜。尽管此间众人不知听了多少遍，还是听得津津有味，待他说到"奉旨为匪"那一段时，满楼叫好。

周翡听见旁边的马吉利低声叹了口气，说道："奉旨为匪，老寨主对我们，是生死肉骨之恩哪。"

周翡转过头去，见秀山堂的大总管端着个空了的杯子，一双眼愣愣地盯着楼下的说书人，自言自语似的低声道："偌大一个四十八寨，不光你马叔一个人受过老寨主的恩惠。我爹就是当年揭竿起事的狂人之一，他倒是英雄好汉，战死沙场一了百了。我那时候却还不到十五岁，文不成武不就，被伪朝下令追杀，只好带着老母亲和一双弟妹逃命。路上亲人们一个接一个地走，要不是老寨主，你马叔早就变成一堆骨头渣子啦。"

周翡不好意思跟着别人吹捧自己外祖父，便抓住马吉利一点话音，随口发散道："以前没听您说过令尊是当年反伪政的大英雄呢。"

"什么狗屁英雄，"马吉利摆手苦笑，神色隐隐有些怨愤，似乎对自己的父亲还是难以释怀，他沉沉地叹道，"人得知道自己吃几碗饭，倘若都是栋梁，谁来做劈柴？"

他说到这里，抬头看了看周翡，神色十分正经，仿佛将周翡当成了能平等说话的同龄人。

马吉利语重心长道："你说一个男人，妻儿在室，连他们的小命都护不周全，就灌了满脑子的'大义'冲出去找死，有意思吗？自己死无全尸就算了，还要连累家眷，他也能算男人，也配让孩子从小到大叫他那么多声'爹爹'吗？"

周翡跟他大眼瞪小眼了一会儿，出于礼貌，她假装深以为然地点了点头，其实心里十分不明所以，心道：跟我说这干吗？我既不是男人，又没有老婆孩子。

马吉利好像这时才意识到她理解不了，便摇摇头自嘲一笑，随即话音一转，温和地教训道："你也是一样，大当家也真放得下心。你在秀山堂拿下两张红纸窗花就撒出来的时候，马叔心里就想，这孩子，仗着自己功夫不错，狂得没边，你看着，她出了门准得惹事——结果怎么样？真让我说着了吧。我那小子比你小上两岁，要是他将来跟你一样，我打断他的腿也不让他出门。"

李妍在桌子对面对周翡做了个鬼脸，周翡忙干咳一声，生硬地岔开话题道："马叔，那老伯说的老寨主的故事都是真的吗？"

马吉利闻言笑了起来："老寨主的传奇之处，又何止他说的这几件事？我听说当年曹仲昆篡位时，十二重臣临危受命，送幼帝南渡，途中还受了咱们老寨主的看顾呢，否则他们怎么能走得那么顺？"

吴楚楚睁大了眼睛，连谢允都不知不觉中凑了过来。下面大堂里大声说大书，周翡他们几个就围坐在马吉利身边，听他小声说起"小书"，也是其乐融融。

由于随行人中有吴楚楚和谢允两个陌生人，四十八寨的反馈果然慢了不少。不过规矩就是规矩，除非大当家亲自叫门，否则谁也不能例外。周翡他们只好在山下的小镇上住下，好在镇上车水马龙，有集市逛，有书听，并不烦闷。

在小镇上落脚的第三天晚上，马吉利端着一壶酒上楼，对周翡他们说道："明天差不多该来人了，你娘不在家，这帮猢狲办事太磨蹭，都早点休息——阿妍，我说你呢，明天别又睡到日上三竿，有点太不像话了。"

吴楚楚早早回房了，李妍龇牙咧嘴，被周翡瞪了一眼，才不情不愿地跟着走回隔壁房间。唯有谢允留在客栈大堂窗户边的小木桌边，手边放着一壶他习以为常的薄酒，透过支起的窗户，望着蜀中山间近乎澄澈的月色。

周翡脚步一顿，她总算是从马上要回家的激动里回过神来，意识到了一件事——无论是"端王"还是谢允，此番送他们回来，都只会是做客，不可能久留。"端王"是身份不合适，谢允……周翡觉得他似乎更习惯过颠沛流离的浪子生活。

那么一路生死与共的人，可能很快就要分开了。

不知是不是在小镇上等了太久，周翡发现自己对回四十八寨突然没有特别雀跃的心情了，反而有些低落。她走过去用脚挑开长凳子，坐在谢允旁边，发现从他的视角往外望去，正好能望见四十八寨的一角。夜色中隐约能看见零星的灯火，是不眠不休的岗哨守夜人正在巡山。

那是她的家。

那么谢允的家呢？

周翡想起谢允浮光掠影似的提起过一句"我家在旧都"。如今在蜀山之下，她无端咂摸出了一点无边萧索之意。

周翡忽然问道："旧都是什么样的？"

谢允仿佛没料到她突然有此一问，愣了一下，方才说道："旧都……旧都很冷，不像你们这里，有四季常青的树。每年冬天的时候，街上都光秃秃一片，有时候会下起大雪来，盖在平整的石板上，人、马踩过的地方很容易结冰……"

按照年代判断，曹仲昆叛乱，火烧东宫的时候，谢允充其量也就是两三岁的小孩子——两三岁能记事吗？这不好说，至少对周翡来说，她已经能记住父亲冰冷的手和李二爷染血的背影。

"但宫里是冻不着的，有炭火，有……"谢允轻轻顿了一下，端起碗来喝了一口酒，笑道，"其他的记不清了，大概除了冻不着饿不着，也没什么特别有意思的，那里面规矩很大——长大以后，一般到了冬天，我都喜欢往南边跑。那些小客栈为了省钱，都不给你生火，万一错过宿头，还得住在四面漏风的荒郊野外，滋味就更不用提了，不如去南疆晒太阳。"

周翡踟蹰了一下："那你……"

"记不记得曹仲昆火烧东宫？"谢允见周翡先是小心翼翼，而后仿佛被他自己吓了一跳的样子，便忍不住笑了起来，轻描淡写地说道，"记得，我这辈子见过的第一场大火，当然记得——至于要说什么感觉，其实也没有。我那时候不知道什么叫害怕，也不知道出了红墙的门，我都会失去什么东西。救我出来的老太监尽忠职守，没让我看见什么不该看见的。至于父母……我小时候就见得不多，还不如和奶娘亲近。现如今南朝正统有我小叔撑着，这么多年也从来没人跟我耳提面命，非得逼我报仇雪恨什么的。万一哪天他们真能扫平反贼，我就顺便回旧都看一眼，也未必常住，没有你想象的那么苦大仇深。"

他的笑容非但不苦大仇深，还有点没心没肺。周翡虽然不擅长察言观色，却总觉得谢允身上有什么违和的东西。

她正要说话，不远处的山间突然传来一声尖锐的鸟鸣，成群的飞鸟不知受了什么惊吓，呼啸着冲着夜空而去。四下突然起了一股邪风，"啪"一下将支起的木窗合上了，客栈里昏暗的灯花剧烈地摆动起来。

周翡端着酒杯的手停顿在半空中，眼皮毫无预兆地跳了两下。

此时，洗墨江上依然是漆黑一片，散碎的月光随意地洒在江面上，偶尔正好落在牵机线上，会有一丝极细的反光擦着水面飞过去。

李瑾容离开四十八寨之后，寨中一干防务自然戒备到了极致。此时，虽然鱼老就守在洗墨江心，那沉在水中的大怪物也没有潜伏下去休息。如果有人站在江心，会发现水雾下面的巨石在不断移位置。一旦有人闯入，牵机立刻就会浮起惊涛骇浪——那威力甚至连周翡都没见过。鱼老一般只是吓唬她，不可能真把这排山倒海的大家伙拿给一个尚未出师的小女孩玩。

可是这一夜，却有一个人影轻飘飘地掠过杀机暗藏的江面，直奔江心小亭——

江风骤然变得猛烈，汹涌地灌入江心小亭，窗台上一个瘦高的花瓶不安地在原地摇摆片刻，一头栽了下去。鱼老嘴唇上两撇垂到下巴的长胡子跟着飘到了耳根，他蓦地睁开眼睛。

这时，一只手极快地伸过来，稳稳地托住了那栽倒的花瓶。

那是一只女人的手，十指尖尖，指甲上染了艳色的蔻丹，暴露在月光下，显得有些妖异。

女人好像很清楚鱼老是个资深事儿妈，她回手将被风吹开的窗户推上，又微踮起脚，仔细循着花瓶原来留下的一小圈痕迹，将它严丝合缝地放了回去，这才轻舒一口气，转回头打招呼道："师叔。"

鱼老皱了皱眉，疑惑道："蔻丹？"

像周翡他们这样的后辈，可能根本不知道寨中还有个名叫"蔻丹"

的女人，就算亲眼见了也不一定认识。因为过去十几年里，她几乎从来不在人前露面。她来自整个四十八寨中唯一不同别家打成一片，却又不可或缺的一环——鸣风。

寇丹就是鸣风的现任掌门。也正是因为她是牵机的缔造者之一，寇丹才能不动声色地穿过满江的陷阱。

"听说大当家走了，我过来看看牵机怎么样。"寇丹说道。她自顾自地在鱼老面前坐下，从怀中摸出一块丝绢，细细地擦拭了一个杯子，给自己倒了杯清水。

她已经人到中年，曾经丰满的双颊微微有些下垂，笑起来的时候，眼角有无法掩盖的纹路，但依然有种别样的美——不是少女们天生的秀丽，也不是羽衣班的霓裳夫人那种灼目的艳丽。她的五官并非毫无瑕疵，可当她隐隐带着笑意看过来的时候，别人很难不被吸到她的眼睛里。那双眼睛好像是由一层一层氤氲交叠的秘密构成的，说不出地诡秘动人。

鱼老的目光缓缓落在她用过的丝绢上，寇丹立刻会意，将那丝绢整整齐齐地叠成了一个四方小块，放在桌角。反倒是鱼老，整天被不拘小节的李大当家和故意捣蛋的周翡折磨，倒有点不那么习惯别人顺着他来。他颇有些尴尬地干咳一声，说道："你自便就是。"

"不敢，"寇丹笑道，"做咱们这一行的，刀尖上舔血，各有各的偏执怪异，这点小偏执就像老百姓遇到难处求神拜佛一样，是种必不可少的寄托。别人不知道就算了，侄女怎么能不懂事？"

鱼老的目光在她鲜艳欲滴的红指甲上扫过，脸上难得露出一点吝啬的微笑。他将两条盘着的腿放了下来，撤回五心向天的姿势，有些感慨地点头道："多少年没再过那种日子了，鸣风楼自从退隐四十八寨，便同金盆洗手没什么分别。如今我不过是看鱼塘的闲人一个，这些老毛病也只是一时改不过来，你……唉，不必迁就我这老东西。"

他说着，勉强压下那股如鲠在喉的劲儿，故意伸手将桌上几个杯子的位置打乱。

寇丹看他那嘴硬的样子，一边摇头一边笑，又动手重新将杯子摆整齐："师叔，江山易改，本性难移。你何必为难自己呢？我又不是外人。"

鱼老一顿，似笑非笑地打量着她，问道："既不是外人，怎么还学会跟你师叔话里有话了？"

寇丹眼皮微微一垂："师叔，我叫您师叔，大当家因为您同老寨主的交情，也叫您师叔，这么算来，倒还是我占便宜了。可是我有时候想，咱们这样的人，跟大当家他们那样的人终究是不一样的。他们活在青天白日下，光风霁月，咱们活在暗影黑夜里，潜行无踪，互相都格格不入，何必硬要往一处凑呢？"

鱼老笑道："年轻人，听见外面涛声又起，耐不住寂寞了吧。"

寇丹轻轻地在自己嘴角上舔了一下，意味深长地低声道："师叔，你何曾听说过刺客有'避祸'一说？对刺客来说，世道自然是越乱越好，不是吗？当年您和我师父非要随老寨主退隐四十八寨时，侄女就心存疑惑——刀放久了，可是要生锈的。"

鱼老点点头，不置可否："不错，当年退隐的决定是我和你师父做的。如今你师父也没了，这么多年过去，你才是这一任鸣风楼的主人，你要怎样，我也不会干涉太多。鸣风若是真想脱离四十八寨自立门户，那也不难。李大当家从来都是去留随意，实在不行，等她回来，我去替你同她说。"

寇丹脸上笑容不变，声音很甜，几乎带着些许撒娇的意思，说道："这个自然，周先生当年要走，大当家都没拦着，又岂会拦着咱们？师叔，您知道侄女问的不是这个。"

鱼老看着她，嘴角的笑意渐渐收敛，下垂的双颊一瞬间显得有些严厉。

寇丹伸出细细长长的手指，只见她手心上有一个小小的水波纹印记，是用朱砂画上去的："师叔，当年鸣风楼之所以退隐四十八寨，和这个印记有莫大联系，只是你们都是讳莫如深，它到底……"

"寇丹，"鱼老截口打断她，冷冷地说道，"你要走就走，再敢提一句水波纹的事，别怪我跟你翻脸。"

寇丹一愣。

鱼老站了起来，将门拉开："牵机挺好的，你看也看过了，这会儿就算是北斗亲自来了，也能把他们切成肉片。时候不早了，你走吧。"

寇丹顿了顿，叹了口气，低眉顺目地起身行礼道："是，师侄多嘴了，师叔勿怪。"

鱼老面无表情地站在门边。

寇丹飞快地看了他一眼，生怕惹他生气似的，又上前一步，讨好地轻声道："那……今年弟子们做的桂花酒酿不错，改日我再给您送两坛来尝尝？"

鱼老的神色这才缓和了一些，几不可察地冲她点了个头。

寇丹再次上前一步，她低垂的脸上缓缓露出一个诡异的笑容，声音却越发轻柔："师父和师叔当年既然决定留下，肯定有原因，也肯定不会害我们，既然不能说，我便不问了。侄女这就……"

寇丹似乎想伸手搀他一下，纤秀的手掌贴上了鱼老的后腰。鱼老被她三言两语勾起了回忆，若有若无地叹了口气，就在这一瞬间——

鱼老整个人蓦地一震，回手一掌便扫了出去。

寇丹却好似早有准备，脚下轻飘飘地打了几个旋，毫发未伤地躲到了两丈开外，与遍染蔻丹的指甲一般鲜红如火的嘴角轻轻咧开，露出雪白的贝齿。她指尖冒着幽蓝光芒的牛毛小针一闪而过，好整以暇地接上自己的话音："……送师叔一程。"

这世上最顶尖的刺客下手极狠，于无声中一点余地都不留。见血封喉的毒针一根钉进了鱼老的血管，一根钉进他的经脉，毫厘不差。鱼老那出于本能的含怒一掌瞬间加速了毒发，眨眼的光景，黑气已经弥漫到了脸上。他难以置信地瞪着方才还在和他言笑晏晏的女人，想说什么，却惊觉自己的舌根已经发麻，四肢无法控制地微微颤抖起来。

寇丹微微歪了歪头，眼角泛起细微的笑纹，轻声道："像师叔这样在一条寒江中默守二十年的人，不想说什么是不会说的，这点分寸师侄还有。想必海天一色的秘密从您这里是拿不到了，那么我便不问了。"

转瞬间，鱼老已经面无人色，他整个人都在发僵，能清晰地感觉到从腰腹开始，身体正一点一点地死去。寇丹走上前去，像个孝顺的晚辈一样，"扶"起鱼老，将他扶到椅子上，又为他摆了个静坐的姿势，然后恭恭敬敬地站在一边。

江风越来越大，吹动着水面上繁杂交缠的牵机线，发出细微的蜂鸣声。小亭中的两个人一坐一站，彼此都静默无声，好像一幅凝固在夜色中的画。

终于，鱼老非常细微地抽动了一下，一口气卡在喉咙里，混浊的瞳孔缓缓散开。

寇丹有条不紊地检查了他的心口和脖颈，确定此人再无一丝活气，便从怀中抽出一根长针，楔入了鱼老的天灵盖，仿佛要连他诈尸的可能一起封死。

然后她规矩地后退一步，给鱼老磕了个头，口中道："师叔，您要是在天有灵，碰上我师父，别忘了替我向他老人家道声好。他老人家自己退隐就算了，为了四十八寨的牵机图纸不落入他人之手，十年前不辞劳苦地将我抓回来。我好不容易找到个可心的男人，想堂堂正正地做一回人，都毁在他老人家手上。好，既然这样，侄女便只好回来做鬼，也算不负他老人家重托了，您说是不是？"

死人当然不可能再回答她。寇丹轻轻一笑，长袖扫过身上的尘土，转身推开江心小亭的一面墙，水中牵机巨大而错综复杂的心脏全在其中。她就像是挑拣妆奁一样，随手拨动了几下，洗墨江中的牵机发出一声沉沉的叹息，缓缓地沉入了暗色无边的水下。

这只凶猛的恶犬，悄无声息地睡下了。

黑夜中，潜伏已久的黑影纷纷从洗墨江两岸跳下来。寇丹轻轻地吐出一口气，她等这一天，实在有点久了——如果不是李瑾容在一无所知的情况下，非得出头接收吴氏家眷，"那边"想必也不见得会舍下血本来动这个固若金汤的四十八寨。

她抬起头，冲着两侧光可见物的石壁上垂下来的绳子笑了笑——话说回来，风雨飘摇的夹缝里，一隅的桃源，真能长久吗？

那未免也太天真了。

此时，在山下小镇中，谢允疑惑地将被风刮上的窗户重新推开，眯起眼远远看了看四十八寨的方向，转头问周翡道："你们寨中每天人来人往，巡山的到处都是，鸟群有这么容易受惊吗？"

他话音没落，又一群鸟冲天而起，在天空茫然盘旋，凄厉的鸟鸣声传出老远。周翡下意识地按住腰间的望春山。

就在这时，几个岗哨的灯火接连灭了，不远处的四十八寨突然漆黑一片，夜色中只剩下一个黑影，周翡情不自禁地屏住了呼吸。

谢允微微侧耳，喃喃道："这是风声还是……"

周翡："嘘——"

遥远的风穿过山峦与重重密林，本身声音就已经十分尖厉，非得仔细分辨，才能从中听到一丝夹杂的哨声。

周翡虽然不明缘由，心却突然撒了癔症一般地狂跳起来，掌心顷刻间起了一层冷汗，掉头便跑上楼去砸马吉利的房门。

够资格护送李妍的，除了深得李瑾容信任，自然也各有各的本领。马吉利虽然深更半夜被周翡喊醒，身上还有小酌过的酒气，却在听她三言两语说明原委后立刻便清醒过来。一行护送者转眼便训练有素地聚集在了大堂窗边。

除了李妍还在不明状况地揉眼睛，连吴楚楚都警醒地惊惶起来。

"东西先放下，"马吉利点了一个随行的人留下看管马匹行李，随后说道，"其他人跟我立刻动身。"

周翡这时终于微微犹豫了一下，第一次在马吉利面前提出自己的意见："马叔，楚楚和阿妍……"

她话音没落，吴楚楚略带哀求的目光已经落到了她身上。吴楚楚无数次以为自己习惯了深夜奔逃的生活，可或许自从在邵阳遇上马吉利等人之后的数月行程太过安全，她在再一次的突发状况里不可避免地惶恐起来，本能地希望能跟周翡一起走。

周翡明白她的意思，一时有些踟蹰。

马吉利却斩钉截铁道："都跟着，大当家命我护送阿妍，一路我便得寸步不离。倘若寨中真出了什么事，这镇上也不见得安全，马备好了吗？大家快点！"

周翡心里隐约觉得不妥，可是也承认马吉利说得有道理。当时在华容城中，她不也觉得晨飞师兄他们都在的客栈固若金汤吗？可是后来又发生了什么事呢？

她再没有异议，李妍和吴楚楚更不会有。谢允是外人不方便说话，他皱了皱眉，趁人不注意，从怀中摸出一小盒银针，穿在了自己袖口上。非常时刻，也顾不上进山的名牌有没有核对完了，一行人飞快地上马赶往四十八寨的方向，一刻不停地跑到了山下。

此时已经接近午夜。

周翡心里一沉——第一道岗哨处竟然空无一人！

第十一章

惊变

就在这时，一片比谢允放的烟花还要刺眼的火光从后山冲天而起。
不知是谁大声道："洗墨江！那是洗墨江！"

马吉利伸手一拦险些冲上去的周翡："别冒失，小心点！"

他说着，谨慎地提长剑在手，冲其他人一使眼色。

众弟子训练有素地上前，各自散开又能守望相助地在原地搜索片刻，
忽然有人叫道："马总管，你看！"

马吉利带人过去一看，只见第一道岗哨的铁门看似合着，却没关严，
一排岗哨弟子的尸体整整齐齐地排在门后，全是干净利落的一剑封喉。
伤口除了致命，几乎称得上平平无奇，根本看不出是哪家的剑法。

马吉利面沉似水地上前一步，伸手在死人身上探了探，压低声音道：
"没有反抗，没有其他伤，尸体还是热的。"

要是放在过去，周翡肯定听不出他是什么意思。可是下山大半年

归来后，她却能在眨眼间便明白马吉利的言外之意——杀人者很可能是四十八寨中自己人，而且没有走远。

这会是……四十八寨的第二次内乱吗？

李妍被夜风中的寒露一激，结结实实地打了个寒噤，后背冒出一层鸡皮疙瘩，情不自禁地往后退了一步，正踩在一根树杈上，"咔嚓"一声。

马吉利被这动静惊动，提剑的手微微一颤，转头看了李妍一眼。

李妍用力抽了口气，颤声道："对……对不住……"

马吉利看着李妍叹了口气，神色一缓，继而似乎犹豫了一下，他转头对周翡道："我错了，不该把她们带来。阿翡，我给你几个人，你带着客人和你妹妹尽快躲远一点，你能……"

他话还没说完，李妍突然像只受惊的兔子一样蹿起来跑到了他身边。

在场的人除了吴楚楚，耳音都不弱，全都听见了远处传来的杂乱的脚步声。

众人顿时戒备起来，马吉利回身把李妍护在身后。就在这时，来人上气不接下气地现了形，出声道："来者何……何人？竟敢擅闯四十八寨……嗯？马总管，您不是去金陵了吗，怎么这会儿就回来了？"

此言一出，李妍大松一口气，用力拍了拍胸口。众人虽说都未放下戒备，却也稍微放松下来，唯有马吉利后背依然紧绷，手中紧扣着剑。

周翡眯起眼望着这眼生的巡夜弟子，轻声问道："这是哪一派门下的？"

旁边人尚未来得及答话，那人已经跑到了眼前，冲马吉利深施一礼，自报家门道："晚辈鸣风三代弟子……"

鸣风……鸣风楼？

一瞬间，周翡无端想起衡山密道中殷沛口中的那个故事。她根本来不及思考这其中的联系，本能地提起了望春山。而与此同时，她眼角有银光一闪，周翡一把推开旁边的人，在众人都没反应过来的时候，"风"字诀已经卷了出去。

望春山的刀背撞上了什么东西，周翡散落耳鬓的一缕长发无端而折，熟悉的触感让周翡一瞬间知道了这是什么——牵机线！

马吉利大惊道："阿翡不可莽……"

"撞"字尚未出口，便见周翡突然将手中长刀往下一压，"风"几乎毫无转折地过渡到了"山"上。"嗡"一声——此处的牵机线毕竟不是洗墨江中与巨石阵相勾连的那种，被她一刀压弯了。

谢允突然从怀中弹出一颗与他在衡山上引燃的那个如出一辙的烟花。

烟花倏地蹿上天，炸醒了四十八寨上空静谧的月色。几个隐藏在两侧树梢上、几乎与草木融为一体的人影也顿时无所遁形。原来他们是用一个人吸引注意力，真正的刺客早已经埋伏好了——怪不得几个岗哨死得无声无息。

周翡手中的望春山隐隐胜了削金断玉的牵机线一筹，硬是将牵机线压变形了。而后她轻叱一声，两个"牵线"的人先后从树上滚落。她一招得手，望春山在牵机线上重重滑过，竟悍然无畏地闯进了几个鸣风杀手的牵机阵中，手中长刀再次变招，这回是"斩"！

尚未成形的牵机网难当其锐，登时碎在了她的刀下。牵机线四散崩裂，竟将牵线人也绑了进来。李妍一把捂住眼睛，却还是来不及了，近距离地看见两颗脑袋飞了起来。而周翡手中破雪刀余威未衰，直接抵在了那跑来吸引注意力的鸣风弟子喉咙上。

马吉利身后，所有人都被这兔起鹘落的三刀惊呆了。

周翡在外面的时候，也不知怎么运气那么差，每天辗转于各大高手之间好不狼狈，根本无暇得知她的破雪刀一日千里的进度。这会儿她也看不见身后众人惊骇的表情，刀尖卡在那刺客喉咙上，冷冷地说道："你受谁指使？"

那鸣风的刺客看了她一眼，低低地"啊"了一声，叹道："居然是破雪刀，命也。"

随即他目光从周翡脸上转开，不知对着她身后哪一处虚空露出一个诡异的笑容，竟然毫无预兆地往前一撞——周翡再要收手已经来不及了，那刺客就这么面带笑容地撞死在了她的刀口上！

周翡轻轻一哆嗦，就在这时，一片比谢允放的烟花还要刺眼的火光从后山冲天而起。

不知是谁大声道："洗墨江！那是洗墨江！"

正当夜浓欲滴时，出门在外的李瑾容却仍然没有休息。她心里想着事，手上有一搭没一搭地翻着一本描写旧都的游记。

李瑾容从十八九岁开始，就有了失眠的毛病，这些年，也曾经试着调理过几次，都不见效。好在习武之人身体强健，实在睡不着，大不了打坐调息到天亮，第二天也不耽误正事。此时，李瑾容已经带人离开了蜀地，一路上不可避免地对新晋风云人物周翡的"丰功伟绩"有所耳闻。然而李大当家并不像周翡想象的那么火冒三丈，反而有些忧虑。

李瑾容听了好几个版本的传说，第一反应不是奇怪周翡那现学现卖的破雪刀是怎么把人糊弄住的，而是周翡到底因为什么才没在王老夫人身边的。

自己的女儿自己知道，周翡不是李妍，从小喜静，她干不出无缘无故自己乱跑的事。

究竟发生了什么事，能让她脱离长辈的视线？

尤其华容城中那一段故事，各种版本的传说一段比一段吹得天花乱坠——在这里头，周翡怎么从贪狼、禄存那两尊杀神的眼皮底下顺利逃出去的，并不重要。反正按照后续的故事来看，她逃得十分成功，没缺胳膊也没短腿。但让李瑾容想不通的是，中原武林究竟还有什么人，值得沈天枢与仇天玑两个人合力围捕？

虽然叛将家眷少不了被北朝缉捕，但那不过是手无缚鸡之力的孤儿寡母而已，随便几个小兵杀他们也是易如反掌，用得着出动两个北斗……甚至贪狼星亲至吗？

李瑾容隐约觉得自己可能遗漏了什么，可她思前想后，发现整件事都笼着一层不祥的浓雾，而她始终抓不到那个头绪。

她将半天没翻一页的游记放在一边，用力掐了掐眉心……自己究竟遗漏了什么？

就在这时，突然有人在外面叫道："大当家！"

李瑾容瞬间将自己疲惫又茫然的表情收敛得一丝不剩，微一侧头，扬声道："进来。"

她尚未歇下，客房的门便也没闩，从外面一推就开。李瑾容话音未落，替她打点杂事的那位女弟子便一脸匆忙地闯了进来——李瑾容脾气臭不是一天两天了，能跟在她身边的弟子必定是十分机灵又有分寸，鲜有这么冒失的。

李瑾容扬起眉，做出一个有些不耐烦的询问神色。

那弟子道："您快看看是谁来了！"

只见一个人快步从她身后走出来，叫道："姑姑！"

这回，李瑾容狠狠地吃了一惊："……晟儿？"

即使是个子长得格外晚的男孩，到了十七八岁的年纪，看起来也基本不会再有翻天覆地的变化了，可是李晟站在她面前的时候，李瑾容一时险些没认出来。

他整个人瘦了两圈，个头便无端显得高出了一截。在家里，李晟虽然称不上骄纵，却多少有点公子哥脾气，衣服头发必然一丝不乱，往哪儿一站都是风度翩翩，恨不能将"李家大少爷"五个字顶在脑门上。可是此时站在李瑾容面前的这个年轻人却比要饭花子强不到哪儿去。他脸瘦得只剩下一层皮，捉襟见肘地绷在颧骨上，脸颊上还有一块黑，也不知是蹭的灰还是什么伤口结痂后留下的痕迹，嘴唇裂了几道口子，隐隐能看见其中开绽的血肉，唯有眼神坚定了不少，甚至敢跟李瑾容对视了，两把短剑丢了一把半——统共就剩下一把没有鞘的光杆铁片，用草绳缠了几圈。

"给他倒杯水来，"李瑾容匆忙吩咐了一声，又连声问他道，"你怎么一个人在这儿？为什么弄成这样？阿翡呢？"

李晟渴得狠了，连声"多谢"都没顾上说，端起杯子便往自己嗓子眼里泼了下去，不知怎么扯到了嘴唇上的裂口，他脸上痛苦的神色一闪而过，却并没有声张。李晟飞快喝完，将一滴不剩的空杯子放在一边，说道："阿翡没跟我一起——此事说来话长了，姑姑，我长话短说，有一位名叫'冲云子'的前辈托我带一句话给您。"

李瑾容："……什么？"

这个名字叫她不得不震惊，因为那封带着水波纹又语焉不详的信上，落款正是"冲云子"——隐居的齐门掌门人，也是老寨主数十年的故交。

"他说这句话说给您听，是以防万一，要是您听不懂，那是最好。"李晟明显地皱了一下眉，好像至今不能理解老道士是什么意思，"那句话是'年月不能倒流，人死不能复生，过去的事既然已经盖棺论定，再挖坟掘墓将它翻出来的，必然不怀好意。大当家，无论别人跟你说什么，都不要信，切记，不要追究'——师姐，劳驾再给我一杯水。"

李晟一口气说到这里，嗓子都劈了，他用力咳了两下，几乎尝出一点血腥味来。

李瑾容不动声色地抽了一口气，表情平静，心里却几乎炸开了锅。

齐门的冲云子道长跟四十八寨早已经断了联系，居然在数月间前后给她传来两封信。一封写在纸上，托周以棠转交，另一封却是她从小带大的亲侄子口述的，而两封信的内容居然自相矛盾、截然相反！

倘若不是齐门那老道士失心疯了，这两封信里必有一封有问题。

李晟没理会她的沉吟不语，又飞快地接着说道："还有一件事，姑姑，去时路上，邓甄师兄曾经跟我细细讲过寨中沿途暗桩所在。当时北斗在南北交界活动猖獗，我不得已避其锋芒，绕路到南朝界内，在衡阳落脚。因为怕误事，我当时本想写一封信，通过衡阳暗桩传给您，不料衡阳暗桩生了异心。我不知道是哪一方势力、谁的人策反的，当时来不及深究，险些被他们扣住，好不容易逃出来，一路被人追杀到这里——而且不是普通的追杀。您想，我就一个人，无拖无累，按理说隐于市还是隐于野都容易，本不该这样狼狈，因此我怀疑他们出动的是真正的刺客。姑姑，衡阳暗桩里有没有鸣风的人？"

四十八寨分布在各地的暗桩，都是各门派分别派驻的，众人不分彼此，因此暗桩的人手都是混着来的。

但李瑾容知道，鸣风是特立独行的——这是寨中的老规矩了。

李瑾容不是不想改，可一来鸣风的人在外面都很孤僻，二来……尽管听起来是十二分的莫名其妙，但这是老寨主李徵亲自定的规矩。

而四十八寨来往的重要信件中，如果用上了暗语，为防被人截留破解，来往的信件通常不走一条线。

比如自蜀中往金陵方向有两条线路，一条出蜀后落脚邵阳暗桩，另一条恰好是衡阳线路！冲云子那封托周以棠转交的来信恰好走了衡阳线，那么李瑾容写信给周以棠的时候，则会避开衡阳，改道邵阳，周以棠如果给她回信，那封她一直没收到的信则会再一次卡在衡阳暗桩里。

如果真是衡阳暗桩出了问题，那……

李瑾容猛地站了起来，她难得离开一回四十八寨，此番出门要重整暗桩，各派的精英人物都带了不少……她在房中缓缓踱了几步，抬起头对一直在旁边目瞪口呆的女弟子吩咐道："去把人都叫起来，咱们立刻折返！"

那弟子应了一声，撒腿就跑。

李瑾容对轻轻吁了口气的李晟说道："你跟我来，把路上的事仔细告诉我。"

"姑姑，"李晟微微有些赧然地说道，"有吃的吗？那个……干粮就行，我可以拿着，边吃边说。"

久旱逢甘霖，久饿逢干粮。李晟真是饿得狠了，感觉自己张嘴就能吞下一头牛，即使被热气腾腾的包子馅烫了一下舌头，他也依然英勇地"磨牙霍霍"，绝不退缩。一个包子下肚，就好像小石子坠入深渊，肚子里连声响动都欠奉，李晟一连吃了五个巴掌大的包子，依然没饱，但感觉自己心里有了点底气，好歹不会被一阵大风掀飞了。他便不再狼吞虎咽，消瘦的脸上展开一言难尽的心事重重。

李瑾容还在等着他回话，李晟一时有些不知从何说起，本能地找了印象最深的一件事，对李瑾容道："您知道霍老堡主去世的事吗？"

李瑾容当然听说了，霍连涛扛着一大堆大义凛然的旗子，插在脑袋顶上的那面就是"害死老堡主之仇不共戴天"。眼下，他正在南朝四方游说，几乎恨不能将"报仇雪恨"四个字刻成一块大匾，招揽一批人手，直接供其造反。

李瑾容点点头："贪狼与武曲在岳阳联手火烧霍家堡，这事我知道。"

"霍家堡不是贪狼和武曲烧的，"李晟低声道，他微微抬起一点头，被夜色压住的地平线远在天边，此时只能看见一点更深、更沉的影子。半晌，在李瑾容已经开始等得不耐烦的时候，他才接着说道，"霍连涛为了掩盖自己的行踪，将霍老爷子留下，火是他们自家人放的，我……我亲眼看见的。"

李瑾容震惊道："你当时在霍家堡？"

霍老爷子与李徵交情甚笃，但霍连涛就比较不讨人喜欢了。霍老爷子早就不管霍家堡的事了，对外一直称病，当年的朋友便也渐渐都不再往霍家堡走动了。

李晟的喉咙微微动了一下，随后，他三言两语先将自己一路想方设法脱离王老夫人的缘由和经过说了。

李瑾容一时失语，这些年来，她心里装的人和事都太多，四十八寨分去一大部分，周以棠分去一小部分，留给自家晚辈的，自然只剩下"严加管教"一条干巴巴的准绳——对周翡当然更严苛一点。

她竟然一直不知道李晟心里是这么想的。

而这本该是最幽微、最不可为人道的少年心事，此时李晟说来，却是平平淡淡，仿佛说的是别人的故事。

"咱们寨中的暗桩位置，到什么地方怎么走，我都自以为弄清楚了，"李晟说道，"不料刚走就碰上了马贼，中了暗算。"

李瑾容回过神来，听到这儿，不由得有些疑惑——李晟这些年也算用功了，什么马贼能轻易劫走他的马？

"是朱雀主木小乔的人，"李晟解释道，听李瑾容微微抽了口气，他脸上终于露出了一点少年人特有的笑容，好像得意于自己吓唬人成功了，不过那一点笑容稍纵即逝。李晟很快沉下了脸色，接着说道，"木小乔脱离活人死人山之后，就成了霍连涛的打手，替他敛财抢马。我当时被他们打晕丢在一边，没等他们回来灭口，就碰上正好路过的冲云子前辈。"

李瑾容道："齐门不问世事已久，冲云子掌门为什么在岳阳？"

"齐门的位置早就暴露了，"李晟道，"冲云子前辈一直跟忠武将军有联系。吴将军身边有曹仲昆的眼线，他们害死吴将军之后，顺藤摸瓜地查出了齐门的位置，只是齐门外是里三层外三层的阵法，他们一时破不开。冲云子前辈率众弟子趁机脱逃，通过密道避走蚀阴山，不料遭人出卖，只好临时换下道袍，装作普通的贩夫走卒，化整为零，这才脱困。"

一群隐居深山、几乎与世无争的道士，到头来保不住道观就算了，居然连长袍拂尘都保不住。李瑾容本想唏嘘，可心里忽然隐隐一动，升起一腔酸苦的兔死狐悲来——齐门是这样，现如今的四十八寨难道不是异曲同工？

"我不知道冲云子前辈为什么只身前来岳阳，他什么都没跟我说。"李晟接着说道，"我执意不肯回去，死皮赖脸要跟着他一起走……他便带我一起去了霍家堡。我们偷偷潜入的时候，霍连涛已经不知从哪儿收到消息跑了，偌大一个霍家堡成了个空壳。我们没费什么力气就找到了霍老堡主，可是他已经……"

李瑾容看了他一眼，无声地追问。

"傻了。"李晟叹了口气，"什么都不记得了，话也说不清，一日三餐都要人送到面前，一勺一勺喂下去，就这样还是满处撒，家人便在他脖子上围了一个……"

李晟摇摇头，没忍心仔细描述："可是冲云子道长不知为什么，总怀疑他是装的，我只好陪他在霍家堡潜伏了好几天。"

"正好看见霍家堡大火？"

李晟点点头："姑姑一定奇怪，我和冲云子前辈都在，既然看见了，为什么没把老堡主救出来。着火的时候，老堡主正在院子里浇花，他浇一会儿就发一会儿呆，那几天一直是这样，有时候就傻得很彻底，有时候就恍恍惚惚的，有时候水壶都空了，他还倒拎着壶呆呆地站在那儿。当时我听见前院传来骚动，有人大喊走水，整个霍家堡一片混乱，本想把他扛出来，冲云子前辈却按住了我，我看见……霍老堡主突然笑了。

"他这一笑，忽然就不痴也不傻了，一边笑一边摇头，然后抬起头看着我们藏身的方向。冲云子前辈就现了身，两个人一个在院里，一个在院外，这时屋子已经被烧着了，浓烟铺天盖地地涌过来了。我心里着急，不知道他们俩在那儿大眼瞪小眼的是在相看什么……然后霍老堡主对冲云子前辈遥遥一抱拳，渐渐不笑了，又摇了摇头。然后有个仆从大呼小叫地冲进来，想将他拉出院子，老堡主却大笑三声，抬一掌便将那人轻飘飘地甩出了小院，随手折了一枝新开的花，头也不回地缓缓走进那着火的屋子里，竟关紧了门窗……"

四十八寨最精锐的人马匆匆而行，马蹄声近乎是整肃的，李晟最后几句话几乎淹没在马蹄声里，轻得像一声叹息。

李瑾容的神色却越绷越紧。

她早些年听说过霍老堡主傻了的传说，倒也没太往心里去。人老痴傻的不少，霍老爷子比李徵还大不少，年事已高，老糊涂了倒也不稀奇。可她听李晟这么三言两语的描述，却起了个可怕的推断——霍老堡主到底是自己傻的，还是有人害他？

李晟口中的"恍恍惚惚"是不是他正在恢复神志？

如果是这样，罪魁祸首是谁简直昭然若揭。

"冲云子前辈不让我去救他，一直含着眼泪在旁边看着，直到大火吞下了整个小院，马上要扫过来了，我们才避开搜捕的北斗爪牙离开。冲云子前辈知道我的师承，从岳阳离开后，他便没有继续走，反而找了个农家小院住了下来，还问我想不想学他们的奇门遁甲之术。我跟他学了两个多月，然后另一个道士打扮的人找来了，那个人道号冲霄子，彬彬有礼，对冲云子前辈也十分恭敬，以掌门相称。"

李晟说到这里，停顿了一下。

李瑾容没听说过"冲霄子"的名号，便追问道："怎么？"

"冲云子前辈便将那句要转述给您的话告诉了我，说这是一句很要紧的话，接着便打发我回蜀中。我这些日子承蒙前辈教导，受益匪浅，但见他们门内有要紧事的样子，也不便打扰，第二天就收拾行李走人了。"李晟苍白的嘴唇抿成了一条细细的线，"可是……我总觉得他那天送我上路时的表情和霍老堡主转身走进大火中的表情一模一样，走了一段，越想越不对劲，事后便掉头去找……那小院里，却已经人去楼空了。"

李瑾容握紧了马缰绳，反复思量冲云子带给她的那句话。

李晟也不打扰她，安静地走在一边。这少年离家的时候还是个愤世嫉俗的半大孩子，转眼一回来，却俨然有了男人的模样。李瑾容看了他一眼，伸手一点他脸上的那块污迹，问道："这又是怎么弄的？"

李晟随手抹了一把，满不在乎地道："哦，没事，摔了一下，擦破点皮，结的痂刚掉，过几天就好了。"

李瑾容又问道："怎么摔的？"

李晟笑了一下——他用了一点小聪明和冲云子道长教的巨石阵挡住了穷追不舍的刺客一阵子，之后没有往蜀中的方向走，而是在追来的刺客眼皮底下混入了由北往南迁的流民中。

流民也有领头人，自己已经是人下人了，却依然靠盘剥队伍里的老弱病残来维持自己"领头羊"的地位。新来的想要受"领头人"庇护，必须得足够识相，交够口粮才行。

鸣风的刺客大概无论如何也想不到，他们气急败坏地追着那狡猾的李家少爷一路往南的时候，那位再狼狈都没掉过颜面的"少爷"其实就在路边，被几个穷凶极恶的流民头头按在地上"教训"，脸在地上蹭出一条沾满了灰尘的血道，一边被破口大骂，一边冷冷地透过无数条泥腿子看着追杀者们视而不见地往远处跑去。

他就是靠这个，彻底甩脱了鸣风的刺客。

李晟一想到这个，有点得意，也有点惭愧——因为学艺不精，才非得耍这种小聪明。而就在他在"显摆机智"和"少丢人现眼"之间来回摇摆的时候，李瑾容伸过来的手碰到了他的脸。李晟愕然一愣，李瑾容却用指尖轻轻蹭了蹭他那块蹭破过的皮肉，忽然说道："吃了不少苦吧？"

在跋山涉水时跟一大伙刺客斗智斗勇的李少侠顿时鼻子一酸，拼了小命才忍住了，眼圈没红。他将视线低垂，往后一仰，用力搓了搓自己的脸，若无其事地说道："那有什么，我看鸣风也不过如此嘛……对了姑姑，我在路上听见好多乱七八糟的传说，阿翡他们那边出什么事了，人还没回来吗？"

周翡从越发沸沸扬扬的传说中潜逃成功，却不料还没到家，便被当头糊了一场更大的危机。

华容城中，她带着吴楚楚东躲西藏，衡山密道里，她拿着一把不趁手的佩剑与青龙主狭路相逢——每一次她面对的都是强大得不可思议的敌人，可将那几桩事加在一起，也没有像这一刻，叫她茫然无措。

上前一步生，后退一步死，大不了将小命交待在那儿，也能算是壮烈……可是这里是四十八寨，是她的家，是千山万水的险恶中，支撑着她的一截脊梁。

幼时断断续续的记忆碎片忽然被接在眼前的火光与喊杀声上，分外真实起来。

马吉利深吸一口气，仿佛做了什么极艰难的决定，对周翡道："看来岗哨这边只是喽啰，洗墨江那里才是大头，那正好——阿翡，你的功夫已经足以自保了，带上阿妍他们，怎么来的怎么下山，趁他们还没发现，快走！"

周翡将望春山紧紧地扣在手心。

衡山密道里，谢允也是气急败坏地催她快走，逃回她群山环绕的四十八寨里，继续当她无忧无虑的小弟子，好好练功，下次再遇到这种事，能准备得好一点，不要这么狼狈……可是既然不能万事如意，又哪儿有那么多充斥着血与火的夜色，等你慢慢准备好呢？

这时，谢允伸出一只手，轻轻地按住了周翡的肩头。

周翡倏地一震，几乎猜得出谢允要说什么，便半含讽刺地苦笑道："怎么，你又要说'留得青山在，不怕没柴烧'了？"

谢允摇摇头："我今天不说这个。"

周翡转头看着他。

谢允在不嬉皮笑脸的时候，就有种非常奇异的忧郁气质，像个国破家亡后的落寞贵族——即使他在金陵还有一座空旷无人的王府。

"阿翡，"谢允道，"人这一辈子都在想着回家，我明白。"

周翡胸口一阵发疼。

谢允嘴角一扬，又露出他惯常的、懒散而有些调侃的笑容："这回我保证不多话，陪着你，不用谢，大不了以身相许嘛。"

周翡一巴掌拍掉了他的狗爪子，将望春山收拢入鞘，正色对马吉利道："马叔，当年老寨主过世的时候，大当家是怎么把四十八寨撑起来的？"

第十二章·

无常

她的刀突然间仿佛冷铁生魂，而她像个踩着无数碎尸瓦砾、踮脚往墙外张望的孩子，在一圈险恶要命的"烟雨浓"里，她终于扒上了墙头的花窗，得以张望到墙外的天高地迥、漫漫无边。

后山的钟声一声高过一声，在沉睡的群山中震荡不已，一直传到山下平静的镇上。大群的飞鸟呼啸而过，架在山间的四十八寨三刻之内灯火通明，远看，就像一条惊醒的巨龙。

洗墨江上，无数影子一般的黑衣人正密密麻麻地往岸上爬。岸上的岗哨居高临下，本该占尽优势，领头的总哨虽然疑惑牵机为什么停了，却依然能有条不紊地组织抵抗，同时先后派了两拨人马去通知留守的长老。

就在这时，有弟子跑来大声禀报道："总哨，咱们的增援到了，是鸣风的人，想必是听说了牵机异常来的。"

他话音刚落，幽灵似的刺客已经赶到了岸边。

四十八寨硬生生地在南北之间开出了这么一个孤岛，众人并肩数十年，身后是不穿铠甲的，刺客们抵达时，从总哨到防卫的弟子没有一个防备他们……

然后洗墨江边坚固的防线一瞬间就淹没在猝不及防的震惊里。

长老堂里一片混乱。眼下竟然谁也说不清到底是外敌来犯，还是内鬼作妖！真有内鬼的话，内鬼是谁？这深更半夜里谁是可以信任的？

周翡他们赶到的时候，长老堂中正吵作一团，每个人都忙着自证。在这么个十分敏感的点上，好像一个多余的眼神都让人觉得别人在怀疑自己，而最糟糕的是，由于李瑾容不在，留守长老们没事的时候纵然能相互制衡，眼下出了事，却是谁也不服谁。

固若金汤的四十八寨好像一块从中间裂开的石头，原来有多硬，那裂痕就来得多么不可阻挡。

周翡深吸一口气，倒提望春山，将长刀柄往前一送，直接把长老堂那受潮烂木头做的门闩捅了个窟窿。她将望春山往肩上一靠，双臂抱在胸前，沉沉的目光扫过突然间鸦雀无声的长老堂。她站在门口，既没有进去，也没吭声——没办法，周翡原来有点"两耳不闻窗外事"的意思，见了面，她能勉强把叔伯大爷叫清楚就已经不错了。至于此人究竟是何门何派，脾气秉性如何，乍一问她，还真有点想不起来。

好在，身边跟了个顺风耳"李大状"。

李妍趁着周翡和震惊的长老们大眼瞪小眼的时候，飞快地凑到她耳边，指点江山道："左边第一个跳到桌子上骂街跳脚的张伯伯你肯定认识，我就不多说了。"

她说的人是千钟掌门张博林，因为千钟派的功夫颇为横冲直撞，因此人送绰号"野狗派"。张博林的外号又叫张恶犬，是个闻名四十八寨的大炮仗，张口骂街、闭嘴动手——不过由于野狗派"拍砖碎大石"的功夫，千钟一门里全是赤膊嗷嗷叫的大小伙子，常年阴阳不调，女孩子是个稀罕物件。所以平日里对周翡、李妍她们，张博林的态度会温和一些，时常像鬼上身一样和蔼。

"坐在中间面色铁青的那位，是'赤岩'的掌门赵秋生。这个大叔是个讨厌的老古板，有一次听见你跟姑姑顶嘴，他就跟别人说，你要是他家姑娘，豁出去打死再重新生一个，也得把这一身胆敢冲老子娘嚷嚷的臭毛病扳过来。"

都什么时候了，还告刁状！

周翡暗暗白了她一眼，示意李妍长话短说，不必那么"敬业"。

李妍又说道："最右边的那位出身'风雷枪'，林浩……就算咱们师兄吧，估计你不熟。前一阵子大当家刚把咱家总防务交给他，是咱们这一辈人里第一个当上长老的。"

林浩有二十七八岁，自然不是什么小孩，只不过跟各派这些胡子老长的掌门与长老一比，这子弟辈的年轻人便显得"嘴上没毛，办事不牢"了。偏偏洗墨江这时候出事，他一个总领防务的长老第一个难逃问责。这会儿又焦虑又尴尬，林浩被张博林和赵秋生两人逼问，眉宇间隐隐还能看见些许恼怒之色。

周翡觉得耳畔能听见自己心狂跳的声音，刚开始剧烈得近乎聒噪，而随着她站定在门口，目光缓缓扫过长老堂里的人，她突然想起了李瑾容对她说过的话——

"沙砾的如今，就是高山的过去，你的如今，就是我们的过去。"

周翡将这句话在心里反复重温了三遍，心跳奇迹般地缓缓慢下来了。她掌心的冷汗飞快消退，乱哄哄的脑子降了温，渐渐地，居然迷雾散尽，剩下了一片有条有理的澄澈。她微微垂下目光，将望春山拎在手里，抬脚进了长老堂，冲面前目瞪口呆的三个人一抱拳道："张师伯，赵师叔，林师兄。"

"周翡？"赵秋生平时看见她就皱眉，这会儿当然也不例外。他目光一扫，见她身后的马吉利等人，立刻将周翡、李妍视为乱上添乱的小崽子。于是他越过周翡，直接对马吉利发了问："马兄，这是怎么回事？你不是带李妍去金陵了吗？怎么一个没送走，还领回来一个？还有生人？"

马吉利正要回话，却见谢允隐晦地冲他打了个噤声的手势——倘若这第一句话是马吉利替周翡说的，那她在这几个老头子眼里，"小累赘、小跟班"的形象就算坐实了。

马吉利犹犹豫豫地哽了一下。

周翡却眼皮也不抬地走进长老堂，开口说道："事出有因，一言难尽。赵师叔，鸣风叛乱，眼下寨中最外层的岗哨都遭了不测，洗墨江已经炸了锅。你是想让我现在跟你解释李妍为什么没在金陵吗？"

她这话说得可谓无礼，可是语气与态度实在太平铺直叙、太理所当然，没有一点晚辈向长辈挑衅反叛的意思，把赵秋生堵得一愣："……不，等等，你刚才说什么？连进出最外面的岗哨都……你怎么知道是鸣风叛乱？"

那四十八寨岂不是要四面漏风了？

周翡抬头看了他一眼，手指轻轻蹭了一下望春山的刀柄。

此时，众人都看见了她的手，那雪白的拇指内侧有一层薄茧，指尖沾了尚且新鲜的血迹。

周翡面无表情地微一歪头："因为杀人者人恒杀之。我亲眼所见，亲手所杀——林师兄，现在你是不是应该整理第二批巡山岗哨，分批派人增援洗墨江了？牵机很可能已经被人关上了，外敌从洗墨江两岸爬上来，用不了多长时间吧？"

赵秋生看着周翡，就好像看见个龇牙露齿的小崽子穿上大人的衣服，拖着长尾巴四处颐指气使一样，他觉得荒谬至极，不可理喻，便道："你这小丫头片子……"

这时候，一直默不作声的林浩突然走到外间，口中吹了一声尖锐的长哨。几个巡山岗哨转眼落在长老堂院里，身体力行地打断了赵秋生的厥词。林浩能做到总防务的长老，当然不缺心眼，遇到事该怎么办，他也用不着别人指导——只要这些倚老卖老的老头子能让他放手去做事，而不是非得在这节骨眼上拍着桌子让他给个说法。

林浩自然不打算听周翡指挥，但她来得太巧，三言两语正好解了他的尴尬和困境。别管真的假的，反正她已经指名道姓地说明了叛乱者是谁，等于将他身上的黑锅推走了大半。林浩顺坡下驴，越过吹胡子瞪眼的赵秋生和张博林，连下三道命令，追加岗哨，组织人手前往洗墨江。然后才回过头来对周翡说道："来不来得及，就要看来者本领多大了。"

周翡将望春山微微推开一点，又"当啷"一下合上，一字一顿道："好啊，要是来不及，就让他们把命留在这里吧。"

这是来时路上谢允教她的第一条原则——这寨中的长老都是看着她长大的，像对付杨瑾一样故弄玄虚、增加神秘感非但不会奏效，反而会让他们越发觉得她不靠谱。因此一定要少问、少说、少解释，说话的时候要用板上钉钉一样的力度，"只有你对自己的话先深信不疑，才能试着打动别人"。

周翡似有意似无意地扫了谢允一眼，正好对上他的目光，谢允冲她微微一点头——"拿下最开始的态度之后，不要一味步步紧逼，得张弛有度，你毕竟是晚辈，是来解决问题，不是来闹场的。"

周翡将手指在刀柄上用力卡了几下，缓和了神色，低眉顺目地歉然道："侄女方才失礼了，实在是一进门就遭自己人伏击，这才没了分寸，诸位叔伯见谅。"

张博林张了张嘴，眉毛竖起来又躺回去，终于没说出什么斥责的话来，只是摆了一下手。

周翡看了赵秋生一眼，弯着腰没动。

她头发有些乱，一侧鬓角的长发明显是被利器割断，位置十分凶险，上去一分就是脸，下去一分就到了咽喉，说不定是毫无防备的时候被人当头一击所致。赵秋生觉得周翡平日里一点也不讨人喜欢，见了面永远一声硬邦邦的"师叔"，便没别的话了。此时见她一身恭敬有礼的狼狈，却突然间有种奇怪的感觉——好像讨人嫌的小丫头片子懂事了似的。

他于是哼了一声："罢了。"

说完，赵秋生越过林浩，直接以大长老的姿态吩咐道："去洗墨江，我倒要看看，那些个吃里爬外的东西勾结了一群什么妖魔鬼怪！"

林浩年轻，对此自然不好说什么。张博林却不吃赵秋生那套，听得此人又越俎代庖，当场气成了一个葫芦，喷了一口粗气。

周翡随风摇舵，虽然没吭声，却没急着跟上赵秋生，反而将询问的眼神投向张博林。

这是谢允教她的第三句话——到了长老堂，要是他们所有人都各司其职、团结一致，那你也不必吭声了。长老们意见统一，就算是你娘也得好好掂量，何况是你？但你娘既然留下长老堂理事，而不是托付给某个特定的人，就肯定有让他们相互制衡的意思在里头，你推开长老堂的门，最好看见他们吵得脸红脖子粗，那才能有你说话做事的余地，怎么把握这个平衡是关键。

张博林碰到她的目光，心里郁结的那口气这才有了个出口，瞪着赵秋生的背影，心道：让你得意，别人可都看着呢，人家心里明镜似的，知道谁靠得住。

于是张恶犬带着几分矜持的得意冲周翡一点头，说出了自己的意见："去洗墨江。"

长老堂短暂地统一了意见，林浩略舒了口气。四十八寨备用的岗哨立刻各就各位，各门派的人马往洗墨江会聚——火把夜行，长龙伏地。

周翡目光扫过，见往日里混在一起不分彼此的各大门派之间突然有了微小的缝隙，居然是按照门派各自成队的，好像一面平湖突然分出无数支流，渐渐泾渭分明起来。

她不想这么敏感，却依然注意到了，神色不免一黯。

一直跟在她旁边沉默不语的谢允突然抓住她的手，谢允掌心冰冷，周翡微微一激灵。

只见他面朝前，好似根本没在看她，手指却温和又不由分说地将周翡略微松弛的手紧紧地按在了望春山的长柄上。

还没完——周翡知道他的意思，还没完。

剩下她没来得及出口的话，要用破雪刀去说。

这时，刀枪鸣声四起，开路的一批增援已经和外敌动起手来。周翡一眼看见远处熟悉的黑衣人，心里微微一沉——是北斗。

张博林大喝一声，一把抢过旁边一个弟子手中的长枪，便前去身先士卒。

千钟掌门的硬功何等扎实，张博林又宝刀不老。乍一冲进人群里，他好似一颗实心的铁球入了水，"哗啦"一下，顷刻便横扫了一大片黑衣人。长枪重重地砸在地上，两指厚的石板路当即成了过油炸透的薄饼，酥脆非常，裂出了一张狰狞的"蜘蛛网"。

不说敌人，连自己人都被他老人家这石破天惊的一出手吓了一跳。李妍飞快地往后退了半步："我的亲娘……"

她大呼小叫完，却没收到附和，偏头一看，见周翡挂着长刀，越过打成一团的敌我双方，遥遥地看着一个人。

那人站得太远了，看不清多大年纪，只依稀有个轮廓，仿佛是个长身玉立的男人。他身穿大氅，领口一圈雍容得过分的狐狸毛，也不怕在蜀中捂出痱子来，手中一把折扇，腰间挂着佩剑。乍一看，他几乎跟谢允一个骚包德行，根本看不出哪儿比别人高明——如果不是他脚下踩着一根树枝。

不是粗大的主干，那是一棵树上最细、最脆的小枝，约莫只能禁得住几只蚂蚁，恐怕连蜜蜂都能判断出"此地不宜久留"。细细的树枝随着林间的风来回摇摆，树叶瑟瑟地抖着，似乎时刻准备"落叶归根"。而这男人就是穿着一身隆重的衣服，踩着这样一根轻飘飘的树枝。老远一看，他简直是悬在半空。下一刻，他好像察觉到了周翡的视线，脚下突然一动。

那人一路踩着林间树梢，转眼飞掠到了四十八寨众人近前。炫技似的，一路上他脚尖竟然没沾地，过处草木不惊，根本看不出他是在哪儿借力的！

这身法快得几乎让人眼前一花，说不出的压迫力被那猎猎作响的大氅裹挟而来，叫人忍不住想往后退。除了赵秋生等老一辈的高手，连林浩都没能站在原地。

年轻一辈里，唯有周翡一动没动，神色竟然还十分平静，在一群年轻弟子间显得分外鹤立鸡群。林浩忍不住多看了她一眼。

周翡这回真不是装的，来人轻功卓绝，太过卓绝了——让她一看就不由得想起了谢允。一和谢允联系在一起，眼前就算来个天尊下凡，也没法激起周翡的半点敬畏之心。她非但不慌，心里还飞快盘算起这个陌生人是谁来。

北斗七个人，死了个廉贞，剩下的贪狼、禄存、武曲她都已经见过……所以来人是巨门、破军，还是文曲？

这时，一直没吭声的谢允终于开了口，他轻声介绍道："'清风徐来'，多半是谷天璇。"

"巨门。"周翡已经看清了来人，那谷天璇是一副俊俏书生的模样，虽然年纪不小了，却依然堪称英俊潇洒，一双桃花眼尾上拖着几道细细的纹路，仿佛还盛着一点说不清道不明的笑意。

周翡皱眉道："我感觉不太好，据我所知，北斗从来不知道什么叫'单打独斗'，来的不可能只有他一个人。"

赵秋生再刚愎自用，听了这句话，也不由得转头瞪向周翡，问道："你怎么知道？"

周翡飞快地抬了抬嘴角，露出一个干巴巴的苦笑："不瞒赵叔，我这回出门一趟可算收获颇丰，都快把北斗认全了。"

赵秋生一愣，他知道周翡不爱说话，但说话很算数，没事不扯淡。听了这一句，他心下不免骇然，头一次疑惑起她在外面都遇上了什么事来。还不待赵秋生细想，林浩便问道："周师妹，那依着你看是怎样？"

周翡大部分时间只负责拔刀，很少负责"看"，听他问，她下意识地看了谢允一眼。

谢允已经在不知不觉中放开了她的手，站在两步之外，正不言不动地注视着她。他的目光沉静而且温和，映着些许清澈的星光，却丝毫没有替她说话的意思。

"这不……"

周翡本能地心虚，差点脱口说出一句"这不过是我个人之见，不一定对"，可是话差点滑出嘴角的时候，她蓦地想起谢允教她的第一条原则，当即堪堪一合牙关，将这句话后面几个字一口咬断。

她沉吟片刻，说道："这不对劲——林师兄你看那边，北斗的黑衣人并没有我想象的那么多，而鸣风更不过是我四十八寨中的一支，就算是里应外合，他们有什么把握取胜？"

周翡用这两句话理顺了自己的思路，心里飞快地回想起山谷中带人抄木小乔后路的童开阳，华容城外亲自去绑了祝家少爷的仇天玑，越说越有底，后面的语气便货真价实地笃定起来，她接着又道："谷天璇千里迢迢地赶到蜀中，又好不容易找了个大当家不在家的时机，正值寨中群龙无首，还出了内鬼，到处人心惶惶。这么好的机会，如果是我，我绝不会带着这一点人来打一场没有把握的仗。我会故意在洗墨江弄出一场大动静，将各寨精锐都引来这里，然后……"

周翡对上林浩的目光，做了一个下压的手势——刚刚换上的岗哨本就人心惶惶，一旦此时受袭，身后又一时等不到援手，必然加剧慌张，十成的战斗力剩下五成就不错了——此时四十八寨的防卫正好是最薄弱的！

林浩何等精明，大略听了个音便立刻想明白了前因后果，他后背已经出了一层冷汗，匆忙间，只来得及冲周翡点一下头，便接连点了十几个"飞毛腿"，掉头就走。

林浩年纪轻轻就当上长老不无道理。他叫人将手中灯笼挂在树上，只留下几个举火把的，其他大部分人手都跟着他静悄悄地离开，撤退得分外不动声色。

四十八寨中密林掩映，倘若不走近了看，只能通过人手中的灯火判断对方人数，一时居然无从察觉，连周翡都不知道他把人调走了多少。

而此时，眼前局势也已经不容她再操心别的——谷天璇将手中折扇摇了摇，"啪"一下合上，目光扫过眼前以几位长老为首的四十八寨各大门派，遥遥一拱手，笑道："不速之客深夜来访，主人家见谅了。"

赵秋生与张博林虽然不怎么对脾气，此时在北斗面前一致对外，倒也十分默契。

赵秋生微微侧过身，将一干碍事的晚辈挡在自己身后，与张博林交换了个眼色，两人各自挪了几步，一左一右地盯住谷天璇。

赵秋生冷笑道："知道自己讨人嫌还来，是想来找点死当土特产装回去吗？"

谷天璇风度颇佳，被人指着鼻子骂，他也没翻脸，只是含笑看了赵秋生一眼，微微转身，对身后的什么人做了个"请"的手势。众人一起顺着他的目光看去，藏在人群中的寇丹便款款地露了面。

"寇——丹！"赵秋生从牙缝里磨出了这两个字。他没问镇守洗墨江的鱼老是什么下场，眼下这种情况，实在也是没必要问了，"你这欺师灭祖的贱人——"

寇丹随手托了托丰盈的长发，鲜红的十指在火光下闪烁着近乎图腾般的神秘光泽，迎着四十八寨众人行将喷火的目光，她似笑似嗔道："欺师灭祖不敢当，诸位恐怕有所不知，以前新楼主想要上位，第一个就要杀老楼主立威，这才是我鸣风楼世世代代都能以旧换新，生生不息之道。我师父是寿终正寝的，相比前辈们，小女子实在已经很没出息了。"

张博林说道："四十八寨收留你们，给你们庇护，敢问两代人到此，哪里对不住贵派了？"

"四十八寨收留庇护的是你们这些义气当头的名门正派之后——鸣风楼？"寇丹伸手掩住嘴，轻轻一笑道，"鸣风楼不过是一群无情无义、收钱办事的刺客。李徵当年有那么好心吗？张掌门，你也一把年纪了，动动脑子想想，当年南刀将鸣风楼收入四十八寨的时候，多少人有过非议，他为什么一意孤行？"

张博林被她问得一时语塞，随后反应过来，忍不住破口大骂——老寨主一手创立四十八寨，又经过几十年记忆的美化，在他们这些四十八寨老人心里已经接近神话，哪儿容得别人明里暗里说他"有所图谋"？

寇丹颇为怜悯地看了他一眼，那种永远藏着秘密的微笑又浮现在她脸上，火光中有一点晦暗不明。她说道："鸣风为了亮出诚意，在洗墨江中献出了牵机。牵机事关重大，这些年来，参与过牵机建造的核心弟子都像未出师的弟子一样，从未离开过四十八寨，永远止步于洗墨江后——没有亏待过我们……张掌门，你不如去问问大当家，她心里那碗水可端平了？"

周翡一边听她说话，一边试着和殷沛说的那段鸣风楼关门弟子和花掌柜的故事联系起来。听到这里，她便试探着问道："寇掌门，你心怀怨愤，和芙蓉神掌花正隆有关吗？"

寇丹一愣，这时才注意到赵秋生身后的周翡。

寇丹道："你这小姑娘……"

周翡上前一步，自报家门道："周翡。"

"哦，原来你就是阿翡，"寇丹打量了她两眼，带着几分和蔼说道，"没认出来。我上次见你的时候，你还没有桌子高呢——怎么，出门一趟，倒是知道了不少事。"

周翡眼珠微微一转，瞥见一个弟子跑过来，在赵秋生耳边说了句什么，赵秋生点了点头。看来林浩已经准备周全，那这会儿就不知道是谁拖着谁了。

她心里微定，便对寇丹说道："花前辈我见过，寇掌门如果想知道他的行踪与去向，我可以告知一二。"

寇丹脸上浮起一个带着毒的微笑："我不想知道……小阿翡，这些话是谁教你的？这种晓之以理，动之以情的方式实在太蹩脚了。怎么，你觉得我听见'花正隆'三个字，就会立刻倒戈，追着你要一个下落吗？"

周翡没指望一句话说得鸣风楼主叛变，但她确实有心扰乱一下对方的心绪。但很可惜，世上的人并不是每一个都如段九娘，会在多少年之后，仍为了一个名字痴傻疯癫。

"阿翡啊，"寇丹近乎语重心长地对她说道，"等你到了我这把年纪，就知道那些情情爱爱的事，只有你们小姑娘才会当回事。我年少轻狂的时候，确实因为一个男人想过脱离鸣风楼，过自己的日子。那个男人很不错，但是不错的男人满天下都是，对不对？"

她说着，冲谷天璇飞了个媚眼，谷天璇含笑不语，站在旁边不接招。

"我们鸣风楼的人，之所以能在高手林立的江湖上端稳了刺客这碗饭，从小吃过的苦头是你想不到的。我师父当年教训我，说我本就是个人人畏惧、神通广大的厉鬼。莫非在诸位眼里，我寇丹千年修炼，就为了找个不错的男人，当个不错的女人？"寇丹正色下来，微微抬起下巴，目光扫过面前的一干旧同侪，"他老人家当年这样教训我，他教训得对，我都听进去了，否则如今的鸣风楼也轮不到我当家——那么，话又说回来，诸位，你们说小女子一个厉鬼，吃了这么多苦才爬到今天这地步，难道是为了在一个山沟里看一条河里的水怪？"

鸣风的老掌门当年为了牵机，将自己养的妄图染指红尘的小小鬼魂抓了回来，几经培养，终于将她培养成了一个合格的鸣风刺客。

可惜未免太合格了。

"废话不说了，"寇丹一摆手，"鸣风自此脱离四十八寨。李瑾容勾结叛逆，藐视朝廷，收容叛将之后，实在不像话。今日谷大人奉命前来剿匪，应当应分，鸣风楼也不便阻拦。只是有一样东西需要向李大当家讨要，恐怕她不给，小女子只好多扣下几个人质来跟她谈一笔交易了。阿翡，你回来得正好。"

张博林怒道："贱人，好大的口气！"

说话间他手中长枪"嗡"一声响，直直地就冲寇丹挑了过去，寇丹轻笑着躲开。谷天璇一声令下，身边的黑衣人立刻围拢过来。同时，他出手如电，将手中折扇往下一压，四两拨千斤一般地撞开了枪尖。

张博林手腕一麻，当即一凛，戒备地对上"巨门"。

"千钟，"谷天璇将袖子轻轻挽起，摇头叹息道，"我便来领教一二吧。"

他话音没落，已经鬼魅似的上前。谷天璇的轻功名为"清风徐来"，已近出神入化，一手功夫竟与沈天枢不相上下。张博林大喝一声上前，不过数个回合，居然已经落了下风。

赵秋生看得直皱眉，余光一扫身后李妍等人——林浩走了，此时虽有马吉利保护，可他带的那几个人也未必是寇丹的对手。他一时踟蹰，愣是没敢轻举妄动，心里骂道：这些累赘跟来到底干什么？

就在这时，周翡突然说道："寇掌门不是说我回来得正好吗？好啊，那就看看我有多正好。"

她说完，一步上前，那一步里头不知有什么玄机，赵秋生慢了一分，愣是没能拦住她！

赵秋生的头皮都炸了起来，他虽然一直觉得周翡脾气臭，欠管教，不太喜欢她，却也绝对不能让她在自己眼皮底下出事，不然回头他怎么和李瑾容交代？他心里大骂这些小青年不靠谱，一时顾不上张博林那老东西是占了上风还是处了下风，当即便要趋身上前，怎么也得在周翡之前拦住寇丹。

可无论是周翡还是寇丹，身法居然都比他想象的快得多。

寇丹也没想到居然是周翡这么个小丫头向她挑衅。她长眉一抬，打量着周翡的眼神带了些许讶异，手上却并不因为轻敌而客气。

寇丹整个人像流云飞絮一样轻飘飘地往后飘了几丈远，同时长指甲轻轻一捻，便将什么东西往周翡身上抖去。那正是寇丹成名之物，名为"烟雨浓"，是一种比头发丝还细的小针，几乎是看不见摸不着，防不胜防，能杀人于无声。鱼老便是死于这些貌不惊人的小针。

赵秋生没看见烟雨浓，却看清了寇丹的动作，一声惊骇的"小心"还没来得及出口，那两人已经在转瞬间交了一回合的手——只见周翡的望春山根本没有出鞘，长刀在空中画了一道堪称优雅的弧度，撞出了一片细碎的轻响，七八根牛毛似的小针纷纷抖落在地上。

赵秋生震惊地将滑出了两步的脚停了下来，若有所思地盯着周翡的背影，心道：这丫头的身手在哪里磨炼得如此了得了？

"周翡，"寇丹谨慎了起来，咬字极重地重复了一遍周翡的名字，仿佛第一次将她看在眼里一样。鸣风楼主将双手拢入袖中，低声道："我倒是还没领教过破雪刀的厉害。"

周翡一声不吭地推开望春山——她知道自己不可能比寇丹高明，唯一可以依仗的，就是她对这个没怎么见过面的鸣风掌门的熟悉。

牵机是当年鸣风派的核心弟子倾尽心血一手打造的，那水中怪兽算是周翡半个师父。她在黑灯瞎火的洗墨江里泡了三年，即使蒙上眼、塞住耳，仅凭着无数次锤炼出的感觉，也能躲开大部分的烟雨细针。

"望春山"是照着李徵的刀打的，对周翡来说有点太长了。刀越重，便显得人越轻，两厢对照，有种奇异而庄重的不协调感。面对北斗双星的时候，她背后有个绝代高手段九娘；面对郑罗生的时候，纪云沉毕竟只是让她拖时间，并没有要求她真同青龙主拼个你死我活；面对杨瑾的时候，她三天没睡好觉，想的是背水一战——输了也只能接受，好歹她堂堂正正地应过战。

而此时，站在这曾经闻名天下的刺客面前，周翡却心知肚明——她背后是命悬一线的四十八寨。没有段九娘支援，拖时间也等不来奇迹，而万一有差池，她恐怕就得交待在这儿。

寇丹不是她遇到的最厉害的敌人，却是第一个她明知道两人之间的差距，却还得硬着头皮上，而且身后毫无退路的敌人。

"你开口说话的时候，一方面要明察秋毫，要态度坚定。"这是谢允告诉她的最后一句话，"但是当你走到拔刀的那一步时，就闭嘴、闭眼，把你整个神魂都凝结在刀刃上。不要想输赢，也不要想结果。"

周翡深吸了一口气，将自己开始冒头的万千思绪拢成一把，强行压了下去，刀尖一转，指向寇丹。

鸣风楼的刺客可不会讲究长幼有序的那些虚礼，寇丹察觉到周翡整个人气质一变，当即便将她当成了眼前大敌。寇丹从长袖中摸出一个蝎尾一样的短钩，招呼都不打便幕地上前。她一身贴身短打扮，唯有袖子宽而长，像两片头重脚轻的蝶翼，一股冰冷的暗香顺着她的长袖扫过来，下一刻，周翡被她的烟雨浓包围了。

寇丹在绿树依然浓郁的深秋里洒了一把杏花雨——沾衣欲湿、无处不在——那些小针太密集了，以至周翡身边竟升腾起一层细针凝成的"白雾"，被鸣风的针尖扫一下并不要命，要命的是针尖上见血封喉的毒。

这时，周翡突然动了。

面对烟雨浓，她毫不犹豫地选了"风"一式，打算以快制快。

枯荣真气忽明忽暗地随着刀光游走，长刀背上被两人内力所激，沾了一圈牛毛细针，将那暗色的长刀裹得好一番火树银花。

这一瞬间，周翡仿佛回到了她浸泡三年的洗墨江。

牵机轰鸣，在她身边缠上无休无止的杀机。她仿佛刚刚经历了一场被鱼老逼着强行入定的"闭眼禅"，正心无旁骛。

刀锋与牵机、与烟雨浓接触的每一个微妙的角度，都分毫不差地映在她心里。突然间，面前的是寇丹还是牵机都不重要了，周翡心里有什么东西呼之欲出——就在这时，只听"锵"一声，望春山撞上了寇丹手中的短钩，周翡手腕猛地一震，刀身上沾的细针"稀里哗啦"地掉了一片。

寇丹倏地一眯眼，短钩不偏不倚地卡在了望春山的刀背上，继而她低喝一声，力道顺着短钩传过来，将长刀卡了个纹丝不动。

与此同时，寇丹突然一张嘴，一支拇指大的吹箭冲着周翡的面门打了过来。

此时两人之间不过一刀的距离，倘若换成李瑾容或是赵秋生他们，大可以一掌拍过去，强行将自己的兵刃夺过来。可是寇丹同周翡之间几乎有一辈人的差距，哪怕鸣风刺客一脉多重奇技淫巧、硬功不那么扎实，那寇丹作为一派掌门，身上的功力也不是周翡能抗衡的。

此时，周翡要么被那吹箭钉个正着，要么只能被迫撒手弃刀。

而在"烟雨浓"的主人面前弃刀会是个什么下场，连李妍都知道。

李妍吓得一时不知该冲谁呼救，周围一大堆师叔师伯的名字争先恐后地涌到嘴边，全都堵在了她的嗓子眼，她手脚冰冷，连"喵"都没喵出一声。

谢允的手已经缩进了袖子。

而就在这时，周翡忽然一压刀柄，倏地松了握刀的手。

望春山在方才两边角力中生生被压出了一个弧，周翡这边一松手，刀身顿时飞快地震颤起来，方才没有抖落的牛毛小针起雾似的迸溅了一片，寇丹不得不挥长袖挡在自己面前。

周翡给自己争取到了这一刹那，她险而又险地侧头躲过那支吹箭，随后探手一拉震颤不休的刀柄，猛地往前一送。望春山从短钩中间穿了进去，刀尖在极小的活动空间内轻轻一摆，竟然又是"不周风"中的一招，受短钩所限，她的动作极轻微，却极精准——真好似一阵无孔不入的小风！

锋利的刀尖顿时豁开了寇丹的长袖，寇丹当时只觉得自己揽在怀里的是一条毒蛇，抓也不是，放也不是。

她恼怒之下，运力于掌，死命将周翡的长刀往下按去。

周翡手中的刀却不着力地随着寇丹的力道沉了下去，叫这刺客头子重重的一脚踏个空。寇丹微妙地跟跄了一小步，短钩一颤，她心里暗叫一声"糟"，果然周翡见缝插针，那被卡在短钩中"身陷囹圄"的长刀立刻又由虚转实，自上而下地扫过了寇丹的脚背。

寇丹的绣鞋上绣着三朵并排绽放的黄花，周翡一刀下去，正好将三朵花的心连成了一条线，一分不多，一分不少！

森然的刀锋从寇丹脚背上飞掠而过，她蓦地变了身法，后退半步，向周翡飞起一脚，绣鞋鞋尖上弹出一柄小刀，捅向周翡腰侧。周翡一拧手腕，整个人连同望春山一起飞身而起，在短钩中间打了个旋——这是她第三招"风"。

寇丹动了腿，短钩上顿时有了微小的缝隙，周翡的长刀顷刻间脱困而出，随后她竟不停歇，行云流水一般垫步、转身，一刀自上而下、大开大合地劈了下来——好像小小的旋风瞬间成了斩断天河的利刃。

在场众人愣是都没看清她怎么变的招！

寇丹已经连退三步，狼狈地躲开，头上发髻被刀风所激，满头青丝顿时垂了一肩一背。

这一刀叫赵秋生将心提到了嗓子眼，只看得眼花缭乱，当即真心诚意地叫了声"好刀"。

直到这时，周翡方才强行压下去的踟蹰与犹豫才化为乌有，她心里终于真正做到了只有刀。

这大半年以来，周翡虽然勤奋，虽然每天都有全新的感悟，但她和破雪刀之间，一直有一层模模糊糊、几次触碰到，却都未能捅破的窗户纸。

而那层"窗户纸"终于在她退无可退的时候破开了。

"刀法一个套路是死的，人却是活的……

"你既不是李前辈，也不是李大当家，你的刀落在哪一式呢？"

破雪刀最后三式，"无匹""无常"与"无锋"。李徽乃南刀之集大成者，功力深厚，几乎到了"大巧若拙""利刃无锋"的地步，因此他的破雪刀是"无锋"。

李瑾容天纵奇才，少时轻狂任性，一朝生变，无数艰难险阻像四十八座甩不脱的高山一样，沉沉地压在她身上。无论她有多怕、多畏难、多想退却，都得咬着牙往前走。久而久之，她将自己磨砺得无坚不摧，因此她的破雪刀是"无匹"。

而周翡的破雪刀，却学得堪称仓促。李瑾容抱着"姑且教给你试试，实在学不会就拉倒"的态度传了这一套刀法给她。而后，她被无数前辈高人摇头，又在一次次被赶鸭子上架的时候剑走偏锋，将破雪刀当成一枝可以随便嫁接的花——枯荣真气、牵机剑意、断水缠丝……甚至坑蒙拐骗，逮哪儿插哪儿，逐渐磨炼出了她自己的刀。

那是"无常"。

她的刀突然间仿佛冷铁生魂，而她像个踩着无数碎尸瓦砾、踮脚往墙外张望的孩子，在一圈险恶要命的"烟雨浓"里，她终于扒上了墙头的花窗，得以张望到墙外的天高地迥、漫漫无边。

不过哪怕她一瞬间越过了心里的十万大山，外人也看不出来。在其他人眼里，周翡只是将手中一把望春山使出了叫人头晕目眩的花活，从烟雨浓中穿梭而过，片叶不沾身，还面无表情地打散了寇丹的发髻！

张博林分明已经被谷天璇逼得左支右绌，见此情景，却依然在百忙之中分出一丝幸灾乐祸的闲暇，笑道："哈哈哈，该！"

然后乐极生悲，他被谷天璇一剑刺破了左臂。

赵秋生先后经过了极端的忧心、惊骇、震撼后，此时又冒出一点不是滋味来，心里酸溜溜地想道：他们李家人刀上的造诣倒真是一脉相承的得天独厚，哼！

百般滋味杂陈，赵秋生总算想起了被自己遗忘的"张恶犬"，提剑上前道："姓张的，你还有脸笑！不就是区区一个北斗狗吗？我来助你！"

场中形势骤变，周翡一人拖住寇丹，而随着赵秋生的加入，两大高手合力，来往几个回合，谷天璇的额角也见了汗。

四十八寨众人一拥而上，将来犯的黑衣人与叛乱的鸣风堵在中间。

就在这时，一颗信号弹突然从东边升起，炸亮了沉沉的天际。

谷天璇倏地退出战圈，低低地笑了起来。

第十三章·

透骨青

> "'透骨青'是天下奇毒之首，中此毒者，会从骨头缝开始变冷、僵硬，最后形如木偶，困顿而死。人死时，周身好似被冰镇过，面色铁青，因此得名'透骨青'。"

寇丹虚晃一招，紧随"巨门"之后，拢长袖站定。她脸上依然带着不失风度的微笑，心里却对周翡涌起一股疯狂的杀意——哪怕是对上赵秋生等人，凭着她神鬼莫测的烟雨浓，寇丹也有自信不落下风。可偏偏这个周翡，明着用的是破雪刀，暗地里却有些与鸣风一脉相承的诡谲意味。寇丹几次试图痛下杀手，都被她仿佛有预感似的躲了过去。

而且与这不知从哪儿冒出来的臭丫头动手的时候，寇丹明显感觉到，刚开始周翡纯粹是靠着运气与一点临阵时的小机变勉力支撑，到了后来，她的刀法却越来越圆融起来。这让寇丹简直怒不可遏——这乳臭未干的小丫头居然在拿自己喂招！

鸣风楼说三更杀人，那人必活不过五更，当年是何等让人闻风丧胆！

可是如今，堂堂鸣风楼主，居然被一个后辈胆大包天地当成喂招的人形木柱！

谷天璇仿佛能感觉到她心里的怒火，将手背在身后，冲她轻轻地摆了摆。寇丹深吸口气，妖艳的面孔有些扭曲，心道：是了，反正他们也是秋后的蚂蚱，蹦不了多久了，到时候落到我手里，便叫她知道厉害！

一个寨中弟子狂奔上山，接连推开众人，上气不接下气地跑到以赵秋生为首的长老们身边，压低声音，飞快地说道："赵长老，山下突然有大军来犯，有数万人之多，四方都有，好像是伪朝的人。"

赵秋生："……"

周翡那小兔崽子的乌鸦嘴，说得居然一个字都不差！

赵长老一张写满震惊的脸不巧被谷天璇误解了，谷天璇还以为他是"大惊失色"，当即适时地开口道："千钟、赤岩两派的高手，在下都亲自见识过了，这一趟便也不虚此行，我敬诸位都是英雄。"

说着，那"巨门"十分儒雅地一摆袍袖，"唰"一下合上折扇，冲在场几个人抱了抱拳，特意在周翡面前停留了一下，这才接着说道："谷某人也不想造成无谓的牺牲，不瞒您说，我在此和几位试手的时候，我一个兄弟已经带上伏兵来围山了……唉，大军一动，干系甚大，蜀道又难行，万一出了什么岔子，我等在圣上面前也不好交代。说来惭愧，今日的围山行动，我们不得不慎之又慎，甚至不敢正面试探贵寨铁桶似的防务。为了万无一失，不才只好亲自上山来，先会一会诸位英雄，调虎离山片刻，让我那兄弟的路好走一些。"

赵秋生冷哼一声："你待怎样？"

谷天璇笑道："四十八寨藏龙卧虎，多少稀世少有的顶尖高手隐藏其中，区区以为，能不动手，咱们最好还是不要动手。大家太太平平地凑在一起，把话说明白了，化干戈为玉帛，岂不是好事一桩？"

就这么三言两语的工夫，四下里接二连三的信号弹先后炸上天，一个比一个响、一个比一个急迫。

此时，瞎猫碰上死耗子蒙对的周翡也好，从头到尾听过了周翡推断，心里勉强算是有数的赵秋生等人也好，心里都不由自主地七上八下起来——北斗来了多少人？四十八寨的反应及时吗？林浩那小青年到底靠不靠得住？

周翡再次下意识地看了谢允一眼，不过这一次，她没等谢允给她任何反应，已经率先移开了自己的视线。谢允已经把该告诉她的都告诉她了，剩下的事，只能靠她自己和一点点运气。周翡心里回想着谢允那些几乎成了体系的段子："有道是'君子喻于义，小人喻于利'，聪明人懂得取舍，愚人容易动之以情——但是这世上大多数人，都既非君子又非小人，不怎么聪慧，但也不至于愚昧。要让无数这样的人都心甘情愿地聚在你身边，头一件事，你得'取信'于众。你要记着，听命于人者，容易受别人影响，能影响别人的人，才能聚齐千军万马。"

周翡一转头，正好看见赵秋生给自己递了个询问的眼神，那又臭又硬的老古板眼神里也不免带了些忧虑和心虚，仿佛还想从她这儿找些底气。那种忧虑简直就像她自己在照镜子，忽然间，周翡不慌了。

周翡沉稳地冲赵秋生一点头，挂刀而立，颇有几分山崩不裂的自若。

赵秋生紧绷的眼神顿时放松了些，他一开始认为这个周翡很没有眼力见儿，不早不晚，非得这时候回四十八寨，纯属添乱。可是前后不过半宿的光景，他发现自己居然已经开始关心她的意见。赵秋生觉得有点不可思议，他觉得自己好像一片排山倒海的领头浪花，还没来得及冲上堤坝，居然已经被赶上来的后浪拍了个劈头盖脸，真是又松了口气，又好不憋屈。

赵秋生将手中剑往身后一背，冷笑道："不想动手？莫非你们千里迢迢赶来，机关算尽潜入我寨中，是来吃年夜饭的？"

谷天璇没理会他这明显带了挑衅的话语，不紧不慢地说道："四十八寨隶属我朝疆土，诸位占山为王，已经十分无法无天，偏吾皇有爱才之心，派我等前来，以'招安'为第一要务。只要诸位弃暗投明，朝廷也必然既往不咎，绝不会亏待了诸位，这种包票在下还是敢打的。"

赵秋生暗暗吐出一口长气，用容忍别人在屋里放屁的博大胸怀忍住了没当场发作，问道："还有呢？你身后那女的不可能无缘无故地当叛徒，她想要的又是什么？"

寇丹用几根牛毛似的小针缝上了被周翡划开的长袖，听他问，她一低头，咬断了针上的细线，红唇中贝齿一闪，显得格外惹人怜爱。

"我啊，我没别的事，就想向李大当家讨一样东西，"寇丹笑道，"说来要笑死人，外人都知道世上有'海天一色'这么个宝藏，我鸣风一脉与其关系匪浅，却在蜀中山林里默默无闻十多年，要不是谷大人告知，居然都不清楚有这码事，简直滑天下之大稽，对不对？"

赵秋生和张博林对视一眼，全都不明所以，心道：这娘们儿胡说八道些什么呢？

谷天璇点点头，帮腔道："不错，当年鸣风楼大逆不道，手伸过了界，竟连刺杀圣上的脏活都接。为了这一桩蠢生意，老楼主师兄弟两人亲自出手，幸而当年有廉贞兄伴驾，那场刺杀没能得逞，两个逆贼反而中了廉贞兄的'透骨青'之毒。"

寇丹听得他将自己师父师叔称为"逆贼"，神色漠然，眼皮都没动一下。

谷天璇又道："透骨青乃天下八大奇毒之一，大罗金仙尝到一点，也得乖乖重新投胎。那两个逆贼却一直活得好好的，其中一位更是十分硬朗，到如今须发皆白，不杀还不肯死——百闻不如一见，依我看，这'海天一色'简直有起死回生之功。"

隐隐猜到鱼老的下场是一码事，听见敌人当面提起却是另一码事。周翡握刀的手陡然紧了。

寇丹将视线投向她，笑道："前一阵子从鸣风的暗桩传来一些消息，说我四十八寨出了个好了不起的南刀传人，手刃了青龙主郑罗生，我还在奇怪究竟是哪一位高人，如今看来，就是阿翡了吧？"

赵秋生失声道："什么？"

张博林几乎与他异口同声道："你宰了活人死人山的龟孙？"

周翡："……"

这事真没法当众解释，眼看跳进黄河都洗不清了。

寇丹长长的指甲抠着自己的手心，笑道："若我没猜错，海天一色的信物，大当家自己有一件，忠武将军吴费有一件，当年山川剑肯定也有一件——后来十有八九是落到了郑罗生手上。大当家抢先派人迎回吴氏遗孤，又随便找了个名目将亲闺女派出去，找到郑罗生，杀人立威两不误。眼下，她手中肯定是三件信物俱全……或者拿到更多了吧？李大当家真是好手段，奴家佩服得紧，只是一个人不好太贪心，难道她还要占尽天下便宜不成？"

周翡满心杀意，冷冷地看着她，轻声道："一派胡言。"

寇丹也不与她争辩，十分甜蜜地一抿嘴，她回头冲谷天璇道："大人，我看时辰差不多了。"

谷天璇尚未开口，便听不远处有整肃的脚步声传来，他顿时满脸万事俱备的志得意满，好整以暇地道："第一，请诸位放下刀剑，归顺朝廷；第二，请周姑娘交出吴家人和你从郑罗生那里拿到的东西；第三，辛苦诸位给李大当家送一封信，叫她速速归来，顺便将她手中的海天一色信物奉上，与我兄弟二人入京请罪，圣上宽厚，定不会为难她——仅此而已，就这几条，诸位看，不苛刻吧？"

张博林听了这通连环屁，当即横眉立目，便要破口大骂。忽然，他的目光越过北斗与寇丹等人，看向不远处来人的方向。张博林先是一呆，随即神色骤变，怒目金刚转眼成了笑口弥勒，他哈哈大笑道："不苛刻，能办，龟儿子，你跪下叫声'爹'，给咱们磕十个孝子贤孙头，什么'海鲜山珍'，咱们都能给你弄来。"

谷天璇心生不祥，蓦地扭过头去，只见来人居然不是他约好的大军，而是一帮四十八寨的弟子。

那些弟子个个训练有素，从四方跑来，整齐划一，隔着数丈之远站定，大声道："东南第一岗已经砍断吊桥，敌不能入！"

"第二岗已经放出毒瘴，斩敌数百，狗贼不敌，已经撤回。"

"第三岗已在山谷布伏。"

"第四岗杀敌军参将……"

谷天璇方才百般故弄玄虚，这会儿他的每一口唾沫都变成一巴掌，千手观音似的抽回到自己脸上，那张俊秀优雅的脸上青了又紫，紫了又黑，暴跳的青筋差点破皮而出。

倘若这会儿往他头上楔根钉子，这位"巨门星君"的狗血大约能喷上房。

周翡一抖手腕，提着望春山看向谷天璇，似笑非笑地道："谷大人，大老远跑一趟不容易，要不您进来喝杯茶？"

张博林乐不可支地道："你这丫头蔫坏，对老子脾气！"

谷天璇充耳不闻，喝道："走！"

他一声令下，方才散开的黑衣人顿时围拢过来，护着他往来路撤去，而那寇丹一声长啸，几个鸣风楼的刺客各自施展轻功，好像几只大蜘蛛精，七手八脚地撑起了一张牵机线织就的大网，挡住众人脚步。

张博林一挺长枪，便要往那网上硬撞："贱人，你哪里走！"

寇丹方才缝好的袖子用力一抖，袖中放出一团白烟，也不知有毒没毒，冲着张博林便涌了过来。张博林忙屏息后撤，就在这时，一柄长刀落到他面前，挑、拨、挡、撞几下，白烟里潜伏的细针通通被拦了下来，落在地上，泛着幽蓝的光。

周翡道："张师伯，小心点。"

张博林这才察觉到自己得意忘形，一时有些讪讪的。

而就这么片刻的光景，谷天璇与寇丹两人已经撤出了数十丈，眼看要跃入洗墨江中，只留下一干没用的黑衣人和鸣风弟子断后，眼看已经追不上了。

张博林是一位哪怕是被狗咬了，也得跪在地上咬回来的中老年奇男子，哪里甘心让谷天璇他们就这么跑了？而周翡在不久之前，恰恰也是个脾气暴躁的少年人，这两位热血上头，直觉反应完全是一拍即合。

一个是忘恩负义、欺师灭祖的寇丹，一个是与四十八寨有深仇大恨的谷天璇，人家上门挑衅，倘若还让他们挑完就跑、全身而退，往后四十八寨的面子往哪儿搁？

必须得抓回来余成丸子!

张博林两巴掌挥开寇丹放的白烟,将长枪往肩头一扛,大喝一声,便掷了出去。

那谷天璇头也不回,两个黑衣人却训练有素地抢上前去,居然以血肉之躯替他抵挡,当即被穿成了糖葫芦钉在地上。长枪尾部依然震颤不休。

张博林气得大叫一声,不依不饶地拔腿便要去追。周翡立刻跟上。

就在这时,她听见谢允低低地叫了她一声:"阿翡。"

三步之内,周翡头也不回地心道:叫我干什么?正忙着呢!

五步之后,她隐约开始觉得不妥。

周翡时常追在谢允后面跑,无意中被逼着好生锤炼了一番轻功,几个转瞬,她人已经在十丈开外。

突然,她蓦地往前赶了几步,临阵变心,抢到张博林前面,一抬望春山拦住他:"张师伯,事分轻重缓急,先别光顾着追他们。"

张博林一双眼睛瞪成了铜铃,愤怒地望着转脸就"叛变"的周翡。

周翡目光不躲不闪,摇摇头,正色道:"张师伯,咱们的人手刚才大部分都让林师兄带走了,林子里那些都是障眼法,没那么多人手。再者说,真追到洗墨江里,有那寇丹在,牵机是谁手里的刀还说不准呢。而且眼下事态未平,山下又不知是什么光景,山间还很有可能留着鸣凤的余孽……"

周翡被谢允一声召唤,叫回了方才弃她而去的理智。此时她神魂归位,心思稍微一转,立刻就想明白了——林浩总领四十八寨防务,与赵长老和张长老平级,事态紧急的时候,他便宜行事就行,根本没必要派人特意跑回来说战况——还是敲锣打鼓、大声喧哗地说。

林浩之所以来这么一出,很可能只是故弄玄虚,吓唬谷天璇等人而已,外面的情况不见得真有这么乐观。

而退一步说,就算谷天璇与寇丹真是屁滚尿流逃走的,要想将他二人抓回来,在场众人至少也得是赵、张两位长老同时出手,再捎带上一个周翡当添头,才能勉强与那北斗和刺客头子战个平手而已。赵秋生显然没打算跟他们俩一起"人不轻狂枉少年",而要真是只有他们俩追上去,谁是丸子还不一定呢。

还有那些老鼠洞里都能藏身的鸣风楼刺客,谁知道现在山间还埋伏了多少?四十八寨里除了真正的高手,也不乏老幼病残,到时候万一后院起火,真出点什么事怎么办?

赵秋生一边指挥在场众人将留下的北斗黑衣人与鸣风刺客包围拿下,一边赶上来,数落张博林道:"我看你半辈子没一点长进,除了吠就是咬人,还不如一个小丫头片子懂事!"

张博林:"……"

赵秋生用鼻子喷了口气,尾巴翘起来足有一房高,趾高气扬地吆五喝六道:"来人,将这些杂碎都押入刑堂,留双倍人手看守洗墨江,搜山、善后!不要遗漏一个鸣风的余孽——翡丫头,跟我回长老堂,你娘既然不在,你也该当个人使了。"

周翡心里明白,经此一役,赵秋生算是认可了她有说句话的权力。

去年这时候,周翡连弟子名牌都还没有,此时却被赵长老特批能进长老堂,说是一步登天也不为过了,然而她脸上却没什么喜色,反而心事重重地往洗墨江的方向看了一眼,低声请示道:"赵师叔,不如我先留下帮忙善后吧?牵机也要重新打开。"

赵秋生神色冷淡,说道:"鸣风楼收钱杀人,是什么正经东西?早二十多年我就说过,这伙人靠不住,那封瑜平自己教导子弟无方,受其反噬,死了没人埋也是活该,看什么看!"

周翡使了吃奶的劲,才算把顶嘴的话咽回去,喉咙轻轻地动了一下,她下意识地握了握望春山的刀柄,紧绷的怒意却已经顺着她看似平静的眉梢流了出去。

赵秋生冷笑道:"你随便吧。"

说完,他一挥手,带着一群弟子转身就走。

张博林在原地踟蹰片刻,伸手拍了拍周翡的刀背,说道:"老赵这混账玩意儿其实不是那个意思,只是……唉,寇丹要是落到我手上,我定要将她碎尸万段——你替我们去看看吧，我就不看了。”

本来，对破雪刀的领悟更上一层楼这事，能让周翡偷着乐上小半年。但她背靠孤零零的洗墨江，想到眼下前途未卜的局势、目的成谜的寇丹等，便只好先行支取这半年的快乐，一股脑地压上，才算把眼前这天大的愁给镇压下去。

这一宿长得简直叫人上气不接下气，天光好像总也亮不起来似的。

眼见赵秋生和张博林先后走了，周翡暗叹了口气，忍不住转过头伸手掐了掐自己的眉心。她带着剩下的弟子在洗墨江边上设了几个临时的岗哨，从上往下盯着脚下漆黑的江面，细碎的星光都被卷入其中，站在岸边，能听见江风拂过的涛声，江声絮絮，不知在和谁低语。

见一时没了危险，李妍这才拉着吴楚楚跑过来。

“阿翡，你刚和赵叔他们说什么呢？”李妍越过周翡的肩膀，战战兢兢地往山崖下看了一眼，怕高的毛病又犯了，忙拽紧了周翡的袖子，哆哆嗦嗦地蹲了下来，“娘啊，吓死我了。”

一个弟子上前对周翡说道：“周师妹，要下江吗？”

周翡一点头，冲众人招招手，示意他们跟上，随后自己先拽过一条绳索。接着，她动作一顿，又想起了什么，回身拉过李妍：“你跟我一起。”

李妍无辜地看着她：“啊？你说什……”

她一句废话没说完，便已经双脚离地。周翡抛出一根绳索，直接缠住了李妍的腰，然后一提一抓她的后颈，纵身便跳了下去。

周翡上上下下洗墨江无数次，对这段别人眼里的“险路”再熟悉不过，等李妍回过神来的时候，已经被她无屏无障地带到了半空，嶙峋的山石与奔涌的江面张开血盆大口，行将扑面而来。李妍悬空的脚底下所有的血都逆流上了嗓子眼，她眼泪当场就飚出来了，“嗷”一嗓子冲着周翡的耳朵叫唤道：“要——死——啦！”

周翡被她嚷嚷得耳畔嗡嗡作响，手一松，人已经接近了洗墨江底。她熟练地纵身在空中一翻转，飞快地将手里的绳索网了一圈，兜起李妍，自己不偏不倚地飞身而下，一掌拍向山崖上一个平整处，轻飘飘地落在了水边的一小块石头边上。

牵机安静得好似睡着了。

周翡轻轻吐出一口气，仰头冲离地不到三尺，手脚并用抓着绳索的李妍道："下来。"

李妍简直像只怕水的猫，玩命摇头。

周翡也不跟她废话，便要直接动手。李妍放开嗓子号叫道："救命！救命！鱼……鱼太师叔！救……"

她叫到这里，自己突然愣了一下，后知后觉地回想起来——对了，鱼太师叔呢？他不是一直在洗墨江里吗，怎么让牵机停了，把那些外人放进来了呢？

李妍骤然一松手，兜在她身上的绳索倏地缩了上去。她一屁股坐在潮湿的水边泥土上，鞋尖踩进了江水中，细碎的水花溅在了她脸上。李妍没顾上擦，猛地扭过头去，见周翡倚着月光无法逾越的山岩而立，显得消瘦而沉默。

冰冷的江水浸透了李妍的鞋子，她倏地缩脚站起来。

几个跟着下到江面的弟子纷纷落在水边，周翡看了他们一眼，几乎不停留，纵身掠出。她像个水上的精怪，脚尖在涟漪中心轻轻一点，根本不需要低头看，便能准确地踩到水面下牵机的石身——几个起落，便将在洗墨江中有些拘谨的弟子们带往江心小亭。

江心小亭孤独而寂静地笼着一层水汽，单薄的旧门虚掩，被周翡裹挟在身边的风一吹，那门通了人性似的，"吱呀"一下打开，露出面朝洗墨江端坐门前的鱼老来。

周翡呼吸一滞。

那木桌上的茶杯整整齐齐地一字排开，鱼老看起来好像一如往常，只是在偷懒闭目养神而已，随时可能一脸不耐烦地睁开眼，吹胡子瞪眼地冲她嚷嚷一句"你怎么又来了"。

有那么一瞬间，她理解了张博林那句前言不搭后语的话。他们这些老人，从李徵的时代开始，就彼此磨合、彼此厌恶地被洗墨江上的夜风挤压在一起，见证了四十八寨的崛起与繁荣，相依为命地各司其职多年，几乎已经长成一个庞然大物身上的不同器官。

倘若亲身至此，大概除了杀出去报仇之外，心里很难装得下其他事了。

但群山在侧，哪儿有那么多可以快意恩仇的机会呢？

周翡听见赶上来的李妍极恐惧地抽了口气。

那清晰的鼻音叫周翡回过神来，她挪动着自己有些僵硬的腿走到鱼老面前，手在袖子里晃了几次，没敢抬手去试鱼老的鼻息，最后只好软弱而自欺欺人地握住了他垂在一边的手。

然而握住那只苍老的手的一瞬，周翡突然愣住了——手是温热的！

她脑子里"嗡"一声，即使是蜀中之地，这个季节的江边也绝对称不上暖和了。而从寇丹在洗墨江兴风作浪关掉牵机到现在，少说也有两三个时辰了，死人的手怎么还会是热的？！

周翡的心狂跳起来，一时间差点喜极而泣，她也顾不上尊重不尊重了，探手先摸向鱼老的鼻息——没有……

这也没什么，可能是手太哆嗦了，周翡轻轻在自己舌尖上咬了一下，勉强按捺住自己的心虚，又按住鱼老颈侧、心口、脉门……可是一路摸下来，还是什么都没有，周翡简直要破口大骂起来。

这老王八到底练的是哪门子的龟息功！怎么这么逼真？

"好像还有气！叫赵长老来！"她头也不回地吩咐道，"还有……"

这时，一个人忽然抓住了周翡的手腕。周翡一回头，见那来无影去无踪的谢允不知什么时候站在了她身后。

"'透骨青'是天下奇毒之首，中此毒者，会从骨头缝开始变冷、僵硬，最后形如木偶，困顿而死。人死时，周身好似被冰镇过，面色铁青，因此得名'透骨青'。"谢允一只手轻轻拉住在鱼老身上乱摸的周翡，另一只手背在身后，轻声道，"相传只有'归阳丹'能解此毒，虽然随着大药谷分崩离析，归阳丹的配方已经失传，但或许是当年的'海天一色'有留存吧。我听说归阳丹虽能解透骨青之毒，但服食者极易缺水，终身必须生活在水汽丰沛的地方——"

他隔着几步远，望向鱼老的神色非常复杂。

周翡急着追问道："所以呢？"

谢允微微低下头，见周翡正睁着一双大眼睛，眨也不眨地望着他。她脸上蹭了一块污迹，嘴唇上有一道干裂的痕迹。

谢允手指微动，几乎想伸手替她抹去。

周翡是漂亮，他从第一眼看见就喜欢，不然也不会心心念念记着她那把断刀。

后来在那山中黑牢里偶遇，一路慢慢熟悉，打打闹闹，更是难得投缘。谢允总是习惯性地招惹她、照顾她。有时候他甚至觉得，能看见她无声地露出一点有些吝啬的笑意，替她做什么都无所谓，反正他有用不完的温柔，耗不尽的风流。

可是这会儿，谢允却突然有种奇怪的感觉，透过周翡隐隐带着期待的眼神，他好像触碰到了一段被冗长的光阴分割开的过去。一时间，他的舌根似乎僵住了，半句安慰也吐不出来，只是十分残忍地实话实说道："……人死后，尸身不僵不冷，持续数日，触碰与活人无异，要好几天后才会开始腐烂，所以你会发现他的手还是热的。"

他一句话如凉水，跟着周翡闯进来的一干弟子都被泼了一头，李妍一把捂住嘴。

周翡因为巨大的惊喜而瞬间亮起来的眼睛倏地黯淡了下去。

谢允却好似突然换上了一副铁石心肠，丝毫不给她喘息的余地，又接着说道："另外你最好尽快料理好这边的事。方才谷天璇其实并没有处于劣势，但他一击不中，立刻撤走，这不像北斗死缠烂打的风格，说明他多半还有后招。"

周翡好像还没回过神来，呆呆地看着他。

"二十年前，北斗四大高手设毒计害死老寨主，都未能动摇四十八寨的根基。二十年后，他们会认为区区一个鸣风楼叛变，就能成什么事吗？"谢允摇摇头，"今非昔比了，那时曹仲昆觉得四十八寨不过是个不怎么规矩的江湖门派而已，他正忙着跟南朝后昭打仗，也无暇分神太多，因此派来的只是自己的打手团。这回却不一样，数万大军是什么概念，你明白吗？那可不是区区一帮来打群架的北斗黑衣人。"

他话没说完，外面突然一阵喧哗，一个弟子有些狼狈地涉水而来，周翡猝然回头。

"周师妹！"那弟子大叫道，"赵师叔令你速去长老堂！"

周翡有些茫然地站在原地，拉着鱼老尚且温暖的手掌，她问道："做什么？"

她觉得自己说出了这句话，但其实在别人看来，她只是微微动了动嘴唇，并没有发出声音。那闯进来的弟子一步跨入江心小亭，正好和鱼老端坐正中的尸体打了个照面，膝盖一软，好悬没跪下，急忙跟跄着抓了一把旁边的门框，这使得他全然没有察觉到周翡的异色。

李妍忙擦了一把眼泪，抓住那报信人的袖子，急道："师兄，怎么了？"

那弟子一边愣愣地看着鱼老，一边无意识地开口说道："林长老逼退山下大军第一波攻势，也切断了咱们同山下的大部分往来。镇上暗桩方才传来消息，说伪朝的人退去以后，围了咱们山下的几个镇子……"

这话不需要解释，李妍都听得懂——那伙北斗仗着人多，将他们困在四十八寨了！

在场众人不少都发出惊呼。

那弟子激灵一下，仿佛才回过神来，他将慌乱的目光从鱼老身上撕下来，强压恐惧，望向周翡，接着说道："山下暗桩传信，说带头的是北斗'破军'陆摇光，但主事者并不是他，而是一个伪朝的大官，陆摇光待他毕恭毕敬。"

谢允听到这里，便沉声问道："江湖人有江湖人的手段，朝中人有朝中人的无耻，那领兵之人除了包围镇子，是不是还做了什么别的事？"

弟子惊惧的目光落在他身上，仿佛被他的一语中的吓了一跳，结结巴巴地说道："他……他命人在镇上'剿匪'。"

周翡入夜前还在镇上落脚，因为四十八寨的异常动静才快马加鞭地赶回来，相当于正好跟围攻四十八寨的伪朝大军擦肩而过。镇上客栈里闹哄哄磕牙打屁的声音依稀仍在耳畔，说书先生的惊堂木声夹杂其中，能传出去老远，百姓们一个个安逸得好似活神仙……

李妍一脸懵懂，问道："镇上？镇上不都是老百姓，他们在那儿剿什么匪？"

"通敌的、叛国的，"不等那弟子说话，谢允便径自将话接了过去，"鼓吹过匪寨匪首，算'妄议朝政'；跟匪寨中人有生意来往、输送物资，算'资助匪寨'；依靠匪寨庇护，拒向朝廷交税的就更不用提了，必是'山匪爪牙'……好稀奇吗？只要大人愿意，大可以说整个四十八寨周遭数十村郭城镇全是匪徒，连飞进来的虫子都不干净，而且能说得有理有据，断然不会无中生有。"

谢允说到这里，轻轻笑了一声，他分明是个带着几分潇洒不羁的公子哥，此时口中言辞如刀，却仿佛也带上了几分洗墨江的阴冷萧疏。他的目光扫过周翡、李妍与下江的一干弟子，轻声道："没听过吗？'事不至大，无以惊人。案不及众，功之匪显。上以求安，下以邀宠，其冤固有，未可免也。'① 这位大人显然来者不善——当年北斗众人几乎倾巢而出，围攻四十八寨未果，在伪帝面前必然是不好看的。看来这回他们吸取了教训，将江湖事与朝堂事一锅烩了。"

周翡觉得自己脑子里的弦好似生了锈，得努力地想、努力地扒开眼前迷雾横行的水雾森森，才能听懂谢允在说些什么。

对了——

四十八寨有四通八达的暗桩，有长老堂，有林浩，还有无数外人不知关卡的岗哨机关……纵然鸣风叛变，也不是那么容易攻破的。

伪朝那边，谷天璇一击败退，阴谋败露，立刻便上了后招"围魏救赵"。

蜀中的村郭小镇，这二十年来与四十八寨比邻而居，与寨中互相照应。李瑾容经营得当，此地逐渐从穷乡僻壤之地，成了天下最安全、最闲适

---

① 出自《罗织经》。

的去处。这里的百姓和衡山下草木皆兵的难民全然不同——即使真被朝廷大兵压境，安逸惯了的人们恐怕都一时反应不过来。

给这些只会坐以待毙的傻子扣上一个"匪徒"的罪名着实方便，这样，就算围城数载，还是破不了四十八寨的防线，北斗和伪军回去交差也不必"两手空空"，自然会有个漂亮的剿匪人数。

而在这件事里，四十八寨当然能紧闭山门，对山下人的遭遇置之不理。可四十八寨以往一直都是以"义匪"之名立足，真让无辜百姓背了这口黑锅，且不说心里过不过意得去，往后他们又该如何在南北夹缝中自处？

那前来报信的弟子忍不住看了谢允一眼，冲周翡点头道："不错，周师妹，赵长老说照这样下去，咱们必不能紧闭山门、消极抵抗，恐怕这是一场硬仗。令你速去长老堂，他有要紧的话要交代给你，托你立刻带人离开蜀中，去给大当家报信。"

周翡忍不住抓紧了鱼老那只异乎寻常的死人手——她听懂了，这是让她临阵脱逃的意思。

赵长老刚还说将她"当个人使"，这么快又改变主意，山下的形势肯定极不乐观。

周翡孤身一人的时候，可以以身犯险，也可以浑水摸鱼；身边有需要照顾救助的朋友时，可以一诺千金，为了别人学会隐忍；然而当她身后是整个四十八寨，是默无声息的群山，是山下所有闲散的茶楼棋馆、集市人家时……她便觉得自己好像被一千层牵机牢牢地绑了起来，吹一口气都很可能从身上割下点什么。

"我……"周翡试着在一片混乱中清理出自己的头绪，然而未果。她甚至忘了身边还有个死人，无意识地往前走了一步，一拉一拽中，原本端坐的鱼老软绵绵地倒了下来，一头往地面栽去。

周翡手忙脚乱地扶住他。

对了，她甚至连这洗墨江中的牵机都不知能不能顺利打开。

在那一瞬间，周翡鼻子一酸，心头忽然涌上一股如鲠在喉的无力和委屈，吐不出来，也咽不下去。

只有站在她身边的谢允看见了她骤然开始泛红的眼圈。

一瞬间，谢允的心就软了下去，他暗自忖道：算了吧。

四十八寨的生死存亡不该架在这个单薄的肩膀上，太荒谬了。

谢允回想起自己之前种种魔怔了似的想法，不由得自嘲，心道：你这懦夫，自己当年无能为力的事，还指望能从别人那里得到一点慰藉吗？

他摇摇头，见周翡侧脸在微弱的灯火下显得越发无瑕，面似白瓷，眼如琉璃，是配得上"美人"之称的。

谢允忽然只想让她趴在自己怀里痛哭一场，将平她柔软的长发，按她长辈们的想法，带她离开这里。

至于往后……如今这世道，谁还没有家破人亡过？

周翡弯腰去扶鱼老，她低下头的时候，洗墨江的涛声汇成一股，沉重地涌入她的耳朵。她扶起鱼老沉重的身体，想起自己被困在洗墨江中，鱼老第一次逼着她坐在骇人的江心闭上眼"练刀"。

"一味地瞎比画是没用的，外面老艺人领的猴翻的跟头比你还多，它会轻功吗？你只有静下来，不要急，也不要慌，把心里的杂念一样一样地取出来扔开，才能看清你的刀，不然你还指望能成什么大器？我看哪，满江的牵机线，至多能把你培养成一只上蹿下跳的大跳蚤。"

"不要急，也不要慌，把心里的杂念一样一样地取出来扔开。"周翡深吸了一口气，默念着这句话，她弯着腰，在鱼老身边站了好一会儿，眉目低垂，看起来就像是在聆听死者的耳语一样。

不错，她还没死到临头呢！

周翡毫无预兆地站直了，刚好错过谢允来扶她的手。她像一根没怎么准备好的细竹，还不如木柴棍粗，随便来一阵风也能压弯她的腰。但每每稍有喘息余地，她又总能自己站好。

谢允蜷起手指，有些惊愕地看着她。

"来两个师兄，"周翡吩咐道，"把鱼太师叔抬上去。有人会操纵牵机吗？算了，都不会，我试试，等我打开牵机，抬着鱼老跟我一起去长老堂。"

旁边有人忍不住问道："把鱼老抬到长老堂？"

周翡道："不错，等讨回了凶手的脑袋，回来一起下葬。"

一帮年轻弟子突逢大事，未免都有些六神无主，听她一字一顿十分坚决，本能地顺从了这个命令，立刻找了几个人上前，轻手轻脚地将鱼老的尸体抬走，顺着来时的绳索重新爬了上去。

周翡又冲李妍道："叫你下来，本想让你给鱼太师叔磕个头，来不及了，你先上去等我吧。"

在岸上时，周翡对李妍来说，虽然厉害，但只是个值得崇拜的朋友、姐妹。然而此时，李妍突然觉得她变成了林浩师兄、赵长老，甚至李大当家，成了某种危难时候可以躲在她身后的人。

李妍本能地顺从了她的话，再怕高，也没敢啰唆，一咬牙一跺脚，她深吸一口气，牵住一根绳索，闭着眼爬了上去。

周翡见她已经上了半空，这才循着记忆，推开了鱼老控制牵机的机关墙。

谢允双臂抱在胸前，看着她站在错综复杂的机关面前。

周翡没贸然动手，好像仔细回忆着什么似的，来回确认了几遍，她才小心翼翼地拨动了一下墙面的机关。洗墨江中传来一声巨响，平静的波涛声陡然加剧，江心小亭的地面都震颤了起来。

周翡立刻意识到自己动错了——鱼老说过，牵机乱窜的时候都是闹着玩的，平静无声地潜伏水底，等着一击必杀才是全开的状态——她连忙又把推开的机关扣了回去，那热闹的"隆隆声"这才告一段落。

谢允在旁边看了一眼，插话道："不对吧，艮官为'生'，我猜你这是让牵机'退下'的意思。"

鱼老曾经多次在她面前演示过怎么操控牵机，可惜周翡眼大漏光，全当了过眼云烟，没往心里去过，这会儿只能凭着一点模糊的印象和连蒙带猜试探着来。听了谢允像煞有介事的点评，她便回头问道："你会吗？"

"奇门遁甲懂一点皮毛。"谢允道，"牵机？看不懂。"

周翡带了几分惊诧看着他，没料到世上居然还有谢允不知道的。

谢允坐在鱼老的桌子上，也不帮忙，也不催她，只是意味深长地盯着她看，看得周翡忽然有点不自在，下意识地抬起袖子在脸上抹了两把，吩咐道："不会的都别捣乱，出去等我，看见牵机有什么异动再回来告诉我。"

除了谢允不肯听话，其他弟子们听了，便都鱼贯而出，到江心小亭外面瞭望牵机的动静。

周翡想了想，伸手在自己耳根下比画了一下，记得鱼太师叔那个小老头大约也就这么高，然后她在谢允哭笑不得的表情下，屈膝让自己矮了半头，回忆着鱼老每天念念叨叨地站在这里的场景。

周翡记得他有一套随性而至的口诀，好像是："一二三四五……"

她横着在牵机墙前挪了几步，试探着拨了视线前第五道锁扣，洗墨江中传来闷雷似的声音。

"这回有点像了。"周翡嘀咕道。

谢允奇道："下一句难不成是'上山打老虎'？"

周翡："……闭嘴。"

谢允猜得忒准，可能是天下不着调的男人特有的心有灵犀——下一句还真是"上山打老虎"。鱼老每次念叨完这句，还要在原地蹦跶一下。

周翡默念着这句"口诀"，到第五步，模仿着他老人家的动作，往上轻轻一跳，一处突出的机簧立刻碰到了她的手指尖，"啊"一下弹了上去。谢允转身望向窗外，只见江上冒出水面的牵机线发出"咻咻"的声音，开始有条不紊地往水下沉。

谢允："……"

这样也行？

周翡长长地吐出口气，掐了掐自己的鼻梁——下一个动作搭配口诀更丢人了。鱼老通常是一边念叨着"老虎不吃饭"，一边搬一个小小的板凳过来，自己踩在上面仍然够不着，他得拿个小笤帚，往上一拍——这是"打你个王八蛋"。

她阴沉着一张脸，拖来鱼老的小板凳，拿起挂在旁边的小笤帚爬了上去，正要出手，又想起了什么，转头对围观得津津有味的谢允道："看什么看，不许看了！"

谢允一手按在胸口，深深地注视着周翡，正色道："美人风采动人，吾见之甚为心折。"

谢允这几乎深情款款的一句话说得堪称撩人……倘若周翡这会儿不是踩着凳子挥舞笤帚的话。

这混账东西帮不上忙就算了，还在旁边拾乐！

周翡果断一抬自己手里秃毛的笤帚疙瘩，斩钉截铁地对谢允道："滚！"

谢允低头闷笑起来。

周翡翻了个白眼，深吸一口气，学着鱼太师叔将"神帚"一挥，"啪"一下往那机关墙上一拍，全凭记忆和感觉，也没看清拍在哪儿了。

随着她的动作，那机关墙里立刻传来一声巨响，江心小亭的地面登时一晃。

原来平时鱼老不过是在牵机已经部分打开的情况下令其归位，相当于将半开的剑鞘轻轻拉开。这回因为寇丹做的手脚，牵机确实完全停了，等于是将完全合上的剑鞘重新弹开，因此动静格外大。

周翡吓了一跳，一个没站稳，居然从小凳上一脚踩空。

原本懒洋洋地倚在木桌边的谢允却一阵风似的掠过来，一把接住她。他微微低头，嘴唇似有意似无意地擦过周翡的耳朵，轻声道："小心点。"

周翡："……"

她再迟钝也感觉到了不妥，站稳的瞬间就一把推开谢允，感觉耳根的热度沿途绵延到了脸上，一时瞠目结舌，居然不知该说什么。

便见谢允一脸无辜，没事人似的整了整袖子。

周翡回过神来，有点尴尬，怀疑是自己太疑神疑鬼了。她干咳了一声，正想说句什么缓和气氛，便听谢允道："唉，我说姑娘，你也太瘦了吧，这身板快比我还硬了。"

周翡："……"

柔软的王八蛋，赶紧死去吧！

她的脸红了又黑，有心将谢允追杀三百里，可是一时间却又突然提不起精神来，便心事重重地摆摆手道："不和你闹了，我还要去长老堂。"

"阿翡，"谢允突然叫住她，收敛了嬉皮笑脸，目光落在周翡的望春山上，"当你长大成人，所有扶着你的手都会慢慢离开，你得自己走过无数的坎坷，你觉得自己的命运悬在刀尖上，每时每刻都不能松懈——但你可知道，这已经是世上最大的幸运了。"

周翡没听懂，不解地挑起眉。

"你手握利器，只要刀尖向前，就能披荆斩棘，无处不可去。生死、尊卑、英雄还是懦夫，无数的路在你脚下，是非曲直、贤愚忠奸，也都在你的一念之间，这还不够幸运吗？"谢允在她的刀身上轻轻弹了一下，"锵"一声轻响，他微笑道，"你可知道这世上绝大多数人，或限于出身，或限于资质，都只能随波逐流，不由自主，从未有过可以选择的余地？"

谢允的眼睛有一点天然的弧度，不笑的时候也好像带着一层浅浅的笑意，将眼神里的千言万语都藏在下面，但凡被有心人发现一点端倪，他就无赖与二百五齐发，来一出千锤百炼的"贱遁"，直贱得人眼花缭乱，想追究什么也顾不得了。

周翡讷讷地开了口："你……"

谢允抬起手，手指微微蜷着，像是想用手指背在她脸上轻轻蹭一蹭。周翡方才降了温的一侧耳朵又开始"水深火热"起来，一时在"躲"与"不躲"之间僵住了。整个晚上都在"想太多"的脑子不合时宜地撂了挑子，然后……谢允出手如电，一把揪住她垂在一侧肩头的长辫子，往下一扯。

周翡："嘶……"

谢允一击得手，绝不逗留，得意非常，转眼已经飘到江心小亭之外。他留下几声贼笑，像只大蛾子，"扑棱棱"地顺着江风扶摇而上，轻轻巧巧地避开两条被惊动的牵机线，纵身攀上山崖上垂下来的绳索。

守在江心小亭的众弟子齐齐仰头，共同瞻仰这神乎其神的轻功。

等周翡气急败坏地追出来时，谢公子人影闪了几下，已经不见了踪影。周翡运了运气，也不知是谢允真心实意说她"幸运"的那一段话起了作用，还是纯粹叫那浑蛋气的，她好像又重新活蹦乱跳了起来。她目光一扫洗墨江，发现江中的牵机大部分已经沉入水底，张开巨网，准备捕捉胆敢触网的猎物，边角处却依然有几道细丝悬在水面上，水下石桩的位置好似也与平时有微妙的差别。

不过对她来说，能将牵机恢复成这样，已经是尽力了，什么东西都是到用时方才恨少。

周翡心头一转念，觉得这样也还不错。对方有对牵机十分了解的寇丹，倘若牵机一切如常，在那刺客头子眼皮底下还有什么用场？反倒是叫她这半吊子随便鼓捣一通，然后再找一帮一窍不通的人守阵，没准还真能让寇丹措手不及。

这么一想，周翡突然觉得自己很有道理，便转身冲几个弟子道："劳烦诸位师兄暂代鱼太师叔看守江心小亭。万一有敌来犯，亭中的机关墙可以随意操作。"

说完，她不等众人抗议，便也纵身抓住山崖上的绳索，留下一帮四十八寨的弟子面面相觑——他们既没有谢允那种插对鸡翅就能上天的轻功，也没有周翡熟悉牵机阵，一时间想走也走不成，只好乖乖留下守牵机，全然是被强买强卖了！

良久，才有一个弟子喃喃说道："总觉得周师妹不如以前厚道了。"

第十四章·

死生不负

"若说起死于孤勇之人，可不止令尊了。我外
祖，我二舅，二十年前的山川剑……不也都是
一样吗？死得其所，未必不是幸事。"

　　黎明将至，依附于四十八寨的桃花源遭到了二十年以来最大的一场
浩劫。

　　打更人正懒洋洋地提灯走在空荡荡的街上，人家门口的狗被脚步声
惊动，抬头一见是他，又见怪不怪地重新将脑袋搭回前爪上，伸长了舌
头打了个哈欠。突然，狗头上软趴趴的一对耳朵警觉地立了起来，它一
翻身站了起来，伸长了脖子望向小路尽头，扯着嗓子叫了起来。

　　更夫敷衍地敲了几下梆子，随口骂道："狗东西，发什么……"

　　他的话音到此戛然而止，地下传来越来越逼近的震颤，更夫睁大了
眼睛，抻长脖子望去。随即，他手上的纸灯笼"啪"一下落了地——黑
衣的铁蹄与噩梦一同降临，潮水似的涌入平静的小镇。

鸡鸣嘶哑，家犬狂吠。

绣着黑鹰与北斗的大旗迎风展开，猎猎作响，更夫傻愣愣地盯着那面旗子看了一会儿，蓦地激灵了一下，转身便要跑："黑旗和北斗，伪朝的人打来……"

一柄斩马刀骤然从他身后劈下，将这更夫一分为二。

提刀的男子有四十来岁，双颊消瘦凹陷，剑眉鹰眼，面似寒霜，一条山根险些高破脸皮，睥睨凡尘地坐镇面门正中——只是鼻梁处有一条伤疤，横截左右，面相看着便有些阴冷。

"伪朝，"他一抖手腕，斩马刀上的血珠扑簌簌地落下，这男子轻轻笑了一下，回头冲一个被众多侍卫众星捧月似的护在中间的胖子说道，"这就是王爷说的'匪人'吧？下官幸不辱命，已使其伏诛。"

那"王爷"年纪不大，充其量不过二三十岁，一身肥肉却堪称得天独厚，远非常人二三十年能长出来的分量。连他胯下之马都比旁人的壮实许多，饶是这样，依然走得气喘吁吁，随时打算跪下累死。

闻言，胖王爷脸上露出一个憨态可掬的笑容，千层的下巴随即隐没在行踪成谜的脖子里："哈哈哈，陆大人，摇光先生！好悟性，好身手，本王真是与你相知恨晚！"

小镇中灯火忽然大炽，哭喊声像一根长锥，猝不及防地撕裂了晨曦。

陆摇光无声地笑了一下，回道："多谢王爷赏识。"

说完，他将马刀一摆，下令道："北斗的先锋们，'匪寨'当前，你们都还愣着干什么……啊，这边的耗子出头更快。"

黑衣人们整齐地顺着他刀锋指向，望向雾气氤氲的长街尽头，只见四五个提着兵刃的汉子不知什么时候站在了那里。他们穿戴各异，有粗布麻衣的贩夫走卒，有像模像样的客栈掌柜，还有那头戴方巾，挽袖子拍惊堂木的说书先生。

陆摇光坐在马背上，轻轻一点头，问道："北斗破军，来者何门何派，报上名来？"

领头人缓缓举起手中长戟："贩夫走卒，不足挂贵齿。"

陆摇光道："这话我听见没有十遍也有八遍了，竟不知世上什么时候多了个'贩夫走卒帮'。"

说完，他面带怜悯地轻轻一挥手，黑衣人们一拥而上，像暗色的浪潮一样淹没了那几个人。

胖王爷只远远扫了一眼，便不再关心这些螳臂当车的大傻子。他扶着两个随从的手，从马背上下来，用马鞭扫开一个滚到眼前的死人，负手抬头，望向四十八寨的方向——

层层守卫的山上，长老堂中二十年的老墙皮斑驳，数辈青苔死后还生，一眼看去，仍是胜似当年的郁郁葱葱。

林浩站在门口，他是个稳重讲理的年轻人，尽管背在身后的手一直在无意识地来回捏着自己的关节，神色和语气却仍是十分平静恭敬。他对赵秋生说道："师叔，咱们山下总共八个暗桩，如今已经有七个与我寨中断了联系。我早已事先传令，让他们不得轻举妄动，千万保留实力，目前却无一人遵从。想来不是兄弟们不服调配，实在是身在其中，难以独善其身。"

张博林困兽似的在长老堂中来回溜达，赵秋生端坐高椅上，面色铁青，喝道："姓张的，你在这儿老驴拉磨似的转什么？"

张博林当即回嘴道："老子不是老驴，老子是个缩头龟儿子！"

林浩低眉顺目地轻声劝道："张师叔，有话好好说。"

赵秋生抬手一拍木椅扶手，实木的兽头扶手被他拍了个"头破血流"，他咬着牙一字一顿地说道："张博林，大当家临走时将寨中大小事宜交到咱们三人手上，四十八……四十七个门派，上千人，莫说是缩头，就算是断头，你敢有怨言？一旦寨门破，四十八寨数十年基业毁于一旦，你打算怎么跟大当家交代？"

张博林被他堵得脸红脖子粗。

林浩却说道："蜀中路难，山下多是贫瘠之地。这二十年，不也是大当家一力经营，方有如今的繁华吗？真要有什么闪失，师叔，咱们就能和大当家交代了吗？"

赵秋生喷了一口粗气。

林浩的语气更加和缓，话却说得越来越重："师侄一直听家中长辈念叨，说咱们四十八寨当年就是为了收容义士，抵抗暴政方才扯起大旗的——赵师叔是当年的元老，自然知之甚详，轮不到我一个后辈提醒——那么如今有敌来犯，当年的义士反而高挂吊桥，不闻不问，岂不是有违当年盟约？"

赵秋生怒道："林浩，你放肆！"

林浩城府极深，神色不变地低头一抱拳，沉默地赔了个油盐不进的罪，好像看出了赵秋生的色厉内荏。

赵秋生回身一脚将椅子踹翻："山间机关重重，岗哨错综复杂，乃一夫当关，万夫莫开之地，你不过是仗着这个才勉强退敌，不要以为我老糊涂了不知道！你这一点人，就算个个是绝代高手又怎样，能碾过那伪朝大军几颗钉，啊？谁拦着你义气了？谁拦着你找死了？你要去就自己去，别他娘的拖着满山无知妇孺……"

就在这时，长老堂外突然传来马吉利的声音。

马吉利大声冲什么人说道："阿翡你来……等等，你……你这是做什么？"

这一嗓子短暂地将吵成一团的三个人的视线都引了过去，只见周翡带着一帮年轻弟子，大步闯进了长老堂。进门，周翡视线一扫，先飞快地行了一圈礼，说道："洗墨江牵机已经重新打开，我留了几个人在那儿看着。岸边有新设的岗哨，就算有敌来袭，一时半会儿也渡不了江，诸位师叔师兄放心。"

然而此时没人听她说话，三位长老的目光都集中在她命人抬进来的担架上——鱼老无声无息地躺在上面，神情舒展，面色隐约带着一丝红润，嘴唇却呈现出诡异的青紫色。

好一会儿，赵秋生才率先移开视线，问周翡道："你把他抬到这儿来干什么？"

周翡面不改色地道："赵师叔，凶手出逃，大仇未报，我就算合上了鱼太师叔的眼，也难以强行让他瞑目。侄女实在不知该如何是好，只好抬到长老堂，听师叔师伯们裁决。"

赵秋生刚骂跑了一个脑子有坑的张博林，数落了一个阳奉阴违的林浩，谁知一波未平一波又起，转眼还有个倒霉孩子周翡来添乱。他有种独撑偌大四十八寨，身边都是坑的孤愤感，气得指着周翡半晌说不出话来，差点要吐血。

好在这时候，方才还跟他争得脸红脖子粗的张博林等人改弦更张站在了他这边。倘若只是内乱，以周翡的身手，确实有资格当个人使，可是朝廷重兵围城却未必。

张博林直言道："阿翡，这里没你的事。"

林浩则稍微委婉一些："不能那么说，还是有一件要事嘱托给周师妹的，趁这会儿山下正乱着，可否劳动师妹跑趟腿，给大当家送封信？此事事关……"

"寨中生死存亡？"周翡不怎么客气地打断他，"咱们在外面的暗桩还剩几个能用？林师兄，你知道大当家现在到了哪个山旮旯了吗？"

林浩一时语塞。

周翡接着道："伪朝出兵攻打四十八寨，这消息自己会长腿飞到大当家耳朵里，再滞后也肯定比我没头苍蝇一样满世界找她去得快，这道理林师兄不明白？你自己傻还是我傻？"

林浩："……"

周翡学着他那恭谨圆滑的样子略一低头，找补道："师妹出言不逊，失礼。"

赵秋生吹胡子瞪眼道："周翡，你想干什么？"

"给我一百人。"周翡一点弯也不饶，直言道，"剩下的固守寨门，谨慎戒备，不必担心寨中安全。您放心，伪朝不是有数万大军吗，我有围着山崖的数十村镇，不见得比谁人少，没有怕他们的道理。再者，山下有鸣风，有北斗，还有伪朝的官员，原本风马牛不相及的一伙人，我也不信他们亲密无间。给我人和时间，我去摘几颗脑袋回来给大伙下酒。"

最后一句话被她说出来，并没有杀气腾腾，反而有种冷森森的理所当然。不等赵秋生发话，周翡便又道："赵师叔也不必抬出我娘，和她也好交代——她自己在这儿都管不了我，想必不会苛责诸位。"

在场的几位都听说过周翡在秀山堂从李瑾容手里"摘花"的壮举，一时居然无言以对。

周翡一笑，随后头一次主动提起了自己在外面的经历："华容城中，我们遭叛徒出卖，晨飞师兄他们被禄存与贪狼暗算在客栈中，只有我带着个手无缚鸡之力的姑娘东躲西藏，那时尚且没怕过，何况现在？人不借我也行，我可以自己去。"

她说到这儿，冲林浩一伸手："林师兄，给吗？"

林浩无言以对，只好屈服。

约莫一炷香的工夫过后，周翡揣着林浩给的令牌走出长老堂，一抬头，却见吴楚楚正在李妍的陪同下等着她。东边已经泛起鱼肚白，周翡一整宿兵荒马乱，没顾上管她，想来吴楚楚肯定也听见了寇丹那些污蔑吴将军的话，还不知做何感想。

周翡有些愧疚，脚步一顿，向她转过去。

可还不等她开口，吴楚楚忽然上前一步，将自己脖子上的长命锁摘了下来，递给周翡。

周翡一愣。

接着，吴楚楚又摘下了身上的耳坠，手镯——连头上一支素色的小钗都没放过，一股脑儿地塞进周翡怀里。

旁边的李妍吓了一跳，忙道："吴姑娘，我姐不收保护费，你……"

吴楚楚道："我身上不怕烧的东西都在这里了。"

周翡倏地抬眼——原来吴楚楚心里一直知道仇天玑丧心病狂地搜捕华容镇，是跟她有关！

吴楚楚眼睛里有泪光闪过，但很快又自己憋回去了。

"我没听说过所谓的'海天一色'，"她一字一顿地说道，"我也……知道你现在还有要紧事，不见得愿意帮我保管这些鸡零狗碎的累赘，但我不相信别人，只相信你。"

李妍不知前因后果，听见这前言不搭后语的几句交代，一脑门的茫然。周翡心下却十分了然，她将吴楚楚交给她的东西用细丝绢包了起来，贴身揣进怀中，冲吴楚楚一点头："多谢，放心，死生不负。"

说完，周翡正要走，身后却又有个人叫住了她："慢着，阿翡，我同你说几句话！"

她一回头，见是马吉利沉着脸向她走过来，周围几个年轻弟子冲他行礼，这平日里最是笑脸迎人的秀山堂总管居然理都没理。

周翡诧异道："怎么，马叔也要跟我们一起去吗？"

马吉利没接话，有些责备地看着周翡，兀自说道："我要是早知道有这一出，当初在邵阳，就不该答应把你带回来。"

周翡不明所以地眨了眨眼。

"长老既然已经发话，是没有我置喙的余地了。"马吉利忧心忡忡地看着她道，"马叔跟你说过的话，你还记得吗？"

他说过好多，周翡绞尽脑汁地想了想，没想出是哪一句，便讪讪道："呃……记得，马叔在秀山堂上说过，'无愧于天，无愧于……'"

"不是这句，"马吉利皱眉打断她，"我头几天才和你提过我那短命爹的事，这就忘了？"

周翡顿了顿，随即伸手一拢乱发，笑了："哦，想起来了，'倘若都是栋梁，谁来做劈柴'那句，对不对？"

身边有人听见了，都不由得停下脚步。

周翡不过才出师，就能在洗墨江边逼退寇丹——别管用的什么刀什么法——如果这都能算劈柴，别人又是什么？马吉利虽然资历老辈分高，可他要是真有什么惊天动地的大本事，也不必一直窝在秀山堂跟一帮半大孩子打交道，他这倚老卖老的一番话说在这里，有点不合时宜了。

周翡倒是颇不以为忤，惊才绝艳的人物她一路见得多了，譬如段九娘和纪云沉等人，不都是少年成名的天纵奇才吗？还不是一个个混成那副熊样，真没什么好羡慕的，劈柴就劈柴呗。

她只是平平淡淡地说道："马叔，劈柴也有劈柴的用场，有顶天立地的，也有火烧连营的，您看，我这不是正要去烧吗？"

马吉利摇摇头："你不是劈柴，劈柴尚且能安居于乡下一隅。很多人武功智计双绝，却往往陷于'孤勇'二字，到头来往往为自己的才华所害。我爹，还有当年那些像他一样的人都是这样。阿翡，马叔看着你长大，不忍心见你落得这样的下场，听林长老的，带人速速离开……"

"还有我外祖。"周翡道。

马吉利一怔。

"多谢马叔，您说得对——可若说起死于孤勇之人，可不止令尊了。我外祖，我二舅，二十年前的山川剑……不也都是一样吗？死得其所，未必不是幸事。"周翡正经八百地冲马吉利行了个晚辈礼。

当她从一而再，再而三的迷茫与困顿中杀出一条血路，决心撤去一身的懒散与任性时，便几乎不再是那个在家和李瑾容冷战怄气的小小少女了。马吉利一时恍惚，竟隐约在她身上看到了一点旧时南刀李徵的影子。

只有她微微扬眉，挑起嘴角一笑时，依稀还留着少年人固有的桀骜和骄狂，周翡道："何况死的可不一定是我——届时倘若有需要山上配合之处，还要劳烦马叔沟通消息了，保重。"

她一番话说完，头也不回地走了。跟着她的一帮年轻弟子听闻伪朝大军围城，早就热血上头，磨刀霍霍地想冲下山去，一直被赵秋生严令禁止，心里要多憋屈有多憋屈，只是没人敢擅闯长老堂请愿。

偏偏周翡敢了，还做到了。一帮小青年腰杆不由自主地跟着直了几分，在她身后会聚成了一帮，俨然已经将她当成了领头人。

刚走出不远，周翡便听有人轻笑道："说得好。"

她一抬头，见谢允那落跑的混账蝙蝠似的将自己从一棵大树上吊了下来，他双臂抱在胸前，正满脸促狭地望着她。

周翡手心里长了痱子一样疯狂地痒了起来。

谢允一翻身从大树上落了下来，步伐缥缈地落在周翡几尺之外，不等周翡开口，便抢先说道："要摘人头，也得先知己知彼。我看你净顾着吵架，便趁方才那点工夫绕着四十八寨转了一圈——你们寨中总共三层岗，不算洗墨江，最外圈共有三十六处，其中六处昨夜遭袭，一处被破，林长老紧急命人设伏，让伪朝大军吃了闷亏，逼他们仓皇撤退。这三十六处，有的地方适合打伏击，有的地方险峻不易攀登，各有特色。敌军主帅手上有寇丹，对四十八寨的地形肯定有数，即便是围在山下，也必会有的放矢，咱们可以试着推断一下此人身在何处——怎样，周迷路，要不要本王带路？"

周翡琢磨了一下，认为他说得有道理，便暂且决定"君子报仇十年不晚"，将谢某人欠的那顿揍先记了账，问道："你从洗墨江蹿上去就没影了，怎么知道我要干什么？"

谢允直直地看进她的眼睛，露出十分明亮的笑容和一口整齐的小白牙，说道："心有灵犀一点通呗。"

周翡："……"

刚才那笔账记亏了。

谢允察言观色的本领已经炉火纯青，见周翡的眼神里带出了星星之火，当即在她"燎原"之前摇身一变，装出一副正经人的样子，一边走，他一边细细讲起四十八寨的岗哨位置与山下众多小镇的对应关系："四十八寨的岗哨，以西南方向最为密集，剩下的从西南坡到洗墨江，从密转稀，但如果是我，我会选择西南角为突破点……"

周翡立刻接话道："因为岗哨稀疏的地方必有天堑，密集处地形相对平缓，才会用人手补齐，天堑是人力不能弥补的，他们人多，反而不怕岗哨密集。"

"不错！我就说咱俩心有……"谢允见周翡摸了摸刀柄，忙从善如流地话音一转道，"咱俩那个……英雄所见略同——但是受袭的六个岗哨都靠东边，你猜这又是为什么？是敌军主帅特别蠢吗？"

周翡觉得心跳加快了些，不知为什么，她分明也奔波许久，但谢允一个个问题抛出来，她却有种莫名其妙的亢奋，反应比平常快了不少。闻声，她略一思索便脱口道："因为洗墨江地势高，在山崖上能看见西南坡，如果敌军选择西南作为突破口，那北斗与鸣风在洗墨江的调虎离山就玩不转了。"

谢允沉默了下去。

周翡忙问道："怎么，不对？"

谢允像煞有介事地叹道："长得好看就算了，还这么聪明，唉！"

周翡明明知道这小子又在撩闲，却一时不知这句话该怎么往下接，当场居然有些窘迫，别无选择，只好"动手不动口"，用长刀在谢允膝窝里戳了一下："你哪儿来那么多废话？"

谢允嬉皮笑脸地闪开，继续道："不错，既然洗墨江的谷天璇退避，他们第一轮阴谋败露，自然也便不必避开西南坡。如果敌军主帅脑子正常，他会在围山之后从东往西，将山下小镇扫荡一番，然后重整兵力，重兵压上西南坡，就算用人填，也将那寨门砸开。"

周翡忙道："那我们就去……"

谢允摆摆手打断她，又道："这不过是些常理的想法，你略一思量就能想到，对不对？"

周翡点点头。

谢允好似怕冷，将双手拢入长袖，边走边说道："所以不对。天下只有一个四十八寨，来人能驱使两大北斗给他当向导，亲自前往攻打固若金汤的四十八寨，他会是能用'常理'揣度的常人吗？如果真是，那他昨天晚上就不会支使谷天璇他们弄那一出声东击西，直接大兵压境强攻不行吗？"

周翡不是头一次从这个角度思考问题——对付杨瑾那次，她就是暗自将杨瑾的心态揣度得透透彻彻的才侥幸胜了一场。可相比伪朝的敌军主帅，杨瑾那点小心眼简直就像天真的幼儿一样浅显易懂了。

谢允又道："你再想，此人为何要围攻山下小镇？他难道看不出来山下住的都是手无寸铁的老百姓吗？"

周翡想了想："为了让功劳看起来大一些？"

"不止，"谢允几乎带了些许严厉，丁点提示都不给，只是道，"再想。"

周翡皱了皱眉，完全弄不清谢允到底是怎么在"讨人嫌地撩闲"和"正经八百地指导"中变换自如的。

谢允敛去笑容，正色道："世间有机心万千，就算别人掰开揉碎了告诉你，你也只会当成猎奇的危言耸听，新鲜片刻，听过就忘。非得自己细细揣度过，才能了解其中幽微之处。"

周翡走江湖的时候，可谓是心粗如棍，连来路都懒得记。她性格中有种浑然天成的迷糊和与世无争，然而此时，她却没有"为什么我要挖空心思揣度这些龌龊的人"这种天真的问题，反而十分服气地顺着谢允的话音沉下心，来回思忖半晌。

"因为……"好一会儿，周翡才有一点不自信地说道，"我好像记得九娘说过，当年是贪狼、巨门、破军与廉贞等人暗算了我外公，但终于还是无功而返。这回带兵的人不是沈天枢，巨门和破军两个人只能算是个领路的，攻打四十八寨并非北斗主导。如果他办到了沈天枢当年没有办到的事，一定会显得北斗非常无能，那么谷天璇和那个破军不见得愿意受他差遣……"

谢允面带鼓励地冲她点点头。

周翡又道："所以他围攻山下小镇，栽赃镇上百姓都是匪党，是为了营造出一种……我们并不是一伙隐居深山的江湖人，而是一队自封为王的造反私兵，有数万大军，囤粮积锐的造反势力？这样一来就变成'平叛'了。当年北朝正与南朝对抗，大军无暇他顾，只派了几个北斗黑衣人，在此处受挫是理所当然的。"

谢允转开视线，没去看她，只是露出一点吊儿郎当的笑容，死没正经地道："越来越喜欢你了，怎么办？"

周翡被他打断思路，没好气地道："憋着。"

"敌军这位主帅明显又想拉拢北斗，又想自己争功邀宠。"谢允缓缓地说道，"因此如果他直接动用重兵压境，北斗就真只剩下一个带路的功劳了。如果我是敌军主帅，用兵计划中必然会重用北斗，尽可能做到'兵不血刃'，这样一来，不但北斗会承我的情，我自己也会落下一个'用兵如神'的名号，岂非名利双收吗？"

谢允停下脚步，不知不觉中，众人已经悄悄顺着人迹罕至的山间小路下了山，山下那些一宿间就变得乌烟瘴气的蜀中小镇已经近在咫尺。

"我会让随行的北斗黑衣人去打西南坡的头阵，反正破军与巨门不会吝惜人手。四十八寨与北斗从来是宿敌，见他们卷土重来，必定如临大敌，整个寨中防务会倾向西南坡，然后我带人故技重施……"谢允指着四十八寨东南角上不起眼的小镇，对周翡说道，"在他们争斗正酣的时候养精蓄锐，在双方都已经疲惫的时候，带我的人重新从昨夜轻易败退之处二上蜀山。"

周翡与一干支着耳朵的四十八寨弟子全都一震——是了，这里比别处格外安静些，可是昨夜敌军撤退后下山，此地不应该是首当其冲受其祸害吗？本不该这么消停！

莫非他们这位向导格外神通，所料处处不错，敌军主帅就藏身这镇上？

"啊……黑鹰。"谢允眯起眼望向小镇上空亮出的好几面北斗黑鹰旗，喃喃道，"我知道来人是谁了。"

周翡忙问："谁？"

"曹仲昆的次子，北朝的那位'端'王爷，曹宁。"

虽然周翡在谢允的引导下，口头上明白了这些达官贵人坑坑洼洼的心计，可等她亲眼看见的时候，心里还是涌起一股拔刀砍人的冲动。小镇上远看平静，走近才知道，已经是处处闭户、人心惶惶，空寂的街道上只剩下三五成列的北朝兵将，四分五裂的酒旗落在地面、树梢，石板路上偶尔掠过触目惊心的血迹和残骸。

这场景对周翡来说太熟悉了——因为"外面"就是这样的。

小时候，周以棠也曾经给她念过"哀民生之多艰……"，不过都是对牛弹琴。周翡他们兄妹三人听了，都困得东倒西歪，因此她从没明白过那些书生"为民立命"的情怀。

可她曾经那么喜欢山下的一方小小世界。

她第一次满怀好奇地离开四十八寨山门时，是山下小镇的热闹和美好，给了她一个惊喜的见面礼和永久的归属感。她一路往北，历尽艰险，见生民扰扰、两脚泥水与无数鸡犬不得安宁之处，桃源似的故乡便越发难得了。在她日思夜想的美化中，蜀中成了世上最好的地方。

于是如今疮痍满目，便好似往她胸口剜了一刀。

谢允好像明白她在想什么，轻轻地按了按她的肩膀。周翡勉强收拾起心绪，冲带在身边的几个人一招手。

四十八寨毕竟是地头蛇，不是所有年轻人刚出师就能像周翡一样出远门的。他们面临的第一个外派任务往往就是在山下采买，或是干脆在暗桩中锻炼一段日子，很多人对地形都非常熟悉。

周翡干脆将自己带在身边的百十来人化整为零，互相约定了一套简单的暗号，分头潜入镇上的百姓家里。自己身边则留了几个机灵武功又高的人，去查敌军以"谋反"之名抓起来的百姓。

几个人在谢允的带领下，小心翼翼地避开巡街的伪朝官兵，来到镇上宗祠处。

谢允说，一方宗祠通常有个宽阔的大院子，一般出兵入侵一地时，会将此处当成关押战俘的地方，既宽敞方便，又能从精神上打压当地人。谢允果然非常有经验，宗祠外围有伪军把守，他们神不知鬼不觉地在附近找了一处藏身之地，蹿到了几棵树上，正好能看清祠堂里的情况。

周翡只看了一眼，就忍不住别开视线——那院中间吊着几个人，都是她见过的暗桩，像是新宰的猪羊一样，手脚绑成一团，倒挂在那里，沥着血。

"别看死人，"谢允在她耳边低声说道，"人死不能复生，看活着的。"

周翡移开的视线无处安放，无意识地在自己带来的几个弟子身上扫了一圈，见这些年轻人个个脸上的悲愤之意都要溢出五官，她便像被浇了一盆冷水一样，狠狠地攥住了旁边一根树枝——对了，她还有要紧事。

周翡深吸一口气，再次看向那院中，只见院中都是青壮年男子。恐怕除了老幼妇孺，镇上人都在这儿了，成群结队地被绑成了一串。看那样子，不是普通庄稼人就是小商小贩，旁边有官兵巡逻，若是有胆敢喊冤或是有小动作的，上去便是一通拳打脚踢，打死的人就拖到一边堆在墙角。

"能救吗？"周翡低声问道。

"能，但容易打草惊蛇，从长计议。"谢允想了想，又"嘘"了她一声。

众人连忙屏息凝神，片刻后，远处一帮黑衣人急行军似的过去了，领头的是他们见过的谷天璇。他身边还有另一个拎马刀的中年男子，身穿黑色大氅，背后绣着北斗星宿图。这伙人有七八十号，黑旋风似的扫过，往四十八寨的方向去了。

"你推测得还真对，"周翡嘀咕了一声，转头对身边一个弟子说道，"传消息回去。"

那弟子应了一声，纵身从树上落下，避开巡街的兵，转眼就飞掠而去。

周翡想了想，也要从树上下去。

谢允忙问道："你又干什么去？"

"我看那个拎马刀的人和谷天璇并排走，肯定不是普通人，想必不是'破军'就是'文曲'，"周翡道，"既然敌军主帅将两个北斗都派出去了，身边还有谁？我去看看。"

说不定能取他的狗头来炖一炖——最后这句太猖狂，怕吓着文弱的谢公子，周翡忍住了没说。

谢允一眼看出她的念头，他一直十分努力地想把周翡往周密谨慎上引导，而周翡也确实不是一块朽木，很多事能一点就透……只要她关键时刻不要总是本性毕露就行。

谢允崩溃地道："祖宗！你……"

"我又没说非得杀那狗官，"周翡一摆手，说道，"诸位师兄等我的信号，一旦他们整装待发，便按照咱们之前说好的分头行动，放火烧他们的营帐，然后将这些走街串巷落单的人都杀了，把祠堂中的乡亲们放出来。镇上一乱，不信拖不住他们，看他们还怎么声东击西。"

周祖宗艺高人胆大，当机立断，说走就走。

谢允"哎"了一声没叫住她，别无他法，只好跟了过去。

周翡觉得北斗肯定是从敌军主帅那儿出来的，便循着方才那帮黑衣人的来路找了过去。伪朝官兵的大本营占了镇上最气派的宅院，周翡看了一眼，就不由得皱眉。

此地戒备之森严远超她想象，周翡才刚一冒头，便看见连屋顶处都有侍卫手持弓弩来回巡逻，视野居高临下，稍微有一点风吹草动，便能一箭射过去。

这该怎么潜进去？

正在这时，一阵脚步声传来，附近竟然有一队卫兵专门巡逻！

周翡正在四下找地方躲，突然，头顶伸出一只手："上来！"

周翡想也不想，一把拉住那只手，将自己吊了上去。

她发现自从下山之后，自己好像一直都在树上乱窜，简直快变成一只倒着挠痒痒的大猴子了。

巡逻兵丁不是什么耳听六路的高手，无知无觉地走过去了。

周翡轻轻吐出口气，说道："你什么时候上树的，我都没感觉。"

原来拉她上来的正是追出来的谢允。

谢允"啧"了一声："要是连你都能察觉，我死了再投胎都得有五尺高了。"

周翡一想，确实是。谢允这种贱人，倘若不是跑得快，哪儿能活蹦乱跳到现在？这种本领长在他身上，除了丧权辱国地逃命没别的用场，但……要是用在刺杀上，岂不是如虎添翼？

她便很虚心地请教道："真正的好轻功得是什么样的呢？"

"你人细身轻，算是得天独厚，等过些年随着内力深厚，功夫精纯，轻功自然也会水涨船高，不必刻意练，"谢允道，"真正出神入化的轻功讲究'忘我'，要无形无迹，先得将你自己当成清风流水、婆娑树影。这是'春风化雨'的路子，刺客练得，南刀就算了，贵派刀法凛冽无双，不走这一路。"

周翡不信，选择性地听了他的一半歪理，试着体验所谓把自己当成化雨春风的感觉，不料"不听老人言，吃亏不花钱"，她非但没能眨眼间神功大成，还因为走神，差点从树上摔下去。

谢允吓了一跳，一把捞起她。正好旁边有一队卫兵押着个老人走过去，那老人形容狼狈，正在哀哀喊冤，正好将树梢上这一点异动遮过去了。

树上的两人同时松了口气，谢允这才注意到他将周翡抱了个满怀，手臂刚好在她腰上绕了一圈，她头发上一股极清淡的香味混着一点皂角味轻轻地钻入他的鼻子。

这会儿立刻放开显得刻意，不放吧……

谢允目光微沉，有那么一时半刻，他那昼夜不停歇的思绪突然断了一会儿线，脑子里卡壳一样将"放与不放"几个字分别用声音、图像翻来覆去地重复了几遍，几乎忘了自己正身在敌营。

直到周翡给了他一肘子："……松手。"

谢贫嘴少见地二话没说，乖乖松了手。

离奇的是，周翡除了那一肘子，竟然也没再动手，两人一时沉默下来，谁也没看谁，竟然还有点淡淡的尴尬，幸亏在这节骨眼上，有个"大人物"出来解了围。

只见不远处一队卫兵突然停下脚步，形容一肃。

谢允一激灵，飞快地收敛心神，伸手戳了周翡一下，冲她比画了一个"噤声"的手势。

那被伪朝官兵占据的大宅子四门大开，接着，有一排侍卫鱼贯而出，声势浩大地站成一排，而后官兵们护送着一人出来。按理说，周翡他们躲藏的地方挺远，再被这人堆一遮挡，他们簇拥的哪怕是只熊，也瞧不清首尾。

可这位北端王殿下着实是天赋异禀，宛如一座小山，地动山摇地便走了出来，几乎要将围着他的人群给撑开。

而他走起路来竟然既不笨重，也不怯懦，反而有种泰然自若的风姿，好似他真心实意地认为自己英俊无双！

周翡瞪大了眼睛盯着那前呼后拥的北端王，终于还是未能免俗，忍不住偏头比较了一下旁边这位躲在树梢上、轻得像个鸟蛋的"南端王"。

周翡小声问道："这就是那个曹宁？端王？到底是哪个'端'字？"

谢允道："'端茶倒水'的'端'。"

周翡问："那你又是哪个'端'？"

谢允面不改色地道："'君子端方'的'端'。"

周翡："……"

她虽然不学无术，经常在书上画小人糊弄她爹，可也不是不识字！她方才被谢允唐突地抱了那一下，别扭的感觉还没消退，当下便要像平时一样寒碜他一句，可是话没出口，周翡心里又忽然冒出了一点别的念头——吴楚楚说过，谢允是曹氏叛乱、南朝建立后，才被建元皇帝接到身边，封为"端王"的。这个曹宁却是曹仲昆的儿子，而且看起来比谢允老。

所以……哪个"端"在前？

谢允察觉到她的目光："怎么？"

周翡轻声问道："你是在这个人之后被封的'端王'吗？"

此行惊险，此心又微乱，谢允这会儿神魂仿佛没太在位，所以有一刹那，他没能掩饰好自己的情绪。周翡清楚地看见谢允的表情变了，他似乎咬了一下牙，平素柔和的面部线条陡然锋利了起来，目光中惊愕、狼狈与说不出的隐痛接连闪过，好像被人在什么伤口处抓了一把似的。

周翡有生以来第一次后悔自己说错了话。

但谢允终究还是谢允。不等她搜肠刮肚找出一句什么来找补，谢允便又恢复了往常的没皮没脸，满不在乎地摆手道："那是肯定的，你不觉得本王这通身的英俊潇洒、风流倜傥，正好能反衬那玩意儿吗？等哪天南北再开战，你看着，两军阵前叫一声'端王'殿下，我们俩同时露面，啧……"

说话间，只见北端王叫来几个属下，有人牵了马来。

一个侍卫掀衣摆跪下，双手撑地，亮出后背。北端王头也不低，理所当然地便踩着那人的后背上了马。那侍卫被他一脚踩得头几乎要磕到地面，涨红的脸上青筋四起。周翡只觉得自己的后背也跟着一阵闷痛，一口气差点卡在胸口里。

周翡没理会满嘴跑马的谢允，她是个山里长大的野丫头，懂的那一点礼数，也不过是跟别人有样学样而已。皇帝、王爷，还有那群不知都干什么的大官在她心里都差不多，都只是个称呼，不代表什么。即便得知了谢允的身份，她也只是当时惊诧了一会儿，过后依然是打打闹闹，没往心里去。可是亲眼瞧见了这位北端王的气派，周翡才第一次意识到"王爷"一词，和身边这个鬼鬼祟祟藏在树梢上的人有多远的差距。

要是在金陵，也会有人这么众星捧月地围着谢允转吗？

他也会一身珠光宝气、仆从成群吗？也有人卑躬屈膝地跪在地上，用后背担着他上马吗？

要是那样……那他究竟为什么要朝不保夕地在险恶江湖中经风历雨？

谢允突然凑过来，一本正经地道："你打听这些干什么，想做端王妃吗？"

周翡："……"

"别打，"谢允忙道，"周女侠饶命……哎，曹胖子要干什么去？"

只见方才追随左右的卫兵分开两边，曹宁骑在马上，带着一队骑兵要走。

周翡精神一振。

对了！方才这狗官身在高墙之内，又被侍卫围得里三层外三层的，她没机会动手。那他这会儿骑在马上不是机会吗？只要不是北斗那样的高手，一队寻常骑兵而已，以如今周翡的身手，她根本不必放在眼里！

周翡心头狂跳，手中望春山发出迫不及待的杀意。

谁知就在这时，谢允蓦地伸出一只冰凉的手，不由分说地按住她。

谢允盯着曹宁的背影，突然意识到了什么，脸色变得极其难看。

"阿翡，"谢允声音几不可闻地问道，"你身边的人可信吗？"

周翡被他这一句话问得无端一阵战栗。

"走。"谢允道。

周翡："什……"

"走，别追了，"谢允说道，"我们来路泄露了，方才你传回寨中的消息未必是真的。曹宁在此地是个陷阱——立刻传信……不，信不过他们，别传了，你亲自回去送信，快！"

周翡没来得及说话，谢允脑子里便不知又发生了一串什么样的变化，他又斩钉截铁地将自己方才的话推翻了："也不好，这样，你最好立刻带人全部撤出去，回到寨门前待命，然后回去送信！"

周翡皱眉想了想，问道："祠堂中的人不救了？这些狗贼不杀了？那些乡亲借了自己家给我们当隐蔽，也不管他们了？为什么？你凭什么说有内奸？"

谢允沉声道："我问你，此处是什么地方？"

周翡道："蜀中四十八寨。"

谢允说："不错，此地是蜀中四十八寨，不是普通的叛军匪窝，有的是江湖高手，行军打仗未必在行，但是单个拿出来，个个都有行刺敌军主帅的本领。如果你是那曹胖子，你会放心将北斗黑衣人都派出去，让自己身边只有卫兵，轻车简从地满大街乱跑？"

周翡一愣，方才沉在心口那沸反盈天的杀意好似被人浇了一盆冷水。

她没想到这一点，因为以前没接触过这种权贵——闻煜是打仗的，不一样，谢允更不能算——因此她不知道这些身居高位的人这么惜命。

谢允这一点说得对，她又不是四十八寨第一高手，既然连她都能这样轻易地找到刺杀机会，别人岂不是更能？依曹宁的年纪，大当家北上刺杀伪帝的时候，他应该已经懂事了，旧都尚且在破雪刀之下瑟瑟发抖，他会在四十八寨的地盘上不加防备？

周翡有些迟疑地点点头："不错——但或许他身边的侍卫里另有神秘高手呢？还有鸣风的人，也未曾露面，那些刺客精通各种刺杀手段，保护他总是没问题的。"

谢允听了她的几个问题，立刻意识到了周翡的言外之意："你是说你的人都信得过？"

周翡就是这个意思——随她下山的人都是她亲自点的，她要是不相信这些人，当初就会孤身前来。鸣风的叛变令人触目惊心，然而仔细想来，寨中倘若有谁会背叛，那也只能是不与他人来往、多少年都特立独行的鸣风派。其他人这些年来在乱世中相依为命，在周翡看来，不说是胜似亲人，可也差不了多少，她第一个不相信有人会出卖他们。

她是为了四十八寨站在这里的，倘若怀疑到自己身后，还有什么理由舍生忘死下去？

谢允看着她澄澈的神色，嘴里一时有些发苦，良久，方摇头道："我没有根据，只是跟这些人打过交道，有这样的直觉。"

周翡道："直觉不信任别人？"

谢允这一天第二次在她面前愣住了，不过依然只是一瞬。他很快正色道："信任——阿翡，信任不是上嘴唇一碰下嘴唇，那是一场豪赌，赌注是你看重的一切，输了就血本无归，你明白吗？"

谢允第一次这样真心实意地跟她说出这么冰冷的言辞。周翡睁大眼睛，眨也不眨地看着他，谢允神色如常，目光中却透着仿佛一万年也焐不热的疏离与冷静，又道："你敢赌吗？"

周翡："……"

一方面，她知道谢允这句话纯属歪理，但话被他这么一说，周翡心里却不由得打了个突，一时有些举棋不定——豪赌的比喻并不高明，但是她的"砝码"太重了。

另一方面，周翡绝不是个多疑的人。因为一点蛛丝马迹就满心疑虑，目睹镇上种种惨状还能将这些人抛弃的事，她实在做不出来，也实在过不去自己这关。

四十八寨同进退，要是这些年来，连这一点起码的信任都没有，岂非早就分崩离析了？再说，她连自己人都不信，又为何敢信谢允？照他那"天下长脑之人"皆可疑的理论，她是不是还应该怀疑谢允阻拦她刺杀北端王的因由呢？

何况她此时带人撤回，然后呢？怎么查？这事她怎么和兄弟们交代？怎么和寨中长辈交代？怎么和眼巴巴配合他们，等着他们救命的乡亲们交代？而万一——切都只是虚惊一场，她干出的这些像人事吗？

谢允低声道："阿翡。"

"光是'直觉'这点理由，我不能撤。"周翡摇摇头。

谢允的引导给她指明了方向，但周翡如果只会依赖他的引导，全无自己的主意，她这会儿也不可能带着百十来号人守在这里。谢允叹了口气，轻声道："都说一朝被蛇咬，十年怕井绳，你忘了华容城中的暗桩了吗？忘了方才反水的鸣风了吗？为什么这些事桩桩件件地罗列在眼前，你还能相信你寨中人？"

那不一样。

因为地处北朝的暗桩为了不引起别人怀疑，很少撤换人手，从不轮班。也就是说，那些暗桩很可能在当地一扎就扎根几十年，被人策反并非不可能。

而鸣风更是……

周翡张了张嘴，本想同他解释几句，却见谢允一抬手打断她，冷冷地说道："阿翡，你有没有听说过'夫妻本是同林鸟，大难临头各自飞'，有没有听说过'易子而食'的故事？父母、子女、兄弟、夫妻、师长、朋友……这些不亲近吗？可是亲近又怎样，难道就能掏心掏肺了吗？"

周翡一呆，不由自主地想起他那只好似在寒泉中冻过的手，头一次用心打量眼前俊秀又落魄的男人，突然觉得谢允本人就是一个大写的"孤独"。白先生、闻煜他们对他毕恭毕敬，口称端王，他却避其如蛇蝎。羽衣班的霓裳夫人约莫能算他的老朋友了，可是朋友之间却能以言语试探，言语中杀机暗伏。

周翡一想到这个，心里便不知为什么有些难过。

谢允一对上她的目光，马上就意识到自己说错话了。他忽然觉得自己这回跟着他们来四十八寨是个错误，否则何以一而再，再而三地失控呢？

周翡不是明琛他们那些人。

而这里是蜀中，不是金陵。

此地没有高楼画舫，没有管弦笙箫。

那些刀剑中长大的少年和少女，大约只知道"言必信，行必果"吧？

布衣之徒，设取予然诺，千里诵义，为死不顾世（出自《史记·游侠列传》）。他又为何要自曝其短，将自己一片赤诚的小人之心拉出来，在她面前展览呢？

"不过你的顾虑也有理，不如咱俩折中一下，"谢允后悔起来，假装思考了片刻，若无其事地道，"刺杀曹胖子先从长计议，他要是这么容易死，也轮不到他带兵攻打蜀中，追上去肯定是自投罗网。你叫你的兄弟们不要等所谓'大军准备开拔'的时机了，现在立刻偷偷撤出一部分，剩下的将宗祠中关的人放出来，然后里外相合，记得要速战速决，从城南打开一条豁口，让这些人从那儿出去，咱们突围入山。"

这话听着讲理多了，虽然与周翡一开始的设想截然不同，而且让她眼睁睁地错过刺杀敌军主帅的机会，但好歹人能救下一些，不算完全无功而返……而且保险。

万一——亿万分之一的可能，谢允真的说对了，她带来的人里面果真有叛徒呢？

她可以冒险，但不能拿别人冒险。

周翡经历了那么多，已经能控制住自己急躁的脾气了。她当即一甩头，将杂念甩出去，说道："好，走。"

周翡宣布计划有变的时候，根本没给这一百多个弟子反应的时间，也不曾解释前因后果，只简短地吩咐道："传话，'四十号'之前先往南出城开城门，剩下的随我来。"

说完，她提起望春山便直接闯入了关押百姓的祠堂。

编号这个方法是谢允提的，每个人只需要盯紧自己号码前后的人即可，大家各自分工不同。这种方式此时显露了效果，众人见周翡突然冲出去，本能地跟上，"随我来"三个莫名其妙的字在人群中口耳相传出去，一队隐藏在各处的人马突然跳出来，机动极快。

周翡一刀横出，看着宗祠的卫兵还没明白是怎么回事，已经被人一刀割喉！

城中长哨响第一声的时候，周翡已经手起刀落在那宗祠中杀了个来回，宗祠大门被四十八寨的人强行破开。"无常"的破雪刀极快，真有暴风卷雪之威，好多人吭都没吭一声便身首分离。

北端王曹宁听见哨声蓦地抬起头："怎么回事？"

他身边两个身披铠甲的"侍卫"将面罩推上去——赫然是鸣风楼主寇丹和本该和谷天璇一起走的陆摇光！

"山上传来的消息没错，"寇丹压低声音，飞快地说道，"这伙匪人确实直奔此地，并且给他们山上送信说，他们会想方设法在北斗攻山的时候拖住我们……王爷请看，这信还在我这儿。"

曹宁伸出一只养尊处优的胖手，一把推开寇丹的手，轻声道："哦？那你的眼线没告诉你他们为什么提前动手？"

寇丹抿抿嘴，一时无言以对。

曹宁道："要么他们比你想象的聪明，要么他们比你想象的傻——寇楼主，你猜是哪个？"

寇丹嗫嚅道："这……"

曹宁抬手轻轻合上她的头盔，柔声道："不碍事，一条小鱼而已，抓不到就抓不到。真的聪明就更好了，聪明人这会儿心里一定有一千重怀疑，你猜这个聪明朋友会不会因为疑虑重重，谁也不放心，而亲自回寨送信？"

寇丹一凛，曹宁却笑了起来。

城中官兵没料到周翡他们放着满大街走的敌军主帅不管，一出手却指向关人的宗祠。伪朝官兵的反应到底慢了些，周翡将人放出来之后，毫不停留，直接带人往城南跑去。直到这时，本来埋伏在北端王身边的官兵方才集结过来。断后的周翡只听身后有风声袭来，下意识地将手中刀鞘一甩，只听"刺啦"一声，她猝然回头，见那官兵手中拿的竟然是华容城中仇天玑用过的那种毒水！

一时间新仇旧恨纷纷上涌，周翡瞬间不退反进。她如今的功夫早已今非昔比，华容城外曾让她无比忌惮的毒水好似忽然减慢了速度。她整个人也像一道不周风，举重若轻地穿过纷纷落下的毒水，转眼竟到了追在最前方的官兵面前。

敌军大骇之下本能地后退，那刀锋却已经近在咫尺了！

就在这时，其他地方又接二连三地响起了哨声，方才北端王待过的那座临时征用的"中军帅帐"不知被谁一把火点着了，北朝官兵微乱，周翡趁机脱困而出。她所到之处必血流成河，几乎杀红了眼。突然，不远处响起几道短促的哨声，周翡一抬头，见神出鬼没的谢允正冲她招手："那边是南！"

周翡："……"

谢允杀人是不成的，他趁乱放了一把火，又从死人身上拽了个警报哨下来，跑到哪儿吹到哪儿，普通官兵如何追得上这种神出鬼没的轻功？顷刻被他满城遛了一圈。

周翡"临时变卦"让敌我双方全都反应不及，再加上谢允的东风，三刻之内居然真的强行从南城冲出了一条口子。

第十五章·

围寨

二十多年了，从当年李徽护送后昭
皇帝南渡归来，收容义军首领，占
山插旗到如今，就走到头了吗？

　　谢允是个虽然没事自己胡思乱想，但临危时不失条理的人才。

　　满城披甲执锐之师，他手中有一众惊慌失措的百姓，几十个不听调配的江湖小青年，以及一位来去如风、刀锋锐利……但时而不辨东西的本地女侠。

　　然而即便这样，谢允愣是让周翡打了个迅雷似的急先锋，之后利用小巷和沿途空出来的家宅打掩护，小手段层出不穷，将大多数人全须全尾地带出了周翡一把刀撕开的包围圈。

　　无论是江湖人还是普通人，在极端情况下都能发挥最大潜力。除了行动不便的老人和腿短的孩子被几个弟子背在身上，其他人撒丫子往南方密林中狂奔而去，伪朝官兵追出了数里，终于是"强龙不压地头蛇"，眼睁睁地看着他们消失在大山深处。

小镇上，北端王曹宁听闻这消息，倒是不怎么意外，只是有点失望地将茶杯放下。过度的肥胖似乎给他的骨头和脏腑造成了极大的压力，这使他一举一动似乎都十分小心，反而有种静止的优雅。

陆摇光跟寇丹对视一眼，没敢接茬儿。

"果然还是跑了，他们突袭那宗祠的时候我就有这个预感。"曹宁叹了口气。

陆摇光道："下官有一事不明，殿下当时以身犯险露面，难道是为了诱捕那胆大包天的女孩子吗？"

"女孩子？"曹宁笑了起来，"我对女孩子不感兴趣，女孩子见了我通常只会恶心。有一些教养不好的会让我也跟着不高兴，至于那些懂得跪在地上温柔讨好的女人又都太蠢，伪装一戳就破。她们的眼神、一颦一笑中都会明明白白地泄露出真实的想法——比如觉得我是一头猪，看着倒胃口。"

陆摇光无法就这句话找出可以拍马屁的地方，颇为憋闷。

幸亏，北端王没有就此展开讨论，很快便说回了正事："我感兴趣的，是寇楼主提到的另一个人。此人应该也在下山的队伍中，听你描述，此人相貌做派我都觉得有点熟悉，很像是一位故人。"

陆摇光和寇丹对视一眼，寇丹微微摇头，显然也不知道他说的是哪一位。

曹宁却不往下说了，只是笑眯眯地吩咐道："罢了，缘分未到，依计划行事——此地太潮了，先给我温壶酒来。"

周翡派出几个弟子前去探查追兵，虽然没割到曹宁和寇丹的脑袋，但她扫了一圈自己捞出来的人，还是颇有成就感，忍不住扶着旁边一棵古树喘了口气。跟她一样松了口气的弟子不少，众人大多不明就里，虽然跟说好的不一样，但仅就成果来看，还以为这是一次大成功，纷纷不怎么熟练地推拒起乡亲们的拜谢。

周翡闭了闭眼，感觉这一次与敌人"亲密接触"让她心里的疑虑少了不少。

这么顺利，不可能有叛徒吧？"内奸"之说果然只是谢允的疑神疑鬼，根本没发生过，幸好当时没有直接撤。

不料她心里方才亮堂一点，就看见谢允捏着一根小木棍蹲在一边，一脸凝重。

周翡一见他这脸色，心里立刻打了个突，神经再次紧绷起来："又怎么了？"

谢允沉声道："我们出来得太顺利了。"

周翡："……"

顺利也不行？是不是贱得骨头疼！

谢允将小木棍一扔，诈尸似的站了起来，就在这时，有个弟子大声叫道："周师妹，你快看！"

周翡顺着他手指方位蓦地抬头，只见四十八寨的东边山坡上浓烟暴起，竟是着了火，并且不止一处。

周翡讶然道："他们提前攻山了？不……等等！那个曹胖子不还在镇上吗？"

她话音未落，便听见东坡响起隐约的哨声，山上岗哨显然反应非常及时，林浩接过她的信，知道东边是重点战场，因此并不慌乱，山间火光很快见小，不过片刻，便只剩下黑烟袅袅。

由此可见，东坡的防卫比平时重不少。

可过了一会儿，周翡心里的不安却越来越浓重——怎么没动静了？

谢允眉心一跳，低声道："不好。"

他话音未落，成群的大鸟突然自西边飞过来，一拨接一拨。从周翡他们的位置，看不清山中端倪，只听见鸟叫声凄凄切切，椎心泣血似的。周翡的眼角跳了起来——即使她从未到过两军阵前，也知道那日谷天璇和寇丹突袭洗墨江的时候，山中没有这么大的动静。

也就是说，去西边的绝不只是那几十个北斗！

那么方才东坡的火是怎么回事？敌人试探四十八寨防务吗？

周翡他们一边搜寻敌军主帅所在位置，一边随时给寨中送信。他们先前都以为北斗做先锋只是个幌子，不管北斗从何处出现，敌军主帅所在才是重头戏，谁知道北端王竟然亲自留在一个鸟不拉屎的镇上，拿自己当幌子！

倘若林浩听了她的话，将防卫侧重放在东坡，那……

谢允的怀疑竟然是对的！从下山开始，他们的行踪对敌人来说就是透明的，所有传往山上的消息都同时落入了另一个人的耳朵。北端王曹宁利用他们作为攻寨的敲门砖！

如果北端王露面的那一刻，周翡便立刻信了谢允的判断，立刻传话回寨中，或许有一线的可能性赶得上——如果她没有那么盲目自信，如果不是她自作聪明……

旁边有个弟子惊骇地喃喃道："阿翡，怎么回事？这……这是出什么事了？"

周翡耳畔嗡嗡作响，说不出话来。

谢允猛地从身后推了她一把，周翡竟被这只无缚鸡之力的书生手推了个趔趄，撞在旁边一棵松树上。吴楚楚塞给她的鸡零狗碎都在怀里，正好硌在了她的肋骨上。

谢允一字一顿地道："你要是早听我的……"

周翡一瞬间以为他要指责她"早听我的，哪儿至于这样"，这话无异于火上浇油，她胸口一阵冰凉。谁知谢允接着道："……也不会当机立断派人送信的，因为你肯定会发现自己无人可信，你会首先带人撤出城中，再亲自跑一趟。这一来一往，无论怎样都来不及，懂吗——否则你以为曹宁为什么敢大摇大摆地从你面前走过？他早算计好了！"

周翡狠狠一咬嘴唇。

她仿佛已经听见山间震天的喊杀声。

曹宁数万大军，就算四十八寨仰仗自家天险和一众高手，又能抵挡到几时？何况林浩收了她的消息，这会儿根本来不及反应。

二十多年了，从当年李徵护送后昭皇帝南渡归来，收容义军首领，占山插旗到如今，就走到头了吗？

谢允凝视着她。

周翡在他的目光下静默片刻，突然站直了，猛地转身，大声说道："诸位，别忘了我们最开始下山是因为什么。"

众人一静，所有的目光都集中在她身上。

如果说最开始，"如何用自己的信念去影响别人"，是谢允一步一步教她的，那周翡此时便可谓是一回生二回熟。她眼神坚定得纹丝不动，让人一点也看不出来她方才的惊慌失措。

"咱们是因为山下落在伪军手中的乡亲们。"周翡掷地有声地道，"山上爱怎么打就怎么打。怎么，难道林浩师兄、赵长老和张长老他们还会不如咱们吗？这么多年，姓曹的哪天不想一把火烧了四十八寨，哪次成功过？别说区区巨门和破军，贪狼沈天枢没亲自来过吗？还不是怎么来的怎么滚！"

众人一时鸦雀无声，神色却镇定了不少。也幸亏她带来的都是林浩挑剩下的年轻人，换了那群老狐狸，可万万没有这样好糊弄了。

周翡一边说，一边在心里飞快地整理着自己的思路，渐渐地，一个疯狂的计划浮出水面。

她镇定地把人员分成几组，分别去巡视四下，趁山上打得热闹，他们先去救那些被曹宁扣下的无辜村民，把人都疏散开，这样到时候打起来，省得四十八寨处处被掣肘。同住这一片地方，很多人家与周围村镇都有亲戚，往日里走动也十分频繁，刚刚从宗祠中放出来的一帮青壮年自告奋勇前往带路。

她三言两语将人员安排好，众人分头散去，有一个弟子忽然问道："周师妹，你干什么去？"

周翡看了那弟子一眼，心里本能地浮现了一个怀疑，想道：别人都不问，就他问，难道他就是那个叛徒？

她便面不改色地说道："我要抄近路回去找林师兄，告知他山下情景……哪怕可能晚了，不过谁让我不见棺材不掉泪呢？"

那弟子神色一肃，再不多嘴。

谢允一直没吭声，直到周围已经没有其他闲杂人等，他才跟上周翡："你还是要回山送信？"

周翡回头看了他一眼。

"哦，"谢允果然是个知己，一个眼神就足够他了解前因后果了，他点头道，"懂了，你没打算做什么'不见棺材不掉泪'的无用功，你只是随口把无从证明真伪的人支开，现在回去是要刺杀曹宁。"

周翡面无表情地道："你想说什么？"

谢允脚步不停，说道："不，没有，是我的话也会这么办，这是唯一一线生机。"

周翡头也不回地道："知道只有一线生机……你还敢跟来？"

"不跟着怎么办？"谢允叹了口气，"英雄，先往右拐好不好？再往前走你就真的只能回寨中送信了。"

周翡："……"

带着谢允也没什么，动起手来他虽然帮不上什么忙，但潜伏也好，逃命也好，都绝不拖后腿，万万不会需要别人匀出手来救他。

去而复返，周翡看清了小镇刻在石碑上的名字——春回镇。

大约是周翡他们闹了一场，此时，镇上的防卫紧了许多。周翡虽然心急如焚，却没有冒进。谢允说得对，急并不管用，行刺最忌讳心急，既然是一线生机，抓住才有意义。

两人没有累赘，仗着谢允神出鬼没的轻功和镇上丰茂的树丛，围着曹宁落脚之处转了好几圈，迂回着靠近，随时捕捉机会。然而走了几圈就无法靠近了——屋顶上的弓箭手有站着不动的，也有四下巡逻的，动静互补，根本不给他们机会。

周翡"沉稳"地等了片刻，刚开始还行，但她毕竟不是真正的刺客，一刻的工夫过去，她装得再平静，也不免开始急躁起来，手指无意识地抠着望春山的刀柄。

谢允忽然握住她的手。

周翡一哆嗦，差点将他甩开。

谢允却没放，掰开她的掌心，写道："换防。"

随即他一指自己，又指向一个方向。

周翡看懂了，谢允的意思是，他露面，从另一边引开弓箭手的视线，换防的时候，那些静止不动的弓箭手会松懈，谢允这时候闯入，很容易带走他们的视线，周翡可以试着抓住那个机会混进去。

周翡皱起眉。

然而也不知道是谢允碰了巧，还是他竟然熟知伪朝军中的规矩，还不等周翡做出什么回应，便听见那院里传来一阵吆喝，只见房顶两侧搭起了梯子，新一批弓箭手要往上爬，居然真是要换防了。

毫无准备的周翡倒抽了口气，回手去拽谢允——那人却已经飞快地躲开了。便见谢允眼角一弯，无声地冲她一笑，得意扬扬地比了个大拇指。

这种时候就不要忙着吹牛皮了！

下一刻，谢允以迅雷不及掩耳之势，飞快地将自己竖起来的拇指凑在嘴边亲了一下，往周翡脸颊上一按，然后人影一闪，已经不见了。

周翡："……"

姥姥！

谢允刻意露面，却没有刻意减慢速度，屋顶的弓箭手只见什么东西从楼下闪过，根本看不清是人是鸟，本能一惊，正在换岗的两拨人马全都下意识地拉起弓弦，搜索那道影子。

周翡趁着这一瞬间，硬着头皮飞身跃入院中。

下一刻，警报哨声大作，无数卫兵倾巢而出，周翡也不知道自己成功没有，屏息凝神地缩在后院马棚里的墙角，在腥臊气中，一颗心几乎要从胸口破体而出，握着望春山的手上青筋毕露。也不过就是几息的光景，周翡却仿佛挨过了半辈子似的，整个人绷成了一张弓。不知过了多久，脚步声与叫喊声才略远了些。她总算将一口卡在嗓子眼的气呼了出来，谁知一口气尚未吐干净，又听见耳畔传来一阵轻轻的脚步声，而且走得飞快，转眼到了近前。

周翡眼神一冷。

此地彻底避无可避，她别无选择，只能杀人灭口。周翡回手拉出望春山，刀光无声地一闪，分毫不差地架在了来人脖子上，她当即将刀尖往前一送。

这是长刀无可比拟的优势，刀尖而微弯，只要轻轻一划，便能从颈侧一直抹到喉管，保证对方一声也吭不出来——然而下一刻，周翡硬生生地止住了刀势。

她看清了刀下的人。

那是个中年人，两鬓斑白，并不瘦，但不知为什么，总有什么地方显得特别穷酸。他袖子挽着，有一双干粗活的人的手，身上沾着不少草料。周翡的刀太快，中年人甚至没来得及惊惧，先本能地冲她露出一个慈祥中带着些许讨好的笑容，随后才发现自己脖子上架着一把通体泛着寒意的刀，那笑容立刻僵在了脸上，一动也不敢动。

他是马夫吗？

周翡虽然没什么常识，但也大概知道军中似乎应该有专门管马的人，应该也属于军务，那这个人也是伪朝官兵？

她皱了皱眉，不愿意草菅人命，也不想掉以轻心，因此只是一动不动地将望春山架在这人脖子上，预备着他一旦有异动，就立刻给他开闸放个血。

许是她表情平静，并没有什么凶神恶煞般的表现，两人无声僵持了片刻，那中年人再次小心翼翼地冲她笑了一下，露出一口坍了半壁江山的龅牙，一看就是穷苦出身。然后仿佛是怕刺激到架在他脖子上的刀一样，他极轻地动了动嘴唇，用几不可闻的假声道："祝姑娘'五福临门'，敢问'五蝠'是什么颜色的蝠？"

周翡："……"

被人一刀架在脖子上，还能问出这种不知所谓的问题，周翡表面平静实际紧张的心绪被中途打断，一时有点脑抽，不知怎么想起邵阳城里，徐舵主为了赔罪给李妍的那枚五蝠印，便顺口道："红的。"

那中年人闻言，神色一整，缓缓冲她举起自己空无一物的双手，将脖子上一截脏兮兮的细线掏给她看，接着小心地避开望春山的刀锋，将细线下挂的一截羊骨头拽了出来。

他在周翡莫名其妙的目光下，将那羊骨握在手中，轻轻一掰，羊骨竟从中间断成了两截，中间藏着一个小小的印章——上面画着五只蝙蝠。

居然真是行脚帮的五蝠印！

在周翡印象中，行脚帮实在算不上什么好东西，然而总归不是北朝的人，否则当时杨瑾和徐舵主也不会被她三言两语挤对得将李妍送回来。

但是她才闯进来，就有个自称是行脚帮的内应出来接应？这种天上掉下来的馅饼实在怎么看怎么可疑。何况她擅闯北端王大本营分明是临时起意，除了谢允，连他们自己人都不知道，这人又是怎么回事？

那"马夫"见她一脸不信任明目张胆地流露出来，便道："小人郑大，乃'黄字蝠'，受'红徐'之托'上梁装耗子'，三个多月了，约了今日'月上梢头'，适才听见猫叫，特来看看，'老猫'在，小心。"

周翡："……"

这是哪个地区的黑话？听不懂！

周翡的目光在望春山上停留了一下，心道：捅死还是留着？

这念头一闪而过，随即她收起了望春山——倘若她是那种不分青红皂白便一定要斩草除根的狠角色，根本不会有此一问，刀刃早已经抹上了这个"郑大"的脖子。

郑大还不知道自己方才在生死边缘上走了一圈，十分和善地冲周翡一抱拳，说道："跟我来。"

周翡的刀没还入鞘中，她大概看得出眼前这个人武功不怎么样，但是依然没敢掉以轻心，虽然方才没捅下去，却始终留心着此人的一举一动。就在她阴错阳差地跟着郑大在宅院中流窜的时候，谢允那头稍微遇上了点麻烦。

引开几个弓箭手而已，本来是件小事，他一会儿就能脱身。谁知哨声响起的瞬间，一道黑影便突然从那院中飞掠而出，谢允只是余光扫了一眼，立刻知道不对，撒丫子狂奔起来——那人瘦脸鹰钩鼻，虽不过普通侍卫打扮，却绝对是个顶尖高手。

以谢允的轻功，竟然一时没能甩脱，只见那追兵嘴角突然露出一个冷笑，长袖甩开，"哗啦啦"一阵响，一只铁爪凌空抛来，直奔谢允后心。谢允足尖在墙上轻轻借力，羽毛似的飘了起来，在空中转了个身。那铁爪发出一声轻响，像个捕鼠夹子一样，自己合上了，险险地抓烂了谢允一片衣角，而后随着风声被爪后的锁链拽了回去，在空中重新打开，"吐"出了那块烂布。

谢允稳稳当当地落了下来，伸手在露出中衣的肩上摸了一把，笑道："好一个扒衣咸猪爪——北斗破军前辈，久仰久仰。"

此物其实叫"搜魂绝命爪"，是破军陆摇光的招牌。

"'风过无痕。'"陆摇光盯着谢允，没理会此人的胡说八道，咧嘴笑道，"你又是什么人？"

谢允像个酸唧唧的书生似的，整了整衣冠，客客气气地说道："一个跑腿的，区区贱名不足挂贵齿。"

"跑腿？"陆摇光盯着他，"什么时候风过无痕成了烂大街谁都会的功夫了？怎么，赵渊害死一个亲侄儿不算，还培养了一帮赝品留着？"

整肃的脚步声传来，谢允目光一扫，只见城中那帮吃屎也赶不上热的的巡逻官兵总算跟了上来，从几个方向拥上来，将他围堵在中间，无数长弓短弩对准了他。

谢允将双手一背，露出一张几乎能去拜年的笑脸，说道："皇宫大内，哪怕赝品，也不能是区区在下这副穷酸样子啊。'风过无痕'跑得快，皇上推而广之有什么不好，东海那位都没说不让，破军前辈就别跟着咸吃萝卜淡操心啦。"

陆摇光从他身上闻到了熟悉的油盐不进味，当下也不再废话，挥手道："此人是刺客，拿下。"

他话音未落，围成了一圈的弓箭手手中流矢齐发。

谢允瞳孔一缩，猛地往后躺倒，平着便从墙上"摔"了下来。流矢带着劲风纷纷与他擦肩而过，矮墙暂时成了他的屏障。陆摇光的大铁爪自上而下抓了下来，要趁他变换身形时给他一下。

谁知谢允竟以这平躺的姿势落了地，手掌扭到了一个不可思议的弧度，仿佛折断一般从背后伸出，轻轻一撑，他往后滑了一尺多远，铁爪在千钧一发间正好落在他两条长腿之间。

谢允一翻身从地上蹿了起来，笑道："原来不是'扒衣咸猪爪'，而是'断子绝孙爪'啊！破军狠辣果然并非浪得虚名，在下佩……"

他说到"佩"的时候，已经流星一般地冲围过来的官兵撞了过去。为首的人手中拿的不是连弩，刚射出一箭，还没来得及换，谢允已经冲到了眼前，不知是不是方才周翡强行撕开卫兵包围圈的时候太血腥暴力，这几个兵好似没从她手撕活人的阴影里出来，一见谢允冲过来，先慌了。

"……服得很——"谢允将长袖一甩，冲着有些畏惧的官兵一声怪叫，"哇！"

好几个人本能地抱住头。

谢允毫不客气，直接踩着人头跑了过去，陆摇光才不吝惜小兵性命，搜魂绝命爪一刻不停地追上来，抓了两次，没抓到这滑不溜手的"刺客"，反而伤了不少自己人。

谢允火上浇油道："打得好！"

说完，他专门往人多的地方冲，弄得好一阵人仰马翻。而就在这时，又有尖锐的哨声响起，众人连同谢允在内，都是一惊。

只听那边喊道："有刺客！来人，抓刺客！"

陆摇光大怒，随即明白过来，自己居然中了人家的调虎离山之计！

谢允心里"咯噔"一声——周翡还是急躁了。

而真刺客周翡正莫名其妙地趴在房檐上，心里纳闷道：抓谁呢？

那不知从哪儿冒出来的郑大对这宅子里卫兵分布、弓箭手死角一清二楚，一路有惊无险地将周翡带进了内宅附近，再往里，凭他的武功就进不去了。

这大宅子外面看起来十分气派，后院却有几分平民气，既没有小楼，也没有站满弓箭手的楼顶。周翡满心戒备与疑惑，心道：那曹胖子躲在这儿吗？

她没有贸然行动，在墙根躲了半晌，谨慎地搜索落脚的地方。然后她看见了一只壁虎，正顺着墙角往上爬。

周翡灵机一动，跟着壁虎一起趴在墙上，趁着院子里的侍卫一转身，她四脚蛇似的几下蹿上了屋顶——那里正好有一棵遮阴的大树，藏一个五大三粗的汉子是不能够的，但以周翡的身形，蜷缩一下还勉强能挡住。

此时离目标已经很近了，周翡屏住呼吸，花了足足有一炷香的工夫，才将一块瓦片悄无声息地揭下来。

她心里先是一喜——那曹宁正在屋里，非常好认，因为体形十分"特立独行"。

随即又是一沉——北端王身边有几个贴身护卫，其中一个虽然打扮成了个普通的男侍卫，但离近了一看，周翡还是一眼认出来了，那是寇丹。

周翡能靠一把望春山缠住寇丹，已经是超常发挥，如果单打独斗时间稍长，她绝不是寇丹的对手，更不用提从她手中挟持北端王了。

然而只差最后一步，她又怎么能甘心功败垂成？

周翡的心在狂跳，然而怕寇丹察觉，愣是没敢大喘气。她强行将自己的气息压成若有若无的一线，然后入定似的闭上眼。千锤百炼过的精力以不可思议的速度集中起来，扫荡一般将杂念清除干净，周翡一动不动地模拟自己如何闯进去，寇丹会如何反应……就在她心里已经跟寇丹大战了几百回合的时候，听见了外面大叫"抓刺客"的动静。

周翡蓦地睁开眼，心想：谢允？

随即又摇头，感觉不太像——因为动静越来越大、越来越近，谢允分明是帮她引开视线，不大会又把人引到这边来。

那么……

她突然想起那等在门口，满嘴黑话，莫名其妙带她进来的郑大。难道他要接应的另有其人？

就在这时，外面已经响起了刀兵之声，寇丹一挥手，屋里的几个近卫都戒备起来，几个人将曹宁团团围住，剩下的出去探查。

曹宁放下手中的书卷，诧异道："现存的高手中，还有行事这么冲动的？"

寇丹自然而然地认为屋外的人是周翡——眼见中计，那小丫头说不定会想到釜底抽薪这一招，但是她并不怎么在意。寇丹承认周翡的破雪刀有几分样子，乍一看确实唬人，然而刀法厉害，不代表她能从自己手里带走人。她不怎么在意地一笑，取出袖中长钩："王爷不必……"

寇丹话没说完，突然一样东西破窗而入，一个近卫眼明手快地将那东西挑起来扔了出去，不料那玩意儿在空中炸了，土灰胡椒面喷得到处都是——倘若不是那近卫手快，指不定已经见屋里炸成云山雾绕的"南天门"了。

寇丹："……"

这么下三烂的手段实在不像四十八寨那群名门正派的风格。

卫兵们很快反应过来，里三层外三层地将曹宁所在的屋子围了起来。

只见外面闯进来的是一帮衣衫褴褛的歪瓜裂枣，扔进流民堆里能以假乱真，身上打着补丁，有手持鱼叉的，有拿着马鞭的，还有个人手持一块边角处镶了刺的抹布上下翻飞，每个人身上都仿佛写着"我是流氓"四个大字，唯独领头一人手持雁翅刀，年轻英俊且十分正派……就是有点黑。

周翡目瞪口呆，来的人她竟然还认识——是那黑傻狍子杨瑾和给他帮忙的行脚帮！

周翡心念一转，立刻明白了。

郑大是行脚帮的人，不知怎么混进了北朝官兵中，本来是约好了给他们引路的，谁知误打误撞便宜了她。结果杨瑾他们没找着接应的人，一时不慎又被巡逻卫兵发现，只好闹出老大动静来硬闯！

这内应也太不靠谱了，行脚帮怎么还没灭门呢？

寇丹一挥手拍散缭绕身前的烟尘，秀眉一皱："你们不是四十八寨的人，报上名来！"

杨黑炭冷哼一声，上前一步道："就凭你办出来的事，人人得而诛之！报名？你配？"

周翡："……"

这黑炭还学她说话！

曹宁微微一扬眉道："我听说那李瑾容软硬不吃，从不与外人来往，你既然不是四十八寨的人，为何跑来多管闲事？"

杨瑾理所当然地道："路见不平拔刀相助，难道还要换个儿认识过来吗？"

"路见不平，"曹宁笑道，"那边山上现在正打得热闹，你不去拔刀，跑到这里来做什么？是谁告诉你本王在此的？"

杨瑾："……"

房上的周翡恨不能摘片树叶挡住眼睛，头一次有种感觉，自己上次在邵阳为了赢这个杨瑾耍的诈……好像有点欺负人。

幸好旁边行脚帮的人还比较机灵，眼看杨瑾要将他们卖个底掉，当即便上前一步打断他道："少废话，杀曹狗！"

此言一出，无数附和。

杨瑾这才后知后觉地反应过来自己被人套话了，有点恼羞成怒。不过他说话不成，做打手总归还是可以的，杨瑾手中断雁刀一震，曾经让周翡头痛无比的轻响声"哗啦啦"一片，他一马当先地便冲了进来。

周翡总算有机会见识到真正的断雁十三刀，只见那宽背的大刀在杨瑾手中，与纪云沉的断水缠丝是两个极端，一个极畅快，一个极狡诈。杨瑾的刀锋毫无花哨，实实在在是一点一滴磨炼出来的，一起一沉都扎实无比。

原来这就是谢允所说的"扎实"的刀法！

如果给他上下两层豆腐，叫那快刀只能切上层的，杨瑾能在眨眼的工夫挥出数刀，使上层的豆腐绝无一丝粘连，下层的豆腐绝无半个破口。

这就是功夫。

卫兵们一拥而上，硬是被杨瑾的刀锋逼开，那初生牛犊不怕虎的年轻人悍然无畏地往里闯，两侧弓箭手已经站好，箭矢纷纷冲他蜂拥而至。几个行脚帮的老流氓立刻飞身上前，不知从哪儿找来一张巨大的细格渔网，一人扯上一边，掩护杨瑾，渔网不知什么东西织的，非常坚韧，铁箭木箭无不铩羽，断翅的鸟似的被拨到了网外。

寇丹喝道："放肆！拿下！"

她一句话话音未落，曹宁身边几个近卫已经应声冲了上去。方才周翡没认出来，那几个近卫这一出手，她才发现，原来几个人都是鸣风门下的刺客！

来自南疆的外人正在为了四十八寨出头，他们自己的叛徒反而在充当伪朝狗官的近卫！此情此景，实在是说不出地讽刺。周翡握紧了望春山，胸口凉一阵热一阵的，然而管住了自己没有妄动。

她还要等，机会还不成熟。

如果说周翡对上鸣风有独特的优势，那么换成杨瑾，便可谓是有独特的劣势了。

几个刺客层出不穷的小手段和随时随地冒出来的"烟雨浓"让他应对得颇为手忙脚乱，几个回合后，他只得重新退回院子。

与此同时，行脚帮众人纷纷加入战圈，场中便更热闹了——抹布状的暗器上下翻飞，飞到哪儿给哪儿带来一阵厉风不说，还伴着一股特殊的馊味和灰尘；大鱼叉好似长枪，长得恨不能有七八尺，马上用都不在话下，用来挑弓箭手一挑一个准，同叉鱼竟颇有异曲同工之妙……还有几个人不知躲在哪个犄角旮旯儿，逮着机会就冒头扔一发"胡椒弹"，一时间，北端王这素净的小院子被他们闹了个乌烟瘴气。

寇丹脸色微沉，回头冲曹宁道："王爷，这些野人不知从哪儿冒出来的，此地乱得很，不如您先避一避？"

周翡身在屋顶，底下的事她一览无余，此时，她注意到曹宁身边依然有几个近卫，方才寇丹命人截住杨瑾的时候，这几个人并没有听她号令。

曹宁在这一地鸡毛中居然仪态依旧，很有皇家风范，闻声他没答应，只是从近卫中间射出目光，意味深长地扫了寇丹一眼，说道："嗯，不过要稍等片刻——破军先生方才出去探查，怎么现在还不回来？"

周翡一听，心道：破军先生？那跟着谷天璇并肩走的黑衣人果然是个冒牌货。

随即，她心里稍一转念，寻思着：曹胖子这话是什么意思？一个寇丹和一帮近卫护不住他吗？还是……他也不那么信寇丹？

她越看越觉得曹宁态度虽然十分平和自然，但他身边那几个近卫站位非常微妙，乍一看是围着曹宁站了一圈，实际隐隐是冲着寇丹的。

周翡头皮有些发麻，手掌在望春山冰冷的刀背上摩挲了几下，借着冰冷的刀身让自己镇定，心里飞快地盘算道：听他的意思，北斗破军方才本来在，这会儿却不知因为什么出去了。破军刚一走，行脚帮的搅屎棍们就闯进来，来得真巧……寇丹连师门都能背叛，对谁能忠诚？曹胖子肯定对她心存怀疑，那他方才没有开口质问，是怕她当场反水吗？

就在这时，院中突然传来一声哨声，有人用黑话叫道："老猫！"

周翡后背陡然绷紧，她固然不懂黑话，可结合眼下的情况，大致能猜出来是北斗破军回来了！杨瑾手中的断雁刀陡然快了好几倍不止，大珠小珠落玉盘似的响成了一片，眼看要冲破那几个鸣风刺客的封锁。

寇丹见状正打算亲自出手。

周翡当机立断，突然在房顶上浑水摸鱼地开口说了一句："多谢寇丹姐姐，辛苦你啦！"

她说完这句话，不但给自己长了辈分，还暴露了自己的位置。

周翡毫不停留地从屋顶滑了下去，将自己紧紧贴在后窗处，她刚藏好，一个近卫紧跟着便上了房，四下探查，什么都没找着——房檐挡住了他的视线。

寇丹瞳孔骤然一缩。

曹宁方才不曾点破自己的怀疑，只不过是眼下战局混乱，他怕雪上加霜。然而周翡这一句话落地，无论寇丹背叛没背叛，曹宁都只能先下手为强——因为他知道自己防着这刺客头子，寇丹也一直对他的疑虑心知肚明，她也在防着自己因为这疑虑卸磨杀驴。

他们之间"千钧一发"的这重平衡被这一句话打翻在地！

北端王身边的几个近卫一拥而上，向寇丹出了手。与此同时，黑衣的破军人影已经掠至院中央——

周翡知道破军一旦进来，自己就没戏唱了，她当下再不迟疑，陡然破窗而入。曹宁身边仅剩的两个近卫吃了一惊，立刻掉头，一左一右双剑向她头上压过来，却正好对上周翡那以遛人见长的蜉蝣阵。

周翡没空与他们过招，只见她人影一闪，已经将那两人让了过去，没有片刻停留，手中望春山直指曹宁。

曹宁的胖不是正常的心宽体胖，而是接近病态了，肯定是有什么毛病。周翡料定他动不了武，当下探手一把揪住了曹宁的领子，北端王那庞然大物竟被她拽了个趔趄，他尚且来不及反应，已经被那长刀钩住了脖子！

这变故来得实在太突然，场中众人齐刷刷地愣住了。

周翡的心几乎要从嗓子眼里跳出去，因此她没急着说话，先不动声色地深吸了几口气，目光从神色不一的众人脸上扫过，等这口气匀过来了，她才冲目瞪口呆的杨瑾笑道："多谢杨兄搭手，咱俩扯平了。"

杨瑾："……"

这个无耻之徒是从哪儿冒出来摘果子的！

周翡一脚踩在方才被曹宁带翻的椅子上，手上带了些劲力，抓住了北端王的后颈，迫使他仰起头来，又对已经近在咫尺的陆摇光说："北斗破军？看来我比你快了一步。"

陆摇光眼角抽了几下，低声道："好，好胆量。"

周翡在这一刻，无师自通地学会了看人脸色，她目光扫过陆摇光阴沉的视线，当时就知道自己这一场算是赢了。在这阴谋重重的战局中，她手中这把刀是真正生杀予夺的定海神针，这念头一起，方才几乎要跳炸的心以不可思议的速度平缓了下来。

周翡挑起眼皮看了陆摇光一眼，一语双关地说道："我胆子不算大，武功不算高，今日事成，还要多谢寇丹姐姐。"

陆摇光阴沉的视线转向寇丹。

寇丹见她到了这种时候依然不忘挑拨离间，还偏偏挑得很在点子上，只好冷笑道："好手段，叫我百口莫辩。你很好，周翡，想不到老娘我栽在你一个黄毛丫头手上，大当家不如你。"

"谬赞，"周翡飞快地笑了一下，低头对曹宁说道，"端王爷，你是想死还是想撤军？"

曹宁落到她手上，倒也没吓得失了体统，甚至还在森冷的望春山下露出一个笑容："姑娘……"

谁知他刚一开口，还没来得及忽悠，便觉得喉咙一痛，说不出话来了。

陆摇光当即色变，暴喝道："你敢！"

周翡的手先一紧再一松，轻易便将北端王的脖子割开了一条小口子。她面无表情地说道："端王爷，我知道你聪明，我只是个没见过世面的野丫头，不想跟你比谁心眼比较多，所以除了回答我的问题，你最好一个多余的字都不要说，一个多余的动作都不要做。"

陆摇光冷声道："端王爷如果少了一根汗毛，你——你们四十八寨上下所有人必死无全尸、株连九族，你信不信？"

"信啊。"周翡十分理所当然地说道，"不然你们是干什么来的？现在山上难道不是在混战，而是在敬酒？端王爷不少一根汗毛，难道我们就能活命了？全不全尸的不差什么，又不耽误投胎。"

陆摇光无言以对。

"我敢来闯龙潭虎穴，必定是已经想清楚了，"周翡冷冷地说道，"我再问一遍，想死还是想撤军？端王爷想好再说，反正我光脚的不怕穿鞋的。"

曹宁眼皮一垂，他以"剿匪"为名围攻四十八寨，打的不是名门正派，就是寻常百姓，却是直到如今，他才算在这个小姑娘身上感觉到一点真正的匪气。曹宁叹了口气，说道："撤，传令。"

陆摇光两颊紧绷了良久，愤愤地一甩手，紧盯着周翡的动作。

"多谢，"周翡弯起眼睛笑了一下，她笑起来的时候还是十足的少女意味，有些轻快，有些活泼，甚至还带着一点天真。然而经历了这几天几宿，这少女的笑容中难免沾了些许诡异的血腥气，周翡拎起北端王曹宁，说道："既然这样，就请端王爷来我寨中做客吧，杨兄和诸位前辈要不要一起来？"

几个行脚帮的汉子用眼神请示杨瑾。

行脚帮无孔不入，虽然隶属黑道，但这些年来有"玄先生"和"白先生"从中牵线，与南朝有着说不清道不明的联系，早开始试着往北渗透了。没想到阴错阳差，竟然真的成功在北朝兵马中插进一颗钉子。可惜这"钉子"纯粹是走了狗屎运，进了北端王麾下，一直也是个听人号令的马夫，根本拿不到什么重要军情。

直到这回开赴蜀中途中，端王座下一匹好马"不堪重负"，吐白沫死了。谁也不可能说那马是被王爷压死的，只好将原来给近卫管马的小兵抓起来顶罪。北朝官兵这边都知道给曹宁当马夫是个替死鬼的活，纷纷活动关系不愿意上，推来推去，这"肥差"竟然落在了郑大头上。

郑大跟了几天近卫团，这才知道这回行军是冲着四十八寨去的，方才将消息送出去。

这消息要往金陵送，首先经过了正好在邵阳附近的徐舵主那里。那杨瑾虽然败给了周翡，却不记恨，反而对李家南刀充满了向往，听说这事，立刻义不容辞地前来管闲事。不过不知为什么，杨瑾每次见到周翡其人，对南刀的向往总会少很多。

他有种野兽一般的直觉——南刀是绝代好刀，周翡却恐怕不是什么好人。

杨瑾略带防备地看了看周翡，周翡冲他一笑。

杨瑾一梗脖子："去就去。"

他说完，一帮行脚帮的人纷纷上前，将周翡和北端王围在中间。

陆摇光等人投鼠忌器，只能不远不近地跟着。弓箭手全体撤下，眼睁睁地看着这一帮人浩浩荡荡地出了门。

谢允正好刚甩脱追兵，急匆匆地掉头回来，一看便笑了，冲被挟持的曹宁一拱手："二殿下，久违呀。"

曹宁深深地看了他一眼，碍于领口的望春山，没敢吭声，便被周翡推了一把，只好艰难地往前走去。

押着曹宁这一路并不轻松，曹宁不耐久动，这山上得堪比蜗牛，走几步便气喘如牛，一副要死的德行，不时需要停下来休息。周翡一方面忧心寨中忧得心急如焚，一方面还得时刻小心这诡计多端的胖子玩花样。

从正午一直走到了半夜，方才到了两军阵前。

谷天璇听闻主帅被擒，不敢怠慢，只好将人撤到四十八寨岗哨之外，与寨中遥遥对峙。

往日可以入画的吊桥密林如今已经一片狼藉，焦灰与血迹随处可见，从最外层岗哨一路延伸到里面，当时惨烈可见一斑……倘若周翡再慢一分，四十八寨内外三道防线便要付之一炬了。

周翡提刀的手下意识地一紧，曹宁闷哼一声，艰难地道："姑娘你可小心点。"

周翡压低声音道："别着急，有你偿命的一天——让你的人滚开让路，快走，别磨蹭！"

第十六章·

推云

这一副性命托付给你，还有一副，
我要拿去螳臂当车。

谷天璇面沉似水，狠狠剜了办事不力的陆摇光一眼，可惜投鼠忌器，
只能让路。

面前大军整整齐齐地分开两边，让出道路，乍一看，活像是杀气腾
腾地夹道欢迎。

行脚帮众人专精坑蒙拐骗，脸皮比寻常人厚实不少，权当是人家在
欢迎自己，一时间个个原地长高了三寸，挺胸抬头地跟着周翡往前走，
神气得不行，享受了一回万众瞩目的待遇。

四十八寨中了曹宁之计，与北朝大军一照面便损失颇为惨重。本以
为坚不可摧的三道岗哨半个时辰之内便被人长驱直入、一举突破，连未
出师的弟子们都只能勉强上阵。林浩甚至以为今日算是交待在这儿了，

谁知这节骨眼上，敌人突然退到了山脚之下。

林浩不明所以，又不敢怠慢，一边趁着这一点空隙，将寨中能当人使的几百号弟子全部集中了过来，一边紧着叫人去打探情况。

探子闻听山下异动，立刻如临大敌地准备继续迎战……结果就在第一道岗哨门前看见了这一幕。

林浩腿上被流矢所伤，伤口还在往外渗血，听说消息，当即金鸡独立地一跃而起："什么？阿翡？"

林浩周全稳重，可毕竟也是个年轻人，先前是存了必死的心，才显得越发沉稳有度，乍一听见这从天而降的转机，当时就坐不住了，单腿蹦起来便要出去查看。

正在给他看伤的大夫暴怒道："混账，你给我坐下！"

旁边马吉利连忙按住他。

马吉利也十分狼狈，不过好在他一直总领后勤与各寨各岗哨联络，伤得并不重。

马吉利道："赵长老重伤，张长老……唉，眼下这边全靠你一个人撑着，你先乱了算什么？阿妍，过来看着你师兄，我先出去打个头阵。"

林浩方才那么一蹦，腿上的伤口崩裂，将金疮药都冲走了，疼得眉头一皱。旁边李妍闻声，忙又拿金疮药来堵，和泥似的往他腿上倒。

"够了够了，嘶……师兄跟你有仇吗？"林浩一边叫唤，一边尽量躲开没轻没重的李妍，疼得冷汗直流，咬着牙冲马吉利道，"那就麻烦马叔先走一步，我随后就到。"

李妍慌手慌脚地将药瓶扔在一边，委委屈屈地叫道："我也要去，我也要去见阿翡！"

林浩怎会不知她是怎么想的？这些备受宠爱的少年少女越是从小偷奸耍滑得理直气壮，遇上事的时候，便会越是痛恨自己。大人们总觉得她还小，自己还中用，还能替她撑起一片天。可世事如潮，孩子们总觉得长辈们如山似海，怎么靠都靠不塌。谁又知道这些遮风挡雨的背影，有时候也只是一块单薄且障目的糟木板呢？

这些事来得太快了。

林浩叹了口气："去可以，你不要往前凑，听师叔的话，小心点。"

李妍偷偷抹了一把眼泪。

马吉利等人脚程极快，一路风驰电掣般地便狂奔到山下第一道岗哨外，老远便看见被周翡挟持的北端王——没办法，谁让这位王爷千岁富贵逼人，还偏偏身处一帮穷酸得掉渣的江湖人中呢。

北朝官兵自然不敢妄动，但曹胖子的几个近卫与谷天璇、陆摇光等人还是跟了上来，隔着数十步跟着他们，虎视眈眈地盯着周翡。

马吉利见了这阵仗，目瞪口呆地盯着曹宁："阿翡，这……"

周翡用力推了曹宁一把，将他那贵重的脑袋按了下去，一路走到寨门岗哨里："马叔，这就是那敌军主帅曹宁……"

谢允低声提示道："曹仲昆的儿子，老二。"

"是那狗皇帝曹仲昆的儿子。"周翡道，"这胖子诡计多端，我没别的办法，只好使了笨办法，干脆将他捉来。"

走动的时候，望春山不可能一直别在曹宁喉咙上不动。曹宁总算有了些能说话的机会，忙见缝插针地一笑道："哪里笨，姑娘太自谦了。"

马吉利仍然有点找不着北，一边让人将周翡他们放进来，一边又看着行脚帮的众流氓，问道："那这些……"

李妍从他身后冒出头来，大叫道："杨黑炭！"

杨瑾愤怒地瞪过去，看清了李妍，却是一愣。

只见她形容十分狼狈，一张小脸上黑灰一片，脏兮兮的，眼圈还是红的，委屈得仿佛下一刻便能哭出来。他到嘴边的怒斥突然便说不出口了，终于只是爱搭不理地哼了一声，认下了"杨黑炭"这名号。

"不得无礼。"周翡随口数落了她一句，又对马吉利道，"这是我在外面认识的几个朋友，行脚帮的，还有这位是擎云沟的……"

"杨瑾。"杨瑾一听她说起"擎云沟"，就想起在邵阳的时候周翡那句"那是什么玩意儿"，当下新仇旧恨一同涌上心头，愤愤地扫了周翡一眼。他一见周翡和李妍这俩丫头就火气上涌，简直不知道自己是来干什么的，忙没帮上什么，倒是把自己气成了一块愤怒的黑炭。

大概因为四十八寨这些年来真的不怎么与外人来往，马吉利见了这些上赶着"拔刀相助"的人，还颇有些疑虑。他眉心微蹙，不过随即又打开，面子活还是做到了，一揖到地道："诸位雪中送炭，如此高义，四十八寨日后定当铭记于心。"

马吉利一边命人将行脚帮的人放进去，一边又透过人群，往对面放出目光——谷天璇、陆摇光虎视眈眈，身后跟着一水儿的北斗黑衣人，还有以寇丹为首的鸣风楼刺客。虽然关键时刻，周翡用一句话挑拨了寇丹和曹宁，但此时双方利益毕竟还一致，这一点嫌隙不足以让他们彻底翻脸。

马吉利目光微动，心里飞快地掂量着眼前的情况。

陆摇光对上他的目光，上前一步，正要说话，谷天璇却一抬手止住了他。这俊俏书生似的北斗彬彬有礼地开口道："我知道诸位劫持王爷，是想让我等退兵。退兵不是不可以，只是诸位也须得讲理——我们退了，端王爷的安全谁来保证呢？当年贵寨大当家便曾北上刺过圣驾，如今王爷落到诸位手中，我也实在不能指望你们对殿下礼遇。若是王爷有什么闪失，我们这些人也不必回朝，直接抹脖子便是。数万大军南下，诸位让我们就这样收场，想也知道我们不肯的吧？"

谷天璇该狡猾的时候狡猾，该实在的关头也实在，三言两语点出了双方的僵持。他轻轻地摇了摇手中折扇，又道："咱们面对面，不如敞开天窗说亮话。诸位手上除了端王殿下，断无别的筹码。端王殿下少一根汗毛，尔等必死无葬身之地。只要我军还在山下，你们也不敢伤了王爷，是不是？我看不如咱们各退一步，商量出个都能接受的章程来，如何？"

谢允见谷天璇拿着一把扇子，立刻也不甘寂寞地摸出一把，"哗啦"一下展开横在身前，跟"巨门"对着扇。这没溜儿的南端王笑道："这个确实难办，四十八寨都这样了，退一步也是不可能的。依我看不如这样，二殿下留在寨中做客，你们不愿意撤就不撤，在山下老实待着也一样。只要不让我们管饭，待上三两个月也没问题，大家正好一起过年。"

谷天璇差点被他噎死。

谢允又道："到时候呢，估摸着大当家也该回来了。哦，对了，我听说自从沈天枢一把火烧了霍家堡，霍连涛正在南朝四处纠集人马预备着要报仇。闻听这么大的热闹，他能不来掺一脚吗？还有我大昭——当年江湖谣言说，曹仲昆为了对付南军，无暇他顾，方才放任了四十八寨。按这个想法，现在北朝岂不是'有暇他顾'了？那可大大地不好，金陵那边听见恐怕要睡不着觉了……何况我听说甘棠先生的老婆孩子都在四十八寨，闻煜将军过来也不太远。"

他每说一句话，谷天璇的脸色就难看一分。

谢允扇了两下，发现实在是冷，偷偷摸摸地打了个寒战。为防自己变成一只瑟瑟发抖的鹌鹑公子，他只好将扇子重新合在手心，总结道："到时候天下英雄齐聚一堂，更方便大家评理，肯定比我们这样僵持着好！"

曹宁见谷天璇被谢允堵得哑口无言，不由得叹了口气，感慨手下竟无机灵可用之人。

寇丹察言观色，忽然上前一步，说道："王爷受匪人所制，是我护卫不力，殿下，这事您怎么说？"

"我没有棋差一着。"曹宁慢吞吞地说道，"只是快要收官的时候，有人不讲规矩，过来把棋盘掀了——我能说什么？我无话可说，寇楼主，看来咱们已经输了。"

马吉利好像被他们这一来一往提醒了，上前道："别人先不必说，但寇丹是我四十八寨叛徒，欺师灭祖、天理不容，还请将此人交回！"

寇丹看着他，殷红的嘴角露出一个诡秘的笑容，像一朵徐徐绽开的罂粟："成王败寇罢了，那么个老废物整日里以长辈自居，我到现在才动手清理了他，便是我鸣凤楼的列祖列宗见了，也能夸我一句仁厚了。我欺了谁？灭了谁？"

寇丹这一笑中充满了轻慢不屑，周翡只觉得额角的青筋都跳了起来。

马吉利面色铁青，抬手指向寇丹："你这贱人！"

他说到"贱"的时候，已经运力于掌，似乎便要向寇丹扑过去。

周翡的全副精力本来都在对面，那一瞬间，她却突然有种汗毛倒竖的危机感。她来不及想，多次生死一线间的直觉却在催促她闪开、后退，可她手里还抓着曹宁！

此时整个四十八寨的山坡保持着一个随时能倾覆的平衡，而准星就在这个胖子身上。她不能放开这个人。

千钧一发之际，周翡犹豫了。

她犹豫过很多次，但没有一次像这次一样致命。

就在周翡于进退之间摇摆的时候，马吉利原本指向寇丹的手掌凭空一转，竟然拍在了周翡的后心偏右处。她是右手持刀，这一掌落了个结结实实，周翡右半身整个麻了，她眼前一黑，望春山怎么落的地都不知道。

曹宁仿佛早知道有这么一出，毫不犹豫地一弯腰——

两条牵机线凌空甩了过来，旁边两个试图伸手的行脚帮中人齐齐惨叫一声，各自被牵在寇丹手中的牵机线斩断了一条手臂。

马吉利一击得手，人已经退到数丈之外。

随即，谷天璇运起"清风徐来"，身如鬼魅，眨眼间已掠至曹宁身前，出手如电，一拉一拽，那曹宁仿佛不再是个足足有几百斤的人，而是一团棉絮，身轻如燕地被他抛至身后。谷天璇一朝得手，当即面露狞笑，折扇一架荡开杨瑾挥过来的雁翅刀，又一抬手，直直拍向来不及躲闪的周翡，打算顺手将她毙在面前。

北斗巨门乃当世顶尖高手之一，能在四十八寨长老张博林与赵秋生两人夹击中丝毫不露败象，就算周翡全须全尾地站在面前，也不见得禁得住他当头一掌，何况她刚刚挨了马吉利一掌，手中刀已落地，这会儿几乎连气都提不起来！

周围无人可施救，李妍尖叫了一声，她离得实在太远，连扑上去都来不及。

就在这时，一只苍白的手伸过来，凌空架住了谷天璇一掌。

周翡眼前一片模糊，马吉利那一掌震伤了她的肺腑，一呼一吸间气息仿佛只能下到嗓子眼，再往下便是剧痛。她满口血腥气，恍惚间只觉有人抓住了她的后颈，将她往后一甩，几个师兄七手八脚地接住了她。

那手在她后颈上蹭了一下，凉得好像冰雕……

周翡耳朵里轰鸣一片，听不见、看不清，意识在拼命下沉，她却无意识地死死攥住旁边人试着想扶她的胳膊，死也不肯晕过去。

这一系列的事发生在电光石火间，众人反应过来的时候，曹宁已经被北斗牢牢地护卫了起来。

而谷天璇一击不成飞身后退，在几步以外盯着眼前的人——方才拦住他的，竟是看似手无缚鸡之力的谢允。

谷天璇正想开口，谁知刚一提气，便觉得胸中一阵气血翻涌。他忙咬住牙，暗暗打量着谢允，不由得有些心惊，不知从哪儿冒出这么个不显山不露水的高手来："你……"

谢允将他那把可笑的扇子收起来，一言不发地挡在周翡面前。

谷天璇惊疑不定地道："你是什么人？"

曹宁终于在好几个人七手八脚的搀扶下站了起来，他气喘如牛，狼狈不堪，却依然慢吞吞的，此时看了谢允一眼，他摇头道："赵……"

谢允截口打断他道："鄙姓谢。"

曹宁好似十分理解地点点头，从善如流地改口道："谢兄，擅用'推云掌'，你不要命了吗？图什么？"

谷天璇听见"推云掌"三个字，整个人猛地一震，脱口道："是你，你居然还没死！"

谢允先是瞥了周翡一眼，见她居然还能站着，便笑道："我还没找着合适的胎投，着什么急？"

原本跟在马吉利身后的弟子都呆住了，直到这时，才有人晕头转向地问道："马师叔？这……这是怎么回事？"

李妍挤开挡着她的几个人："阿翡！"

那姑娘的声音太尖了，平时就咋咋呼呼的，这会儿扯着嗓子叫起来，更是好像一根小尖刺，直挺挺地戳进了周翡耳朵里，生生将周翡叫出了几分清明。她抬手挡了李妍一下，扭头吐出一口血来，右半身这才有了知觉。

对了——她想，还有李妍，还有吴楚楚，她怀里还有吴楚楚相托的东西，身后还有个风雨飘摇的四十八寨。

这是她外祖用性命换来的二十年太平，而大当家不在……

周翡忍着伤急喘了几口气。

她想，就算是要死，也得忍着，等会儿再死。

倘若李妍的头发能短上几尺，此时想必已经根根向天了。她就像暴怒的小野兽一样跳了起来，指着马吉利道："马吉利，你说谁是贱人？你才是贱人！"

马吉利脱离了四十八寨，却也并未站在曹宁一边。他那众人看惯了的慈祥圆脸微微沉着，平素总是被笑容掩盖的法令纹深深地垂在两颊。他面色有一些苍白，似乎陡然老了好几岁。

李妍指着他的鼻子大骂，他也只是微微转动着眼珠，漠然地看了那女孩一眼。

杨瑾方才被谷天璇一扇子震开断雁刀，一侧的虎口还微微发麻，见状提刀在侧，伸手拦了李妍一下，防止马吉利暴起伤人。

李妍激动之下，将杨瑾伸出来的胳膊当成了栏杆，一把抓住，依然叫道："临走时我姑姑说你是她的左膀右臂，让我在外面什么都听你的，还说万一遇上什么危险，你就算舍命不要，也会护我周全——她瞎！我爷爷也瞎！当年就不该收留你！"

寇丹如释重负地上前，站在马吉利身后，露出妍丽的半张脸，伸手搭在马吉利肩膀上："小阿妍，好大逆不道啊。"

李妍骤然闭嘴，少女的神色愤怒而冷淡，一时竟仿佛凭空长大了几岁。

马吉利之于李妍，好像是华容城中突然的围困之于周翡。

总有那么一些人、一些事，要让养在桃花源中的少年明白，世上还有比被长辈责骂、比跟兄弟姊妹争宠怄气更大的事；有比整天给她起外号的大哥更可恶的人；也有比明知过不了关还要硬着头皮上的考校更过不去的坎坷……

"马叔,"李妍低低地说道,"前几天在山下,你同我们说老寨主对你有生死肉骨之恩,是假的吗?"

马吉利整个人一震,涩声道:"阿妍……"

谢允却忽然道:"那日客栈中,我听马前辈与阿翡提起令公子,他如今可好?"

马吉利紧紧地闭上了嘴,寇丹却笑道:"好得很,马夫人和龙儿我都照看着呢。"

"要不是老寨主,你马叔早就变成一堆骨头渣子啦!"

"你说一个男人,妻儿在室,连他们的小命都护不周全,就灌了满脑子的'大义'冲出去找死,有意思吗?"

"我要是早知道有这一出,当初在邵阳,就不该答应把你带回来。"

他答应李瑾容送李妍到金陵的时候,心里想必是不愿意搅进寇丹和北朝的阴谋里,想要干脆避嫌出走、一了百了的,然而路上大概是因为诸多犹豫,才走得那么慢,让李大当家以为是李妍贪玩,还专程写信训斥侄女。

他在蜀中客栈中听惊堂木下的前尘往事,在少女们叽叽喳喳的追问里强作欢颜,左胸中装着恩与义,右胸中是一家妻儿老小,来回掂量,不知辗转了多少回。

周翡异想天开,执意下山,他知道山下的阴谋已经成型,所有的消息都会经他的手。而这个他从小看到大,从来桀骜不驯的小姑娘很可能一头扎进北斗与寇丹手中,连同她身边百十来个不知天高地厚的年轻人一起葬身于此。他下意识地追上来,跟她说了那一堆隐晦的废话……可惜周翡全然没听出来。

到如今,终于逼到了这一步——他图穷匕见,与昔日故人兵戈相见。

一面是区区不过千八百人的江湖门派,一面是处心积虑的数万大军,此乃卵与石之争。

人得知道自己吃几碗饭——马吉利就是太知道了。

从他当了这个内线开始，便是开弓没有回头箭。就算四十八寨侥幸留存，将来李瑾容会容忍他这一场背叛吗？

此时岗哨前未曾干透的血迹、摆在长老堂前的尸首会让他浪子回头吗？

哪怕之后周翡竟然成功挟持了北端王，哪怕四十八寨竟有一线希望能起死回生……他也只能将错就错。

周翡推开几双扶着她的手，吃力地弯腰捡起蒙尘的望春山，当成拐杖拄在地上，堪堪稳住了自己的身形。

她声音非常轻缓，因为稍不注意就会牵动伤处。

"谢大哥跟我说身后有叛徒的时候，我们谁也没怀疑叛徒会在山上。"周翡哑声说道，"都以为消息走漏是因为我身边的人，我甚至一个人都没带，独自闯了春回镇，抓了那姓曹的——因为我知道，消息事关军情，必然是由马叔你们这样的老人亲自接收送到长老堂的……"

周翡一口气说到这里，实在难以为继，她小脸上没有一丝血色，微微弯下腰去，轻而急地连换了数口气。谢允抬手按在她后背上，将一股带着冷意的真气缓缓地推了进去。周翡轻轻地打了个寒战，多少好过了一点。

为什么谢允这随便一个阿猫阿狗都能拎走的"书生"突然成了个高手？此时，周翡已经无暇去想这些了。

她方才趁李妍跳脚骂人的时候缓过一口气来，悄悄遣了个弟子进四十八寨中报信——曹宁虽然暂时跑了，但他的数万大军没有跟上来。此地只有两个北斗和一帮黑衣人，不知寨中还剩下多少战力……倘若拼了，未必没有留下他们的可能。

周翡此时出面，是想要刻意拖时间，想到哪儿说到哪儿。然而说到这里，一股突如其来的难过却后知后觉地冲进了她的胸口。

"马叔，"周翡扶着自己的长刀，吐出一口带着凉意的气息，"四十八寨是你们一手建成、一手维系的。我们都是从秀山堂，从你眼皮底下拿到名牌的。你回头看看，满山的后辈都是你的弟子，都曾经从你口中第一次听见三十三条门规。你背了无数次的门规，自己还记得吗？"

她说到这里，感觉到地面传来了隐隐的震颤。非常时期，林浩的反应是极快的。

曹宁的反应也是极快的，他感觉到了四十八寨的动作，立刻无声无息地一挥手，便要令人撤。

杨瑾大声道："站住！"

这愣头青也不管对面是"巨门"还是"狗洞"，当下便要追上去。跟着他的行脚帮见状，连忙上前助阵。周翡微微避开谢允的手，谢允瞬间就明白了她的意思，他深深地看了她一眼，转身抓向曹宁。

"风过无痕"独步天下，谢允几乎是人影一闪便已经追上了曹宁。谷天璇、陆摇光与寇丹同时出手，谢允近乎写意地后退一步，十文钱买的折扇仿佛瞬间长出了铜皮铁骨，先后从谷天璇的手掌、陆摇光的长刀与寇丹的美人钩上撞过去，竟然连条裂痕都没有。

谢允目光一扫，心里暗叹：罢了，痛快这一回也是痛快。

他的身法快到了极致，从北斗面前掠过，竟叫谷天璇都有些眼花。同时，他手中折扇转了个圈，直入寇丹的长钩之中。寇丹狠狠地吃了一惊——几次旁观，谢允竟将周翡破雪刀的"风"一式学了个有模有样。

寇丹对这一招几乎有了阴影，当即要甩脱他。

谁知谢允学的只是个形，并不似真正的破雪刀那样诡谲。那折扇在他手中转了半圈，轻轻一卡。接着，一股厚重的内力透过扇子当胸打来，寇丹情急之下竟弃钩连退数步，甩出一把烟雨浓。

谢允的扇面"唰"一下打开，扇面上"生年不满百，常怀千岁忧"的题字将一把牛毛小针接了个结结实实，扇面随即四分五裂。他头也不回地将那扇子一丢，飞身跃起，躲开谷天璇与陆摇光的合力一击，把寇丹的美人钩拎在手中。

这时，林浩亲自带人赶到，只见他一挥手，四十八寨众人一拥而上，将北斗团团围在中间，足有百十来人——已经是倾尽寨中战力。

周翡耳畔尽是刀枪相抵之声，她却头也不抬，一动不动地站在原地，一字一顿地将当年马吉利说给她的三十三条门规背了一遍。念一条，她便问马吉利一句"对不对"，及至三十三条门规尽数念完，马吉利仿佛被人当面打了无数巴掌，眼圈通红。

周翡盯着他，又说道："天地与你自己，你无愧于哪个？你说令尊不自量力，将来马师弟提起你来，该怎么说？"

马吉利闻言，大叫一声，已经泪如雨下。

周翡缓缓站直了，仿佛攒够了力气，在等着什么。

马吉利果然懂了她的意思，突然掉头冲进了战圈。

寇丹被谢允夺了兵刃，短暂地退开片刻，手中扣紧了一大把烟雨浓，打算趁着谢允被谷天璇等人缠住的时候实施偷袭，余光扫见马吉利突然靠近，她本来没太在意，谁知马吉利一掌向她拍了过来。

寇丹没料到自己的狗这么快就反水，忙飞身往后退去，马吉利一掌快似一掌。

这么多年，在武功上，马吉利一直难以真正地跻身一流，这才日复一日地在秀山堂中背门规，说不出是天分还是心性，他始终差了一点。但此时，他却仿佛突然迈过了某一道门槛似的，掌法中骤然多了种不顾一切的凶狠，失了兵刃的寇丹一时竟有些狼狈。

可是鸣风楼主终究不是那么好相与的，寇丹连退七步，大喝一声道："马吉利，你将四十八寨卖成了筛子，现在才反水有什么用？不要你老婆孩子的性命了吗？"

马吉利手下一滞，寇丹立刻要反击。

这时，一柄长刀横空插入，险些将她手掌削下去。寇丹吃了一惊，蓦地移步退开，却见那方才好似连站都站不稳的周翡竟然再一次拎起了望春山。由于受伤，她的刀无可避免地慢了不少，劲力更是跟不上。可寇丹出身鸣风楼，对杀意最是敏感，此时却觉得周翡的刀再一次产生了微妙的变化。

周翡仿佛眨眼间，便将那些虚的、浪费力气的、技巧性的东西都去除了，她的刀在迫不得已的情况下，竟然完成了一次去繁就简，每一刀、每一个手腕翻转，都致命起来。

寇丹心里微沉，陡然从袍袖中甩出两根牵机线，这东西周翡本来再熟悉不过，然而一提气，胸口就跟要炸了似的，她身形不由得微微一滞，竟是慢了一步。周翡当机立断将望春山往身前一横，打算用硬刀直接对上这软刀子。

突然，马吉利扫向寇丹的下盘，寇丹怒喝一声，牵机线回手扫了出去，一下缠住了马吉利的胳膊。

马吉利竟然不管不顾，同归于尽似的扑了上去，他的胳膊瞬间便被牵机线绞了下来，血像六月的瓢泼雨，喷洒下来。马吉利看也不看，一把抓住了寇丹，全身的劲力运于掌中，往她身上按去。寇丹手中的烟雨浓在极近的距离一根不差地全扎在了马吉利身上，他脸上陡然青紫一片，掌中力道登时松懈，却死死地拽着她没撒手。

寇丹怒道："你这……"

她话没说完，望春山没有给她机会，一刀从她那美丽的颈上划了半圈。

寇丹周身狠狠地抽搐了一下，似乎想用尽全力扭过头去。

"不杀你，我还是意难平。"周翡低声叹道。

马吉利整个人开始发冷、僵硬，他像冻上了一样，隔着几步望着周翡。

寇丹死了，今日在此地的鸣风一脉的人大概一个也跑不了，便不会再有人为难他们母子了吧？

便是……一了百了了吧？

周翡看了他一眼，没说什么，转身走了。马吉利眼睛里的光终于渐渐暗下去，渐渐熄灭了，像一簇狂风中反复摇摆的火焰。

周翡深吸了一口气，转身险些撞在林浩身上，林浩忙扶了她一把，他自己腿上有伤，两人一起踉跄了一下。

"我把人都带来了，"林浩道，"剩下的……小孩子、不会武功的，还有那位吴小姐，我让他们趁机从后山走了。你放心，咱们这些人，死就死了，就算落到曹狗手里，起码还有自尽的力气。"

周翡问道："张师伯和赵师叔呢？"

"张师伯死了，赵师叔重伤，现在生死不知。"林浩道，"没事，你刚才不是杀了寇丹吗，还有北斗和北端王……这些人杀一个你就够本了，杀两个能赚一个，咱们不过是一帮不值钱的江湖草莽，谁怕谁？"

周翡觉得他说的话相当有道理，缓过一口气来，她竟然露出了一点笑容，毫不迟疑地冲着那被重重北斗围在中间的曹宁冲去。她渐渐不知道身上多了多少伤口，渐渐察觉到了蜀中深秋的严寒，可是她全不在意，一时间，眼里只剩下这么一把望春山，破雪刀好像融入了她的骨血。

北斗们当然看得出他们擒贼擒王的意图，众多黑衣人用人盾围成了一个圈，紧紧地将曹宁夹在中间。曹宁淡定地看着外圈的护卫一层一层地死光，却似乎丝毫也不在意，好像那些人都不过是他衣服上的小小线头——厚实些更好，没有也不伤筋动骨。

曹宁甚至有暇彬彬有礼地冲林浩一笑。

林浩都被他笑出了一身鸡皮疙瘩，整个人激灵一下，当即觉出不对来，喝道："当心，有诈！"

"哪儿有，"曹宁负手笑道，"只不过若是我能顺利脱逃，自然会亲自下山，若是我无法脱身，被押进寨中，陆大人与谷大人两人必有一人下山主持大局。可是现在，我们都被困在此地，山下的大军迟迟等不到消息，是不是只能说明一种情况呢？"

他话音未落，山谷中便传来整肃的脚步声与士兵们喊的号子声，那声浪越来越近，像一圈圈不祥的涟漪，往四面八方蔓延出去。

"就是我们需要人。"曹宁低声道，随即他的目光跳过林浩，转身望向那被谷天璇与陆摇光两人夹在中间的谢允，朗声道，"谢兄，我看你还是跑吧。"

谢允"哈哈"一笑，本想嘴上占点便宜，然而在两大北斗手下，他也实在不像看起来那么轻松。谢允险而又险地躲过了陆摇光一刀，只来得及笑了一声，一时居然无暇开口。

曹宁摇头道："怎么都不听劝呢？你们现在跑，我还能让人慢点追——唉，如此钟灵毓秀之地，诸君之中英雄豪杰又这么多，陨灭此地岂不可惜？何不识时务？"

林浩眼眶通红，冷笑道："屠狗之辈字都识不全，哪儿会识时务？只可惜今日连累了千里迢迢来做客的朋友，都没来得及请你们喝一杯酒。"

杨瑾一刀将一个北斗黑衣人劈成两半："欠着！"

一个行脚帮的人也叫道："你这汉子说话痛快，比你们寨里那蔫坏的丫头实在多了！"

周翡无端遭到战友指桑骂槐，却无暇反驳。她眼前越来越模糊，几乎是凭借着本能在挥刀，身上的枯荣真气几乎被迫与她那一点微末的内力融为了一体。

华容城中，她被那疯婆子段九娘三言两语便刺激得吐血，如今想来，那时的心性也是脆弱。

那么现在，是什么还在撑着她呢？

蜀中多山、多树，周翡记得自己曾经无数次地从那些树梢上熟视无睹地掠过——清晨那些枝头上充满了细碎的露珠，她没有谢允那样风过无痕的轻功，总是不小心晃得树枝乱颤，凝结的露珠便会扑簌簌地下落，时常将路过的巡山岗哨弄个一头一脸……好在师兄们都不跟她一般见识。

她也曾无数次地蹿到别家门派"偷师"，其实不能算偷，因为除了鸣凤，大家都敞着门叫人随意看，只是周翡有点孤僻，尤其看不惯李晟那一副左右逢源的样子……

好像也不对，其实仔细算来，应该是她先看不惯李晟，才故意反其道而行之，变得越来越不爱搭理人。

千钟、赤岩、潇湘……有些门派精髓尚在，有些没落了。

她每每像个贪多嚼不烂的小兽，囫囵看来，什么都想摸上一把，反而都学得不伦不类。直到周以棠头也不回地离开，她才算真正地定下心神，懵懵懂懂地摸索起自己要走一条什么样的路来。

周翡曾经觉得，直到她出师下山，人生才刚刚开始。

因为过往十九年实在是日复一日、乏善可陈，一句话便能交代清楚，根本算不上什么"阅历"。

可是忽然间，她在深秋的风中想起了很多过往未曾留意的事——她那时是怎么跟李晟明里暗里斗气的，又是怎么百般敷衍李妍也挣脱不开这跟屁虫的。无数个下午，她在周以棠的书房中睡得一脸褶子，醒来瞥见小院中风景，看熟了的地方似乎每天都有细微差别——渐次短长的阳光、交替无常的晴雨、岁岁枯荣的草木……还有周以棠弹在她头上的脑瓜崩。

她甚至想起了李瑾容。

李瑾容不苟言笑很多年，除了在周以棠面前能有一点细微的软化，其他时候几乎都是不近人情的。但是她会偶尔对李晟点个头，对李妍无奈地叹口气，还有就是……有长辈夸她天赋高武功好的时候，她虽然从不附和，却也从不说"小畜生差得远"之类的自谦话来反驳。

周翡觉得自己可能是死到临头了，那些桩桩件件的事一股脑地钻进她的脑子，走马灯似的不停不息。她好像从来未曾刻意想起，原来却一直不会忘却。

原来她的一生之中，在这小小的山寨里，有那么多美好而鲜活的记忆。

训练有素的北朝大军终于拥了上来。

此时，整个四十八寨已经空了，所有的软肋都已经悄然从后山走了，能不能逃脱，也只能听天由命。而被大军围攻重创后的岗哨间，所有能拿得起刀剑的……稀松如李妍都站在了这里，预备着以卵击石。

伪朝领兵大将大喝道："保护王爷，拿下贼寇！"

话音未落，前锋已经一拥而上，即便是训练有素的精兵，每个人都不过是受训了几年便拿起刀剑的寻常人，都好像一捧泼在身上也不伤一根汗毛的温水，凑在一起，却仿佛排山倒海的巨浪，顷刻便将四十八寨最后的精锐与行脚帮冲得四下离散。谢允将寇丹的长钩横在胸前，震开陆摇光的一刀，手掌隐藏在宽袍大袖中，侧身一掌推向谷天璇，不管他是否已经成了强弩之末，推云掌却永远带着股举重若轻的行云流水意味。谷天璇竟没敢硬接，避走半身后方才低喝一声，伸手攻向谢允腰腹，却不料他只是虚晃一招，几步间竟从他们两人围攻中信步晃出，脱离开去。

周翡只觉得身后有人飞快靠近，想也没想便挥出一刀，被人一把抓住手腕。

她被那熟悉的手冰得一哆嗦，随即反应过来身后人是谁，中途便卸了力道，这一口气骤然没提起来，她踉跄了一下，被谢允堪堪扶住。

谢允的手从未这样有力过，他把着周翡的手，将望春山划开半圈，一圈围上来的北朝伪军纷纷被逼退，下一刻又疯狂地拥上来。

"阿翡，"谢允在周翡耳边轻声说道，"我其实可以带你走。"

这一句话灌入周翡嗡嗡作响的耳朵，好像凭空给她软绵绵的身体灌了一股力气，原本顺着谢允力道随意游走的望春山陡然一凝，随即她居然一摆手臂，挣脱了谢允。

她那巴掌似的小脸上布满业已干透的血迹，嘴唇白得吓人，眼神很疲惫，仿佛下一刻便要合上眼，瞳孔深处却还有光亮——微弱，又似乎能永垂不朽。

那一瞬间，她的长刀又有了活气，刀锋竟似有轻响，一招"分海"凌厉地推了出去。

相比"山"与"风"两式，破雪刀"海"一式，是她最后才领悟的，使出来总是生涩，虽渐渐像模像样，却依然差了点什么似的。没想到此时千军万马之中，竟让她一招圆满。那刀光扇面似的卷了出去，竟近乎炫目。

与此同时，周翡回手探进同样布满血迹的前襟，摸出一个小包裹，薄薄的丝绢包裹着坚硬的小首饰，从她沾满血迹的指缝间露出形迹来。

"替我把这个还给楚楚，"周翡没有回答谢允的话，只说道，"再找个可靠的人帮她保存。"

谢允在两步之外看着她，周翡已经是强弩之末，他本可以轻而易举地把她强行带走……

他把周翡的手和那小小的绢布包裹一同握在手心里，一把将她拉到怀里，躲过一排飞流而过的箭矢，侧头在她耳边低声道："这里头有一件东西很要紧，是'海天一色'的钥匙，甚至是最重要的一把钥匙，你看得出我一直在追查海天一色吗？"

周翡自然看得出。

谢允的目光沉下来，这时，他忽然不再是山谷黑牢里那个与清风白骨对坐的落魄公子了，他身上泛起说不出的沉郁，像是一尊半面黑、半面笑的古怪雕像，即使带着个人，凭他在洗墨江来去自如的轻功，也十分游刃有余。

他有些消瘦的下巴轻轻蹭过周翡的头发，漠然问道："那你这是什么意思，考验我会不会监守自盗吗？"

周翡手中望春山一摆，连挑了三个北朝伪军，听了谢允隐含怒意的话，她不知为什么有一点"扳回一城"的开心。

然而她终于什么都没说，只是将东西塞进谢允手里，抽出自己被他攥得通红的手指，看了谢允一眼——

一个人，是不能在自己的战场上临阵脱逃的。
而此物托有生死之诺，重于我身家性命。
这一副性命托付给你，还有一副，我要拿去螳臂当车。
这安排堪称井井有条。

远山长暗，落霞似血。
周翡转身冲向洪流似的官兵。
谢允从骨头缝里往外冒着压不下去的凉意，神魂却似乎已经烧着了。

就在这时，一道突兀的马嘶声蛮不讲理地撞入满山的刀剑声中——此地都是崎岖的山路，谁在纵马？

紧接着空中一声尖鸣传来，一支足有成人手腕粗的铁矛被人当箭射了过来，将一个士官模样的北军钉在了地上，入地半尺，长尾犹自震颤不休。

林浩散乱的长发贴在了鬓角，盯着那铁矛怔了半晌，魔怔了似的低低叫道："师……师叔……"

随后他蓦地扭过头去，只见一队武功极高的人悍然逆着人流杀了上来，所到之处睥睨无双，活活将北军的包围圈撕开了一条裂口。

不知是谁叫道："大当家！"

这三个字登时如油入沸水，陡然炸了起来。谷天璇立刻如临大敌，再顾不上其他，三步并作两步地冲到曹宁身边："王爷！"

曹宁的神色也是一凛："李瑾容本人吗？"

"想必是。"谷天璇一声长哨，所有的北斗都聚集在了曹宁这格外圆的"月亮"身边。小二十年的光景，当年旧都那场震惊九州的刺杀余威竟依然在！

陆摇光也飞身撤回来："王爷，纵然区区几十个江湖人不足为惧，也还是请您先行移驾安全的地……"

曹宁一抬手打断他。

北端王看似笨重的身躯里裹着常人所不能想象的机巧，他脑子里简直好像有一座环环相扣的险恶牵机。他越过陆摇光等人，目光落到了那分外显眼的行脚帮身上，突然下令道："前锋撤回，弓箭手准备！"

陆摇光倏地一怔，一时没弄明白他要干什么。

"天亡我楚，非战之罪。"曹宁在周围人一头雾水之中低低地感叹一声，随即猛地一挥手道，"集中精锐，向山下冲锋，立刻下山。"

谷天璇等人一开始还怕这年轻的王爷不把李瑾容当回事，听了这命令，一时都莫名其妙——他这不是不当回事，而是太当回事了。

纵然李瑾容带走的是四十八寨真正的精锐，可也不过百十来人而已。他手握几万北军，居然要在这突然杀回马枪的百十来人面前撤退，为防追击，还要佯装气势汹汹地撤！

可王爷毕竟是王爷，他一声令下，别说撤退，哪怕让他们这些人集体就地自尽，他们也不能违令。

北军登时掉转刀口，竟似孤注一掷地冲李瑾容等人压了过去，倾覆而至。

纵然是一帮一流高手也丝毫不敢轻慢，当即被北军冲散了些许，只能各自应战，战局登时激烈起来……

后来的事，周翡就不记得了。

她眼前一黑，心里想着不能倒下，身体却不听使唤，长刀点地，恰好撑住了她，她就这样站着晕过去了。

第十七章·
生别离

是她强行从暗无天日的地下黑牢里把他押出来，将他卷进了一波未平，一波又起的麻烦里，逼着他大笑、发火、无言以对……但举世尘埃飞舞，他这一颗却行将落定。

周翡好像做了一个很长的梦。

从李瑾容突然将她和李晟叫到秀山堂的那一刻开始，之后下山也好，遇到的那些人和那些事也好，似乎都是她自己凭空臆想出来的。

恍然梦回，一睁开眼，她仿佛还窝在自己那个绿竹掩映的小屋里，床板一年到头总是潮湿的，椅子倒了没人扶，桌上乱七八糟地摊着一堆有用没用的东西，用过从来不及时洗的笔砚经年日久发了毛，即将长出妩媚的顶伞蘑菇来，屋顶有几块活动的瓦片，让她随时能蹿上房梁脱逃而出……

直到她闻到一股刺鼻的药味。

周翡试着动了一下，感觉自己的肩膀好像被人卸下来过，连带着胸口、手臂，都是一阵难忍的闷痛。她忍不住低哼一声，无意中在旁边抓了一把，碰到了一个冰凉的东西。

是望春山。

那一刻，错乱的记忆透过冰冷的刀鞘，"轰"的一声在她心里炸开，前因后果分分明明地排列整齐。周翡猛地坐起来……未果，重重摔回到枕头上，险些重新摔晕过去。

这时，门"吱呀"一下开了，一颗鬼鬼祟祟的脑袋探进来，张望了一眼，还自以为小声地说道："没醒呢，我看没动静。"

"李……"周翡刚发出一声，嗓子就好像被钝斧劈开了，她忍着伤口疼，强行清了几下嗓子，这才道，"李妍，滚进来。"

李妍"哎呀"一声，差点让门槛绊个大马趴，闻言连滚带爬地冲撞进来："阿翡！"

周翡一听她叫唤就好生头痛，幸好，有个熟悉的声音解救了她："李大状，再嚷嚷就缝上你的嘴。"

周翡吃了一惊，循着声音望过去，居然看见了失踪已久的李晟。

李晟已经将自己收拾整齐，然而他洗去了灰尘，却洗不去憔悴。少年人脸颊上最后一点鼓鼓的软肉也被熬干了，他的面皮下透出坚硬的骨骼，长出了男人的模样，乍一看，周翡觉得有些陌生。

陌生的李晟稳重地冲她点了下头，跟在李妍身后不紧不慢地走了进来。

李妍两片嘴皮子几乎不够发挥，忙得上下翻飞，气也不喘地冲周翡说道："姐啊，要不是李晟遇上了姑姑，他们临时赶回来，咱们现在尸骨上都要长蛆了！"

周翡被她这一番展望说得起了一身鸡皮疙瘩。

"伪朝的那帮贼心烂肺的王八蛋，跑得倒快，将来要是落在姑奶奶手里，一定把他们剁一锅，炖了喂狗吃……"

周翡十分艰难地从她满嘴跑的大小马车里挑出些有用的话："你说曹宁……"

"跑了！"李妍气不打一处来地说道，"你说那胖子，那么大的一坨长腿的肉山，跑得比钻天猴还快。姑父的人都已经到山下了，就慢了一步，这都能让他们逃了！"

周翡正吃力地扶着望春山，想要试着坐起来，闻听此言，她全身的关节当场锈住了，头昏脑涨地问道："你说谁？我爹的人？"

李晟默不作声地倒了一杯水，伸出两根手指捏着李妍的后领将她拽开，把杯子递给周翡，目光在陌生的长刀上一扫。

"谢谢，"周翡接过来，顿了顿，又补了一句，"……哥。"

李晟一点头，掀起衣摆在旁边竹编的小凳上坐下，有条有理地解释道："行脚帮跟大昭朝廷一直有联系，这回行脚帮先行一步，南边那边随后出了兵，我们在往回赶的路上正好遇到了姑父的人——飞卿将军闻煜你知道吗？"

周翡不但知道，还认识。

"我们脚程快，因此先行一步，闻将军他们本来是随后就到，一上一下，正好能给那曹老二来个瓮中捉鳖。没想到我们刚冲上来，那曹老二就好像察觉到了什么，虚晃一招直接冲下了山，只差一点……还是让他们跑了。"李晟话音十分平静，双手却搭在膝头，四指来回在自己的拇指上按着，好像借此平复什么似的。顿了顿，他又说道，"没抓到也没关系，这笔债咱们迟早会讨回来。"

"你没回来的时候，咱们上下岗哨总共六百七十多人，就剩下了一百来人，"李妍小声说道，"留守寨中的四十八……四十七寨里的前辈们伤亡过半。"

李晟纠正道："十之七八。"

周翡其实已经料到了，若不是伤亡惨重，像李妍这种一万年出不了师的货色，当时绝不会出现在最前线。但此时听李晟说来，却依然觉得触目惊心。

一时间，屋里的三个人都没吭声。

好一会儿，李晟才话音一转，说道："姑姑回来了，这些事你就不必多想了，我听说姑父过一阵子也会回来。"

周翡总算听见了一点好消息，眼睛一亮："真的，他要回家？"

李晟却没怎么见开怀，敷衍地一点头，随即皱眉道："怕是要打仗了。"

即使很多人认为曹家名不正言不顺，他们还是站稳了狼烟四起的北边江山。所以曹氏别的本领不晓得深浅，很能打是肯定的。

而建元皇帝南下的时候只是个懵懂的小小少年，如今却正值雄心勃勃的壮年，在梁绍、周以棠两代人的尽心竭力下，势力渐成。如今他大刀阔斧地改革了吏治与税制，想必不是为了偏安一隅的。

南北这两年虽然勉强还算太平，但谁都知道，双方终归会有一战，有个由头就能一触即发。

上一次的短兵相接，双方以衡山为据。

这一回，四十八寨成了那个点燃炮火的捻子。

那么届时，战火会烧到蜀中吗？

周翡不由自主地想起了衡山上那个空荡荡的密道，感觉天底下很多事都似曾相识，桩桩件件都仿佛是前事的翻版。

如果大当家回来得再晚一点，蜀中会不会也只剩下一片空荡荡的群山呢？

四十八寨也会变成另一个家家白日闭户的衡山吗？

"吴小姐他们也回来了。"李晟又道，"本想一起来看你，方才她被姑姑请去说话了。我听说晨飞师兄……"

周翡叹了口气。

李晟按拇指的动作陡然快了三分，好半晌，他才非常轻、非常克制地吐出口气来，说道："知道了，你休息吧。"

说完，他便赶羊似的轰着李妍离开。李妍本来老大不愿意，被她哥瞪了一眼，呵斥了一句"功练了吗，还混"，立刻便灰溜溜地跑了。

也不知这场大乱能激励她多长时间。

李晟轰走了李妍，自己却在门口停顿了片刻。他伸手把住门框，逆着光回过头来，一瞬间，他仿佛冲破了什么禁忌似的，脱口对周翡说道：

"你的刀很好。"

周翡一愣，还以为他说的是望春山，一句习惯性的"喜欢你就拿走"堪堪到了舌尖，回过神来，又实在不舍得，只好让这句话周而复始地在嘴里盘旋。

谁知李晟下一句又道："你练功的资质和悟性确实比我强，这么多年，我一直在苦苦追赶，总是追不上，挺不甘心的。"

周翡："……"

李妍："……"

两人一个门里，一个门外，全都见鬼似的瞪向李晟，英雄所见略同地认为李晟恐怕是吃错了药。

李晟不耐烦地摆摆手，好像要将那些讨人嫌的视线拨开似的，生硬地对周翡说道："但是细想起来，其实那么多不甘心，除了自欺欺人之外，都没什么用处，有用处的只有苦练。今天这话，你听了也不用太得意，现在你走在前面，十年、二十年之后可未必。"

他一口气将哽在心头的话吐了出来，虽然有种诡异的痛快，却也有种大庭广众之下扒光自己的羞耻，最后一句中每个字都是长着翅膀飞出去的。飞完，李晟一刻也待不下去，掉头就走，全然不给周翡回答的余地。

李妍唯恐自己知道得太多被李晟灭口，也一溜烟跑了。这对不靠谱的兄妹连门都没给她关。

周翡作为伤患，跟门外染上了秋意的小院寂寞地大眼瞪小眼片刻，被小风吹了个寒噤。实在没办法，她只好勉强将自己撑起来，拿长刀当拐杖，一步一挪地往门口蹭去。

忽然，她听见了一阵笛声。

笛子不好，高音上不去，低音下不来，转折处有些喑哑。可是吹笛人很有两把刷子，不愧是将淫词艳曲写出名堂的高人，再粗制滥造的乐器到了他手里，也能化腐朽为神奇。拿着这么个粗制滥造的东西，他还能耍几个游刃有余的小花样，露出一点无伤大雅的油腔滑调来。

周翡吃力地靠住门框，抬头望去，只见谢允端坐树梢，十分放松地靠着一根树枝，随风自动，非常惬意。

周翡等他将一首曲子原原本本地吹完，才问道："什么曲子？"

"离恨楼里生离恨。"谢允笑道，"路上听人唱过多少回了，怎么还问？"

周翡仔细琢磨了一下，好像确实是《离恨楼》里的一段，只是别人吹拉弹唱起来都是一番生别离的凄风苦雨，到了谢某人这里，调子轻快不说，几个尾音甚至十分俏皮，因此不大像"离恨"，有点像"滚蛋"，她一时没听出来。

谢允含笑看着周翡，问道："我来看看你，姑娘闺房让进吗？"

周翡道："不让。"

谢允闻言，纵身从树上跳下来，嬉皮笑脸地一拢长袖，假模假样地作揖道："唉，最近耳音不好，听人说话老漏字——既然姑娘有请，在下就却之不恭了，多谢多谢。"

周翡："……"

谢允在她"叹为观止"的目光下，大模大样地进了屋，还顺便拽过周翡手里的长刀，拉着她的手腕来到床边，反客为主道："躺下躺下，以咱俩的交情，你何必到门口迎接？"

他嘴上很贱，眼睛却颇规矩，并不四下乱瞟——虽然周翡屋里也确实没什么好瞟的。

周翡默默观察片刻，突然发现他有个十分有趣的特点，越是心里有事，越是不自在，他就越喜欢拿自己的脸皮到处耍着玩，反倒是心情放松的时候，能听到他正经说几句人话。

谢允察觉到她的目光："你看我干什么？我这么英俊潇洒，看多了得给钱的。"

周翡道："没钱，你自己看回来吧。"

谢允被她这与自己风格一脉相承的反击撞得一愣："你……"

"你"了半天，他没接上词，自己先忍不住笑了。随即他笑容渐收，轻轻摩挲了一下自己的笛子，问道："你有什么想问我的话吗？"

　　周翡想问的太多了。

　　譬如曹宁为什么一副跟他很熟的样子？谷天璇口中的"推云掌"又是怎么回事？他既然身负绝学，之前又怎么会被一帮江湖宵小追得抱头鼠窜？他在追查的海天一色到底是什么？然而这些话涌到嘴边，周翡又一句一句地给咽下去了。她看得出，谢允有此一问，只是实在瞒不下去了，其实并不想说，这会儿指定已经准备了一肚子的鬼话等着蒙她，问也是白问。

　　因此她只是沉吟片刻，问道："要打仗了吗？"

　　谢允晦暗不明的目光落在她身上，仿佛惊愕于她挑了这么个问题，好一会儿，他才说道："曹宁并非皇后之子。"

　　谢允答非所问，周翡一时没听懂里面的因果关系。

　　"曹仲昆是篡位上位，之前不怎么讲究，纳了个妓女做外室，怀了曹宁才接回来做妾。这事颇不光彩，当年的曹夫人，如今的北朝中宫很不高兴。那女人生下曹宁就一命呜呼，这曹宁胎里带病，从小身形样貌便异于常人——你也看见了。到底是他天生命不好，还是当年在娘胎里的时候有人动了手脚，这些就不得而知了。"谢允说道，"据说因为他的出身和相貌，从小不讨曹仲昆喜欢，曹仲昆自己都不想承认这个儿子……偏偏曹宁此人并不庸碌，有过目成诵之能，十几岁就辞了生父，到军中历练。曹仲昆不喜欢他，大概死了也不心疼，所以由着他去了。谁知此子虽然不能习武，却颇长于兵法，接连立功，在军中威望渐长。"

　　周翡仍是一头雾水，有些吃力地听着这些官闱秘事。

　　"曹宁靠军功入了曹仲昆的眼，曹仲昆知道自己是怎么上位的，一直将兵权牢牢地握在手中。他不怕儿子有军功，但是太子怕——你记得几年前曾经有过曹仲昆病重的谣言吗？当时北斗借机发难，北朝朝堂也被清洗了一遍，大家都知道那只是伪帝的试探，但我怀疑那是真的。伪帝的年纪摆在那儿，他能成为九五至尊，不代表他也能长生不老——如果你是太子，有个一身军功的弟弟，你会怎么想？"

　　周翡终于隐约明白了点什么："你是说……"

　　"太子容不下他，反过来，曹宁也未必对太子毫无想法。此番挥师南下蜀中，曹宁看似灰溜溜地无功而返，但经此一役，南北倘若就此开战，对他来说反而是天大的好处。"谢允说道，"反倒是大昭，虽然也想收复北地，重回旧都，但此时动手未必是好时机。等曹仲昆身死，旧都新皇上位，北边必有一场动荡，到时候乘虚而入，岂不更稳妥？甘棠先生惯使春风化雨的手段，比起全线开战，他更愿意等待时机，挑起北朝内乱。"

谢允说完，将周翡那天塞进她手里的那个绢布小包取出来放到她枕边："行了，你要是没有别的问题，我也能功成身退、物归原主了，赶紧还给你，省得等会儿吴小姐过来你没法交代。"

他好像撂下了一个包袱似的，站起来就要走："当年我问你一声名字，你哥都不高兴，再打扰你休息，他要过来轰我了，走了。"

周翡下意识地叫住他："哎……"

谢允脚步一顿，垂下眼帘，那目光一时间几乎是温柔的。

周翡不想放他走，因为还有好多事没问完，比如就算他本来就是个高手，出于什么缘由一直藏着掖着，为什么那天突然暴露了呢？为了救她吗？

刀光剑影中那句"我其实可以带你走"，以及春回小镇里印在她脸颊上的那根手指……

周翡看着谢允，突然有点憋屈，因为她实在不知道应该怎么开口，而谢允那孙子好像打算装作什么都没发生！

谢允轻声问道："什么事？"

周翡憋了半晌，憋出一句："你在哪儿落脚？"

"你们寨里的客房。"谢允笑眯眯地说道，"贵地果然钟灵毓秀，秋冬时分十分舒适，我打算多赖一阵子呢。你快点养伤，养好了带我领略蜀中风光。"

周翡用一种非常诡异的目光盯着谢允。

谢允问道："又怎么了？"

周翡迟疑了一会儿，觉得自己大概是躺久了，太阳穴还是一抽一抽地疼："总觉得这不像是你会说的话。"

谢允大笑道："那我会说什么？赶紧养肥一点，过来给我当端王妃吗？"

周翡："……"

谢允一边笑一边往外走，手里攥着他那支破笛子，吊儿郎当地背在身后。有那么一瞬间，周翡突然觉得他的手指尖微红，手背上却泛起了一股病态的青白色，好像刚从冰水里拎出来。

周翡脱口道："谢大哥，你没事吧？"

不知是不是她的错觉，谢允的脚步好像停顿了一下。

她扶着床柱，头重脚轻地站了起来："我还没说完，你那天跟我说，这布包里面有一样东西很要紧，是'海天一色'的钥匙，是怎么回事？"

"反正这事已经被人蓄意捅出来了，告诉你也没关系，"谢允一脚跨在门槛上，带着几分敷衍，懒散地说道，"这里面应该有一样东西上有水波纹，水波纹就是'海天一色'的标记。"

周翡越听越觉得不对劲，冷静地追问道："是哪一样？"

谢允一本正经地摆出一张端庄的脸，好像他从没写过淫词艳曲一样，回道："姑娘家的东西，我怎么好瞎翻？你自己找找就知道了。"

周翡步步紧逼道："可你不是一直在追查'海天一色'吗？"

连看都不看一眼吗？

谢允："……"

他突然发现她这几天长了不少心眼，都学会旁敲侧击了！

周翡又道："还有……"

她还没说"还有"什么，眼前突然一花，谢允转瞬便到了她面前，猝不及防地一抬手，当当正正地扫过她的昏睡穴。

周翡自己站稳都吃力，躲闪不及，再者也对谢允缺少防备，居然被他一招得手。她的眼睛先是惊愕地睁大，随即终于还是无力地合上，毫无抵抗地被他放倒了。

谢允轻柔地接住她，小心地将周翡抱起来放了回去，嘀咕道："熊孩子哪儿那么多'还有'，我还以为你能多憋两天呢。"

他想伸手在周翡鼻子上刮一下，手伸出去，又僵在了空中，因为发现自己的手正不由自主地发着抖，指缝间寒气逼人，沾上山间丰沛的水汽，几乎要结出一层细霜来。他脸上的笑容也跟着慢慢凝结，良久，谢允将冻得发青的手缩回来，双手握在一起，像在北方的冰雪之夜里赶路的旅人那样，往手心里呵了一口气，来回搓了搓。

然而这也于事无补，因为他发现自己连气息都开始变冷了。

正值午后，是一天中最暖和的时刻，强烈的日光躲过窗前古树，刺破窗棂，汹涌而入，却好似全都与他擦肩而过，连一分温暖都挨不上他。

谢允忽然有点后悔跑这一趟，笛子在他修长的手指间缓缓地转动着，他不由得扪心自问："你跑这一趟干什么呢？"

明知道无论周翡问什么，他都不可能说实话，还特意跑来见她，撩拨她问，简直是吃饱了撑的。

谢允若有所思地琢磨了片刻，感觉除了自己天生欠揍，此事大概只能有一个解释——他真的很期待周翡会憋不住问，憋不住关心，这样一来，他会有种自己在别人心里"有分量"的错觉。

这一点别别扭扭的歪心思如此浅显易懂，不说旁观者，连他自己也清楚。

谢允不由得自嘲一笑，转身走出这间温暖的屋子。他很想潇洒而去，可是一步一步，身后却始终有什么东西勾连着他，诱着他再回头看一眼。

终于，谢允忍不住驻足回首，他看见周翡神色安宁，怀里像抱着什么心爱的物件一样，抱着那把有三代人渊源的长刀，贴着凶器的睡颜看起来居然十分无辜。

谢允的眼睛好像突然被那少女的面容蜇了一下。

是她强行从暗无天日的地下黑牢里把他押出来，将他卷进了一波未平，一波又起的麻烦里，逼着他大笑、发火、无言以对……

但举世尘埃飞舞，他这一颗却行将落定。

轰轰烈烈地闹腾完，周翡回了她绿树浓荫的山间小屋，他也总归还是要回去跟白骨兄相依为命。

再留恋也不行。

谢允不再看周翡，轻轻地替她合上门，衣袂翻起一阵天青色的涟漪，仿佛细沙入水，几个转瞬，他便不见了行踪。

等到闻煜追击曹宁回来，惊闻谢允在此的时候，再要找，那人已经风过无痕了。

李瑾容是在傍晚时分，才总算腾出一点工夫来的。

四十八寨几乎是一片狼藉，她一赶回来，人人都好像找着了主心骨，一口气松下来，集体趴下了。

李瑾容连对着疮痍满目悲怆一下的时间都没有，便有大小事迎面而来。等着她拿主意的人从长老堂一直排到了后山。她得查清死伤人数，得把每个还能直立行走的人都安排好，得重建寨中防务。山下还有无功而返的闻煜和他的南朝大军要安顿，有无端受牵连的百姓等着四十八寨的大当家露面，给他们一点安慰……

风灯逐渐点亮的时候，李瑾容才屏退左右，拖着一身疲惫，轻手轻脚地推开周翡的房门。

她将一盏小灯点起来，在晦暗的光线下看了周翡一眼。周翡好像被这一点动静惊动，有点要醒的意思，无意识地皱紧了眉，攥紧了她的刀柄。

李瑾容看清了她那把不知从哪儿弄来的刀，突然瞳孔一缩——那把刀跟当年李徽用过的一模一样。

"传承"二字，实在太微妙了。

李瑾容轻轻坐在床边，撩开周翡额上的一缕头发，见她额角还有一处结了痂的擦伤，有点可怜。她便叹了口气，目光柔和下来，轻轻地拉起周翡的手腕，想探一探周翡的伤。

脉门乃人身上要害之一，周翡下山历练一圈，警觉性早已经今非昔比，李瑾容的指尖刚放上去，周翡便陡然一激灵，惊醒过来。

见她醒了，李大当家原本有些温柔的神色瞬间便收敛了起来，手指一紧扣住周翡脉门，面无表情地吩咐道："别乱动。"

周翡虽然有将近一年没见过李瑾容，然而骨子里的服从还在，立刻本能地不敢动了。

李瑾容突然皱起眉，试探性地推了一丝细细的真气过去，谁知立刻遭到反弹——周翡这次精疲力竭受伤昏迷，她体内运转到极致的枯荣真气却得到了一次脱胎换骨的淬炼，越发强劲起来，稍微一碰，便露出了唯我独尊的獠牙。

"内伤倒是无妨，养一阵子就行，马吉利看来是手下留情了。"李瑾容缩回手，问道，"但你的内力是怎么回事？在外面遇见谁了？"

周翡此时迫切地想知道谢允为什么会突然打晕她，这会儿又到哪儿去了。但大当家问话也不能不答，只好飞快地将华容城中遇见段九娘的事简单说了一遍——当然，略去了那疯婆子自称她"姥姥"的细节。

当年刺杀曹仲昆失败，段九娘就和四十八寨断了联系，李瑾容自己一摊事也是焦头烂额，便没有多关心过段九娘的下落——枯荣手是何等人物，纵横世间，有几人堪为敌手，哪里用得着别人关照？

却没想到她竟然是自己给自己画地为牢、囚困终身。

周翡见李瑾容若有所思，见缝插针地问道："娘，跟我们一起回来的那位谢大哥……"

李瑾容一掀眼皮，周翡忽然一阵心虚，不由自主地移开了视线。

随即，周翡又觉得自己颇为莫名其妙，心道：我没事心虚什么？

于是她再次硬着头皮对上李瑾容犀利的视线。

"谢……大哥？"李瑾容有些咬牙切齿，记恨这小子当年捣乱是一方面，再者闻煜为了找谢允，几乎将蜀山翻了个底掉，端王的身份再也瞒不住了。

"大哥"两个字从李瑾容嘴里冒出来，周翡没来由地打了个寒战。

李瑾容瞪了她一眼："你知道他是懿德太子遗孤吗？"

"知道，他是端王，常年离家出走，平时贴两撇小胡子，自称'千岁忧'，靠卖小曲为生。"周翡先是三言两语把谢允交代了个底掉，接着又转着眼珠觑着李瑾容的脸色，试探道，"虽然……呃，他当年闯过洗墨江，是非常欠抽，但那也是替人跑腿，这回也多亏他……"

周翡乍一醒来，不好好交代自己这一路上都闯了什么祸，还三心二意地先惦记起一个外人——李瑾容以前一直发愁，因为周翡是个一身反骨的混账，嘴损驴脾气，跟自己都敢说翻脸就翻脸，要是将来能嫁出去，不满世界结仇，李大当家已经要念阿弥陀佛。谁知这回，她却是结结实实地感受了一次什么叫作"女大不中留"。李瑾容一时也不知自己是该欣慰还是该郁闷。

好几种滋味来回翻转一周，李大当家的脸色比来时更沉了。周翡机灵地把后面的话咽回去了。

"他走了。"李瑾容冷冷地说道，"闻煜也在找他，不过他没惊动岗哨，大概从洗墨江那边离开的。"

周翡："什么！"

"叫唤什么？"李瑾容先是训斥了她一句，随即又站起来，在房中来回踱了几步，伸手按了按自己的眉心，说道，"先太子遗孤——你可知这身份意味着什么？"

周翡无言以对。

李瑾容又道："当年大昭南渡，为重新收拢人心，打的旗号便是'正统'。'赵氏正统'四个字，就是皇上最初的班底。但若是论起这个，其实懿德太子那一支比当今更名正言顺。所以至今赵渊都不敢明说将来要传位给自己的儿子。"

她说完，凌厉的目光射向周翡，周翡眼珠乱转，一看就是在琢磨别的，根本没听进去。

李瑾容额角突突直跳："周翡！"

"我知道，"周翡忙乖巧地说道，"人家救我一命，我还没道谢呢。"

李瑾容："……"

不知为什么，周翡没有梗着脖子跟她顶嘴，她居然有些不习惯。

李瑾容本来准备了一肚子训斥，见周翡乖巧之下是盖不住的憔悴，分明是强打精神，却一声没吭。她突然间就觉得她的小姑娘长大了。她的目光不知不觉中柔和下来，有点欣慰，也有点无所适从："罢了，你先休息吧，过两天伤好一点，再来跟我交代路上做了些什么。"

周翡规规矩矩地起来送她。

真是懂事了。李瑾容心想，按了按周翡没受伤的左肩，快步走了——她还有一堆琐事要处理。

"懂事"了的周翡一直目送李瑾容，直至确定她走远了，这才一跃而起，回身抓起望春山。想了想，又将吴楚楚的那个绢布包揣在怀里，一阵风似的从后边院墙跳了出去——气没提上来，落地时还差点崴脚。周翡龇了一下牙，鬼鬼祟祟地往四十八寨的客房方向跑去。

吴楚楚初来蜀中，满怀心事，正坐在院子里发呆，突然院里掠过一道人影，吓得她当场尖叫了一声。

周翡忙小声道："是我。"

吴楚楚用力拍着胸口："吓死我了……你的伤怎么样了？我今天去看过你，但……"

周翡没应声，一边随手将那绢布包摸出来塞给吴楚楚，一边纵身跳上了墙头，登高四下寻摸。

吴楚楚问道："……你干什么呢？"

"找人。"周翡一边望着附近一排小院和依山的小竹楼，一边心不在焉地问道，"客房都在这边吗？"

吴楚楚仰着头，还没来得及答话，门口便闯进一个人来，喝道："什么人！"

李妍受了刺激，难得用功，拽着她哥请教了半天。李晟刚开始还尽心尽力地教，结果发现此人乃朽木不可雕也，终于忍无可忍，甩袖走了。惨遭亲哥嫌弃的李大状正骂骂咧咧地自己瞎比画，突然听见一声嘲笑，一回头，发现是杨瑾那黑炭。李妍新仇旧恨一起涌上心头，当即不知天高地厚地冲杨瑾挑战。杨瑾才懒得搭理她，扭头就走，李妍纠缠不休，一路跟着他跑到了客房这边，还没怎样，就听见吴楚楚一声惊叫，当下以为出了什么事，连忙闯进来一探究竟。

　　杨瑾不便像她一样闯大小姐的院子，便只好抱着断雁刀，皱着眉来到门口，以防不测。

　　不料他一抬头，正对上周翡从墙头上扫下来的目光。

　　李妍看清了人，仰着头诧异道："姐，你自己院里那墙不够你爬，还专门跑这儿来爬墙？"

　　周翡没理会她，她看见杨瑾，心里突然冒出个馊主意。

　　　　　　　　　　　　　　　　　　　　　　　　——未完待续

番外·

托孤

他被一段血海深仇蒙在鼓里，老天便又给他降下另一段血海深仇，宿命一般，终于未能长成个济世救民的英才。

世道也是越发不太平了，战火烧焦了衡阳，旧山河一片狼藉，得往南，再往南——南到临近湘江之处，到了邵阳，方得一方苟且似的太平。

邵阳也是萧条，但毕竟离前线远些，尚能叫人提心吊胆地偏安一隅。

霓裳夫人第一次仔细看周翡，是那少女刚从惊心动魄的衡山密道中脱困而出，又打退了上门踢馆的南疆大刀杨瑾。初出茅庐的少女身上带着战意未消的刀锋意味——那是霓裳夫人熟悉的味道。虽然周翡尚且稚拙，却叫她想起了二十多年前的故人："我和你外公渊源甚深，想当年，我像你一样大，就是跟着他们闯江湖的。"

周翡面上不动声色，眼角眉梢却露出小女孩式的好奇，恨不能她再多说一点先人的故事。

　　"譬如你先前遇上的郑罗生，就同我们有过节，他那时在杏子林里摆了个'阎王镇'，好生大言不惭，往来过客都得交过路钱，老霍一脚将那'阎王'踹折了，那郑罗生眼见打不过，面也不露，灰溜溜就跑，"霓裳夫人说到这里，叹了口气，"大概不要脸的人总能活得久一点。不过这都不凶险，凶险的反倒是一处匪窝……"

　　"姑娘，再往前，便是'杀虎口'了，听小的一句，可莫要去了。"
　　寒酸的小店顶着一面破了洞的酒旗，破洞太多，酒旗迎风也难以招展，半死不活地耷拉着。老人又是掌柜又是小二，身兼数职，慢吞吞地拎着瘪口铜壶往破口的茶杯里倒水，因见婉儿生得貌美，便忍不住多嘴提醒她。
　　婉儿不以为意，嬉皮笑脸道："杀虎口难道还有老虎不成？正好抓了那畜生回来，扒皮抽筋，用骨头泡酒。"
　　"哎哟，你这女娃子。"老人叹了口气，"哪儿来的老虎？真大虫来了，在杀虎口也活不下去。你推开窗户往远处瞧，瞧见那山连着山了吗？那处漫山遍野都是匪盗响马之流，兴头上来，烧杀抢掠，无恶不作。现如今，走得动的都背井离乡了，剩下的老弱病残，每日还要给匪老爷上供，否则轻则闹得你家宅不宁，一个不好，一家老小的小命都保不住。"
　　旁边霍长风听了一愣，问道："朝廷不管吗？"
　　"管，朝廷也发过兵，可那大军一来，他们便撤往关外，荒山野岭地到处一躲，大海捞针似的，天王老子也找不着。大军一走，他们便又卷土重来，还要变本加厉，说是连那郡守老爷的脑袋也给割了去，在城墙上挂了三天嘞。新郡守不敢得罪他们，只能巴结讨好，你来我往打得火热，现在倒像是和那些个响马官匪勾结、蛇鼠一窝似的，唉！水开了，小人给客官们下碗面来垫垫。"
　　老掌柜说者无心，李徵和霍长风也只是随耳听、随口问，人间不平事见多了，就知道"四方行侠仗义"只是少年们的憧憬，大侠也是会吃喝拉撒的肉体凡胎，填不平世道上的沟沟坎坎。
　　唯独初出茅庐不知天高地厚的婉儿听进去了。

当晚，李徵正在房中打坐，忽然听见有人鬼鬼祟祟地敲门，他一睁眼，从破雪刀的漫天寒意中回过神来，将收未收的刀锋凝成看不见的森然之气，从门缝中扫了出去，在门口探头探脑的女孩无端打了个哆嗦。

婉儿叫道："李徵，李大哥，李吃货！"

李徵无奈，只好趿履而起，拉开房门，故意板着脸道："深更半夜的，你一个女孩子，跑来敲男人的门做什么？"

婉儿出身羽衣班，走南闯北，被班主惯得不像话，才不管什么男女大防，毫不见外地挤开他，自己进了屋，兴致勃勃道："李大哥，你不想瞧瞧那些个连朝廷都奈何不了的土匪吗？"

李徵将长刀挂起，又挑亮了灯，倒了杯温茶水给她，慢吞吞地将双手揣在袖子里，像个刚刨完地的老农。他打了个哈欠，方才绝代刀客的气质荡然无存，嘀咕道："土匪？土匪有什么好瞧的？"

"以往碰见的都是些过不下去的小贼，我就没见过真正的悍匪，"婉儿道，"我打听了，此地离杀虎口尚有百十里，老百姓就已经这样战战兢兢，临近杀虎口的那些个城郭村镇的又要怎么样？"

李徵闻言想了想，一点头，说道："不错。"

婉儿眼睛一亮："那我们……"

"既然不好走，"李徵说道，"我们绕开去也好。"

婉儿："……"

李徵道："你啊，早点休息，明天一早，我同霍老兄商量商量就起程——怎么了？"

婉儿跳了起来："你……你就打算一走了之？"

李徵揣着手，脸上有一圈刚刚露头的细碎小胡楂，又茫然又窝囊地看着她。

"你可是南刀，不是应该路见不平，那个什么……"

李徵摆手笑道："什么南刀北刀，江湖朋友们闲来无事瞎说的罢了，朝廷都管不起，我算什么？"

婉儿同他一路走来，只是觉得李徵颇有些"与世无争"，好似个面糊的男人，软和得很，平白无故能让一分就让一分，绝不与人起干戈，根本没有传说中"破雪刀"的霸道。

婉儿一度以为他只是生性淡泊、虚怀若谷，现在看来，分明只是尿得真情实意！

她沉下小脸，重重地"哼"了一声，在李徵莫名其妙的目光下转身就走，心道：我不同你这懦夫一道了。

第二日一早，天尚未破晓，婉儿就已经将自己打点完毕，她将一头长发束起，换了个男人的装束，招呼也不打便骑马悄然离开，直奔杀虎口，打定了主意要去行侠仗义。

杀虎口沉郁苍凉，与凉州相交，黄土漫天，烟尘袅袅，雄关默不作声地高踞于连绵山脉间。再往北，便是一望无际的关外蛮荒之地，过往商客也曾在此络绎不绝，此地也曾热闹过。旧时的庙宇店铺房舍尚在，然而已经十室九空，甚是萧条。

婉儿在附近镇上转了许久，见镇上只有一处旅店，统共没有巴掌大的小院，门口的车马堵了一路，像是个什么镖局的人途经此地。她探头一看，看到那楼下厅堂都挤得满满当当，眼看是没房了。

她一个独身上路的大姑娘，自然不便和那好些汉子挤在一起，只好转往别处，一直徘徊到了傍晚间，也没能找到个落脚的地方。正在这时，街角却有一户人家开了门，许是被来来回回的马蹄声惊动，一个头发花白的老妇人警惕地循着马蹄声望去，将婉儿瞧了个正着。

婉儿机灵得很，仗着面嫩脸乖巧，连忙凑上前去，说道："大娘，晚辈途经贵宝地，没找着打尖住店的地方，可否厚颜请您收留一晚……呃，您放心，我不是什么歹人。"

老妇一把年纪，自然瞧得出她是个大姑娘，见她一张小脸干干净净，双手捧着个绣花的荷包，心下一软，犹豫片刻，轻轻往后一退，低声道："进来吧。"

婉儿尚未来得及欢喜，那老妇又看了看她的马，迟疑道："姑娘，这马……怕是不好进门。"

婉儿愣了愣，以为人家住家院里嫌弃畜生，杀虎口镇统共没有几步路，倒也不必非得有代步的工具，便也通情达理，说道："那个无妨。"

她趴在马耳边说了句什么，在它后脊上轻轻一拍："在城外等我。"

马好似通灵性，亲昵地从她手上舔走了一把黑豆，稳稳当当地自己跑了。老妇稀奇地多看了两眼，啧啧称奇，一边将婉儿让进屋里，一边说道："不为别的，我们小门小户，院破墙矮，姑娘那神骏太高，恐怕藏不住啊。"

婉儿奇道："为什么要藏？"

老妇脸色微变，摇摇头，却不肯多说。

乡里农家，自然是粗茶淡饭，好在婉儿虽然娇惯，却也是自小随着班主跑惯了江湖的，并不在意。只是天色才一黑，那老妇便仔细地将院门锁了，将婉儿引进厢房，又细细叮嘱道："姑娘夜里不管听见什么，万万不能露面，也不要到院里去，切记。"

婉儿问道："大娘，那是为什么，这镇上夜里还闹鬼不成？"

老妇没来得及答话，便听远处传来一阵低哑的号角声，好像有什么怪兽惊醒过来，继而是混乱的马蹄响。那老妇面露惊惶，一回手将那门带上，哆哆嗦嗦地连上了两层锁，冲着婉儿拼命摆手。

婉儿一愣，走到窗边，将破败的窗户纸掀开一角往外望去。那院墙确实是矮，仿佛只是个摆设，随便张望一眼，院里院外的人能对上眼。

只见一群身负兵器的青壮年男子从小镇尽头纵马而来，方才还有些人烟的大街上空旷一片，宛如鬼城！

这伙人个个是练家子，为首一人骑一匹枣红大马，背后是一面猎猎作响的大旗，黑底红字，上书"杀虎口"三个字。辔头上系着两个头骨，看尺寸，恐怕死时还都是未长成的孩子。这些人一阵风似的掠过，直奔那客栈而去。

婉儿正要上前看个究竟，老妇人却一把拽住她，口中道："使不得，这些人是杀虎口的悍匪，杀人不眨眼的！"

婉儿道："这些匪人这样猖狂，天还没黑就公然到大街上……这是要做什么？"

她们说话间，客栈那边已经乱了起来，马嘶人叫嚷，火光冲天，没多大一会儿工夫，竟仿佛动起手来，刀兵乱撞的响动顺着夜风呼啸而去，紧接着，又有焦煳味夹杂着血腥味飘过来。老妇紧紧地攥着婉儿的手，吓得面无人色，低声道："我们这地界，哪里容得下外人？镇上都有他们的眼线，有什么都不知道的过路客一头撞进来，穷困潦倒的小商小贩倒也罢了，他们看不上，但凡有点家底的、有点姿色的，都逃不出雁过拔毛的下场——姑娘，听我一句，明儿个一早，你便趁天没亮，快快地走吧，绕开杀虎口，可千万别撞在他们眼里啊。"

婉儿皱了皱眉，她分明记得那客栈里一水儿的高头大马，是一伙看着就不好惹的镖师，平日里刀尖舔血，自有手段，想必不会被区区一伙山匪怎样。可是听着那喊杀声，她又隐隐有点不安，感觉自己这回恐怕是托大了。

那喊杀声到了后半夜方才结束，整个镇子就跟死了一样，连开窗查看的都没有。老妇人早已经在恐惧中和衣睡下了，婉儿却毫无睡意，她侧耳听了片刻，将门推开一条小缝，钻了出去。

羽衣班出身的姑娘，轻功好看得不行，轻灵曼妙。婉儿人影一闪，悄然滑过死寂的小巷，直奔那破破烂烂的客栈。没到近前，她心里便是一惊——那客栈门口斑斑点点的都是血，早先停在此地的车马全都不翼而飞，只剩下一杆破旗，上面"中原镖局"四个大字被一把长刀刺穿。

要知道，一般不入流的镖局，可不敢夸下"中原"镖局这样的海口，江湖风雨飘摇，倘若名起得太大压不住，反而容易招祸。婉儿初出江湖，也知道这"白道第一镖"的名头。"中原镖局"至今，历时三代，名号是一辈一辈人把脑袋别在腰带上闯出来的，走别人不敢走的镖，蹚别人不敢蹚的路，难不成会栽在一群小贼土匪身上？

婉儿迈步走进小客栈中，只看了一眼，便被震住了——只见那头天晚上还热热闹闹的大堂中桌椅狼藉，血迹仿佛泼洒的梅子水，将整个地面都糊住了，一宿也没干。尸体摞着尸体，残臂断腿飞得到处都是，大堂正中间有一须发花白的老者，双臂齐断，胸口被三把钢刀洞穿，正怒目瞪向正门。婉儿目光和他对上，下意识地后退半步，一脚踩进血水中。她的心狂跳片刻，好一会儿方才壮着胆子近前查看，越看越觉得触目惊心——那老者太阳穴高高鼓起，显然是个内家高手，断臂处伤口整齐得好似快刀削过的豆腐，这得是多大的劲力，多快的利器？

一股凉意顺着少女的后脊梁上了头，她突然意识到，自己当时见人满为患没有在此逗留，恐怕是逃过了一劫。

这时，后面突然传来一点细微的动静，羽衣班以音律舞蹈为生，耳音都是极灵的。婉儿激灵一下，伸手按住腰间短剑，小心地往那空无一人的后堂中走去，那声音却是从堆得高高的柴火里传出来的。

婉儿问道："谁？"

柴火堆里没人应声，她小心地将那堆在表面的柴挪开，里面竟随着她的动作滚出一个人来。那人八尺有余，不知受了什么伤，整个人如同一个破口袋，肌肤渗血，软绵绵地垂在一边，双目睁着，竟然还有微弱的气息！

此人全身上下，只有一条右臂尚存，仍是全须全尾地垂在胸前，护着个一臂长的小婴儿，那孩子面色铁青，似乎是已经气绝了。婉儿吃了一惊，连忙上前，伸手去推那男子，小声叫道："大叔，大叔？"

手指甫一触碰那人，她顿觉一股微弱的劲力反弹，婉儿吃了一惊——以前听师父提起过，中原镖局的总镖头名叫"常欢"，有一手遇强则强的绝活，能将人打在他身上的劲力反噬给施力者，江湖人称"轮回手"。

可……"轮回手"怎么还会亲自走镖？

他亲自走镖，怎么还会被劫？

这些盘踞在杀虎口的山匪难不成比活人死人山的大魔头们还厉害？

仿佛是她那轻轻一碰惊动了常欢，那只剩一口气的人突然回光返照，眼睛里闪过一缕光，目眦欲裂地瞪向婉儿。

"我是路过的，"婉儿吓了一跳，忙道，"我……我不是坏人。"

那血葫芦似的男人喉间发出"咯咯"的响动，话却不成声，拼死一咬牙，竟将自己撑了起来，把那死孩子推向婉儿。婉儿吃了一惊，感觉怀里被人塞进了一具小小的尸体，她来不及反应，却见男人蓦地扣住那孩子后心，在那巴掌大的小后背上点了几下。

婉儿双手感觉到微弱的劲力，下一刻，她睁大了眼睛——怀里的小婴儿轻轻地挣动了一下，竟好似又有了气息，有气无力地张了张嘴。他没能哭出声音来，小小的头软绵绵地垂在旁边，细细地哼唧了一声。

婉儿睁大了眼睛："轮回手……你……你是常总镖头不是？"

"轮回手"遇强则强，还有一门独门秘技，就是上一代人可以在自己临终时，将毕生功力传给后人，中原镖局世世代代生生不息，也有这样的缘故。

常欢不答，抵在婴儿后心的手指不住地颤动，皮肉迅速灰败下去。片刻后，他狠狠地一颤，手掌倏地落了下去，眼神已经散了。婉儿大惊，手忙脚乱地将那婴儿抱好："常大侠，喂，常大侠！我说我不是坏人你就信吗？你……你说句话再死啊，到底是让我怎样……喂！"

突然，地面传来震动，婉儿吃了一惊，听到隐约有马蹄声逼近。那马蹄声转瞬到了近前，又有人声响起，她听到有个男人阴恻恻地说道："那东西没找到，拉回一堆破铜烂铁做什么？搜！肯定还在死人身上！"

婉儿顾不上细想，一把抱起孩子，朝后院跑去，才到门口，后院却传来了狗叫声和脚步声。她猛地停住脚，再要往回走，却听身后的大堂中一阵乱响，那些凶手已经进来了！

婉儿进退维谷，倏地从袖中抖出一条长练，缠上房梁，翻身而上。病弱的孩子细微地挣扎起来，小小的喉咙里发出倒气的声音，仿佛随时准备重新投胎。她心里急得要着火，方才将长练收回袖中，便听外面有人说道："这儿有个脚印，往后堂去了！"

婉儿一口方才要放下的气陡然又提起，倏地一低头，看见自己鞋底上赫然沾着一块已经干掉的血迹，从外面一路踩进来，就停在那常欢的尸体旁边。

"啪"一声，后堂的木门被人一脚踹开，一伙浑身带着血气的人凶猛地扑进来。婉儿的心提到了嗓子眼，她蜷缩在房梁一角，一动也不敢动，眼睁睁地看着那些人用刀剑挑起常大侠的尸体。为首一人看了他一眼，凌空拍出一掌，只听一声裂帛声响。

婉儿剧烈地哆嗦了一下，见常大侠的尸体好似破布条一样，顷刻间四分五裂。

这是何等可怖的内力！

而就在这时，好巧不巧，婉儿怀中那只剩一口气的小婴儿不知是被她勒疼了还是怎样，竟发出一声猫叫似的轻哼！

这孩子是扫把星转世吗！

婉儿周身汗毛倒竖，直接抱着那孩子翻身自房梁上一跃而下，脚一点地，她便头也不回地往外冲去，这动作不可谓不敏捷，可身后的刀锋竟比人快。她只听耳畔"嗡"一声，利器已经逼至后心，婉儿蓦地从袖中甩出一截琴弦，头也不回地朝着刀锋弹了出去。虽然不知这些人有何恩怨，可是传说中的"轮回手"常总镖头尚且折在这里，她一个后辈无论如何也不敢托大，当下毫不纠缠，只仗着自己轻功好，想要尽快突出重围。

婉儿的琴弦乃精铁所制，能甩开几十斤重的巨石，但这一出手，手中却是一空——琴弦竟被当空斩断！她猝然回头，流星似的刀刃已经压上了她的头顶，婉儿拼尽了全力将自己蜷成一团，就地滚了出去。那长刀擦着她的后背直劈入地，一缕长发被钉入地面半寸。地面石土飞扬。

这一下倘若挨得实了，怕是要脑浆迸裂！

婉儿心下骇然，自知万万不及，可是不等她起身，匪徒们已经从四面八方包抄上来，将她团团围在中心。少女手脚冰凉，紧紧抱着怀中婴儿，这小死孩子不该出声的时候哼唧，该出声的时候又哑巴了，此时一声不响，她又不敢低头查看，几乎怀疑他已经死了。

匪首人高马大，手中拿着一把凛冽的唐刀，他相貌竟颇为端正，神气中却带着血气。将沾满了长发的刀尖甩了甩，他目光在婉儿身上一转，笑道："哪里来的漂亮小娘子？昨天是哪个瞎子清扫的客栈，竟能把你都漏过去？"

婉儿定了定神，强作镇定道："我……我只是个过路的，误闯客栈，不知贵宝地的规矩，多有得罪，还望……"

"过路？"那提刀之人大笑一声打断她，"小娘子，咱们这镇上可不曾有过路的，就连飞进来的苍蝇，也是我杀虎口的东西。你啊，乖乖的，把你手上那药人放下，跟着我们上山吧。"

婉儿眼珠一转："我手中只有个死孩子，哪儿有什么药人？"

"中原镖局的常欢，前世不修，儿子生下来就是死胎，谁不知道？这老小子这些年财大气粗，竟弄到了当年大药谷昌国师的仙丹，强行留下这崽子，将他泡成了个'小人参'，吃一口肉长十年功力，死的也行，可是得新鲜——哈哈，不瞒你说，常欢他们过了太原府，便被我们的人盯上了，打着个破旗号，真当自己无敌了？让他尝尝我这天下第一刀的手段。"

婉儿本意是要拖延时间，一边听他说，一边缓缓地在原地踱步，找能突围的口子，饶是带听不带听地听上一两句，也直犯恶心。那匪首话音未落，她突然瞅准了一处缺口，飞掠而出。

众贼寇见她要跑，一拥而上，婉儿咬咬牙，三根琴弦同时自掌中弹出，在空中"啾啾"作响，并不以伤人为目的，只是左躲右闪。

一杆长枪当胸挑来，婉儿倒抽一口凉气，险些被捅个对穿。千钧一发间她一矮身闪过，发髻被长枪挑了个正着，头皮上一阵尖锐的刺痛，披散下来的长发乱飞一通。那匪首怒道："臭丫头，给脸不要！"

身后索命的刀声又至，婉儿避无可避，心里绝望，嘴上却不饶人道："小贼，你算什么天下第一刀？呸，你给南刀提鞋也不配，李徵！李徵！"

那匪首听了她的叫喊，竟是微微一愣，刀锋一滞，任凭她逃了出去。

婉儿已经蹿到客栈门口，两个起落飞身上房，本来大松了口气，以为自己即将突出重围，目光往下一扫，却愣住了——只见围着客栈里里外外，足有上千人，匪旗下是黑压压的人头，杀意森然地望着她。

她的心沉了下去。

这时，那持刀的匪首缓缓从客栈中踱步而出，仰头望向房上的少女，背手道："南北双刀，久负盛名，李徵以其九式'破雪'，号称天下第一刀。我手上这把刀，没有什么花哨，也没有那么多风花雪月的名号，只是浴血而生，刀下亡魂无数，砍杀千人不卷，不知比李大侠的破雪如何？李大侠既然也来了，何不出来一见？"

婉儿不告而别，哪里去找李徵？方才不过喊出来吓唬人而已，眼看那匪首竟然还当真了。

她正不知该如何收场，只见那人倏地将长刀往地上一戳，朗声道："看来李大侠不想见我，可我刀已开刃，不见血万万没有归鞘的道理，既然如此……嘿嘿。"

婉儿还没反应过来这一声"嘿嘿"是几个意思，便见那逼人的刀锋一言不合已经近在眼前！她悚然一惊，这才发现，方才在客栈中，匪首竟未出全力，此时一刀落下，仿佛关外的狂风卷过，叫人避无可避、逃无可逃，整个人罩在其中，连躲闪都不知道往哪儿去！

就在这时，只听"锵"一声，一根枯枝应声而落，在少女鼻尖前两寸处与那匪首的长刀短兵相接。树枝旋即化为齑粉，簌簌地砸在婉儿脚面，她额角鬓边的碎发忽地向后别去，脸上几乎感觉到刀割似的疼。

长刀的攻势本不会被一根枯枝截住，那匪首只需将长刀再逼近两寸，就能将婉儿一分为二。可那枯枝不偏不倚，正打散了他那一刀的"气"。匪首顾不上婉儿和那半死不活的孩子，缓缓地转过头去，只见数十丈以外，民房顶上，一个衣着朴素、貌不惊人的中年男子身背一长布包，手中抓着一把枯枝。

劫后余生的婉儿惨白的嘴唇动了动，低喃道："李大哥。"

李徵，南刀李徵。

李徵四平八稳地冲匪首伸手作长揖，口中依然是彬彬有礼道："久闻杀虎口有一刀客，手中一把唐刀，自从北刀出关离去，便将'北刀'

之名擅自据为己有，想必就是兄台吧？"

那匪首沉声道："我手中这把唐刀，承自断水缠丝，我姓乐名堂，愿与南刀一较高……"

李徵笑了起来。

那匪首皱眉道："你笑什么？"

"断水缠丝，我有幸见过一次，"李徵笑道，"刀法缠绵诡谲，但自有分寸方圆，不像仁兄这刀，什么东西，少污人名声了——至于你姓甚名谁，没人想知道，今日你死于我刀下，日后传出去，也只配叫'小贼'……"

婉儿："……"

李某人这样一个在集市上踩人脚都要念声"阿弥陀佛"的面团，竟然也有出言不逊的一天，婉儿怀疑是自己的耳朵出了毛病。

然而那匪首的耳朵显然没毛病，他当下大喝一声，提刀便朝着李徵砍去。

李徵一片浮萍似的轻轻荡开，单手持刀，随意拨挡，活似和同门推手喂招，显得那匪首的刀法热闹得有些浮躁了。周围群匪一时全都不能上前，婉儿被刀风呛得张不开嘴，只能死死护住怀中不知死活的孩子。

突然，熟悉的马嘶声沿街响起，婉儿吃了一惊，定睛望去，只见自己那匹颇通灵性的小马竟然沿街跑了过来，李徵头也不回道："走！"

婉儿下意识地纵身从房顶上一跃而下，刚好落在那马背上，缰绳尚未扶稳，马已经冲了出去。

婉儿大叫道："李大哥——"

双刀相撞分明离她有数丈之远，那一刻金石之声却仿佛就在耳边，"锵"一声，刀声漫过人的心口，直逼咽喉。婉儿睁大了眼睛，那一瞬间，她看见了李徵刀上的锋芒，布包随意裹着的长刀刀背厚重古拙，不见刀锋，然而那锋芒又好似无处不在，譬如雪山一怒，山脊倾颓，漫天的杀机轰然落下。

破雪——无锋之刀。

婉儿想要掉转马头，群匪却自她身后围堵上来，箭矢乱飞。她抱着那孩子，好似抱着个天大的累赘，应对得捉襟见肘，无数刀光剑影从破败的小镇窄巷中涌出，围追堵截着向她而来，那马跑疯了，嘶声咆哮着硬生生从中闯出了一条路。

杀虎口缥缈的群山中旭日初升，漫天的朝霞被涂上一笔血似的红，婉儿仿佛是哭了，可是眼泪尚未离开眼眶，已经被朔风舔去。

就在这时，地面震颤起来，遥远的鼓声乍起，婉儿吃了一惊，见远处烟尘滚滚，竟好似大队人马前来。

"他怎么又哭了！"婉儿大惊失色，手忙脚乱地抱起那倒霉孩子不住地拍，谁知她这一拍，那小崽子反而闹得更凶了，尚且直不起来的脖子一哽一哽地抽动，五官皱成一团，眼看要断气，"李大哥！李大哥！救命！"

霍长风无可奈何地拽住拉车的两匹马，扬声道："李兄，劳驾你们俩换换。"

李徵无奈，只好任劳任怨地将马让出来，上车哄孩子，这车还是他们临时添置的——那日在杀虎口惊心动魄，最后以交游甚广的霍堡主从三十里开外的郡守处借来两万官兵收了尾。官兵也不是不想管，只是每每一动兵，匪人总要逃往关外，不能斩草除根。那匪首自号"北刀"，手段阴毒，武功奇高，杀进里三层外三层的府邸取前一任郡守的脑袋如探囊取物一般。朝廷官员最忌讳这种无影去无踪的刺客。如今朝廷式微，赵家人按下葫芦浮起瓢，反贼五湖四海都是，哪儿有心情管这穷乡僻壤的麻烦？郡守也有妻儿老小，也怕死，只好多一事不如少一事。

谁知这假"北刀"遇上了真"南刀"，郡守曾与霍堡主有一面之缘，闻听此言顿觉机不可失，立刻下令连夜奔袭杀虎口，总算是剜下了这块毒疮，只可惜枉死者终未得见天日。

霍长风打探到，这孩儿乃常总镖头中年方得，常夫人拼死生下他，没多久便一命呜呼。孩子也是胎里带病，常总镖头到处搜罗灵丹妙药，苦苦保下这孩子一条性命，不料还招来了宵小觊觎。此番路过杀虎口，是常欢听说关外有一神医，带着孩子前去寻访。中原镖局的常总镖头成名多年，又带着手下众多弟子，想必也未将一山匪徒放在眼里，不想神医萍踪难觅，自己反而折在此地……也是一代英雄。

中原镖局精英尽折，常家又人丁寥落，霍长风得知常夫人母家还有一个小妹，嫁给了山川剑殷闻岚。殷大侠家大业大，又是谦谦君子，想必不会介怀多养个外甥，便由霍长风送了信，一路往殷家庄赶去。

殷闻岚本来在外游历，闻信亲自赶回来，在衡山与他们会合，不料被大雪堵在衡山脚下。殷闻岚同李徵以武相会，山川剑和破雪刀不相上下，打了足足三天，各自折了一刀一剑，自此一见如故。

"羊奶烫了，"李徵像个老妈子一样絮絮叨叨地指点婉儿，"凉了以后膻气难掩。他脾胃虚弱，可能不愿意喝，不是买了蜜吗？滴上几滴就好……哎，不是那么抱的。"

殷闻岚坐在马背上，笑盈盈地注视着这边："李兄带孩子倒是颇有心得。"

"惭愧，"李徵有条不紊地给那男婴喂了奶，又轻轻地拍着他打了嗝，"内子早逝，家中一儿一女，都是我带大的。"

"一儿一女一枝花，李兄真是有福气。"殷闻岚膝下无子，听了这话，面露艳羡，又看了一眼那孩子，忍不住道，"给我抱抱吧。"

殷闻岚小心翼翼地接过那脆弱的男婴，在李徵的指点下略有些僵硬地调整姿势，惊奇地看着这个还没有山川剑剑鞘沉的小东西，不甚熟练地哄了两下。男婴大概是吃饱喝足，方才又哭累了，眨巴着哭肿的小眼睛，冲他露出了一个"无齿"的笑容，眼皮眨巴两下，竟就这么蜷缩在他的大手里睡着了。

殷闻岚大气也不敢出，声音几不可闻地道："常兄可给他起了名字？"

婉儿道："他脖子上有个佛牌，后面刻了名，是单字一个'沛'。"

"沛儿。"殷闻岚低低地叫了一声，男婴吐出个泡泡，巴掌大的胸口浅浅地起伏，殷闻岚沉吟片刻，说道，"我与夫人也是一直求子不得，既是她的亲外甥，我也替她做个主，就收下这孩子当作亲生骨肉吧。如今他的杀父仇人既已经伏诛，旧仇多提无益，我看……这番故事便不要对外人说了，日后等他长大成人，心智长成再同他说，好不好？"

众人自然毫无异议。

殷闻岚捡了个便宜儿子，一路抱着不肯撒手，到最后，两大高手挤在一辆小马车上，一路叽叽咕咕从喂奶说到尿布，反倒让婉儿打马在前，替他们开路，翻着白眼听车里传出来的只言片语。

"习武有什么好的？不能学就不学，学得和我们这些武夫一样不好，不如好好读书，将来考个状元当当，也能济世救民。"

"正是，哎，殷兄，你是没看见我那个丫头啊，野猴子一样的混账，成日里树上爬泥里滚，我瞧着总是不如别家女娃秀气……唉，可愁死我了，当爹的总盼着养出个漂亮水灵的小女儿，可又担心她性情柔弱，世道不太平，将来未免度日艰难，真是两难。"

"李兄，虎父无犬女，令爱长大肯定又漂亮又厉害。"

"别提了，我看她那模样底子就像我，一点也不似她娘，将来在美貌上大概成就有限……"

·"哈哈哈哈！"

然而若干年后，四十八寨真的有了个漂亮水灵的小女儿，而且性情并不柔弱，以其有限天资，将险些失传的破雪刀开出了"无常"一脉。

只是李徵未能有幸得见。

那个名叫"沛儿"的男孩，也终于在阴错阳差之下，有负长者期望。他被一段血海深仇蒙在鼓里，老天便又给他降下另一段血海深仇，宿命一般，终于未能长成个济世救民的英才。

也许常欢逆天改命，强留下那个死胎，并非明智之举——

无论如何，这是江山一代又一代的风流往来客。

图书在版编目（CIP）数据

有匪.贰，离恨楼 / Priest著.—长沙：湖南文艺出版社，2017.3（2020.8重印）
ISBN 978-7-5404-7927-5

Ⅰ.①有…　Ⅱ.①P…　Ⅲ.①言情小说－中国－当代　Ⅳ.①I247.5

中国版本图书馆CIP数据核字（2016）第312279号

上架建议：畅销·古代言情

YOUFEI. ER，LIHENLOU
有匪.贰，离恨楼

作　　者：Priest
出 版 人：曾赛丰
责任编辑：薛　健　刘诗哲
监　　制：毛闽峰　李　娜
策划编辑：钟慧峥　张园园
文案编辑：王　静
营销编辑：贾竹婷　雷清清
封面设计：Violet
版式设计：潘雪琴
封面插画：呼葱觅蒜
出版发行：湖南文艺出版社
　　　　　（长沙市雨花区东二环一段508号　邮编：410014）
网　　址：www.hnwy.net
印　　刷：三河市鑫金马印装有限公司
经　　销：新华书店
开　　本：700mm×955mm　1/16
字　　数：306千字
印　　张：22
版　　次：2017年3月第1版
印　　次：2020年8月第7次印刷
书　　号：ISBN 978-7-5404-7927-5
定　　价：36.00元

若有质量问题，请致电质量监督电话：010-59096394
团购电话：010-59320018